真相边缘

上

冷叔◎作品

中国出版集团公司
中国民主法制出版社
全国百佳图书出版单位

图书在版编目（CIP）数据

真相边缘 / 冷叔著 . —北京：中国民主法制出版社，2018.6

ISBN 978-7-5162-1067-3

Ⅰ. ①真… Ⅱ. ①冷… Ⅲ. ①长篇小说–中国–当代 Ⅳ. ① I247.5

中国版本图书馆 CIP 数据核字（2018）第 026778 号

图书出品人：刘海涛
图 书 策 划：谭　军
文 案 统 筹：高文鹏　崔　一
责 任 编 辑：翟琰萍　李岩岩

书　名 / 真相边缘（上）
作　者 / 冷叔　著

出 版 · 发 行 / 中国民主法制出版社
地　址 / 北京市丰台区玉林里 7 号（100069）
电　话 / 010–63055259（总编室） 010–63057714（发行部）
传　真 / 010–63055259
http: //www.npcpub.com
E-mail: mzfz@ npcpub.com
经　销 / 新华书店
开　本 / 16 开　710mm × 1000mm
印　张 / 19.25　**字数** / 269 千字
版　本 / 2018 年 6 月第 1 版　2018 年 6 月第 1 次印刷
印　刷 / 北京中兴印刷有限公司

书　号 / ISBN 978-7-5162-1067-3
定　价 / 72.00 元（全二册）

目 录

引　子

祁东市的三月，原本是干燥少雨的时节，可今年的天气就像是中了邪，反常得令人咂舌。从昨天开始，天空就飘起了绵绵细雨，到了今天傍晚，雨势更是越来越猛，给原本灯火通明的城市夜景罩上了一层朦胧的雨雾。

由于天气原因，平日里热闹喧哗的商业区街道上，此时空无一人，只有一盏盏昏黄的路灯在水雾中映衬着雨夜街头的寂寥。马路上，一辆黑色的豪华轿车疾驰而过，急速转动的车轮溅起高高的水花。雨水猛烈地打在挡风玻璃上，形成了小股水流。周远不得不将雨刷器的摆动速度切换到最快，两片雨刷发疯似的摆动起来。

“妈的，初春还能下这么大的雨，这鬼天气也真是没谁了！”周远双手紧握方向盘，不知道是自言自语，还是说给坐在后排的妻子冯玲听。不过冯玲此时正侧头看着窗外，心事重重的样子，对周远的牢骚根本不予理会。而九岁的儿子周小米则坐在后座上，像往常一样专心致志地摆弄手机，沉浸在游戏世界里。

讨了个没趣，周远心中略感不快，他抿了抿干裂的嘴唇，不甘心地又开口道：“前几天还热得要命，今天又下起了冰雨。冯玲，祁东这鬼天气就跟你的脾气一样，让人难以捉摸。”

冯玲听到他这话，脸色顿时阴了下来，瞪大眼睛，嘴里重重地挤出两个字：“闭嘴。”

周远脸色发白，双手颤抖，只觉得身体里一股血气上涌。他和冯玲结婚多年，早已习惯了她这种冷漠和强势，平时根本不会放在心上。但今天可能是因为喝了酒的缘故，这种漠视让他感到有些恼怒。

恼怒归恼怒，周远还是不敢太造次，毕竟除了夫妻关系——如果这种关系也能叫夫妻关系的话，冯玲更是她的上级。他小心翼翼地从后视镜瞄了妻子一眼：这个女人虽然四十多岁了，但是保养得很好，皮肤白皙，身材苗条，看上去要比实际年龄年轻许多。身上一件艳丽的紧身旗袍很好地衬托出了她高挑的身材，再加上举手投足间这个年龄段的女人所特有的成熟，让她浑身上下散发出一种独特的韵味。

周远强迫自己不把眼神停留在她凹凸有致的身上，但因为酒精的作用，即便仅仅扫了一眼，他还是觉得喉咙发干，小腹处一阵发热。于是他赶紧在座位上挪了挪身子，以缓解身体某个部位的反应所带来的不适。

好不容易把生理反应压下去，周远不由得晃了晃脑袋，重重地叹了口气。人人都羡慕他能有这样漂亮又贤惠的妻子，但是在光鲜的外表下，又有谁知道他心中的苦楚呢？单说一点，他们结婚近十五年，竟然一直分床睡，更别提夫妻生活了。至于原因则很简单：冯玲坚决不同意。对她来说，他们的结合只是为了掩人耳目而已。但周远是个正常的男人，也有七情六欲，对于这种畸形的无性婚姻，他实在是难以接受。

想到这里，周远心中生出一阵怅然。他发泄似的重重踩下了油门，随着发动机的怒吼，车头猛地一挺，飞速蹿了出去。

冯玲被突如其来的加速晃了一下，一脸的不悦。她烦躁地抬脚踢了一下周远的座椅背，厉声说道："疯了吧你！给我开稳点，要是耽误了今晚的正事，我饶不了你！"发泄完心中的不满，她深深呼了口冷气，抬手点上一根烟抽了起来，并顺手把车窗打开。顿时，一阵凛冽的冷风夹杂着冰雨冲进了车内，把之前车内积攒的热气席卷一空。

冷风不停地灌入车厢，让刚刚还暖意十足的周远仿佛突然间置身于冰窖。他重重地打了一个喷嚏，鼻涕也流了出来，显得十分狼狈："干吗开窗，没看见外面下大雨啊！"他气恼地问，下意识地放缓了车速。

"我需要保持头脑的清醒，"冯玲贪婪地猛抽一口烟，舒舒服服地将烟雾缓缓吐出，"尼古丁和冷风能让我冷静下来。当然，不只是我，我需要你也清醒，今天晚上的行动非常重要，我们务必成功。"

周远用手背擦了擦已经流到唇边的鼻涕，深深呼了口气。他没有接冯玲的话茬，而是有些无厘头地问道："对了，右眼皮跳是跳财还是跳灾来着？"

冯玲被周远这突兀的一问搞得有点摸不着头脑，她愣了一下，吞吞吐吐地答道："好像是……跳灾吧，怎么了？"

周远从后视镜瞟了冯玲一眼，一本正经地说："今天晚上我这右眼皮怎么老跳呢，不会是……今晚的行动要黄吧？"

冯玲被吸了一半的烟呛了一下，剧烈地咳嗽起来。坐在身边的周小米斜眼瞥了妈妈一眼，然后又转头沉浸在了手机游戏的世界里。

"周远，你不当乌鸦嘴能死啊！"冯玲怒斥道，"自从跟你一块搭档，我就一直倒霉运，真是够了！"

周远脸上浮起一丝不易察觉的微笑，不过立马又换上了一副无奈的表情，委屈地耸了耸肩："怎么了，我只是实话实说而已。"

冯玲脸色一沉，冷冷地说："周远，最近一段时间，你越来越造次了，对我也越来越不尊重，甚至敢顶嘴。今天晚上不让你喝酒，你偏喝，我看好久没招呼你了，你真是好了伤疤忘了疼。"她扬手把吸了一半的烟扔出窗外，关上了车窗，"我告诉你周远，最近上面绕过我直接跟你联系，你以为我不知道？别以为这样就证明上面重视你，你最好再重温下家规，好好想想该怎么尊重上级。"

冯玲的话相当难听，周远的脸也黑了下来，不过他使劲咬了咬嘴唇，没有发作，而是尽量用平静的语气说："上级绕过你直接跟我联系，并非是重视我，而是……"他犹豫了一下，继续说道，"而是对你失去了信任。看在咱们夫妻一场的分儿上，我奉劝你，悬崖勒马吧，别背着上面搞小动作了，真要是被查实了，后果……"

"奉劝？就凭你，有什么资格奉劝我？"冯玲对周远的话嗤之以鼻，"夫妻，那是演给外面人看的，你还真他妈入戏了？我倒是要奉劝你，做好你自己，少管闲事！"

周远无奈地摇了摇头，眼睛看向前方，不再说话。车里顿时安静了下来。

过了许久，冯玲又开口道："对了，对那个人的调查，你到底进行得怎么样了？"可能觉得自己刚才的话有些过火，所以语气稍稍缓和了些。

周远右眼皮又是一跳，他啧了一声，下意识地揉了揉自己的眼睛："我不是跟你说过了，这件事情上面让我直接汇报，不让你插手。"他略带不满地瞟了眼冯玲，"喂，这种事情咱能不能不当着孩子的面说？"

冯玲勃然变色，她又狠狠地踢了一脚周远的座椅背，恼怒道："孩子孩子，又不是你亲生的，老念叨什么啊！一大老爷们儿，比女人还婆婆妈妈！"

周远把脸侧了一下，以免让冯玲看到他咬牙切齿的样子。

“看你这熊样，是不打算告诉我了？”冯玲带着怒气，语气冰冷地问道。

“上面既然这么说了，你作为我的直接上级，总不能让我违背再上一级的命令吧。”周远装出一副为难的样子敷衍着，话却说得有理有据，让冯玲无可反驳，“你最好别再过问这件事情，要是让上面知道，当心家规。”

冯玲冷哼一声，把脸转向了窗外，不再搭理周远。

车很快就来到了祁东市高档住宅密集的地段，并减速驶入了一个豪华的别墅小区，小区门口的石碑上刻着潇洒飘逸的“观海园”三个大字。车子平稳地驶过一条条减速带，停在一栋别墅门前。

周远把车子熄了火，回头看了看冯玲，眼神里闪烁着一丝不易察觉的异样。冯玲冲他点了点头：“开始行动，打起精神来。记住，只许成功，不许失败！”

周远深深吸了一口气，甩开车门，朝别墅走去。

进入别墅，周远熟练地打开了客厅的几扇窗户，然后快步走到二楼的一间卧室，迫不及待地从床头柜的抽屉里掏出了一把匕首——挺进者Strider GB，是专门为飞行员设计的一把格斗匕首，也是周远的最爱。这把匕首小巧便携，刀锋强韧，实属杀人灭口之良器。周远小心翼翼地拿手擦拭着刀锋，欣赏着它在黑暗中发出的幽光和杀气。

好像已经有三个人，不，应该是四个人成了这把匕首的刀下之鬼，不过他们每个人都是被瞬间割断喉管的，死得毫无痛苦。一会儿将要造访的那位客人，会是第五个祭刀者吗？

寒冷可以保持人的清醒。他走到窗边，让冷风肆无忌惮地吹到脸上，以强迫自己调整情绪。随后他静静地折向走廊，把自己隐藏在走廊一侧的阴影中，像一个守株待兔的猎人等待着猎物上门。他选的隐藏位置恰好可以看到走廊尽头的楼梯口，只要有人上来，他就能第一时间发现并迅速发起偷袭。

黑暗中，周远的右眼皮又重重地跳了一下。他皱起眉头，使劲揉了揉眼睛，一丝不安掠过了心头。就在这时，周远突然听到了一阵轻微的脚步声。他心里一惊，屏住呼吸，仔细地找寻发出脚步声的方位。

是楼梯！

不对啊！怎么来得这么快？他慌张地猫腰隐藏在阴影里，左手紧紧握住锋利的匕首，心怦怦直跳。妈的，自己又不是菜鸟，这次怎么会这么慌张？

他擦了擦额头上渗出的汗，尽量让自己冷静下来。

脚步声越来越明显，人已经走到了楼梯口。周远死死地盯着楼梯口，随时准备跃起攻击。不过，就在这时，脚步声却戛然而止。周远心里一凉，不好，难道他发现我了？他不敢动弹，视线也一直停留在楼梯口。

这时，一个脑袋极其缓慢地从楼梯口探了出来。

来了！周远条件反射般跃起，手持匕首向那个影子狠狠刺去。这一刺力道十足，连周远自己都听到了匕首挥出的劲风。

就在匕首要刺中黑影的那一刹那，走廊上昏暗的射灯灯光打在黑影的脸上，映亮了他的模样。

周远顿时瞪大了双眼，极度的惊恐让他如石像般僵在了原地。

第一章　命案

于东青的右眼皮重重地跳了一下，打断了他的思绪。他放下了正在查阅的卷宗，下意识地用手揉了揉右眼。作为祁东市公安局刑警队队长，于东青一直是一个坚定的唯物主义者，对于那些迷信说法向来是嗤之以鼻，可唯独对右眼皮跳灾这件事情半信半疑。

“于队，你怎么了？”见于东青把眼睛揉得通红，坐在他办公桌对面的市刑警队侦查组组长钟萧关切地问道。钟萧三十多岁，留着寸头，虽然身体瘦但很结实，整个人显得十分精干。

于东青用手按了按自己的眼角，轻轻啧了一声：“右眼皮跳了几下，恐怕不是什么好兆头。”

坐在钟萧身边的是刑事技术大队的法医卫毅平，他很年轻，戴着时髦的黑框眼镜，如果不是身着法医的白大褂，根本不会有人认为他是一名警察。听到于东青的话，卫毅平放下尸检报告，诧异地抬起头：“不是吧，于队，你还信这个啊？”

于东青站起身来，活动了下腿脚：“其实本来我不信，可是这几年我右眼皮老跳。说起来也怪，我右眼皮一跳，祁东市就会出桩大案，就这样好几回，也由不得我不信了。”

卫毅平脸上露出一丝坏笑，揶揄道：“于队，您可真厉害，比柯南厉害多了。柯南是到哪儿哪儿死人，您呢，连门都不用出，眼皮跳一下就能死人……”

正说着，一阵急促的电话铃声打断了卫毅平的调侃。于东青皱着眉头看了眼来电号码，心里不由一紧，赶紧拿起了办公桌上的电话。

“高局，这么晚了，您有什么指示？”于东青站起身来，毕恭毕敬地说道。

“东青啊，一个小时前，海西区的观海园小区发生了一起命案，区分局的同志已经第一时间到现场了。这样，你组织下人手，马上赶过去。”电话那头响起了一个急促而又不失威严的声音，说话的是祁东市公安局分管刑侦的副局长高原。

于东青眉头锁得更紧了，脸上也浮现出些许的烦躁，但语气仍然保持着十足的谦恭：“高局，这……这一般的命案让分局处理就行了嘛，怎么还惊动您了呢？”

“是啊，按照规定是这样，可这一次，情况有些特殊。”高局的声音似乎有些犹豫，音量也刻意压低，“上面亲自给我打的电话，点名让你负责案件的侦破工作，我想推也推不开……好了，赶紧动身吧，详细情况分局的同志会给你介绍的。”

于东青讪讪地说：“那好吧。能惊动上面，这死者是谁啊？”

“好像是叫周远，你去了现场就都知道了。事不宜迟，赶快行动！”

挂了电话，于东青心中十分不爽。要知道，刑警队的兄弟们刚刚不分黑白地熬过了三个月的办案高峰，本来还想着喘口气歇一歇，可高局长这一通电话，又把疲惫的马儿赶上了路。想到这儿，于东青叹了口气，沮丧地把听筒扔到了座机上。

见于东青愁眉苦脸的样子，钟萧小心翼翼地问道：“怎么了于队，难道……还真有命案？”

于东青铁青着脸，用手指重重地冲卫毅平点了点，没好气地说：“乌鸦嘴！”说完一言不发地披上警用雨衣，快速向门口走去。

卫毅平看向钟萧，一脸的无辜：“我乌鸦嘴？明明是他自己说的。”

看钟萧和卫毅平愣在原地没有动弹，于东青转头大声催促道：“愣着干吗，走啊！”

钟萧和卫毅平对视了一眼，无奈地穿上雨衣，快步追上于东青的脚步。几分钟后，一辆宽大的越野警车载着于东青等人抵达了发生命案的观海园小区。

于东青坐在副驾上，指着窗外一排排独栋别墅感慨道：“看看，这小区依山傍海，是祁东市数一数二的高档社区，里面全是带花园的独栋别墅。”

卫毅平应道：“据说这个小区的一栋别墅至少得卖两千万。能住这儿的人，非富即贵，怪不得死了能惊动上面呢。这年头，人活着分三六九等，死了也得有个高低贵贱啊！”

钟萧突然对于东青说道：“对了头儿，如果我没记错的话，徐环是不是也住这个小区啊？”

于东青答道：“是啊，他是住这儿，不过我也好久没见他了。以前遇到那些没有线索的疑难杂案，我总喜欢找他帮忙，现在他贵为公司高管，忙得很，我也尽量不找他了。哎，就是这栋别墅吧，钟萧，停车吧。”

钟萧把车一头扎在了别墅的门口。此时，别墅周围已经停了四五辆警车，几个穿着警用雨衣的警察正冒雨站在车旁等候，警车闪烁的灯光以及警察交谈的声音使得这个以安静和私密著称的小区显得有些杂乱。

看到于东青下了车，早已站在一旁等候的海西区分局刑警队马队长赶紧迎了上去。

马队长大名马千里，是个身材敦实、皮肤黝黑的矮个中年人。他在全市公安系统里以性子急和吃苦能干著称，虽然先天资质欠佳，但是架不住工作玩命，为了破案，他可以连续三四天奋战在一线，几个月不回家。在拼命干了二十多年刑警后，他终于如愿担任了区分局刑警队的队长。于东青对马千里的印象一直很不错。

马千里握住于东青的手，使劲摇着：“于队长，不好意思了啊，又得麻烦你们市局刑警队亲自行动啦！”

于东青笑了笑，开玩笑似地说：“你马队长都直接给高局长汇报案子了，我们市局刑警队还不得好好听从指挥啊！”

于东青话里带刺，让马千里有些尴尬，他赶紧解释道：“嗨，于队长，你就挖苦我吧。这案子死者只有一个，按规定，我们分局处理就行了，根本不用惊动市局，我老马虽然是个粗人，但这种规矩还是懂的。至于高局是怎么知道的……我还真不清楚。”

于东青笑着摆摆手，表示只是开玩笑。他打量了一下眼前的这栋别墅，语气严肃起来：“事不宜迟，谈谈案子吧。高局说死者叫周远，这个周远，到底是什么来头？”

马千里身子一正，正色道：“死者周远，四十二岁，本市人，曾经是我市公安局刑警队的一员，后来辞职，没有固定职业。但是据知情人说，他并没有赋闲在家，而是干起了与老本行有点关联的职业——私家侦探。”

于东青略显惊讶：“以前是刑警队的？我怎么没听说过这个人呢？”

马千里笑笑："你没听说过不奇怪，周远从刑警队辞职的时候，你还没参加工作呢。据说他当时也是刑警队的一把好手，业务能力很强，只是性格有点孤傲，不太合群。"

于东青点点头，感慨道："也难怪人家辞职，我从来不知道私家侦探的收入竟然有这么高，就这座别墅，没个两千万恐怕拿不下来吧？"

马千里夸张地撇起了嘴："谁说不是呢，虽然现在咱们国家没有正式承认私家侦探，但是这个市场的需求很火爆，现在社会上查婚外恋的，查债务人行踪的多得是，这种事情，私家侦探很在行。而且这些客户一般都很有钱，给他们的报酬也很丰厚。"他抬头打量了下别墅，"周远当过兵，干过刑警，有刑侦经验，身手又好，再凭借他干警察时积攒下的人脉，做这行能做得这么好也不奇怪……"

话还没说完，一位中年警察冒雨快步走了过来，急促地对马千里说："马队，我们对整个别墅进行了初步勘查，没有发现明显的可疑之处。"说话间，他看见了于东青，连忙微笑着点了点头，不卑不亢地向于东青问好，"于队长也来了，您好您好。"

于东青迅速打量了一下眼前的中年警察，他看上去四十多岁，身材高大挺拔，浑身被雨水打湿了，头发也显得有些杂乱，但即便如此，仍然可以看得出他颇为英俊，是个标准的老帅哥。在这个颜值重于内涵的社会，帅哥给人留下的第一印象总是不错。

于东青伸出手跟他握了握，用询问的眼光看了看马千里。马千里赶紧介绍道："这是老林，林舒。我们队的老刑警了，经验非常丰富。这次凶杀案，案发后他是第一个赶到现场的，到达后并没有盲目行动，而是先对现场以及受害人的妻儿进行了保护，现场完全没有被破坏。"

于东青满意地点了点头，眼光转向林舒："不愧是老刑警，做事就是让人放心。老林，初步勘查有什么结果？"

林舒略一思忖，答道："发现的一些痕迹都很常规，没什么太大的价值，目前来说，还没有发现重要的线索。"他用手捋了捋被雨水打湿的头发，轻声补充道，"不过……我个人倒是觉得这件案子不难破。"

于东青一向不喜欢轻敌，皱了皱眉，用夸张的声调哦了一声："怎么说？"

林舒很有底气地说道："于队，观海园这个小区，一向以安全著称。小区里监控摄像头密布，几乎没有死角。"他伸手指了指马路斜对面立着的一个监控摄像头，“你看，死者这幢别墅旁边就有一个监控，凶手出入别墅，肯定会被拍下来，我们只需要调取一下监控资料，应该就可以查出凶手的身份。”

于东青迟疑了一下，说道：“说得有道理，监控要尽快调出来进行查看。不过，凶手既然没在现场留下痕迹，说明他应该是个高手，恐怕这案子没你说得那么简单。”说罢他指了指面前的别墅，对林舒说，“带我们进去看看案发现场吧。”

几个人在门口穿戴好了脚套手套等防护工具，踏进了别墅的大门。一进大门，一股浓浓的房屋装修的味道便扑面而来。

于东青停下脚步，皱起眉头问：“这房子刚刚装修过？”

“嗯，应该是，”马千里答道，“楼上还发现很多装修用品。”

于东青有过敏性鼻炎，对这种装修的味道最是敏感，他搓了搓鼻子，硬着头皮往屋内走去。

门口的玄关中间，有个放鞋子和衣服的柜子，几双鞋子散乱地放在柜子旁边。走过玄关就是宽大的客厅。客厅里布置得很简单，只有沙发、茶几等几样最基本的家具，整个别墅显得空荡荡的。总的来看，别墅内部没有从外面看起来那么豪华，装修和陈设都比较简单。

走了两步，于东青注意到地板上有一些泥印子，他弯下腰看了看，发现这是一些沾了泥的鞋印子。虽然不是很明显，但是通过鞋印的大小来判断，应该属于同一人。于东青蹙起眉头看了眼马千里，马千里会意，赶紧解释道：“于队，你放心，我们的人进来之前都做足了防护措施，绝对没有破坏现场的痕迹。这些鞋印，都是案发前留下的。我们对此做了初步的勘查，经比对，鞋印和死者所穿的鞋子相吻合，因为今天下雨，所以这些鞋印应当是死者鞋底沾上了泥土，从而留在了地板上。鞋印一直从门口延伸到楼梯口，到了楼梯口，死者鞋上的泥土应该掉没了，所以鞋印也就消失了。”

于东青脸色稍稍缓和，点了点头，做了个继续的手势。一行人走出玄关，穿过客厅，通过客厅另一侧的楼梯走上二楼。

刚踏上二楼的地板，于东青就闻到一股怪味，向前走了两步，一具躺在地板上的尸体突兀地出现在眼前。两位警察在旁边保护着现场，一见于东青等人过来，他们便向后退去，以便腾出空间。

于东青走到尸体前，朝尸体看了一眼，不由倒吸了口凉气。

看着仰卧在地板上的尸体，于东青感到一阵阵的恶心，他用手使劲捋了捋眉骨，以缓解不适。作为祁东市刑警队的队长，他的心理承受能力并不差，虽然不能说阅尸无数，但对各种尸体的惨状早已习以为常。只不过眼前的这具尸体实在有些诡异和恶心。

死者身穿黑色呢子大衣和黑色西裤，脚穿一双黑色皮鞋，僵卧在地板上。在他脚边有一个歪倒的盛乳胶漆的空桶，桶里的乳胶漆流到他的身下，与死者的血淌在一起，让人不忍直视。于东青缓了一会儿，感觉身体的不适有所缓和，于是弯下腰开始仔细查看死者的尸体。

死者的额头被子弹打穿，血肉模糊，表情极为扭曲。他双目圆睁，微微张嘴，眼神中流露出震惊和恐惧，但是嘴角却又微微上扬，似笑非笑。根据于东青的经验，死者的这种表情肯定不是单纯的对死亡的恐惧，而是一种死亡瞬间复杂的心理活动在面部的反映。白色的乳胶漆、红色的血液和黑色的大衣，配上死者似笑非笑苍白的脸，使整个场景的色彩显得格外诡异，极具视觉冲击力。

初步查看完尸体，于东青站起身来，开始仔细观察周围的环境。

整个走廊一片狼藉，脚下和墙上都有乳胶漆泼溅的痕迹。死者左侧的墙上有一个浅浅的弹坑，应该是凶手射出的子弹穿过死者的头颅，击中身后墙壁留下的。

于东青直起腰，沉声对卫毅平说："你记一下，死者五十岁左右，他杀，眉心中弹而死，身上无其他伤口。身上所穿衣服有明显被撕扯的痕迹，领带拉得很紧，脖子上出现了勒痕，说明死者的领带被凶手拉扯过。再加上满地的乳胶漆，可以断定现场曾经发生过激烈的打斗，乳胶漆很有可能是死者在慌乱的情况下，顺手拿起来防身的武器。除此之外，没有发现有关凶手的线索，说明咱们这次的对手具有很强的反侦察能力。能够准确命中死者的眉心，说明凶手枪法精准。综合来看，凶手很可能有从警或者从军的经历。"

说完，于东青走到墙边，指着那个弹坑问道："老马，子弹打穿了死者的头部，打在了这面墙上，按说应该会掉落在这附近。但是现在这儿什么都没有，你见过吗？"

林舒摇了摇头，替马千里答道："没有，我仔细找过了，没有子弹。"

于东青脸上露出一丝失望："看来是凶手把子弹带走了。老林，你还有别的发现吗？”

林舒抬起眼睛想了一会儿才说：“别的也没什么。噢，还有就是凶手翻动了死者家里的东西。据死者的妻子说，家里少了一些现金还有首饰。看来，凶手很可能是为财而来，被死者撞见后，怕罪行暴露才决定行凶杀人。我推测，这可能是一起因盗窃被发现，而一时兴起的杀人事件。”

于东青用手托着下巴，若有所思地说：“现在下结论还太早。对了，你刚才提到死者的妻子，难道死者的妻子当时在现场？”

“不是。据死者妻子说，当时死者先进入屋内，她隔了大约十分钟吧，也进入屋内。不过她刚进屋门就听到一声枪响，把她吓傻了，当她缓过神来赶到二楼的时候，死者已经倒在了血泊之中，凶手也不见了。”

“嗯，现在带我去凶手翻过的房间看看。”于东青对林舒说道，又回头叮嘱卫毅平说，“小卫，开始对死者进行初步检查吧，尤其是确定下死亡时间，越详细越好。”

卫毅平穿上隔离服，俯身对尸体开始进行检查。林舒带于东青一行走进了尸体旁边的一间书房。

作为读书的地方，这间书房宽敞得有些过分。书房的两侧摆了两个欧式的大书架，书架上摆满了各种书，但明显有被翻动过的痕迹。书被人扒拉下来很多，散乱地掉在了地上。房门对面的墙边则摆着一个古典中式风格的海南黄花梨木书桌，书桌背后的墙壁上挂着一幅很大的莎士比亚画像。书桌肯定也被翻动过，抽屉被打开，里面的一些文稿、纸张散落得到处都是。整个书房既有欧式风格，也有中式风格，说中不中，说洋不洋，让人看了十分别扭，再加上书架上散乱的书籍和满地的纸张，让整个书房看上去杂乱不堪。

于东青走近书架，开始仔细翻看书架上的书。书的数量非常多，种类也很繁杂，既有词典、字典等工具书，也有唐诗宋词等古籍；既有钱钟书等大家的作品，也有一些流行的网络小说。

于东青哼了一声：“这个周远，涉猎还挺广泛的。”

很快，于东青注意到了放在书桌角落里的一个并不起眼的黑色笔记本。这个笔记本样式很普通，拿在手里，还散发出一股淡淡的纸香。翻开一看，于东青才惊讶地发现，这个不起眼的笔记本，竟然是周远的工作笔记。里面记录了周远办过的多起案件，有的详细，有的粗略，但客户信息、目标任务等基本信息都有所记录，而且大部分都附有调查结果，其中不乏一些敏感的重大事件。

乖乖，这可是个重要的物证啊！难道说，凶手是为此而来？那也说不通啊，按照凶手翻箱倒柜的这个找法，早该找到了，不可能现在还摆在书桌上。想到这儿，于东青不解地摇了摇头。不过这个周远，真够马大哈的，如此重要的笔记本，竟然就随便放在这么明显的位置。于东青把笔记本拿在手里，继续对别墅内部进行检查。

四十分钟后，于东青查完了最后一个房间，表情越发严峻起来。这时，卫毅平快步走了过来，汇报道："于队，经过我初步检查，死者死亡时间在两个小时之内，死因是枪击致死。其他的信息还需要将尸体运回局里做进一步检查。"

"死亡时间还能再精确吗？"于东青问道。

"目前只能确定到这种程度了。"

于东青紧锁眉头，眉宇间形成两道深深的沟壑。从目前勘查的结果看，现场留下了很多痕迹，可仔细一想，这些痕迹却都浮于表面，似乎并不具备继续分析的价值。

这时，马千里走过来请示："于队，咱们接下来该怎么办？"

于东青咬着嘴唇想了一会儿，大声说道："现在我宣布，'3·11'恶性枪击杀人案的专案组成立，我是组长，马队长是副组长，钟萧、卫毅平还有林舒为专案组成员，暂时驻在海西区分局办公。接下来，我们兵分四路，把以下几个工作做好：第一路，钟萧，你带几个弟兄，负责牵头做好罪案现场的整理工作，确保不忽视一个线索，不遗漏一个证物；第二路，马队长和林舒负责带领区分局刑警队的骨干，对死者的社会关系进行调查，重点加强对有从警、从军经历的社会关系的排查，缩小嫌犯范围；第三，卫毅平，你带几个同志，负责把尸体运回去，做详细的尸体检查，看能否从尸检上取得突破；第四，去小区的物业公司，把监控录像拷贝一份回去，老马，这个工作交给你。回头我再从市局调一名技术人员过来，带领分局几个同志组成监控清查小组，对今天小区里的监控录像进行全面清查。"

几个人认领了任务，各自散开了。

于东青喊住了马千里和林舒，问道："老林，你是第一个赶到现场的？"

林舒点点头道："对，案发时我就在小区附近巡逻，听到枪声以后，我意识到出事了，立刻赶到了现场，死者的妻子当时已经吓傻了，我随即向局里进行了汇报，而且对现场进行了保护。”

于东青皱了皱眉头：“按规定，夜间巡逻至少要两个人一起，为什么就你一个人巡逻？”

“这个……”林舒面露难色，支支吾吾地说不出话来。

马千里见状赶紧替他解释道：“于队，本来我们基层刑警大队是不用参与夜间巡逻的，可由于近来治安形势严峻，所以市局要求区分局一级的刑侦大队必须荷枪实弹参与巡逻。不是我强调困难，你也知道，本来咱们刑警队就案子多任务重，人手也紧张，现在又要让我们参与巡逻，实在是勉为其难啊！很多时候，我们根本凑不齐两个人，也不光是我们，全市都这样。于队，你得理解基层的苦衷啊。”

于东青叹了口气，无奈地说：“我何尝不想给兄弟们减减负呢？不瞒你们说，我已经不止一次地向高局反映，刑警队的本职工作是打击犯罪，不能再参加日常巡逻了。可他不仅不同意我的观点，还批评我不识大体，不维护大局。唉，我也理解兄弟们的苦衷，不过，你还得尽量按规定来啊，一个人荷枪实弹巡逻，没个照应，一旦出了问题就是大问题。好了，这个事情以后再说。林舒，把你赶到现场后的情形跟我说一下，越详细越好。”

林舒应了一声，向于东青陈述起几个小时之前的经历：“十点左右，我正开车在附近一带巡逻。当我走到观海园小区门口的时候，烟瘾上来了，但不巧的是，打火机却打不着火了。我看到观海园小区的保安室还亮着灯，于是就过去跟保安借个火。当时传达室有一个年纪较大的保安，挺健谈的，借了火之后，我们还聊了一会儿。正当我转身要走的时候，突然听到一声枪响。这附近都是高档住宅区，非常安静，因此这一声响特别明显，保安室的保安也听见了。我心想不好，出事了，本能驱使我冲着枪响的地方跑了过去。

“大概用了两分钟吧，我跑到了案发别墅的门口。我记得门口停着一辆车，而别墅的大门开着，客厅里亮着灯，一看就像是发生了意外，我来不及细想，直接冲进了别墅里面。一楼没有人，我顺着楼梯走上了二楼，然后就发现了死者的尸体。当时死者的妻子瘫坐在尸体旁边，已经吓蒙了，见了我没有任何反应。我查看了一下尸体和现场，确认死者已经死亡，凶手也不见踪影。于是，我联系了 110 指挥中心，把案子做了汇报。整个过程就是这样。”

于东青听罢，略一沉吟：“根据你的说法，从你听到枪声到你来到案发现场，肯定是在五分钟之内。也就是说，凶手在五分钟的时间内，完成了凶杀和逃跑的全过程。”

林舒用很确定的语气说道：“应该是这样。我的速度已经够快了，但还是没有看到凶手的踪迹。”

于东青又问：“死者的妻子怎么说？”

“死者的妻子当时已经完全崩溃，问她也不答话。过了好一会儿，她才语无伦次地说了一些。”林舒皱着眉头回忆道，“她说周远先进的家门，她隔了十分钟才进去。刚进家门，她就听到一声枪响，当她跑到楼上时，丈夫已经被杀死了，她也没看到凶杀的过程和嫌疑人的模样。考虑到她情绪不稳定，还带着个孩子，我们担心她和孩子留在现场会给孩子带来负面影响，因此马队让两个弟兄护送她带着孩子先去她妹妹家了。”

于东青赞同地点了点头：“人性化执法，很好。但是，死者的妻子非常重要，她是唯一的现场目击者，同时也有重大的作案嫌疑，一定要控制好。”

于东青又转向马千里说道：“老马，等明天一早，你让钟萧传她到分局，我亲自问问她。”

马千里大大咧咧地说：“放心吧于队，她走之前，我们的女干警对她和孩子进行了保护性搜查，没有什么问题。”随后他看了眼林舒，补充道，“于队，老林说得很有道理，凶犯可能没想到，自己所行凶的这个小区，是全市治安最好的小区，小区里监控密布，他想全身而退，根本不可能。或许监控组查完监控的时候，就是真相大白之时。”

“那样最好，监控可以让我们事半功倍。不过，咱也不能光指望监控，别的工作也不能放松。”于东青说完，把手里的黑色笔记本递给马千里，“这个你拿着，好好研究一下。”

马千里接过笔记本，略显惊讶地说：“这是……”

“周远的工作笔记，对于调查他的社会关系来说，这里面的内容非常重要。”于东青解释道，“老马，事不宜迟，开始行动吧！”

见马千里和林舒匆匆离开，钟萧凑上来问：“于队，你刚才勘查现场，收获大不大？”

于东青略一沉吟：“没什么太有价值的线索。我刚才仔细看过一楼的鞋印，从鞋印的间距来看，鞋主人的身高同死者的身高相吻合，据此可以判断，这些鞋印确实是死者的。至于墙上的弹痕，也没有什么价值，但是凶手作案后还把子弹带走，说明这颗子弹比较特殊，很可能会暴露他的身份。因此，我认为凶手的目的肯定不是单纯的盗窃，而是另有所谋。凶手的身份应该不是普通蟊贼，很可能是有极强的反侦察能力，有从警或者从军经历的人，当然也有可能是职业杀手。此外，如果是为财，怎么可能选择书房作为目标呢？至于丢失的几件首饰和现金，很可能是凶手为了掩饰自己的真实目的而设置的烟幕弹。”

钟萧点了点头：“嗯，也许马千里说得不错，我们一查监控，案情就会水落石出了。”

于东青看了看窗外，离别墅十几米远的地方，一个黑洞洞的摄像头立在路边，像人的眼睛一样，和于东青对视着。看了一会儿，于东青竟然觉得后背有些发凉，他赶紧移开自己的目光，深深吐了口气，缓缓地说道：“但愿吧。”

第二章 血痕

夜深，窗外的月光凌乱地洒在破旧的走廊里，投射出一片片诡异的斑驳。

徐环在走廊上小心翼翼地行走。即便他的脚步已经迈得很轻，但陈旧的木板仍然不时发出刺耳的嘎吱声，在一片死寂中显得格外惊心动魄。不仅是地板，整个楼都已经老旧不堪：发黄的墙面已经褪色，墙体上现出道道裂缝，狭窄的窗台上积着一层厚厚的尘土……在月光的照射下，走廊里散发出一股陈腐的气息。

每一片斑驳，每一片阴影之中，仿佛都隐藏着一些令人恐惧的东西。它们似乎在阴影中冷笑着，监视着徐环的一举一动。

徐环浑身冰凉，额头却布满了汗珠，他感到一股发自内心的恐惧。在这种极度的恐惧中，他来到了走廊尽头，一扇更加斑驳的木门立在面前。他抬手轻轻推开木门，一阵刺耳的嘎吱声随之响起。

徐环悄无声息地踏入门后的黑暗之中。这是个狭窄的房间，一片漆黑，只有位于屋子中间的一件东西散发着，确切地说是反射着幽暗的光。

那是一面宽大的镜子，就这么突兀地摆放在房间中央，十分诡异。徐环愣愣地看着这面镜子，莫名恐惧。镜中的身影，清晰明了，仿佛是另一个徐环在隔着镜子看他。突然间，一个荒唐的念头贯穿脑际：那是自己，还是一个长得像自己的人？

他眨了眨眼睛，镜中的“自己”也眨了眨眼睛；他抬了抬手，镜中的“自己”也抬了抬手。这下他才松了口气，甚至对自己刚才的担心感到好笑。突然，镜中的“自己”幽幽地咧起嘴，冲徐环露出一个诡异的微笑。

徐环惊恐万分地看着镜中的“自己”，他想跑，可两腿却像被冻住一般，动弹不得。而镜中的人似乎想离镜外的世界更近一些，于是使劲往镜子外挤，以至于脸贴在镜面上，鼻子和嘴唇被挤得变了形，像一头丑陋的怪物。

徐环这才意识到，这哪是什么镜像，根本就是镜中还有一个人，一个长得像自己的人。

就在这时，徐环看到了令人毛骨悚然的一幕：镜面后这张扭曲的脸的旁边，竟然又出现了一张一模一样的脸，同样露出诡异的微笑，贴在镜面上，拼命挤压自己的五官！

徐环心中一颤，全身剧烈地抽动起来。

“这一切都不是真的，”他闭上眼睛喃喃地对自己说，“都是幻觉。”

许久，徐环鼓起勇气睁开了眼，期待幻象消失，可眼前的场景不仅没有消失，反而变得更加诡异：镜面后，密密麻麻地挤满了一张张同自己模样相同的脸，他们把鼻子和嘴唇挤在镜面上，仿佛一个个扭曲怪诞的面具……

徐环大叫一声，猛地坐了起来。他头脑发晕，心脏狂跳，浑身颤抖不止。缓了一会儿，他才发现，自己正坐在床上，刚才的恐怖经历，只是一个噩梦而已。但这个梦又如此真实，让他一时沉浸在那种彻骨的恐惧中，不能自拔。

坐了几分钟，徐环才逐渐镇定下来。他费力地起身下床，打开冰箱，给自己灌下了一瓶冰水，然后擦了擦额头上的汗珠，抬头看了看表：妈的，又是凌晨四点。

徐环浑身发软地走到客厅宽大的落地窗前，呆呆地看着窗外的大雨。听着雨滴打在树叶上的啪啪声，他的心稍微安定了一些。

最近几个月来，徐环几乎天天做这种奇怪的噩梦，而且每次都会在梦中惊醒。更重要的是，他已经很久没有睡过一次囫囵觉了，再这样下去，真要神经衰弱了。想到这里，徐环掏出手机，拨打了于东青的电话。

农业重金属风格的彩铃响了好一会儿，于东青才接了起来：“你妹的徐环，给我打电话之前，你能不能先看一下时间？现在才四点半啊！”

徐环这才意识到自己把睡梦中的于东青吵醒了，心中略感抱歉，但是仍以若无其事的语气说：“四点半，这要是搁夏天，天都亮了，我这不也起来了吗？”

于东青语气中充满了疲惫：“我刚出现场回来，才睡了两个小时就被你弄醒了，你再这样我把你拉黑名单了啊……有什么事，赶紧说！”

徐环嘿嘿笑了笑：“是这样，上次你不是给我提过，市局技术部门有个学心理学的心理医生吗，你还让她给你做过心理治疗，对吧？”

“你说的是吴婷婷吧，没错，她是公安大学心理学系的高材生。不过她不是心理医生，而是在我们局技术部门供职。她也不是给我做心理治疗，就是有时工作压力大了，让她给做做心理疏导。找她干吗？”于东青顿了顿，狐疑地说，“该不会是你看上人家小姑娘了吧？告诉你，你别打歪主意，人家才刚大学毕业……”

“你少把自己的龌龊想法放在我身上。”徐环打断于东青，“是这样，我想让她也帮我做做心理疏导，行不行？你能不能跟她说说？”

“你？”电话那头，于东青沉默了一会儿，“自从上次你帮我查完那件案子之后，就一直不对劲。我早就让你去看看正规的心理医生，可是你讳疾忌医，偏不去。现在怎么又想起做心理疏导来了？我劝你，还是找个正规的心理医院去做下检查，这才靠谱。”

“我才不去医院，我又没病。”徐环烦躁地说，“我就是心理压力大，让你那个小姑娘给我疏导疏导就行了。”

于东青叹了口气：“真不懂你们这些人，去趟医院都扭扭捏捏的，又不是看男科，有什么不好意思的。得，随你便吧，但我丑话说在前头，这是私事，虽然我跟她是上下级，但也不能强令人家，我跟她打个招呼，把她的电话给你，你自己联系吧，行不行就看人家的意思了。对了，最近有案子，她可能会很忙，如果不着急就过两天再找她吧。”

徐环笑了笑：“行，有你这个顶头上司出面，人家还能不答应？”

“我一会儿给你发个短信……对了，我问你，昨天晚上十点左右，你有没有听到枪声？”于东青突然话锋一转，问道。

“枪声？”徐环一怔，“没有啊，十点……那个点我好像在听着音乐洗澡，有声音也听不见。怎么了？”

于东青压低声音：“你们小区昨晚发生了一起枪击案，死了一个。你最近也注意安全。没事我先挂了，我还得补补觉，天亮了有我忙活的。”

挂掉电话后，一阵困意袭来，徐环躺在沙发上，又睡了过去。当他迷迷糊糊再睁开眼的时候，天已经大亮。徐环抬头一看表，立刻从沙发上蹦了起来。

今天是父亲出发去南美洲旅行的日子，虽然他与父亲之间关系并不融洽，但作为唯一的儿子，去机场送别还是十分必要的。这种基本的礼节，即便是徐环这种不善交际的人也懂。

他迅速洗漱完毕，然后换上了几乎从没穿过的高级西装。在衣帽间宽大的试衣镜前面，徐环笨拙地整理着脖间的领带。身为祁东市最大的企业——远景集团的高级副总裁，徐环虽不是一个不修边幅的人，但他也从来不愿意把时间浪费在镜子面前，只是父亲一向看重这些罢了。

定制的西装十分合体，镜中的徐环身材挺拔，衣冠楚楚，对于自己的形象，徐环非常满意，直到他看到那个奇怪的东西。在他的颈部，有一个小小的红色印记。他靠近镜子，仔细看了一下，竟然是个伤口，确切地说，是一个细微的划伤，血已经凝固，在皮肤上形成了一个不起眼的血痕。血痕呈现出小小的菱形形状，菱形里面有一个红点，乍一看像一只眼睛，不知道的人，还以为徐环搞了个无厘头的文身。

徐环不由得皱了皱眉头：自己最近没受过什么伤啊，这玩意儿，是什么时候留下的？

用手指使劲摁了摁，却感觉不到疼痛，可能是哪天刮胡子的时候，不小心刮破的吧。只是这个血痕，似乎带着些邪气，看上去让人极其不舒服。再说了，自己打扮得人模狗样的，单单脖子上有这么个恶心的东西，确实有点不合适。父亲又是个疑心病那么重的人，万一再误以为这是跟哪个女人乱搞的时候弄上的，那就尴尬了。

于是他撩起水，使劲擦洗起来。只是用清水擦洗并不管用，擦了半天，血痕似乎像文在他身上一样，仍然清晰可见。徐环叹了口气，打算晚上回来洗澡的时候再仔细将它洗掉。他拿毛巾擦干自己的脖颈，竖起大衣的领子，尽量遮住那个菱形标记。

徐环挺直腰板，最后扫了镜中的自己一眼，然后满意地转身离去。只是，在最后匆匆的一瞥中，他似乎看到了镜中的自己嘴角幽幽上扬，露出一个诡异的微笑。徐环的后背顿时渗出了冷汗。不过他并没有回头，而是快步走出了房间。

当接到于东青电话的时候，吴婷婷已经上床睡觉了。对一名刑警来说，深夜被叫醒是再正常不过的事情，对此，吴婷婷在选择这份职业的时候，就有了这种觉悟。不过，让她感到郁闷的是，于队长又是让她承担案件的监控录像清查工作，要知道，在别的局里，这种工作往往都是由警校实习生或者协警来负责的，而她一个堂堂公安大学毕业的高材生，却在过去一年时间里一直从事这项工作。虽然她每次都完成得很出色，但是并不代表她喜欢，她一直期待着在某一起案子中，能扮演更重要的角色。

“谁都是从这些基础性工作开始干的。”于东青曾经郑重其事地告诉她，“我刚参加工作的时候，我们队长也不让我办案子，他交给我的工作只有一个：装订卷宗。当时我也有情绪，我一个血气方刚的大小伙子，应该到办案一线岗位上，整天订卷，那是小姑娘的活儿。不过等到我真正办案子之后，才意识到我们队长的良苦用心。订卷是为了让我了解整个办案过程，熟悉办案方法，积累经验，这样我才能在办案时有的放矢。”

吴婷婷点了点头，虽然心里仍然有些不舒服，但是工作既然分到自己手中了，那就必须要做，而且要做好。

“就目前这起案子来说，你可别小看这些监控录像，这件案子，很有可能通过筛查录像破案。”于东青告诉她，“你的任务很重，我需要你连夜工作，最好能在天亮前查清凶手的外貌特征。”

分配完任务之后，吴婷婷就被于东青发配到了海西区分局的技术室。这里非常狭小，只有十几平方米。狭窄的空间内堆满了各式各样的计算机显示器、主机以及其他设备，显得异常拥挤；加上没有窗户，无法充分通风，整个房间充斥着烟味、体臭味和计算机那种电子设备所独有的味道，这几种味道掺杂在一起，实在称不上好闻。

吴婷婷虽然也是个爱干净的女生，但她并没有抱怨，仅仅皱了皱眉头，便集中精力投入到了工作中。

这并非吴婷婷第一次承担监控视频的清查工作，只是这次需要查看的监控视频，无论是从时间长度，还是从精细程度来说，都要超出以往很多。仅仅是观海园小区内的监控，就刻录了三十多张光盘，这还不算小区周围道路的监控。

还好海西区分局给她配备了两个帮手，虽然看上去并不是干活的好手，而且吸烟吸得很凶，但总胜过没有。吴婷婷将整个监控视频分为三组，由他们三人分头清查。

清查监控视频，看上去非常轻松，实则不然，要想从监控视频中查出蛛丝马迹，不仅需要清查者具有相当的耐心，更需要超出常人的洞察力和敏锐性。用于东青的话说，能做好监控视频清查工作的警察，从事别的任何工作都没有问题。

当吴婷婷把监控视频仔细看了一遍之后，已经凌晨四点多了，她已然非常疲惫，一个劲地打哈欠。不过比起疲惫来，更让她感到郁闷的是没有收获。这一遍看下来，她竟然没有发现任何有价值的线索，甚至连一些可疑的迹象都没有。

不过当她告诉她的帮手——两位四十岁左右的中年警察——需要把监控视频再查一遍的时候，他们两人以一种“你算老几”的神情看着吴婷婷。这也难怪，作为一个二十多岁刚入职的女警，命令两个年龄和自己父亲相当的老警察，感觉总是怪怪的。

其中一位脸色阴郁地看着吴婷婷，口气里丝毫没有商量的意思：“吴警官，我心脏不是很好，再熬下去真的受不了了，我先歇一会儿，歇过来再继续查。”说完他便爬到了旁边的沙发床上，呼呼大睡起来。而另一位老哥则似乎觉得跟她讲话都是多余，连声招呼也没打，便径直推门走出了技术室。

吴婷婷很沮丧，不仅仅是因为两位中年警察的态度，更多的是因为没有发现线索。前几次清查监控录像，她做得非常不错，每次都从中发现了重要线索。吴婷婷定了定神，强迫自己喝了一杯浓浓的速溶咖啡，然后又把精力集中到了手头的工作上。

监控画面大部分时间都是静止的，但是这并不意味着可以走神。要想在其中发现线索，必须一直盯着看，哪怕只是分神几秒钟，都可能错过重要线索。吴婷婷努力睁大双眼，强迫自己集中精力，但是凌晨四点是困意最浓的时候，因此，虽然吴婷婷的眼睛还盯着屏幕，但头脑早已一片混沌，处在半睡半醒的状态中。

突然，技术室的门被粗暴地推开了，一个瘦削的身影走了进来。吴婷婷顿时打了个激灵，她凝神一看，来人竟然是法医卫毅平。

“卫毅平，你不赶紧去检查你的尸体，跑到我这儿来干什么？”吴婷婷睁大眼睛，瞪了卫毅平一眼，没好气地说，“告诉你，姐姐我忙着呢，没工夫搭理你。”

“忙什么，忙着睡觉？”卫毅平一脸的坏笑，“我刚才进来的时候，可是看到你的鼻子都快贴到桌面上了。”

吴婷婷冷哼一声：“我忙着干什么不用给你汇报吧？说吧，你到我这儿来干什么？”

“喂，干吗这么一脸嫌弃的表情。”卫毅平环顾了下四周，压低嗓门说，“其实我是来帮你的。我问你，想不想立功？”

“立功？”吴婷婷狐疑地看着他，“立什么功？”

“当然是周远这起案子了。”他抬头看了眼吴婷婷眼前的监控屏幕，不屑地哼了一声，“嘿，别查了，这玩意儿，一点用也没有。”

一听自己的工作被看低，吴婷婷心生不悦，冷冰冰地说：“不试过怎么知道，再没用，也比你在这儿无所事事地闲逛强。”

“真的，”卫毅平一脸的认真，“我把话放在这儿，这个案子要是能通过监控找到凶手，我下个月就光着膀子上班！”

吴婷婷嫌弃地瞪了他一眼：“得了吧，你还是别污染大伙儿的眼睛了，就跟大家多稀罕看你光膀子似的。于队说了，这个案子监控很重要，凶手的行踪，一定会被监控拍到。”

卫毅平弯腰把脸贴近吴婷婷：“我之所以这么说，是因为我发现了一个极其隐秘的线索。”看吴婷婷斜着脸不搭理他，语气又增加了几分神秘，“不瞒你说，我在死者尸体上发现了一些不寻常的东西，”他瞥了眼吴婷婷，“怎么样，感不感兴趣？”

“不感兴趣。”吴婷婷白了她一眼，然后扭过头又看起了屏幕，不再搭理卫毅平。在吴婷婷眼中，卫毅平是一个油腔滑调、没有正形的主，尽管现在很多小女孩都喜欢这种坏坏的贫嘴男生，但是吴婷婷却非常反感这种满嘴跑火车的人。

卫毅平有些尴尬，他愣了一下，随即又嬉皮笑脸地贴上来，神秘兮兮地说：“我在死者的尸体上发现了一个很隐秘的痕迹，看来这起案子，没那么简单，搞不好……搞不好牵扯什么大的阴谋。”

吴婷婷转身看着卫毅平，不耐烦地说道：“卫毅平，你电影看多了吧，你要真有事就正儿八经说，没事赶紧走，我这儿忙着呢。”

卫毅平啧了一声，一脸的无辜：“嘿，你这人，我是看在咱俩同年参加工作的分儿上，想帮你一把，没想到你不领情。我告诉你，死者身上，真的有个很奇怪的痕迹。”他眼珠子一转，又说道，“这可是非常隐秘的线索，顺着这个线索调查，或许会发现什么呢……”

吴婷婷揉了揉眼睛，半信半疑地问：“那死者身上到底有什么痕迹？文身吗？”

卫毅平压低声音说：“No，No，不是文身，应该是……用锐器在身上划的标记。”他扶了扶眼镜框，一副煞有介事的样子，“我感觉这个标记不像是意外划的，肯定有它的特殊意义。”卫毅平从口袋里掏出一张照片递给吴婷婷，“我拍了一张特写照片，你看看。”

吴婷婷接过照片，当她看到照片里那个类似菱形的血痕时，她感到后背一阵发凉，心里极其不舒服，仿佛那是一只血红色的眼睛在盯着自己。她略微颤抖地放下照片，一阵寒意席卷了全身。

第三章　冯玲

于东青猛然睁开了眼睛，一骨碌从沙发上坐了起来。他的双眼警惕地扫了四周一圈，根本没有一般人刚睡醒时的那种慵懒感。于东青一向认为，在睡眠中保持戒备是一名刑警队长应该具备的基本素质，因此，他的睡眠一向很浅，以便自己能在醒来时迅速应对各种突发情况。

墙上的挂钟嘀嗒响了一下，早上七点整。

昨天夜里，更准确地说是今天凌晨，当于东青回到在海西区分局的临时办公室时，已经凌晨两点半了。长期的刑警生涯让于东青练就了充分利用有限睡眠时间的本领，睡了不到五个小时，于东青的精力就完全恢复了。他惦记着监控录像的筛查情况，草草地洗漱完毕后，就匆匆赶到了技术室。

在技术室嗡嗡作响的机器中，于东青看到了吴婷婷一筹莫展的脸。不用说，监控清查的进度，恐怕不容乐观。他上前拍了拍吴婷婷的肩膀，安慰她说："别急，监控清查是个慢活，现在没结果也正常。"嘴上这么说，其实于东青心里比谁都着急，"目前进度如何？有没有发现不正常的地方？"

吴婷婷脸上挂着焦急和失落："我们分为三组，一组负责清查观海园小区附近交通卡口的监控录像，另一组负责观海园小区内部的监控录像，第三组只查案发别墅门口道路上的录像。总的来说，这个小区内部及周边的监控系统非常完善，可以实现对案发别墅 360 度无死角监控。"

"嗯，不错，非常科学的清查方法。难道按照你这个方法，查了几个小时，一点线索都没有？"于东青难以置信地问道。

吴婷婷一脸沮丧："唉，真是奇怪了，我们从案发的时间点往前倒查了三十六个小时，除了案发当天早上被害人妻子驾车外出，以及下午被害人一家乘车出门之外，案发别墅没有任何外人进出，更别说有什么可疑情况了。”

于东青一脸的不解：“不应该啊，难道凶手不是当天晚上才进去，而是早就潜伏在被害人的家里了？”

吴婷婷压低声音问道：“于队，您说，凶手有没有可能就是被害人妻子啊？如果是她的话，那就能解释为什么监控没有拍到凶手了。”

于东青略一沉吟：“不排除这种可能，但我觉得可能性不是很大。这样，小吴，你把监控的清查范围提前七十二小时，再查一遍。凶犯可能会做伪装，因此这一遍要细，特别注意一些可疑的细节。”

吴婷婷满面愁容地点点头，转身准备继续工作。这时，她突然想起了什么，扭头对于东青说：“对了于队，刚才卫毅平偷偷摸摸来找我，给我看了一张照片，说是在尸体上发现了一个奇怪的痕迹。”说完，吴婷婷把照片递给于东青，“您看看。”

于东青有些纳闷，他蹙着眉头，喃喃自语道：“什么奇怪痕迹？这个卫毅平，又搞这些故弄玄虚的东西。”接过照片看了一会儿，他一脸不屑地说，“这个啊，我检查尸体的时候就发现了，这不就是一个普普通通的伤痕吗？我看八成是刮胡子时不小心刮破的，我就经常这样。”

吴婷婷一脸认真地说：“可是卫毅平信誓旦旦地说这是有特殊意义的符号，还说这件案子有可能涉及一些秘密。”

于东青哭笑不得地摇摇头。在他的团队里，卫毅平是个非常重要的角色：法医学硕士，理论功底扎实，学识虽谈不上渊博但也算得上出色，再加上年轻能干，认真仔细，说实话，比一些自诩为老资格，动不动摆架子、撂挑子的法医专家强多了，因此，于东青办案子基本上回回带上他。不过，于东青对卫毅平玩世不恭的生活态度和大大咧咧的生活方式，尤其是见了美女就往上凑这一性格特点却不敢苟同，甚至看着有些不顺眼，但是他也不好直接干涉别人的私生活，只能偶尔旁敲侧击地提醒提醒。

于东青苦笑着对吴婷婷说：“秘密？小吴，卫毅平这点心眼你看不出来？我告诉你吧，什么特殊符号，什么秘密，都是他自己瞎编的。你想，他要是真以为这是个重要的线索，他为什么不去跟我汇报？他编出这些玄乎的东西来，只是找个接近你的理由，引起你的好奇罢了！”

经于东青这么一分析，吴婷婷有一种被戏弄的感觉，心中火起，瞪大眼睛问道：“这个浑蛋，他接近我干吗？我跟他又没打过交道。”

于东青笑笑："小吴啊，卫毅平是个见了美女迈不动腿的主，你说他接近你干什么？"

话音刚落，于东青的手机响了，他把照片还给吴婷婷，按下了接听键，电话那头传来了钟萧的声音："于队，我已经把被害人周远的妻子带过来了，现在我们就在你临时办公室门口。"

三分钟后，当于东青回到临时办公室门口时，钟萧已经在门口等候了，在他身后，还站着一位身穿米黄色大衣、浅蓝色紧身牛仔裤的少妇。她身材高挑，面容精致，虽然化了淡妆，却掩饰不住一脸的憔悴。在这个年纪还能有如此风韵，此人年轻时必是个极品美女。于东青暗暗思忖着。

打量了这位女士几眼，于东青客气地把他们让进了办公室。落座之后，钟萧介绍道："冯女士，这是咱们市公安局刑警队的于队长，周先生被害这件案子，就是由他亲自负责的。"

于东青向她点了点头道："您就是周远的妻子吧，我该怎么称呼您？"

冯玲显得有些不安，一双漂亮的眼睛也有些迷离，两手局促，仿佛不知道放在哪儿。显然，她还没有从凶杀案的惊吓中恢复过来。过了一会儿，冯玲才开口回答，声音里充满了疲惫："于警官，我叫冯玲，是周远的妻子。"

于东青笑了笑，起身递给冯玲一个茶杯："冯女士，你别紧张，今天请你来只是想了解一些周远的情况——对了，喝点绿茶还是红茶？"

冯玲抬起头，有气无力地说："于队长，你别麻烦了，我不是来喝茶的。说实话，我一个平头老百姓，平时最不想进的就是公安局的大门，我总觉得进这种地方，不……不吉利。"

冯玲的话虽然有些刺耳，但于东青依然保持着微笑："那我就给你泡绿茶吧，虽然我知道你更喜欢喝普洱茶。"看着她投过来纳闷和略显惊讶的目光，于东青解释道，"因为，我看到你们家放着很多普洱茶。不过呢，我这儿没有普洱茶，不过相信我，我的西湖龙井也非常棒。"

没等冯玲回答，于东青就拿着泡着西湖龙井的茶壶，给她和钟萧各倒了一杯，顿时，一股淡淡的豆香味散发开来，让于东青感到非常惬意。

"冯女士，周远的案子，我们市公安局高度重视，派遣精兵强将组成了专案组。你放心，我们已经采取了有力的侦查手段，并且掌握了一些重要的线索，相信凶犯很快就会落网。"于东青啜了口茶，慢吞吞地说，"但是为了尽快破案，我们需要你的帮助。因此，今天特意把你请过来，就是想麻烦你把案发当天晚上的情形再说一遍，希望你能理解和配合。这次呢，要尽量说得细一些，不要遗漏任何细节。”

冯玲也端起茶杯，轻轻啜了一口，可能是因为茶水太烫，她抿了下嘴唇，又把茶杯放回了茶几上：“希望你们尽快破案，给我和孩子一个交代，也给老周一个交代。那天晚上的经过，对我来说实在是一场噩梦，其实我不想再回忆，但为了破案需要，我肯定会配合。不过于队长，请答应我，我只讲这一次，以后不要让我再讲了，可以吗？”

“当然可以。”于东青点点头，“我很理解你的心情。”

冯玲再次端起茶杯放到了嘴边，她的动作异常缓慢，像是在利用这段时间组织语言。当她把茶杯放回茶几上时，于东青注意到，茶水似乎并没有少。

“昨天晚上，我儿子周小米参加的艺术培训班要举行一个结业汇报演出，”她用手轻轻拢了拢额前的刘海，“这种场合，我们一般会全家一块参加。演出是晚上七点开始，我记得下午四点半的时候，我跟周远还有小米就开车出门了。演出是晚上九点半结束的，散场以后，我们直接开车回了家。大约十点吧，我们回到了家，周远把车停在别墅门口，然后先下车进屋了。”

“你们为什么不一块下车进屋呢？”于东青问道。

“是这样，我们家在几个月前进行了重新装修，因此，屋内的装修味道很重。因为昨天下午下雨，为了防止雨水打湿屋内的墙面，我们出发之前把门窗都关了，这样房间是封闭的，不通风，等我们回家的时候，屋内甲醛之类的有害气体浓度肯定很高。你也知道，装修污染对身体的危害很大，我跟周远倒是其次，关键是为了孩子的健康。因此周远一般会先回屋，打开几扇窗户通风，等十几分钟后我跟孩子再回屋。”

于东青盯着眼前这位略显憔悴，但依然很吸引人的美少妇，眼神炯炯发光：“可是监控显示，周远进入屋内没多久，周小米就从车上下来，跑到屋子里去了，对吗？”

“没错，小米不懂事，非要跟他爸爸一起，我也拦不住，就让他自己进屋找他爸爸了。又过了几分钟……嗯……差不多五分钟吧，我突然觉得肚子有些疼，想去洗手间，于是也走进了屋里。没想到，我刚进门，就听到楼上一声巨响。当时我吓得差点儿心脏病发作，两腿一软，瘫在了地上。就这样愣了几分钟，我才慢慢缓了过来。我心里挂念着周远的安全，挣扎着站起身来，跑到楼上，然后……然后我就看到了那惨绝人寰的一幕。”说罢，冯玲忍不住掩面抽泣起来。

于东青盯着冯玲，审视着她的一举一动。目前来看，她的表现倒是非常符合一个刚刚经历丧夫之痛的弱女子的特征，并无可疑之处。

过了几分钟，见冯玲情绪稍微稳定，于东青抽了两张纸巾递给她：“你说的我都记下来了，不过还有几个问题想问问你。冯女士，从进门之后，到发现你爱人的尸体，这个过程你还做了什么？你为什么没有报警呢？”

“于队长，对你来说死个人可能不算什么，可对我一个弱女子来说，哪见过这种场面啊！”冯玲脸色苍白，肩膀由于哭泣而不时抖动着，“进门之后，又是枪声又是尸体的，我当时直接吓傻了，脑子里一片空白，哪还能想起来报警啊，我是个胆小的人，平时连个死虫子都害怕，那种场面，根本承受不了！”

于东青点点头：“嗯嗯，这种情况确实会让人不知所措，你的反应非常正常。再一个问题，你们家有没有其他的出入口，比如，比较隐蔽的通道或者门什么的。”

冯玲停止了抽泣，睁大眼睛想了一会儿，十分肯定地说：“这个不可能，据我所知，我们家只有大门那一个门，连个侧门或者后门也没有，就连窗户也都装了防盗网。至于凶手是如何进出我们家的，我也纳闷得很。”

冯玲似乎不那么紧张了，表情松弛了很多，于东青眯着眼睛问冯玲：“据我们了解，你老公周远是一名私家侦探，以前也干过刑警，这两种工作接触的人都很复杂，也很容易得罪人。”于东青跷起一条腿，摆出一副轻松随意的样子，“你了解他的工作内容吗？他在工作过程中，有没有得罪过某些人呢？”

冯玲低着头，两手不停地来回搓着，神色又变得不安起来。过了一会儿，她抬起头，下定决心似地说：“不瞒你们说，一提到他的工作，我心里就非常不安。你说得没错，于队长，说好听的他是私家侦探，但说白了，就是拿人钱财，替人跑腿的。当时他要辞掉刑警的工作，干这一行的时候，我是极力反对的。警察是个相当体面而且受人尊敬的职业，收入虽然算不上很高，但足以保障舒适体面的生活，而这种私家侦探呢，听起来就偷偷摸摸的，不是什么正当职业，根本上不得台面。”

办公室里温度有点高，冯玲原本苍白的脸上开始浮现出红晕：“但是老周这个人倔得很，根本不听我的，坚持要辞职。不仅如此，还让我为了他所谓的事业，辞掉我在银行的工作做家庭主妇。我们当时为这事吵得不可开交，差点儿离婚，不过最后，还是我妥协了。”

她抬手轻轻擦掉了额头的汗珠，动作很细微，但被于东青一一看在眼里。

冯玲继续说道：“我记得有一次，他去调查一个混社会的人，结果被人发现了，对方把他拘禁了十几个小时，我当时害怕得要命；还有一次，我收到一封信，里面写着小米的名字和学校。要知道，我的心理承受能力很差，有点心事就吃不下饭睡不着觉。因此，打那以后，我就不想再掺和他的工作了，就算他主动跟我说我也不想知道，就怕知道了替他担心。后来他也明白了我的想法，就很少再对我提起与工作有关的事情，所以我对他的工作内容并不了解。至于得罪人，你们觉得他这种工作，不得罪人可能吗？我知道他经常收到一些威胁短信、电话什么的，不过我觉得，得罪归得罪，他毕竟也是替别人做事，结不下多大的仇恨，那些威胁也都是恐吓居多，应该不至于引来杀身之祸吧。”

于东青追问道：“你的意思是，这次凶杀并不是仇杀，对吧？”

冯玲两手端杯，微微仰头把杯中的茶喝光，然后把茶杯轻轻放到茶几上，十分优雅：“这个我也不好下结论。不过有个细节我必须告诉你们：凶手偷走了一些现金和首饰，还有包包之类的奢侈品。现金大约有四五万，首饰也至少值个十几万，至于奢侈品，那就更多了，按照购买价的话，差不多得二三十万吧。”

“二三十万？”钟萧似乎不太相信，“有这么多？”

冯玲瞅了钟萧一眼，然后从口袋里拿出一张纸条，递给于东青：“我把被盗物品的明细写了个纸条，于队长，麻烦你看一下。”

于东青接过纸条，纸条上写了几行英文字母，似乎是丢失物品的品牌，粗略地浏览了一遍，他心里暗暗叹了口气：相比于自己死去的老公，眼前这个女人，似乎更在意被盗的奢侈品啊。于东青把纸条递回到冯玲面前，打着官腔说道：“冯女士，我们是专案组，主要任务是抓获凶手，你给我的这个纸条，似乎与我们侦破案件无关。至于你丢失的物品，等抓获凶手之后，再看看能否追回吧。”

冯玲盯着于东青看了一会儿，并没有接纸条，而是轻轻地说：“于队长，我并没有让你追赃。我只是觉得，凶手潜入我们家并不是为了杀人，而是为了偷东西。所以，我还是希望你好好看看这张纸条。”

于东青点了点头，把纸条放进了自己兜里，语气平静地回答道：“好，这个细节我们一定会考虑的。”

冯玲用手朝自己脸上扇了扇风，小心翼翼地问道：“对了，于警官，你们都查找到了什么重要线索？这些线索能抓到凶手吗？”

于东青没有回答她的问题，而是眯眼看着眼前这位难以捉摸的美女。

面对于东青审视的目光，冯玲显得异常冷静。

没错，她的表现很正常，只是有些太正常了……她一开始还有些拘束，但后面就对答如流，镇定自若。这个女人，绝对不简单。于东青笑了笑：“对不起，这些线索在破案之前都属于机密，我们不能告诉你，这也是为了能尽快破案，请你理解。”

冯玲喝了口茶，表情依然平静：“既然是你们的机密，那我也不好再问了，我的要求就是麻烦你们尽快破案。”说完，她起身拎起包，不冷不热地说，“于队长，我可以走了吗？”

于东青也站起身来，微笑着说：“当然，冯女士，很感谢你今天的配合，想起与案子有关的事情可以随时联系我们。请吧！”说完，他做了一个送客的手势。

冯玲笑了笑，点了点头算是告别。看得出来，她的笑很勉强，但仍然不失妩媚。

看着冯玲快步走出门外，于东青笑了笑，喝掉了手里的一杯茶，低头沉思。许久，他把头转向钟萧：“关于这个冯玲，你怎么看？”

钟萧撇了撇嘴：“总感觉她有点怪，可是又说不上来具体哪儿怪。不过于队，我有一点不明白，你为什么要骗她说我们已经掌握了重要线索？我们现在明明没有什么进展啊，万一破不了案，你这不是让我们下不来台吗？”

于东青又喝了口茶，闭上眼睛，似乎在品味茶水的醇香：“钟萧，你觉得这个女人有没有作案嫌疑？”

钟萧一怔，嘴里发出啧的一声：“嫌疑倒是有，不过……我觉得不大。你之前也分析过，凶手应该具有相当的身手和从军从警的背景，可是根据我们调取的冯玲的个人资料显示，她从国外留学回来之后就一直在银行工作，从警的经历一点也没有，更别说从军了。”

于东青摇了摇头："你说得没错，可是你想过没有，档案里可以看出一个人有没有从军或者从警的经历，但是可以看出一个人的身手吗？冯玲虽然没有当过兵或警察，但这不代表她不具备杀人的素质。从刚才的谈话中，我能感觉出这夫妻二人的关系有些微妙；另外，作为十分富有的私家侦探的第一顺位继承人，她具备充分的作案动机，况且我们到达案发现场时，只有她和被害人在场，她本身就有作案的时间和条件；还有，吴婷婷那儿刚刚完成第一轮清查，奇怪的是，除了冯玲和被害人以外，没有发现任何人出入过案发别墅。综合以上这几点来考虑，冯玲这个人的作案嫌疑……并不小。"

"可是头儿，即使她具备杀人的素质，可是凶器呢？她用的枪呢？现场可是没有发现任何凶器啊。"钟萧不解地问道。

于东青躺在沙发上，眼睛直直地盯着天花板上的节能灯："这个，目前我也不太清楚，有可能藏在了房间的某一处，也有可能通过其他巧妙的手段处理掉了。当然，这一切只是我的猜测，她是不是凶手现在还不能确定。不过至少可以确定一件事情，她对我们没有说出全部的实情。你看，她口口声声说自己胆小，心理承受能力弱，但从刚才的谈话来看，你觉得她胆子小吗？"

钟萧若有所思地点点头："你这么一说，这个女人还真不像胆小的人。她到刑警队来一点也不紧张，思维清晰，情绪稳定，面对你的询问丝毫不慌乱，这样的人心理素质很好，绝对算不上胆小。"

于东青哼了一声，晃着头说："这就是了。一开始我说我们掌握了重要线索，就是要看看她的反应，另外也是给她施加压力。"他掏出一根烟，随手扔给了钟萧，"果然，她后来忍不住了，问我发现了什么线索。一般来说，受害人的家属只关心破没破案，有没有抓到凶手，顶多再问一下案件的进展情况。至于线索啊、痕迹啊、证物啊之类的专业问题，一般人根本不会过问。而冯玲作为一个所谓的胆小怕事的家庭主妇，竟然想知道我们发现了什么破案线索，你觉得正常吗？"

钟萧感叹道："于队，这就是传说中的敲山震虎吧。你一说发现了重要线索，她就坐不住了，看来这个冯玲，的确不简单。"

"而且，还有一个细节我觉得很奇怪。"于东青吐出了一个大大的烟圈，"冯玲刚才说，她听见枪响后，担心周远的安危，这才赶紧往楼上跑去。钟萧，你觉得有没有问题？”

钟萧有些发愣，结结巴巴地说：“啊？这不挺正常的吗？”

于东青抿着嘴摇摇头：“枪声响起的时候，楼上实际上有两个人，一个是她的老公周远，另一个是她儿子周小米。枪声响后，作为一个母亲，她竟然只担心老公的安危，而丝毫不关心儿子的死活。而且你听她刚才的叙述，根本没提周小米后来情况如何。你觉得，这是一个正常母亲所应有的举动吗？”

钟萧吸烟的速度比于东青慢了很多，他用手指轻轻弹了弹烟灰，点点头说：“是啊，正常来说，当妈妈的，应该挂念儿子的安危多一些，毕竟儿子是自己身上掉下来的肉。作为母亲，这个冯玲确实对自己的儿子不太关心。”

于东青轻哼了一声：“我看她太不简单了，我们绝对不能忽略她。”

钟萧嗯了一声，表示同意：“头儿，我们要不要将下一步侦查的重点放到她身上。”

于东青考虑了一会儿，摇摇头：“现在这一切都是推测，不足以认定冯玲就是凶手，只能说她有这种可能性。所以，你把她盯好就行了。对了，死者家里勘查得怎么样了，有没有什么新发现？”

钟萧挠了挠脑门：“在带冯玲来之前，我们把死者家里仔细勘查了一遍，这一遍我可是恨不得把地板都掀起来，只是，仍然没有发现有价值的线索。但是可以确定两个情况：一是凶手肯定逃走了，不会隐藏在死者家中；二是死者家里没有其他出入口或者秘密通道，任何人进出都要通过大门。”他压低声音说，“另外，我已经扣押了周远的手机、公文包、电脑等重要的个人物品，除了你找到的那个黑色笔记本外，只要有些价值的，我都搜罗来了。这些物品都交给了技术部门，现在他们正在做检查分析，结果应该很快就会出来。”

于东青满意地点点头，说道：“嗯，做得好！钟萧，你办事我放心。在这件案子上，你还得多辛苦，早办完了咱们早给高局交差。接下来，你让技术处加快速度，看看能不能查到新的线索。”于东青走到窗前，揉了揉自己的肩膀，像是跟钟萧说话，又像是自言自语，“如果能查出指向冯玲的线索，那么结合监控录像，基本上就可以确定，冯玲就是凶手。”

话音刚落，一阵急促的敲门声响了起来。被这突如其来的敲门声打扰了思路，于东青有些不悦，不过转念一想，极有可能是有关案情进展的好消息，不由得振奋起来，大声说道："进来！"

出乎所料的是，推门进来的既不是马千里，也不是卫毅平，更不是吴婷婷，而是一位五十多岁、面容沧桑、身穿保安制服的中年男子。于东青皱着眉头刚要发问，保安却先开口了，他神色慌张，脸上的褶皱因为惊恐而变得十分扭曲："于队长，不好了！出事了！"中年保安的嗓门很大，在空旷的走廊上传来阵阵的回音。

于东青吐了一口烟，皱起眉头："别咋咋呼呼的，出什么事了？慢慢说！"

保安声音里透着哭腔："刚才从你们办公室出来的那个女的……她死了！"

一直以来，于东青都认为自己是个淡定的人，但当中年保安喊出冯玲的死讯时，他只觉得脑子轰的一声，身体里的血液一下子涌到了头部。这个令人震惊的消息，让于东青在原地足足愣了半分钟，直到手里夹着的烟烫到了手指头，他才猛然醒悟过来。

"死……死了？你说死了？"于东青难以置信地问保安，"怎么可能？是刚才从我办公室出去的那个女的？穿米黄色呢子大衣的那个？你确定吗？"

中年保安神情紧张，声音里依然透着哭腔："哎呀，于队长！没错，就是那个女的啊，登记在我那里叫冯玲的！"

"你别急，"钟萧已经从刚刚的震惊中清醒了过来，他上前按住保安的肩膀，语速极快地问道，"她是怎么死的？现在人在哪儿？沉住气慢慢说！"

"人就死在咱们公安局大门口啊！"中年保安瞪大眼睛，神情激动，说话时双手快速地舞动，以配合他的描述，"几分钟前，她走出咱们局的大门，可能是要到对面的公交车站坐公交车，可就在她过马路的时候，一辆车突然闯过红灯蹿了过来，狠狠地撞上了她。那车开得很快，人都被撞飞起来了！我在传达室看得清清楚楚，死的那叫一个惨啊！"

于东青脸色阴沉，甩手把烟头扔掉，也顾不上穿外套，只穿着一件毛衣就冲出了房间。钟萧替他拎上外套，匆忙跟了出去。

海西区分局地处闹市区，现在又正值早高峰，公安局门口那条并不宽敞的马路上，因为这起突如其来的事故而产生了严重的拥堵。几个交警正在大声吆喝，极力地指挥着交通。

由于事故异常惨烈，再加上恰好发生在公安局门口，因此路边挤满了不少猎奇的围观群众。很多人举着手机，不是在拍照，就是在录像。也是，发生在公安局门口的惨案，这话题性简直不能再强了。

尸体躺在马路中央，正对着海西区分局的大门口。两个年轻警察正面色肃然地站在尸体旁边，拉起警戒线准备把人群隔离开来。在离尸体十几米远的路边，几个警察正围住一辆黑色的轿车，合力把驾驶员从车上往下拽。驾驶员似乎比较激动，一个劲地大声嚷嚷，还做出推搡的动作。警察的呵斥声和周边群众的议论声掺杂在一起，整个场面显得混乱不堪。

于东青的脑子有些乱，但他还是快步走到尸体旁边，弯腰查看。看到地上的尸体，于东青不由得倒吸了一口凉气。没错，这的确是刚才同他们交谈过的冯玲。

于东青怎么也不会想到，几分钟前还跟他们交谈的大活人，此刻已经变成一具血肉模糊的尸体。尸体的惨状令人毛骨悚然，连于东青也感到十分血腥。瞬间，他的心里被愤怒、疑惑和震惊的复杂情绪所笼罩，心情十分低落。

于东青面色铁青地挤出一句话：“死了，没有抢救的必要了。”随即抬起头，用阴郁的语调命令站在一旁的钟萧，“马上启动应急预案，带领几个人，用最快的速度全面检查现场，提取证物。另外，让卫毅平赶紧过来，把尸体处理一下。更重要的是，抓紧时间协助交警疏散群众，恢复交通，把这件事情的影响降到最小，尤其是宣传部门，摸清基本情况后，尽早发布真相。要知道，发生在公安局门口的命案，非常容易产生各种谣言。”

冷风凛冽，钟萧点了点头，把外衣给于东青披到肩上，然后转身去布置工作了。

于东青噌地一下站起身来，快步走向肇事的黑色轿车。他重重地拍了拍肇事汽车的窗玻璃，问站在车旁的交警：“是这辆车撞的吗？”

交警挺直腰板，大声答道：“没错于队，就是这辆车。”

于东青绕着车转了一圈，仔细观察。这是一辆非常普通的国产品牌家用轿车，八成新。从轮胎的使用状况来看，开的时间并不长。车头右侧因为撞击凹了进去，还沾染了一些血迹，让人看了触目惊心。于东青注意到，这辆车并不是祁东市的车牌，而是外地牌照。

于东青拉开车门，顿时，一股浓浓的酒精气味扑面而来。他不禁皱起了眉头，问道：“司机喝酒了？”

车旁的交警点了点头："没错，驾驶员喝酒了，一身的酒味。虽然没有逃逸，但态度很恶劣，非常不配合。"

于东青这才把视线放到肇事司机的身上。他大约二十岁上下，脸上戴着一副蛤蟆镜，下巴处有个刀疤，嘴里骂骂咧咧的，浑身上下散发着痞气，丝毫没有因毁掉一条生命所应有的悔意。

看见于东青脸色阴沉地冲过来，刀疤脸没有一丝惧意，而是更来劲地嚷道："哟嗬，来了个大官这是？擦，挺横啊兄弟，怎么着，还想动手啊？"说完他转向围观群众，大声叫道："大家快看啊，警察打人啦！警察竟然动手打人了！"

于东青一看他这个浑样，立刻明白这是遇上老油子了。果然，刀疤脸这一撺掇，周围一些不明真相的群众开始起哄了，于东青隐约听到"警察怎么还暴力执法啊""人家也没反抗，警察不应该打人吧""这个高个子警察，一看脾气就很暴躁"之类的评论。

于东青强忍心中怒火，冷冷地问刀疤脸："你干的？"

刀疤脸一咧嘴，用满不在乎的口气说："你谁啊，凭什么你问我就得回答，我有沉默的权利。"

于东青本来就愤怒至极，刀疤脸的这些挑衅话语无异于火上浇油，一时间，整个大脑被极度的愤怒所笼罩。他再也控制不住自己的情绪，快速向前走了两步，飞起一脚，结结实实地踹在了刀疤脸的肚子上。

于东青身强力壮，腿部力量在全市警察队伍中更是数一数二。这一脚劲道十足，把刀疤脸足足踹出去半米远。刀疤脸重重地摔在了地上，他被这一脚踹丢了半条命，哪还顾得上撒泼耍赖，只是捂着肚子，趴在地上直哼哼。

于东青这一脚不仅把刀疤脸踹傻了，也让布置完工作赶回现场的钟萧等人惊起了一身冷汗。钟萧听到周围群众一声惊呼，他赶紧上前试图拉住于东青。可是盛怒中的于东青似乎丧失了理智，他不顾钟萧的阻拦和周围人群的议论，弯腰抓住刀疤脸的衣领，像拎小鸡似的把他拎起来，怒喝道："说！到底怎么回事！"

刀疤脸早被于东青这一脚踹蒙了，脸上全无血色，浑身打着哆嗦，根本说不出话来。

钟萧使劲拉住于东青的胳膊，在他耳边小声说："头儿，周围全是拿手机拍照录像的，咱们就别在这儿跟他纠缠了，把他带进去再说吧。”

于东青的怒火稍稍退去，此时也意识到自己的行为有些不妥。他松开衣领，把刀疤脸像一摊烂泥一样扔在了地上，大声命令道：“把这浑蛋带到审讯室，铐得紧一点！一会儿我亲自审！”

看着围观群众手里举着各式各样的手机，于东青明白，自己刚才那狠狠的一脚，早已被无数手机拍了下来，只怕几分钟后，这里发生的一切就会在微博或者微信朋友圈里掀起轩然大波了。他无奈地摇摇头，转身向局里走去。

第四章　消失的页码

幽暗朦胧的灯光以及弥漫在空气中的薰衣草香味让人昏昏欲睡。芙琅花和荷叶散落在房间的各个角落，黄花梨木的桌子上摆放着各种香薰用具和具有异国风情的木雕，再加上墙上的几幅内容不可描述的油画，使整个房间充满了一种暧昧慵懒的气息。

徐环此刻完全沉浸在精油的世界里，日常生活的一切烦恼都被暂时隔离开。此刻，他的思维几乎已经停滞，但是心情却非常舒畅。这就是徐环喜欢做泰式 SPA 的原因，更何况，Miracle 会所的泰式 SPA 按摩师，可是曾经给泰国王室服务的顶级按摩师。

不知道过了多久，极具风韵的泰国美女按摩师用温柔的声音将徐环从半梦半醒的状态中叫醒，并屈膝递给他一杯热腾腾的绿茶。

徐环恋恋不舍地站了起来，用欣赏的目光看着按摩师。按摩师注意到徐环落在自己身上的目光，向徐环莞尔一笑，微微躬身，缓步退出了房间。

徐环享受地端起茶杯啜了一口，然而茶水入口，却并不是熟悉的味道。他皱皱眉，晃了晃手腕上戴着的一个手环。接着，一位身穿西装套裙，极具气质的美女款款地走入房间，她在徐环面前微微躬身问道："徐总，您有什么需要吗？"

徐环虽然心有不悦，但仍然保持着微笑："Elly，这茶不是我寄存在这儿的茶叶吧？"

Elly 莞尔一笑，妩媚而又不带一丝做作："是的，徐总，您存放在我这里的茶叶已经喝完了，这杯茶泡的是我们 Miracle 会所顶级的，也是市面上非常罕见的珍藏茶叶。您觉得味道怎么样？"

徐环的眉头稍稍舒展了一些，没错，茶是好茶，但是对他来说，这种茶的香气似乎稍微重了一些。徐环并不是一个挑剔的人，别的东西都好商量，但是在喝茶这件事情上，他从来不介意表现出自己的苛刻："我还是习惯喝我自己的茶，既然喝完了，那今天就先将就一下吧，下次来的时候我再带些过来。"

"将就？徐总，我可不喜欢这个词从您嘴里说出来。"Elly 的樱桃小口微微噘了起来，"Miracle 会所的宗旨，就是要让会员享受顶级服务。作为您在 Miracle 会所的私人管家，您的将就就是我最大的失职。这样吧徐总，您只需告诉我您所需要的茶的名字和产地，我现在就为您安排采购。"

Elly 的话并没有夸张。Miracle 会所是全国乃至全球顶级会所之一，会员大多为世界五百强企业的高管。因此，连夜购置一份茶叶自然不是什么难事。

"好，那就辛苦你了。"对于 Elly 的殷勤，徐环很是满意，他冲 Elly 点了点头，"对了，把我的手机拿给我吧，希望没有太多人找我。"

Elly 双手捧上徐环的手机，俏皮地说："恐怕您的希望要落空了哦，在您做 SPA 的时候，手机一直在响，看来有很多人惦记着您呢。"

为了防止被打扰，徐环每次做 SPA，都会把手机交给 Elly 保管。Elly 担任徐环在 Miracle 的私人管家已经两年，她漂亮、聪慧，又特别有分寸，徐环非常喜欢她，是他最信任的人之一。

看到屏幕上十九个未接来电和三十二条未读信息，徐环心中生出一股烦躁，狠狠地把手机往桌子上扔去，手机在桌面上弹了一下，不偏不倚地落到了 Elly 脚下。

Elly 似乎以为徐环在冲她发脾气，精致的脸上掠过一丝惶恐。徐环看在眼里，心中不忍，赶紧轻声安抚说："对不起 Elly，我不是针对你。唉，最近心情烦躁，公司里一些乱七八糟的事情让我很压抑。"他闭上眼重重叹了口气，"觉也睡不好，整个人都处于一种亚健康状态。"

Elly 妩媚地笑了笑，弯腰捡起徐环的手机，一边把手机递给徐环，一边轻轻靠在了徐环的肩膀上，双手挽住了他的胳膊，声音温柔得简直可以融化寒冰："徐总心情烦躁，就经常来这儿呀，我是您的私人管家，您要是不来，我可是无聊得很呢。"

面对 Elly 暧昧的举动，徐环有些尴尬，他轻轻挪动身体，想摆脱 Elly 的肢体攻势，不过 Elly 挽得太紧，徐环的挣扎没有起到预期的效果。

Miracle 会所对会员的私人管家有非常严格的要求，严禁私人管家与会员进行过于亲密的接触，会员也不能对管家提出超出合同约定范围的过分要求。Elly 一直以来都非常注意，行为举止也很有分寸，但最近，她似乎对徐环有些过于亲近和热情了。

对此，徐环心里很矛盾，一方面，他确实很喜欢 Elly，但这种喜欢，更多的是一种欣赏，而不是男女之间的情感；另一方面，他又很享受跟 Elly 相处时的那种感觉，并不想生硬地拒绝她。因此，这些天，徐环一直“半推半就”，实在挡不住就找借口离开。正当徐环左右为难之际，手机铃声突然响了。他像抓住了一根救命稻草，赶紧假借要查看手机，起身挣脱了 Elly 的手臂。

手机屏幕上显示有一封未读邮件，徐环感到有些意外，因为他平时很少用到电子邮件，也很少有人给他发邮件。为了躲开 Elly，他煞有介事地点开了它。

邮件有一个很奇怪的标题：好奇害死猫，你敢点开吗？当然，徐环点开了邮件。邮件正文很简单，只有短短的几个字：救赎 or 谋杀？正文下面，有一张作为附件的缩略图片。徐环眯眼看了一下，照片好像是一张尸体的特写。他看了一眼发件人，名字是个英文单词——Harvest，邮箱地址则是一个他不认识的外国网站的网址。

Harvest？徐环的英文并不好，可他知道这个单词是“丰收”的意思。对于这封怪异的邮件，徐环感到一丝莫名的不安。但他只是稍稍犹豫了一下，便打开了照片。

照片里是一具血肉模糊的尸体，但是并不完整，徐环费了好大劲，才分辨出是死者腰部至颈部这一部分。

一般人看到尸体的照片，多多少少会感到不适，但是曾为刑警的徐环却对尸体有着天然的亲近感。他坚信，哪怕再胆小的人，只要看过在水里浸泡了三天的尸体，其他任何恐怖恶心的东西都不算什么了。更何况，在他的刑警生涯中，他可不止一次与水泡过的尸体亲密接触过。

徐环用警惕的目光大体扫了一眼，似乎没有什么特别之处啊……慢着，这是什么？照片里一个细节引起了徐环的注意。当他眯起眼睛，看清楚这个细节之后，他的心不由得咯噔一下，一阵寒意爬上了心头。

徐环用颤抖的手放大了照片，当他确认自己的确没有看错时，他的心脏仿佛被一只强有力的手狠狠捏了一下，头皮几乎要炸开。

照片里死者的尸体已经不成人形，非常血腥，但让徐环颤抖的，并不是尸体本身，而是尸体颈部的一个小小的血痕。确切地说，是一个红色的菱形血痕，而且同徐环颈部的那个血痕几乎处于相同的位置。更令徐环毛骨悚然的是，这个血痕，与自己脖子上的那个几乎一模一样。徐环伸出颤抖的手，下意识地摸了摸自己的脖子。

一直坐在旁边的Elly看到徐环的样子，满脸的疑惑："怎么了徐总？不舒服吗？"

徐环这才意识到Elly还一直在房间内，他心不在焉地向Elly笑笑："没事，一点小事。噢，你不用陪着我了，我自己待会儿，你去休息吧。"

听到徐环的逐客令，Elly的脸色有些暗淡。但话已经说到了这份儿上，她只好悻悻地退出了房间。

见Elly走了，徐环赶紧掏出手机，用自拍模式看了看脖子上的那个菱形血痕。在房间里阴暗的光线下，菱形血痕仿佛一只诡异的红色眼睛，直直地盯着自己。徐环并不是一个胆小的人，但是此刻，徐环觉得就算是一只恶鬼站在眼前，也不会比它更瘆人。

这个该死的菱形血痕，到底是什么东西？它为什么会莫名其妙地出现在自己的身上？

更令人疑惑的是，在一个自己毫不相识的陌生尸体上，竟然有一模一样的血痕！照片里的这个人死了，难道，这是一个预示着死亡的印记？

想到这里，徐环不禁打了个寒战。他再也无法保持淡定，掏出手机拨打了于东青的手机号码。他急切要弄明白这个死者的身份，而这种事情，没有人比于东青更在行了。

手机听筒里的那首彩铃听得徐环心烦意乱，直到"对不起，您拨打的电话暂时无人接听"的冰冷声音响起，于东青也没有接起电话。他又拨打了一遍，于东青还是没接。徐环暗自咒骂一句，端起桌上的茶杯，一口喝了下去。

一杯清茶下肚，徐环的头脑冷静了许多。不能坐在这儿等于东青回电话，这件事情的关键，就是那个瘆人的菱形血痕。自己应该先去查一下这个该死的符号到底是什么意思，万一查到了，那就省事多了。但查阅资料，并不是徐环的强项，他想到了一个人。随即，徐环调出了温华的手机号码。

温华是徐环的中学同学，当年是全校叱咤风云的学霸。一心钻研学问，一口气读到了语言学和符号学的双博士，毕业后在美国大学教了几年书，混得顺风顺水。不过，前些年因为家庭原因，他回到了祁东大学任教。在国内，他在符号学领域绝对是数一数二的大家。

电话接通以后，温华似乎对徐环的突然来电感到有些惊讶。也难怪，多年不联系的老同学突然联系你，恐怕不是托你办事，就是找你借钱。

当徐环说明意图之后，电话那头的温华突然沉默起来。这让徐环有些尴尬，他不安地问道："老温，你是不是现在不方便啊，要不……要不我晚点再打给你？"

温华的声音有些沙哑："不是，徐环，你别误会，我没事，只是有些惊讶。对了，你是不是想问我，一个中间有圆圈的菱形图案代表什么意思？"

徐环不由得一怔：自己心里的想法，温华是怎么知道的？他下意识地环视了一下房间，似乎觉得背后有人在监视自己："没错，你是……怎么知道的？"他竭力掩饰住自己的惊讶，但声音还是止不住发颤。

温华又沉默了一会儿，才慢慢地说："你是两天之内第三个问我这个问题的人。"

温华的这句话，让徐环惊愕到了无以复加的程度。符号学是一门很冷门的学科，日常生活中很少遇到这方面的问题，而两天之内，竟然有三个人请教温华同样的问题，这会是巧合吗？

徐环的沉默引起了电话那头温华的担心，他轻声问道："徐环，你没事吧？"

徐环努力装出若无其事的样子："噢，没事。那你，告诉他们答案了吗？"

温华的语气有些无奈："说实话，我也不知道。这个世界上，有浩如繁星的符号和图案。一个三岁小男孩，就可以设计出只有自己才懂的符号。虽然我是符号学博士，但见过的符号也是九牛一毛，而这个菱形套圆圈的符号，我真的不太清楚它的含义，不过……"温华的声音有些犹豫，"我可以给你点建议，不知道你想不想听。"

"老温，你就别装了，你是这方面的专家，你的建议，我求之不得，快说吧。"

温华笑了笑："我知道有一本书，是对世界各地千奇百怪的符号收录最全的一本书，在英国出版，名字叫 Mystical Symbols and their symbolic meanings。噢，中文翻译过来就是《神秘符号及其象征意义》。不过，这本书极其珍稀，书店里根本买不到。”

“这本书你那儿有吗？能借我看看吗？”徐环仿佛抓到了救命稻草，急切地问道。

温华遗憾地叹了口气：“很遗憾，这本书我也没有。不过别担心，我可以告诉你哪儿有：祁东市图书馆三楼，学术区。你可以去那儿借借看。”

徐环默默记下这本书的名字：“对了老温，除了我之外，还有谁问过你这个菱形符号的问题？”

温华的声音有些为难：“他们都嘱咐过我，让我替他们保密。更何况，问我的人也是受别人所托，至于受谁所托，中间经过了几托，我也不清楚。所以，即使告诉你也没有用，还不如让我落个保守秘密的美名，你说呢？”

温华所说的确有几分道理，而且当务之急是搞清楚这个符号的来龙去脉，至于还有哪几个倒霉蛋同徐环一样被这个符号所困扰，确实不是一件很着急的事情。

挂了电话，徐环又翻看了一遍那张照片。突然，在电光火石间，徐环毫无征兆地想通了一件事情：Harvest 给自己发这张照片，重点不是尸体，而是那个神秘的菱形符号！想到这里，徐环的心中生出一丝恐惧。是谁，在背后策划着这一切？徐环感觉这个人就像武林高手，不需要跟你照面，就可以把你打得一败涂地。

他走向酒柜，打开一瓶威士忌，猛灌了两口。火辣的酒液下肚，他觉得自己好像吞下了一团火，胃几乎要燃烧起来。越来越有趣了，徐环脸上露出一丝狠意：既然要比烧脑，那就来吧，自己绝对会奉陪到底。

祁东市图书馆位于祁东市老城区的沿海一带，是一幢年岁久远的德式建筑。虽然这座建筑已经非常老旧，但仍然不失典雅；另外，祁东市图书馆不仅外观很有特色，其藏书也非常丰富，尤其收藏了很多冷门、稀奇的书籍和文献。

徐环非常享受在图书馆寻书、品书的感觉，尤其是身处这种近百年历史的建筑里面，闻着古旧的纸张所散发出的那种混合着油墨味和霉味的独特气味，简直文艺得不能再文艺了。可惜，这次他不是来装文青的，他必须抓紧时间，尽快找到自己所需要的资料。

徐环径直走到图书管理员的办公桌前，轻声问道：“美女，我想借本书，请帮我索引一下吧。”

图书管理员是个年轻女孩，本身长得挺好看，但是化了与其年龄不相符合的浓妆后，整个人显得很别扭。她极不情愿地放下手机，用沙哑的嗓音问：“书名是什么？”

“叫《神秘符号及其象征意义》，英文名应该是 Mystical Symbols and their symbolic meanings。”

女孩一听，夸张地撇了撇嘴：“嘿，真是怪了，这本书之前我都没听说过，可是这两天竟然有三拨人来借。怎么，难道书里有藏宝图？”

徐环心里一沉，看来这本书的事情，温华不止告诉了自己，这一点应该早想到的。而且其他人行动得很快，已经抢在前面了。

他灵机一动，装作不经意的样子问管理员：“是吗，看来最近对这方面感兴趣的人不少啊。对了，你跟我说说，还有谁借啊？既然兴趣相投，可以认识认识。”

管理员嘿嘿笑了两声：“帅哥，你这搭讪的方式很新颖呢。不瞒你说，借走书的人还真是个大美女。”她抿着嘴，一副看穿对方秘密的样子，“可惜我们有规定，客户的借阅信息是保密的，不能随便告诉你。还有，这本书我们馆藏只有一本，已经被这位美女借走了，你还是改天等人家还了再来借吧。”

徐环心里暗暗骂了句脏话，脸上却讨好似的笑着：“哥这么巧的搭讪方式都被你识破了啊，厉害哟姑娘。”

“那当然，本姑娘也是身经百战的。”女孩得意地笑着，“你这点小把戏，还能瞒得过我的眼睛？”

“别人也就算了，不过既然你说借书的是位美女，那我就更要搞清楚她是谁了。”他脸上露出一丝坏笑，“要不，你通融通融，就当不小心让我看到借阅登记本了呗。”说完，徐环把一张百元大钞夹进了借阅证里，递给了管理员。

管理员会意，变魔术般将百元钞票放进了自己的兜里，面色如常地写了一张纸条夹在借阅证里，递给了徐环：“人家借书都是通过馆长，根本不用登记。她的名字我写在上面了，不过只有名字哦，手机号微信号什么的，我可不知道。”

徐环点点头，接过借阅证，匆忙走到一旁的书架边上打开。看到纸条上的字，徐环的脸色刷地一下变得极其苍白。他双目圆睁，喃喃地自言自语道：“楚琳？怎么会是她……”

楚琳坐在宽大的办公桌前，皱着眉头看着手里的财务报表，秀丽的脸上挂着明显的愠怒。在她对面，站着一个大腹便便，几乎谢顶的中年男人。楚琳怒气冲冲地抬起头来，竭力控制住自己现在就把手里的报表扔到那颗咸鸭蛋般的光头上。

中年男人细小的眼睛里闪烁着难以捉摸的光芒，满不在乎地说：“小楚总，您可以在这报表上签字了吗？”

“你管这种垃圾叫报表？卢总监，你也太不把自己的工作当回事了吧？”看着他一脸无所谓的样子，楚琳再也无法控制满腔的怒火。她用力把财务报表扔到中年男人的脚下，愤怒地质问道，“堂堂大良集团的财务总监制作的财务报表就是这种水平吗？连街边的皮包公司都不如！如果你制作的财务报表只能是这个质量的话，那我就要考虑一下是不是要另请高明了！”

卢总监耸了耸肩，话里明显带着刺：“小楚总，财务总监的任命和罢免，是要董事会做决定的，您自己做不了主吧？更何况，大楚总在的时候，他对财务报表的要求可不像您这么变态。一言不合，您就说质量差，这未免太武断了吧。”

卢总监的一席话无异于在楚琳的怒火上浇了一把油，但她却不知该如何反驳：“少拿我哥哥来跟我比！”她怒目圆睁，狠狠地盯着卢总监，声音颤抖，“现在我是总裁，那就是我说了算！告诉你，我是不会在这种垃圾上面签字的。还有，以后不许再叫我小楚总，我哥哥不在，我就是唯一的楚总！明白了吗？！”

卢总监毫不示弱地迎着楚琳的目光，与她对视了一会儿之后，才撇撇嘴说：“好吧，您不签字，下一步的工作就无法开展。咱们丑话说在前头，要是楚董事长怪罪下来，您可别赖到我头上。”他吃力地弯腰捡起财务报表，扭动着肥鹅般的身体走出了房门。

卢总监走出办公室之后，楚琳恨恨地把手里的钢笔扔到了桌上，气的眼泪都要流下来了。虽然她从哥哥楚云手里接管公司将近一年了，可每当自己要推行一些新的制度和规定时，仍然感觉到来自于各方的重重阻力和处处掣肘。集团各部门阳奉阴违，互相扯皮，让她这个大良集团的总裁狼狈异常，根本没有了上任之初的满腔热情。

楚琳明白，目前大良集团的大权，还是牢牢掌握在父亲手中，她这个在别人眼里无比风光的总裁，在父亲眼中也就是个跑腿的角色吧。

想到父亲，楚琳不禁轻轻叹了口气。父亲大名楚天舒，名字取自毛主席的诗：万里长江横渡，极目楚天舒。作为一个有从军经历的男人，他本人的性格也同诗里写的一样，“不管风吹浪打，胜似闲庭信步”，沉稳而不失灵活，胆大而不冒进，这才成就了大良集团的基业。只是父亲太过优秀，反而让她从小生活在他的阴影之中。

更令楚琳感到郁闷的是，哥哥楚云从小不学无术，只知道吃喝玩乐泡妞，但他担任总裁的时候，却把整个集团打理得井井有条，在公司里威望极高。反观她自己，虽然怀揣伦敦经济学院经济学硕士的学位，每天早出晚归，事必躬亲，反而把公司上下弄得一团糟。看来企业管理这行当，还真不能以学历论英雄。

想到这里，楚琳不禁又对哥哥的辞职感到异常疑惑：整个大良集团在哥哥的管理下蒸蒸日上，势头直逼如日中天的远景集团，可就在集团要更上一层楼的关键时刻，哥哥楚云却突然辞职。这到底是为什么呢？急流勇退？志不在此？应该都不是。楚琳问过哥哥多次，但他每次都有意无意地岔开了话题，显然是不想告诉自己，这让楚琳既疑惑又上火。

她抽出一支烟点上，深深地吸了几口。烟确实是缓解压力和舒缓情绪的好东西，只吸了几口，她内心的烦闷和怒气便逐渐回落了下来。突然，她想起了什么，赶紧把烟掐灭，然后打开限量款提包，从里面掏出了一本厚厚的书。

根据专家的提示，楚琳一大早就联系了祁东市图书馆的馆长，这才借到了这本唯一的馆藏书。不过回到公司之后，她就被公司的各种事务缠得焦头烂额，几乎把这件重要的事情忘得一干二净。

手里的这本英文原版书三十二开大小，非常厚，设计也很简单，深色的封面上印着“Mystical Symbols and their symbolic meanings”这几个英文大字。书虽然散发出一股类似储藏室里的旧纸张所独有的陈腐气息，但是看上去并不破旧，至少有八成新，想来翻阅过它的人并不多。

楚琳急切地翻开书，这本书收集了世界各地的神秘符号，并对它们的象征意义作出了解释。翻看了几页，她才意识到，这本书收录的范围实在是太广了，虽然语言对于曾经留学英国的楚琳来说并不是问题，但要在这么厚的一本书中找寻一个符号，好比大海捞针。

于是楚琳又翻到目录和索引，略一查看，找到了这样一个条目：Dimond with ring inside……page267（菱形和圆圈……第 267 页）。楚琳心中一阵狂喜，双手迅速地翻开书页。

第 197 页……第 223 页……第 245 页……楚琳心里默念着页数，随着页面越来越接近，楚琳的心跳也越来越快。

264 页，265 页……楚琳用颤抖的手翻过第 266 页，咦？ 269 页？这是怎么回事？第 266 页之后，紧接着的竟然是第 269 页。

楚琳心头一凉，又把这几页反复查看了几遍。没错，的确没有 267 页和 268 页。楚琳心里忍不住飙起了脏话。

一时发急，楚琳把书狠狠地扔到了地板上，过了几分钟，才慢慢恢复了理智。她捡起地板上的书，再次翻了起来。

没有第 267 页和第 268 页，难道是排版印刷错误？很快，她就有了发现，缺失那两页的装订线一侧，有明显的纸张被撕掉的痕迹。不出她所料，看来这本书被人故意撕掉了两页。但是，是谁撕掉的呢？楚琳的脑海里飞速地闪过最近发生的事情，心中的愤怒逐渐被前所未有的恐惧、怀疑和无力感等复杂情感所代替。

半个月前，楚琳无意中发现了哥哥楚云的颈部有一个细微的血痕。一开始她并没有在意，因为哥哥是个有名的花花公子，脖子上出现些吻痕、瘀青之类的东西并不奇怪。不过几天前，她发现哥哥颈部的这个血痕不仅没有消除，反而更加明显，这让楚琳大为不解。更让她生疑的是，像楚云这种极其看重外形的人，怎么会让这样一个难看的痕迹一直留在自己的脖子上呢？而且他丝毫不加掩饰，每次见她，他都放下衣领，仰着脖子，唯恐别人不知道他脖子上有伤似的。

尽管疑心重重，但楚琳并没有太当回事，毕竟她有很多更重要的事情要去做。如果她没有收到那一封古怪信件的话，也许这件事情就会被她慢慢忘掉。

今天清晨，楚琳在睡眼惺忪的状态中收到了一封电子邮件。邮件里没有任何内容，只有一张让人反胃的尸体照片。原本她以为是有人故意恶心她，可当她发现尸体上竟然有一个和楚云脖子上一模一样的血痕之后，被吓得花容失色。那一刻，她甚至以为照片上的尸体是楚云。

这一切让楚琳确信，哥哥颈部的血痕肯定不简单。难道是某个组织的秘密图腾？一向不靠谱的哥哥，是某个神秘组织的成员？这个符号，与他的突然辞职有没有关系？经过短暂的思考，她决定，查清这个血痕的含义，揭开哥哥的秘密。

楚琳的行动力一向很强，短时间内，她就托人请教了相关专家，并且从一个姓温的专家口中得知了这本书的信息。接下来，她又马不停蹄地打电话联系了祁东市图书馆的馆长，上午十点就把书取了回来。结果却又出人意料。

神秘的电子邮件，菱形血痕，冷门的文献书，这一切难道是巧合吗？自己想要做什么事情，好像都在别人的预料之中。想到这里，楚琳感到后背凉飕飕的，一股寒意涌上心头。

第五章　交易

就在楚琳疑神疑鬼的时候，手机铃声突然大作，着实把她吓了一跳。看了眼手机屏幕，楚琳眉头轻轻蹙起，按下了接听键。

“楚总，我这儿有新货，你要吗？”电话那头响起一个温柔的女声。

“噢，什么货？”

“你喜欢的货。”

楚琳看了看手表，略一沉吟：“好，一点整，老地方见。”

宋雅庄园是祁东市最高档的饭店之一，装修豪华，菜品奢侈，对于生意场上的人来说，这儿谈成生意的概率，要比谈判桌上大得多。因此，即便价格贵得离谱，但食客还是络绎不绝。

楚琳的红色轿跑车毫不减速地驶入酒店大门，直直地扎在了宋雅庄园的门口。她把车钥匙丢给了迎宾小哥，风风火火地走进了饭店的大门。大堂经理一看是她，赶紧放下手头的工作，亲自把她迎了进去，一脸殷勤地问候着。

楚琳看了一眼满脸恭维之色的经理，微微点了下头，算是打招呼，低声问道：“客人来了吗？”

大堂经理满脸堆笑地答道：“有一位女士，过来有一会儿了，正在房间里等着您呢。”

楚琳点点头，待经理把她引到“蓬莱阁”房间门口后，不紧不慢地推开了大门。

一位长发披肩的女士正安静地坐在房间里的沙发上，她正是徐环在Miracle会所的私人管家Elly。此时她并没有穿在会所工作时的职业套装，而是换上了白色高领毛衣、淡蓝色紧身牛仔裤，头发自然地散落在脑后，看上去像是一个漂亮的邻家姑娘。

Elly看见楚琳进来，起身点了点头，微笑着说："楚总，你迟到了。"

楚琳没有理会Elly，而是径直走到大餐桌旁，脱下大衣递给服务员，然后坐在旁边的餐椅上："正好是饭点，想吃点什么？"她不冷不热地说。

Elly也走到餐桌旁，坐在楚琳的对面。两个人在这样一个大桌上用餐，显得极为空旷。她俏皮地笑了笑："我在减肥，晚上不吃饭。服务员，给我来一碗银耳莲子汤吧。"

楚琳没有接服务员递过来的菜单，而是摆摆手说："富虹极品鲍，一品梅花参，海虎翅各两份，苏眉一条，帝王蟹一只，再要个枸杞乌鸡水鱼锅，甜点挑刚做好的随便上一份。好，就这样吧。"楚琳瞟了Elly一眼，"不好意思，我楚琳请客吃饭，一向不怠慢客人，吃不吃是你的事，但是我必须要点。"

Elly耸耸肩："看来我的减肥计划又泡汤了，我一向没有浪费的习惯，何况这么名贵的菜肴。"

服务员出去之后，楚琳身体往前一倾："好了，有什么事情急着要告诉我？"

Elly啜了口茶，缓缓放下茶杯："当然是关于徐环了。楚总，你出那么高的价钱让我监视他，我自然要为这件事情尽心尽力。"

楚琳冷冷地盯着Elly。说实话，她并不喜欢眼前这个自信得让人生厌的女人，但是她又不得不承认，这个女人做事情有手段，讲规矩，办事十分靠谱；此外，她还是徐环在Miracle会所的私人管家，还能有谁比她更适合监视徐环的这份差事呢？

"徐环今天上午刚刚去过我那儿。"Elly轻轻抚了下自己的刘海，这种举手投足间不经意流露出来的女人味，就连楚琳看了也不免有些嫉妒。

"一开始一切正常，他只是做了个SPA，做完之后，他的手机响了，他盯着手机看了半天，表情很惊讶，似乎出了什么事情。后来我出了房间，看不到他的表情，只能通过监听器听到房间里面的声音。"Elly淡淡地说，"我听到他给一个叫温华的打电话，问一个符号有什么意义，还提到了一本书，书名好像叫神秘符号什么的。他说话声音很低，我听得不太真切。"

Elly的话像是一记皮鞭，在楚琳的心上狠狠抽了一下，她身子一哆嗦，手里的茶杯差点儿摔落在地上。这一刻，楚琳有些错乱，她不禁用手轻轻扶住额头，闭上了眼睛。

Elly 觉察到了楚琳异样的表情，轻轻问道：“怎么了楚总？不舒服吗？”

楚琳没有说话，脑子里一片混沌，完全无法思考。许久，她才渐渐冷静下来，摆摆手示意 Elly 继续说下去。

“打完电话后，徐环开车去了祁东市图书馆，我一路跟着他。”Elly 看着楚琳，双眼闪动，“过了大约一刻钟吧，他就出来了。我特地留意看了一下，他两手空空，并没有借出什么书来。”

看来，徐环也联系了那个专家，不过那本书只有一本，难怪他借不到呢。

“那……你有没有搞清楚，徐环说的符号，到底是什么符号？”楚琳用略带颤抖的声音问道。

“好像是什么菱形符号。”Elly 略皱眉头说，“对了，我发现他的脖子上有一个菱形血痕，不知道他指的是不是这个。”

楚琳调出手机里的那张照片，示意 Elly 看一下：“你仔细看看，是不是这个符号？”

Elly 起身走到楚琳身边，带来一阵淡淡的香气。她接过手机端详了一会儿，口气略显惊讶：“没错，跟他脖子上的血痕一模一样。这不会就是他的照片吧！”

楚琳没有理会 Elly，而是自顾自点了一支烟，把自己笼罩在了烟雾中。

为什么徐环脖子上也有这个血痕？他和楚云有什么联系吗？不可能啊，他们俩一向互相看不上的啊……

丰盛的菜肴被服务员陆续端到了桌上，食物的香味和烟味混合在一起，楚琳忍不住咳嗽了两声。她把烟掐掉，抬头问 Elly：“还有什么别的情况吗？”

Elly 脸上带着礼仪式的微笑，轻轻摇了摇头。

看着眼前这个一举一动都散发出迷人魅力的女人，楚琳心中竟然泛起阵阵醋意。她的脑海中，不由自主地浮现出徐环含情脉脉地抱着 Elly 的场景……

楚琳用女人间那种充满敌意的目光看了 Elly 一眼，从包里掏出一张黑色的银行卡，扔到 Elly 面前：“卡里面有二十万，密码 123456，这是今天这次消息的报酬。”她起身穿上大衣，补充道，“盯好徐环，有消息尽快告诉我。”说完，楚琳穿上大衣，拎起包，风风火火地往门外走。

Elly 拿起银行卡在手中端详着：“楚总好慷慨，这个价码，完全可以要求我做更多的工作。徐环是远景集团的高管，而远景集团是大良集团最大的竞争对手，真的不需要我帮您查一下远景集团的商业秘密？”

楚琳停下脚步，皱了皱眉头，冷冷地说：“我监视他，是因为关心他，我只想了解他的生活动态，生意方面的事情，我不希望你插手。”她扣上大衣扣子，快步走向房门。快走到门口的时候，她又停下脚步，转头死死盯着Elly，口气异常冰冷，“还有，我警告你，不要勾引徐环！”说完，她快步走出房间，头也不回地消失在了门外。

Elly一个人坐在空荡荡的房间里，礼仪性的微笑逐渐化作一丝轻蔑的冷笑。

海西区分局审讯室里，撞死冯玲的肇事司机李力如烂泥一般瘫坐在审讯椅上，破旧的牛仔裤上还留着被于东青踹倒时沾上的灰尘。

于东青紧皱眉头，大口大口地吸着烟。审讯已经进行了一个多小时，但并不顺利。此刻他的心情已经平复了下来，想想自己上午的行为，确实有些过激，尤其是在那么多人围观的情况下。但是他并不后悔，干警察这一行当，特别是刑警，没点血性和火气是不行的。对于刀疤脸这种滚刀肉，讲道理如同对牛弹琴，只有露出利爪，他才会有所顾忌。

一阵有规律的敲门声响起，打断了于东青的思绪。他掐灭烟，开门走了出去。

门外的钟萧递给于东青几张打印好的资料：“头儿，刚检测过了，这家伙属于酒后驾驶，但不到醉酒的程度。另外，我们已经查清楚了这个人的资料。他叫李力，外省人，这小子年纪不大，前科倒不少。”钟萧用手指点着资料，“你看，十五岁时抢了人家一块表，因情节轻微且不满十八周岁而免予刑事处罚；十八岁时因为一点口角把别人捅伤，判了三年；二十一岁时领着一帮小混混寻衅滋事，被判了一年，这都是被判刑的，别的像打架斗殴，收保护费之类的事情多了去了……”

“肇事车辆查了吗，在谁名下？”于东青对于李力的“光辉历史”并不感兴趣，他摆手打断钟萧，直问关键问题。

“噢，查了，确实是李力名下的车辆，还有不少违章。”

“嗯。对了，观海园小区的监控清查，有结果了吗？”他脸上出现一丝焦躁，“现在就等吴婷婷那儿的结果了，如果她那儿还找不到凶手，那这件事情八成就是冯玲干的了。”

“还没查完，不过……于队，吴婷婷提供了一个有力的证据，证明冯玲不可能是凶手。”

于东青惊讶道：“噢？怎么说？”

“吴婷婷调了案发时小区里的监控视频给我看。根据监控，冯玲是十点十一分三十六秒进入别墅大门的，她进门之后仅过了六秒钟，也就是十点十一分四十二秒，枪声就响了。你想，死者是在二楼被杀死的，要想在短短六秒钟内跑到二楼开枪杀人，别说穿着高跟鞋的冯玲了，恐怕连博尔特也做不到吧！”

于东青蹙起眉头，沉吟了一会儿问道：“观海园别墅的监控都没有拾音器，监控录像应该是没有声音的。枪声何时响起，小吴是怎么判断出来的？”

钟萧笑了笑：“我当时也纳闷，还专门问了问她。她说她是根据周边的反应来判断枪击时刻的。吴婷婷仔细观察了监控画面，在十点十一分四十二秒，案发别墅附近停着的几辆车，报警器同时响了起来；两个在路边行走的行人，似乎被吓了一跳，不约而同地向案发别墅的方向张望了一下；再加上这个时间基本与咱们之前掌握的枪击时间相吻合，因此她就断定，这个时间点就是枪击时间。”

于东青欣慰地笑了笑，称赞道：“这个小吴，还真有两下子，工作肯动脑筋，不错。”他随即脸色又沉了下来，“小吴的分析很有道理，虽然我不愿意承认，但是我的判断确实是错了，冯玲不是凶手。”于东青心里泛起了一种廉颇老矣的情绪，一种失落感填满了他的内心，

“唉，钟萧，不瞒你说，这起案子我怎么觉得有心无力呢，难道真的是我老了？”

钟萧一听笑了起来：“头儿，你别闹了，你才三十多就老了，那局里那么多四五十的兄弟怎么算？老不死？嗨，谁没有个判断失误的时候啊，福尔摩斯还有搞错的时候呢，你别放在心上。”

于东青被钟萧的话逗得一乐，情绪也不再那么低落了：“好，咱们继续说这个李力。这家伙平时是不是不在祁东市活动？要不咱们能不认识？”

“嗯，在祁东市混社会的我那儿都有底子，但李力是外省人，平时活动范围不在祁东市。这是他第一次在祁东市犯事，咱们跟他也是第一次打交道。”钟萧看了一眼审讯室里的李力，眼神充满了厌恶，“头儿，你这儿

审得怎么样？”

“这小子嘴硬得很，软硬不吃，一口咬定自己是酒后驾车，过失把人撞死的。”于东青又抽出一根烟，掏出打火机点上，“钟萧，这事你怎么看？”

钟萧用十分肯定的语气说：“谋杀！百分之百是谋杀！头儿你想，冯玲是案子的关键人物，之前我们还把她列为犯罪嫌疑人，但她刚来警察局接受询问，出门就被人撞死了，世界上哪有这么巧的事情！”钟萧情绪激动，原本黝黑的脸涨成了黑红色，“李力这个小子，平时活动范围不在祁东市，这次却突然出现在这里，还撞死了我们的犯罪嫌疑人，这很明显就是受人指使来杀人灭口啊！”

“唉，我何尝不是这么想。”于东青深深吸了一口烟，吐出一个烟圈，“可是我们没有证据啊！依照现有的证据来看，这就是一起酒后驾驶致人死亡的交通事故。即使我们达成一致意见，按照故意杀人罪把他移送到检察院，人家检察院肯定也不会同意起诉。”

“那，咱们再加大审讯力度，争取撬开这个王八蛋的嘴！在我们眼皮子底下杀死我们传来的人，简直太嚣张了！”钟萧双拳使劲捶在一起，咬牙切齿地说。

“依我看，够呛。这个李力就是混社会的渣子，百分之百是受人指使来做这件事情的。”于东青摇了摇头，“做这种事，肯定有把柄在别人手里，没准他家人的后半辈子都握在指使者的手里。我觉得他应该不会松口了，我们不能在他身上浪费时间。”

“那怎么办，难道就这么便宜了他？”钟萧一脸的不忿。

“这个李力本身倒无所谓，关键是他不松口，我们就没法查到幕后指使他的人是谁。”于东青话里透着深深的无奈，“你想，如果我们能查到幕后黑手，那么周远被杀一案，肯定也会取得相当大的突破，这起撞人事件应该与周远被杀一案有着千丝万缕的联系。”

“唉，这案子，一到关键时刻线索就断。”钟萧叹了口气。

于东青的神色也有点暗淡：“看来，是我们想得太简单了。刚才我又梳理了一遍，我想周远被杀案不是一起简单的杀人案，而是有着复杂背景和起因的谋杀。冯玲之所以被灭口，说明她应该知道相当一部分内情，也有可能是共犯。凶手或者指使者觉得无法控制她，尤其是见她被我们传来询问，怕她泄露机密，这才出此下策命人开车撞死了她。死人不会说话，这样一来，凶手的杀人计划可能就不会再有其他人知晓了。”

钟萧点头表示认可：“有道理。头儿，那我们现在该怎么办？”

于东青叼着烟，双眼眯缝起来，每当出现这种表情，就是他思考的时候。许久，他才开口：“等等吴婷婷那边的结果吧。对了，你一会儿告诉吴婷婷，让她查一下沿途各交通卡口的探头，以确定李力这辆车的行驶轨迹。”

“行驶轨迹？”钟萧有些不解。

“对，或者说行车路线，我之所以查这个，就是想通过行驶轨迹来判断李力的行车目的。如果汽车的行驶轨迹支持我们的论断的话，那就好办了！”

钟萧挠了挠头，还是一脸的困惑：“头儿，你什么意思，行驶轨迹怎么能判断出行车目的呢？”

于东青呛了一口烟，咳嗽着说：“钟萧，你怎么也犯迷糊了？你想想，如果李力开车是为了撞死冯玲的话，那么他肯定会把车停在分局附近的道路上，这样才能保证冯玲一出公安局的大门，他就能开过去把她撞死。”

“所以，监控结果很重要！如果能查到李力的车停在分局附近，那么就能证明李力杀人是主观故意！”钟萧恍然大悟，兴奋地插嘴道。

于东青点点头：“对，反之，如果李力的车是从很远的地方不间断地行驶过来的，那么就可以排除李力故意杀人的可能，因为他不知道冯玲走出公安局大门口的准确时间。”

“我明白了头儿，我马上去告诉吴婷婷。”

于东青瞄了一眼李力，又看了看表，对钟萧说：“钟萧，找两个精干的兄弟继续审这家伙。都一点多了，让大伙儿轮着吃点饭，休息会儿吧，这么连轴转地工作太伤身体了，而且效率也不高。”

钟萧应了声，转身离去。

于东青回到办公室，躺坐在沙发上，开始闭目养神。真是一波未平，一波又起啊，于东青心中升起一阵感慨。必须要抓紧时间，否则，谁知道又会出什么乱子。想到这儿，他掏出手机，调出了马千里的电话。他的手指在拨号键上方犹豫许久，最终还是放弃了拨打。他关掉了手机屏幕，自言自语地说：“但愿老马那儿能带来好消息啊。”

景逸轩茶楼位于祁东市非常繁华的云溪路上，门面相当不起眼。虽然茶楼对外经营，但实行严格的会员制，因此，听说过这家茶楼的人并不多。

与其低调的外观形成鲜明对比的是，茶楼的内部装潢豪华得离谱：全套的红木家具、竹制的坐垫、青花瓷背景隔断、迷离的古木雕花以及泛着暖光的古灯，整个茶楼散发出浓郁的古典气息。

楚云坐在二楼一个豪华的包间内，悠闲地品着茶。他三十多岁，脸色白净，虽然算不上器宇轩昂，但也十分精神干练。一件白色马褂穿在身上，潇洒飘逸，与茶室古色古香的环境相得益彰。

一个戴着眼镜，文质彬彬的中年男子毕恭毕敬地走过来，向楚云微微躬身道："楚总，Elly 小姐来了。"

楚云放下茶杯，轻声对中年男子说："把她带过来吧。对了，把茶沏好，让所有人都下去，我们有重要的事情要谈。"

一分钟后，一个婀娜的倩影款款推门而入，进来的人，正是徐环的私人管家 Elly。Elly 身穿一袭黑色风衣，同样黑色的紧身皮裤勾勒出她双腿精妙的线条，脚上则穿了双黑色皮靴。这身黑色系装扮不仅衬托出她白皙的肌肤，而且整个人看起来英姿飒爽。同时她又带了个卡哇伊风格的发卡，把头发随意地披散在肩后，英气逼人的同时，又带着一丝小女生的天真。

看到这样一位女神级别的美女朝他走来，楚云的嘴角微微抽动了一下，喉结一颤，吞下去一口口水。作为富二代，楚云身边一直不乏美女，可 Elly 的出现，还是让他这个老司机眼前一亮。

Elly 笑盈盈地走到楚云身边，声音酥麻，还带着些许的调侃："早就听说楚总急流勇退，把总裁位置让贤给妹妹了，我当是为了什么呢，原来是躲在这儿开了个茶楼呀。"

楚云笑道："Elly 小姐，咱们初次见面，你就哪壶不开提哪壶，是不是不太合适啊？"

Elly 把头发一甩，抿着嘴笑了笑："没错，您是初次见我，但我对您可是仰慕已久。对了，叫我 Elly 就行了，叫小姐多见外啊。"

"噢？"楚云没有想到 Elly 会这么主动，稍稍一愣，坐直了身子，"Elly 小姐，不，Elly，看来你是不打算跟我见外喽？好，我楚云就喜欢跟爽快人打交道。"

Elly 把包放到旁边的椅子上，然后脱下了黑色的大衣，挂在了椅背上。她冲楚云撇撇嘴，略带俏皮地说："我不打算跟您见外，可是好像您对我有点见外呢。楚总，您不会打算一直让我站着进行咱们的谈话吧？”

楚云的眼睛在 Elly 的身上上下扫动：脚上一双黑色高跟皮靴，手里拿着一个看上去价值不菲的手包，大衣是某奢侈品牌的限量版黑色翻领款，手上的腕表似乎是某系列的高端女士表。看样子，她喜欢顶级奢侈品，但都是旧款。

虚荣、贪婪、拜金，楚云暗暗给眼前这个妩媚的女人贴上了标签，脸上掠过一丝轻蔑的冷笑。但这丝冷笑转瞬即逝，多年的企业高管生涯，早就练就了他喜怒不形于色的能力。他笑着冲 Elly 做了个请坐的手势，并殷勤地把 Elly 面前的茶杯倒满。

Elly 微微低头表示谢意，笑笑说：“楚总，小女子对茶不感兴趣，这么高雅的环境，不知道能容我抽根烟吗？”

楚云稍稍一愣，接着点点头：“可以。”

Elly 轻轻捋了捋自己的刘海，掏出一根烟点上，深深吸了一口，然后大大方方地问道：“楚总，既然您是爽快人，那我就开门见山，您一向对我们 Miracle 会所不感冒，不知今天找我所为何事啊？”

楚云笑了笑，自顾自地喝了杯茶，然后眯起眼睛盯着 Elly，平静地说：“听说……你现在在替我妹妹做事，是吧？”

Elly 脸色平静，举起茶杯抿了一口茶，语气十分轻松：“做事？您指的是？”

楚云没有说话，他身体前倾，依旧眯着眼盯着 Elly。但是 Elly 依旧带着迷人的微笑看着楚云，没有半点的情绪波动。

楚云对 Elly 的反应颇感意外，很少有人在他面前保持这种风度。这个女人，不简单，而不简单的女人，最容易激发自己的探索欲。

楚云哈哈一笑，把身体往椅子上一靠，大声说：“Elly 小姐是爽快人，那我就开门见山了。我了解我妹妹，其实，她并不是一个好的合作对象，既然你有意做一些……刺激点的事情，为何不考虑一下跟我合作呢？要知道，我了解楚琳的脾气，做她的眼线，可不是一件让人愉快的事情。”

Elly 看着楚云，深深吸了一口烟，吐出一个大大的烟圈后，说道：“楚总，有一件事情你要明白，我并不是谁的眼线，也不是谁的手下。我跟楚琳之间只是一场交易，我替她做事，她付给我报酬，就是这么简单。只要价格公道，跟张三还是李四交易，对我来说根本不重要。没错，我很讨厌你那个自以为是、故作清高的妹妹，但是我并不讨厌她的钱，平心而论，她掏钱的样子还是很可爱的。”

楚云嘿嘿一笑：“既然如此，那就更好办了。比别的不敢说，比钱，那可是我的强项。”

Elly用她修长白皙的手指整理了下刘海，淡淡地说：“楚总，您钱多钱少，跟我没有半毛钱的关系，重要的是你愿意跟我分享多少。话说回来，您的妹妹可是很慷慨的，在这一点上，我很欣赏她。”

楚云哈哈一笑，话语间充满了不屑：“她慷慨？也许吧，不过得看跟谁比。”说罢，他掏出一张银行卡，递到Elly面前，“卡里是三百万，算是我们的合作定金，以后每个月再付给你二十万元的报酬。”说罢，懒懒地靠在了椅背上，“Elly小姐，你觉得，这算得上慷慨吗？”

Elly盯着桌上的黑色银行卡，眼神透出一股渴望，呼吸也稍显急促：“不知楚总有什么任务交代给我呢？”

楚云轻轻向前躬身，贴近Elly的脸说：“简单，你继续为楚琳做事，她的那份报酬你照拿。只不过你要把你为她查的徐环的动向，以及她的动向，定期告诉我。”

Elly盯着楚云看了一会儿，然后把烟灭掉，伸手拿起桌上的银行卡，冲楚云晃了晃，表情依旧平静：“成交。”

楚云笑了笑，心中突然生出一丝惋惜：难道这样有格调的女人，也只认钱吗？

Elly似乎洞察出楚云心中之所想，站起身来，穿上了自己的大衣，虽然脸上还带着笑意，但明显透着一股冷峻：“楚总，您从小含着金钥匙出生，没过过穷日子，想象不到一贫如洗是什么滋味。我知道穷的滋味，也知道穷意味着什么。我不相信任何人，我只相信钱。只有钱，才能带给我安全感。”说罢，她把银行卡放进包里，冲楚云轻轻挥了挥手，随即转身离去，背影迷人。

Elly走了许久，楚云脸上仍然带着意味深长的笑容。突然，他拍了拍桌子，大声叫道：“阿辉！”

一个精壮敦实，留着板寸的大汉应声跑了进来，毕恭毕敬地问：“老大，有什么吩咐？”

楚云喝了口茶，慢慢地说：“阿辉，你带人去给我把刚才那个女人的底细查清楚，越详细越好！而且要尽快！”

阿辉布满横肉的脸上露出一丝邪笑：“老大，您不会看上这妞了吧？看她那个骚样，还不知道被多少男人上过，让给弟兄得了。”

“你懂个屁！”楚云白了阿辉一眼，“老子阅女无数，难道还不如你？告诉你，像Elly这种女人，看上去开放随便，但关键问题上不会让你占一点便宜，反倒是那种平时装得跟圣女似的绿茶婊，大腿劈得比谁都快。”

阿辉似懂非懂地点点头：“老大说得有道理。”

楚云不屑于再跟他交谈下去，不耐烦地说：“跟你说你也不懂。行了，给我好好查，再跟以前一样应付了事，我非拔了你那玩意儿不可。”

阿辉脸上露出一丝惶恐，一躬身，领命而去。

第六章　矛盾

“也就是说，你们把案发前五天的监控都查了，仍然没有发现有可疑的人进出过案发别墅？”于东青难以置信地皱起眉头，他实在不愿意接受这样的清查结果。

“不是没有可疑的人出入，而是根本没有外人出入。”看着于东青阴沉的脸，吴婷婷怯生生地答道。

“怎么可能？”于东青一脸焦躁，态度也有些粗暴，“吴婷婷，你确定没有疏漏？”虽然于东青平时比较平易近人，但是对于工作上的事情，他绝对一是一，二是二。

吴婷婷暗暗叹了口气，自己今天恐怕是凶多吉少。她委屈地抿了抿嘴：“于队，我们真的尽力了，结果就是如此，我能怎么办啊。”

于东青也意识到自己的态度过于粗暴，叹了口气，语气缓和地说：“唉，你们确实很辛苦，可这结果，真的太让我意外了。”

吴婷婷鼓足勇气解释道：“据我了解，观海园是个封闭小区，小区门禁采用指纹识别，对访客的出入控制得特别严格。而且这个小区的住户数量不多，人流量很少，按道理查起来并不难，但是我们三个人查了三遍，愣是一个可疑的人影也没查到。基于调查结果，我认为确实没有其他人进出过案发别墅。”

于东青叼着烟，脸色铁青：“小吴，凶手可能做些伪装，你有没有注意到这一点呢？”

“头儿，伪装是有可能的，我们也对一些形迹可疑的人进行了重点筛查，可是你想，即使凶手伪装得再好，他也得进入别墅才能行凶吧？”吴婷婷也有些着急，“可是监控显示，除了周远一家三口之外，根本没有其他人进入过别墅啊！”

于东青一屁股坐在沙发上，一脸的沮丧：“这怎么可能呢，难道凶手会隐身？”

吴婷婷想了想，试探地说：“于队，我在想，有没有可能我们犯了先入为主的错误。其实我们从一开始就想错了，凶手也许并不是从外面进来的，而是一直在被害人的家里。”

于东青眼睛里闪过一丝光，他似乎被吴婷婷的话触动了，抬起头看着她：“继续说。”

看到于东青鼓励的眼神，吴婷婷放下了顾虑，侃侃而谈起来：“我分析，有这么几种可能可以解释监控拍不到凶手的情况。第一种可能是，凶手在更早之前就潜入了被害人周远的家中，所以我们查案发前五天的监控，自然不会查到。但是这种可能性不大，因为凶手下手的机会有很多，他没有理由隐藏五天才下手，而且在被害人家里要藏匿五天不被发现，也不太现实。不说别的，凶手的吃喝拉撒睡都成问题，因此，这种可能基本可以排除。第二种可能就是，凶手根本没有进入屋子，而是在屋外开枪，所以我们在监控中看不到。”

钟萧嗨了一声，忍不住插话道：“第二种也不可能。小吴，你是学心理学的，枪械的事情你不大懂。根据被害人的创伤口和留在墙上的弹痕分析，凶手使用的应该是手枪，不是狙击枪。手枪的有效射程很短，凶手能一枪击中眉心，除了说明他枪法精准之外，也说明两者之间的距离肯定不远，否则再好的枪手也不能做出如此精确的射击；此外，如果是在屋外开枪，子弹肯定会在窗玻璃上留下弹孔，可是现场并没有发现；再说了，死者妻子冯玲也证明，她听到的枪声是在楼上。因此，你说的第二种可能性也可以排除。”

吴婷婷显然没有想到这些，撇了撇嘴，失望地说：“好吧。那么只剩下第三种可能了，也是最出乎意料的可能：其实凶手不是别人，而是周远的家人，这样就可以完美解释凶手是如何进入被害人的别墅这个谜题了。”

钟萧叹了口气：“我还以为你要说什么呢。头儿跟我早就想到了冯玲有可能是凶手，本来我俩是高度怀疑的，可正是你发现了她不可能是凶手的证据，而且人家现在命都没了，你怎么又提她是凶手呢？”

吴婷婷不动声色地说道：“钟哥，我说的是他家人，又没特指他妻子。”

于东青看着吴婷婷，若有所思地说："你的意思是……"

"没错，我觉得死者的儿子也有嫌疑。"吴婷婷神色肯定地说。

钟萧张大了嘴，夸张地发出啊的一声，很明显，他从来没有想过这种可能性："这这……这也太匪夷所思了吧！周远的儿子才九岁，九岁的小孩开枪杀人，杀的是自己的父亲，而且还正中眉心？不不不……这怎么可能呢！"

吴婷婷严肃地说："钟哥，你先别急着下结论。根据福尔摩斯的基本演绎法，把所有不可能的情形排除之后，剩下的唯一的情形，就算再不可能也是真相。"

钟萧略显激动："哎哟，我说小吴同学，福尔摩斯毕竟是小说啊，咱们这可是实打实的破案啊！"他把脸转向于东青，寻求队长的支持，"你说呢于队？"

于东青没有说话，只是一个劲地吞云吐雾。他对吴婷婷的想法并不感冒，不过能够积极地出谋划策，这种积极性还是要保护的；更何况，她的这个想法虽然看上去匪夷所思，但从理论上来说，可能性也不是没有。在当前办案出现僵局的情况下，还是需要一些天马行空的想法，来刺激一下大家的想象力的。

想到这儿，他慢吞吞地说道："小吴说的这种可能性，虽然有点让人难以接受，但确实是在目前的情形下唯一合理的解释，但是钟萧说得也有道理。小吴，你怎么知道你把所有不可能的情形都排除了？你排除的，只是我们所能想到的可能性，也许有的可能性咱们大家都没有想到呢？我们可以去调查，但是要客观地分析，尤其是这个孩子，一夜之间失去了父母，已经够可怜了，咱们的调查一定要注意方式方法，绝不能再对他产生伤害，这是原则，记住了吗？"

吴婷婷听到于东青支持自己，不由得兴奋起来，如果这件案子最终真的与她推理的结果一样，那于东青肯定会对她刮目相看，没准以后能调她去重案组，远离清查监控这种毫无技术含量的活。不过吴婷婷还是尽量掩饰住了自己的兴奋，正色道："于队，我也可怜这个孩子，我刚才的推测只是针对案件本身，并不是对他有偏见。"

于东青向吴婷婷摆了摆手："这个我知道，讨论案子嘛，就要充分发挥想象力，可以畅所欲言。"他转头看了看钟萧，"钟萧，你去查一下周小米的资料，重点查查他跟周远夫妇的关系如何。”

钟萧脸上露出为难的神色：“头儿，这……这跟孩子打交道的事情，我不擅长，平时我逗小孩都能把人家逗哭，你还是让我干点别的吧。”

不等于东青说什么，吴婷婷先开口了：“于队，既然钟哥为难，那就等我查完监控之后让我去吧，我觉得我还是挺讨小孩子喜欢的。”

于东青皱着眉头看了眼吴婷婷，心不在焉地说：“好，既然钟萧没意见，那就这么办吧。”说完，他把烟掐灭在烟灰缸里，站起身来问吴婷婷，“对了，小吴，钟萧让你查的行驶路线查完了吗？”

吴婷婷赶紧挺起腰板，声音洪亮地说：“查完了，头儿。根据我们的调查，李力的这辆黑色汽车，于今天早上八点三十七分出现在雨山区建设路与青年路的路口，离案发地海西区分局门口距离相当远。那时正值早高峰，车流量大，车辆行驶速度很慢，车开得比较稳，不像是酒驾的样子。”

于东青冷哼一声：“跟我的判断一致，李力这个杂碎，故意喝些酒造成酒驾的假象，实际上喝的那些酒远不足以影响行动能力。”他对吴婷婷抬了抬手，“你接着说，接下来呢？最后这辆车是不是停在分局门口附近等待冯玲出门？”

吴婷婷脸色一暗，低着头说道：“于队，很遗憾，实际情况不是这样。这辆车事先并没有停在海西区分局附近，而是从出发地点一直开到了海西区分局门口，将冯玲当场撞死，中间除了等红灯外，没有停车。”

“啊？”吴婷婷的话让于东青大吃一惊，他张大嘴巴，结结巴巴地说，“你……你确定？”

吴婷婷看着于东青惊讶而又失望的样子，抿着嘴，默默地点了点头。

这个结果让一旁的钟萧也有点难以接受，他嘟囔着：“这……不会吧，难道冯玲真的是被意外撞死的？这……”

没有人再答钟萧的话，房间里随之陷入了沉寂。

天色几乎完全暗了下来，只有几盏孤独的路灯散布在树丛中，发出惨淡的白光，空气中充斥着一股雨水和泥土的气息。一阵寒风袭来，徐环不由得打了个寒战。他抬头看了看天空，乌云密布，没有一丝星光。

雨稀稀拉拉地下着，徐环紧了紧衣领，尽量把脸埋在大衣领子里，快步向前走去。很快，雨势就大了起来，几分钟内，之前的星星雨滴就变成了一束束的雨帘。一阵阵寒风卷起雨水，肆意地把它们洒向周围的树木。

徐环没有带伞，只能硬着头皮在风雨里行走。不到一会儿，他的头发就被冰凉的雨水打湿，裤子的下半部分也已经完全湿透。他心中一边咒骂着天气，一边埋怨楚琳为什么选择这里作为见面地点。

一个小时前，当徐环接到楚琳电话的时候，他惊讶到了极点，甚至怀疑自己是不是在做梦。虽然他俩曾经是青梅竹马的初恋情人，但毕竟已经整整十三年没有联系过了，他做梦也不会想到楚琳会主动放下架子给他打电话，并且约他见面谈事情。徐环本来提议找个会所或者咖啡厅商谈，可楚琳却坚持要在祁东市人民公园见面。当然，最终结果就像以前他们恋爱时一样——徐环妥协。

一阵寒风把冰冷的雨水打在徐环的脸上，他不由得打了一个激灵，思绪瞬间又被拉回到现实中来。此时，他就像被裹在湿抹布里的落汤鸡，要多狼狈有多狼狈。终于，徐环发现路边有一个不大的凉亭，他赶紧小跑着躲到了凉亭里面。

这时，一阵高跟鞋踏在石板路上的声音由远及近传来，徐环顺着声音举目张望了一下，发现一个高挑的影子正吃力地举着伞，迎风朝自己这个方向走来，虽然看不清伞下的脸庞，但在这个时间来到这儿的，必是楚琳无疑。

徐环张开手臂，冲她高声喊道：“我在这里！”

楚琳听到喊声愣了一下，然后顺着声音的方向走了过来。

看着熟悉的身影慢慢走近，徐环心中不禁一阵悸动，十三年前与楚琳相处的点点滴滴顷刻间涌上心头。两人穿开裆裤的时候就在一起玩，可谓是两小无猜、青梅竹马，在别人眼里，他俩就是金童玉女、门当户对的典范。可就在高考前夕，两人正要相约迈入同一所大学的时候，命运却为徐环安排了那场噩梦，从此之后，两人反目成仇，断绝了一切联系。那段时间，徐环一直忍受着自己对楚琳那种爱恨交织的变态感情的折磨，以至于他一度怀疑自己得了抑郁症。

十三年，足以忘掉很多人，很多事。徐环也以为自己忘记了楚琳，可是直到今天楚琳出现在他眼前，他才明白，所谓的忘记只是自欺欺人而已。

楚琳小跑着走到亭下，收起了手中的雨伞，大大地松了口气。她匆匆用手整理了一下被风吹乱的发型，眼睛不自然地瞟了徐环一眼：“对不起，我来晚了。”

徐环的眼睛一直没有离开过楚琳。十三年的时光褪去了楚琳身上的稚嫩，取而代之的是一种成熟女性所特有的稳重和典雅。她不再是十三年前的那个天真无邪的少女，而是一位气质高贵的上市公司总裁。

“没关系，我都习惯了。”他苦涩地笑了笑，口气轻松得连他自己都始料未及。不过话一出口，徐环就意识到有些别扭。于是赶紧捋了捋自己被雨水打湿的头发，以缓解尴尬。

可能是徐环的动作太狼狈，楚琳不由得轻轻笑了一声，从包里掏出一块手绢，递给徐环：“堂堂的远景集团大公子被雨淋成这样，我可是诚惶诚恐，赶紧擦擦吧，万一感冒了，那我罪过可大了。”

徐环不自然地接过手绢，擦了两下。手绢带着楚琳身上特有的那种香气。突然间，他有些鼻酸，不知道该说什么好，只能瞪大眼睛盯着楚琳。

楚琳也没有说话，只是呆呆地看着徐环，眼眶慢慢湿润。

徐环定了定神，把手绢递给楚琳：“约我出来……有急事吧？”

楚琳接过手绢，轻轻抹了抹眼睛，然后抬头朝徐环笑了笑，恢复了往常的神色：“嗯，有事。”她掏出自己的手机拨弄两下，递给徐环，“看看这个，你应该不陌生吧。”

徐环扫了眼手机屏幕——果然是菱形血痕。他轻轻解开大衣最顶端的两个扣子，指了指自己的颈部：“何止是不陌生，喏，你看，这儿就有一个。”

徐环颈部的血痕已经脱痂，几乎愈合，不仔细看很难看出菱形的形状。楚琳点点头，然后将眼神看向远处，沉默不语。

“如果我没猜错的话，那本名字十分绕口的英文书，是你借走了吧？”徐环打破了二人之间的沉默。

楚琳瞪大了漂亮的丹凤眼，吃惊地问：“你怎么知道？”

徐环嘿嘿一笑，得意地说：“我还知道，你虽然借走了书，但并没有从那本书上得到答案，对吗？”

楚琳脸上浮现出难以置信的表情，不过很快就恢复了平静。她笑着说：“我差点儿忘了我在跟谁打交道，看来你还是跟以前一样，喜欢玩这种推理游戏。那我现在是不是应该继续配合你，用吃惊的口吻问你：你是怎么知道的？”

“这个稍微动动脑子就能想明白，”徐环笑道，“如果你从那本书上得到了有关菱形符号的答案，那你绝不会急着在这么个鬼天气约我来商量这件事情，对吗？”

“没错，我的确没有找到答案，”楚琳点点头，眼神里充满了期望，“但是这件事情，我一定要查清楚。徐环，你曾经是祁东市最好的警察，你会帮我吗？”

“我会的，为了我自己，我也要把这件事情查个水落石出，何况现在你也被卷了进来。”徐环看着楚琳，一脸的认真，“既然咱们要合作，那现在能不能告诉我，你为什么要查这个菱形符号？我注意到，你的颈部似乎并没有这个血痕。”

楚琳略一思忖，收起了脸上的笑容，略带不安地说：“现在我还不能跟你说，该告诉你的时候，我会说的。”不等徐环追问，她打开自己的包，从中掏出一本书递给徐环，“这就是你想借的那本书，现在给你。”

楚琳有所保留的态度让徐环感到有些失望，可当他看到楚琳递过来的书时，立刻来了精神，迫不及待地接过书翻动起来。

刚刚翻了几页，徐环就露出了一个自嘲的笑容，嘿嘿地笑了两声：“唉，我在警校时，挂过的两门课程就是散打和英语，这种英文原版书，我可看不懂。”

“我差点忘了，你上学的时候英语考试能及格，全得靠我。”楚琳抿嘴一笑，走到徐环身边，把这本书缺少最关键那两页的事情告诉了他。

听完楚琳的叙述，徐环紧紧皱起了眉头。此时，亭外的树木像着了魔一般，在寒风中诡异地舞动着。徐环心中感到越来越不安，他低下头，仔细翻看起手中这本厚厚的书来。随着书籍的翻动，徐环的脸色变得越来越严峻，最后他啪的一声把书合上，盯着楚琳说：“这本书不对劲。”

楚琳凑过来，睁大眼睛问：“不对劲？哪里不对劲？”

雨势渐小，但是风却越来越大，一阵冷风吹来，徐环不禁打了个哆嗦：“据我所知，祁东市图书馆的馆藏书籍在入库之前，都要经过一系列的入库手续，手续完成后，所有入库书籍的扉页上，都会盖上祁东市图书馆的印章。”

徐环把书翻到扉页，指着纸张继续说：“可你看，这本书的扉页上干干净净，没有任何印章。”

“你的意思是……”楚琳蹙着眉头问。

“另外，”徐环没有回答楚琳的问题，而是继续说道，“像祁东市图书馆这种规模的大馆，每种书的馆藏量应该至少有三本，除非是特别珍稀的书籍，否则基本不会出现只有一本的情况。而现在我手里拿的这本书，却是祁东市图书馆唯一的一本馆藏书，这本身就很不正常，再联系到它没有图书馆的印章，你会得出什么结论呢？”

楚琳低头想了一会儿，然后抬头说：“你的分析倒是让我想起了一个细节。今天上午，我去管理处办借阅手续的时候，管理员一个劲地对我说奇怪。因为图书借出需要在电脑上的图书管理系统里登记，而在系统里却找不到这本书的入库信息，就好像这本书从来没有收录过一样。现在想想，这件事情确实挺可疑的。”

“那就是了，”徐环点点头，眼神里透出一股肯定，“这个细节恰好印证了我的推断：这本书，其实根本不是祁东市图书馆的馆藏书！”

“啊？”楚琳惊讶道，双眼闪动着不解，“不会吧，既然没有收录这本书，那它为什么会出现在书架上？”

徐环解释道：“原因很简单，因为有人提前把它放在了书架上。要知道，想从图书馆盗走馆藏的书很难，但是把一本不属于图书馆的书放到书架上，却十分容易，即便有监控，也不会有人注意到。”

楚琳还是一脸的疑惑：“可是，如果它不是馆藏书，为什么温华告诉我们这本书在祁东市图书馆呢？难道温华……”

提到温华，徐环心中便涌起一股怒火：温华啊温华，你葫芦里到底卖的什么药？

“正是这个温华，把我们指到了祁东市图书馆，引导我们找到了这本书。”徐环咬着牙说，“也正是他，指挥着我们走来走去，把我们当猴耍。很有可能，给我们发电子邮件的人也是他！”

楚琳看了眼书中的缺页，用难以置信的口吻说：“难道，缺的这两页纸，也是温华撕掉的？”

徐环点点头：“我猜是这样，既然这本书是温华为了我们专程放进图书馆的，那这两页纸，必定是在放进图书馆之前就被他撕掉了。只不过，他这样做为了什么呢？”

雨势渐渐小了下来，但是寒风似乎比刚才更加刺骨，风刮在身上，让刚才脱了湿大衣的徐环不禁打起哆嗦来。楚琳也好不到哪里去，虽然她的衣服没湿，但此时她的手和耳朵也已经冻得通红。

不过楚琳似乎无暇顾及寒冷的问题，她正沉浸在自己的思路里。过了一会儿，她沮丧而又烦躁地抬起头，看着徐环说：“这事怎么越想越乱呢？你分析得确实有道理，可是温华为什么要指引我们去找这本书呢？又为什么要撕去关键的那两页纸？”

看着楚琳又气又急的样子，徐环不禁感到一丝暖暖的爱意。他就是喜欢看楚琳急得不知所措的样子，可爱极了。

徐环解释道：“他葫芦里到底卖的什么药，我也不清楚。但是可以肯定的是，温华与这个神秘的菱形符号，有着密切的联系。从他的举动来看，他对我们并不是阻挠，而是引导，似乎想让我们找到更多的东西。”

楚琳甩了甩头发，一脸正色地问：“那我们现在该怎么办？是不是找到温华，问个水落石出？”

徐环想了一会儿，摇了摇头：“还是别这样，温华的所作所为虽然看上去不合逻辑，但肯定有他的用意，如果我们贸然去质问他，不仅得不到答案，而且可能会打草惊蛇。我们不如将计就计，沿着他设置的这些诱饵查下去，看看他到底想让我们发现什么。当然，对于温华这个家伙也不能放任不管，我会去对他进行一些调查，摸摸他的底细。”

“好，听你的。”楚琳点点头，“不过，这本书的线索断了，我们该怎么查下去呢？”

徐环微微一笑：“温华可以把这本书的那两张纸撕掉，总不能把所有的都撕掉吧，我们想办法再找到一本同样的书就是了。”

“对啊，这么简单的方法我怎么没想到呢！”楚琳眼睛一亮，脸上浮现出欣喜的表情。她略一沉思，掏出手机拨通了一个号码，用马上去办的口气命令道，“刘秘书，帮我订最近的一班飞往伦敦的航班，把公司那辆有机场 VIP 通行证的轿车开到楼下，我一回公司，马上送我去机场。”

“伦敦？”徐环惊讶地问，“你去伦敦做什么？”

楚琳嘴角上扬，露出一丝得意的微笑：“我就不信，世界上还有大英图书馆找不到的书。”

徐环恍然大悟，伦敦的大英图书馆是世界上藏书最丰富的图书馆，楚琳直接到伦敦去找，虽然看上去舍近求远，实际上却是一种最高效的方式。

这个楚琳，还是跟以前一样，雷厉风行，行动力超强，而且做事往往一针见血。徐环感叹，有这样一位干练的总裁，想必大良集团定会蒸蒸日上，远景集团可要小心喽。

楚琳抬手看了看表：“今晚十点十分的飞机，我要马上动身。”

看到楚琳认真的样子，徐环心中一阵冲动，他走上前想拉住楚琳的手，可是手伸出一半又觉得不妥，于是把手停在半空中，尴尬地咳嗽了一声：“好，调查温华的事情就交给我了，你一路注意安全。”

楚琳看到徐环的举动，不自在地晃了晃身子，嗯了一声，然后拉紧大衣的衣领，拎包转身离开。

“小琳……”看楚琳离开的背影，徐环突然感到一丝伤感，他忍不住脱口叫道。

楚琳停下脚步，慢慢转过头来，眼眶似乎有些湿润：“徐环，你知道今天我为什么坚持在这儿见面吗？”楚琳轻声说道，声音有些颤抖。

徐环愣愣地盯着楚琳，摇了摇头。

“十三年前，我就是在这里，看完你写给我的最后一封信。”她侧脸看着徐环，眼神充满了幽怨，“你相信吗，我当时想过要去死。”说完，她没有再理会徐环，转身走进寒风中。

听到这里，徐环再也克制不住自己的情绪，一股热流涌出了眼眶。

第七章　死胡同

当于东青注意到窗外又下起雨的时候，天已经完全黑了下来。他把办公室的窗户打开，任凭冷风夹杂着冰雨吹到自己脸上，似乎冰凉的雨水可以浇灭心中的郁闷。

作为市公安局刑警队的队长，于东青并非是一个经不起打击的人。不管是在工作还是生活中，对待挫折和失败，他向来保持一颗平常心，即便是当年创下连续十一个案子被上访的不光彩纪录时，他也没有产生像今天这样强烈的挫败感。周远这件案子，就像一道奥林匹克数学竞赛题，解起来比看上去要复杂得多。短短一天时间，于东青就做出了多次的错误判断。想到这里，于东青重重叹了一口气。

这时，钟萧推门走了进来，手里拎着两个塑料袋子，放到了茶几上，边打开边对于东青说："头儿，我给你带了点水饺，你最喜欢吃的鲅鱼馅的，赶紧趁热吃吧。"

看到钟萧将热气腾腾的水饺摆到茶几上，于东青这才回过神来，心不在焉地说："我不饿，你看谁还没吃饭，给他们吃吧。"

钟萧略显无奈地说："头儿，你又这样，只要案子线索一断，你饭也吃不下，觉也睡不着。午饭就没怎么吃，晚上再不吃，身体怎么能撑得住？"

于东青拗不过钟萧，只好在沙发上坐下来，拿起了筷子，有气无力地说："钟萧啊，我是一点胃口也没有。刚才技术处把周远的手机和电脑的检测结果给我汇报了，你猜怎么着？周远用的是苹果手机，但是现在已经变砖了，资料全部被锁定，凭我们现在的技术力量根本无法解锁。他的电脑倒是很好用，只不过除了几部电影和几张旅行的照片外，半点有意义的资料也没有。"

“也就是说，手机和电脑这条线索也断了？”钟萧小心翼翼地问。

“不只是手机和电脑，刚才卫毅平把最终的验尸报告也交给我了，除了精确一下案发时间之外，其他的检验结果与我们推测的几乎一致。”于东青试图夹起一个离他最近的水饺，只是一次性筷子有些弯曲，他夹了两三次都没有成功。他烦躁地放弃了尝试，把筷子扔到桌上，焦躁地说，“唉，这一条条线索都断了，我能不着急吗？”

钟萧倒了一杯热水给于东青，安慰他道：“头儿，你也别太着急了，这不是还有马千里吗？马队长办案能力强是整个祁东市公安系统都知道的，我猜他那儿肯定能查到线索。”钟萧指了指水饺，“你还是先吃点吧。”

这时，屋外响起了一阵急促的敲门声。于东青打了个激灵，手一抖，刚送到嘴边的水饺又掉回了盒子里。

推门进来的人是马千里，真是说曹操，曹操就到！于东青心中一喜，赶紧站起身来迎上去，大声说：“辛苦了老马，怎么样，有收获吗？”不过，当他看清马千里黯淡的脸色时，心里不由得凉了半截。

马千里清清嗓子，沙哑着声音道：“于队，我们按照周远工作笔记上的记录内容，确定了周远去年和今年接的几个案子。出乎我们意料的是，周远的主要业务内容并不是债务人财产调查、婚外情之类的传统侦探业务，而是商业调查，其客户是祁东市一些较大的公司企业，其调查目标基本上也是祁东市较大的公司企业。”

“难怪这么有钱呢，这些企业哪个不是财大气粗啊！”钟萧插嘴道。

马千里点了点头，继续说：“钟萧说得对。周远干这一行，确实捞了不少钱。他的工作，说好听点是商业调查，说不好听实际上就是替别人窃取商业机密。”

于东青皱了皱眉：“窃取商业机密？真他妈有出息！”

马千里继续说：“于队，我们查了周远去年在笔记本上记录的几起案子，也调查了相关的企业和个人，结果……”

于东青急切地问：“结果怎么样，有线索吗？”

马千里神色黯淡下来，摇了摇头。解释道：“周远去年调查的三起案子，都是针对祁东市一些大的企业集团的，他跟这些企业的关系搞得很僵，也得罪了不少人，可是要说有人想要他的命，可能性还真不大。我们今天调查了所有近期与周远联系过的人，尤其是那些具有从警、从军背景的人，但是他们要么没有作案时间，要么没有作案动机，总之，没有一个符合条件的犯罪嫌疑人。”

于东青情绪很低落，有气无力地说：“可是，周远的的确确是被杀了。”他走到沙发边坐下，点了一根烟，“这个凶手，究竟是何方神圣呢？如此明目张胆地杀人，却又不留一丝痕迹。”

马千里还想说什么，钟萧悄悄朝他使了个眼色，示意他不要再说了。于东青靠在沙发背上，使劲吸着烟，把自己隐藏在烟雾中，不再说话。钟萧和马千里对视了一眼，知趣地闭上了嘴，办公室顿时安静了下来。

突然，于东青的手机响了起来，三个人被突然响起的铃声吓了一跳。

于东青看了眼手机屏幕，赶紧站起身来，毕恭毕敬地说道：“高局您好。”

电话那头传来了高局长暴怒的声音：“于东青！你到底要干什么！案子没破，倒给我搞出这么多麻烦，你是不是嫌我们的麻烦还不够多啊！”

于东青被骂得狗血喷头，一时间没有反应过来，他小心翼翼地说：“麻烦？高局……您指的是？”

“你干的好事，这么快就忘了？”高局长的声音又提高了几个分贝，“大庭广众之下，明目张胆地暴力殴打群众，这事是你干的吧？你去微博、微信上看看，你打人的照片都上头条了！甚至还有网民要人肉你！我告诉你，这件事情已经捅到省厅去了，全省的舆情部门都在忙着帮你擦屁股。于东青啊于东青，我怎么早没发现你还有这个本事呢？”

于东青脸色苍白，虽然他预料到打李力的那两下可能会给自己带来麻烦，可是没想到情况会这么严重。他低声道：“高局，我的确是打了，可是那个人不是普通群众，而是犯罪嫌疑人。”

“犯罪嫌疑人又怎么样，你就能随便打？而且他是不是犯罪嫌疑人，媒体关心这些吗？老百姓关心这些吗？大家只关心一个穿着警服的人打了一个普通老百姓！”高局长喘了口气，语气稍稍放缓了些道，“总之，这件事情你必须要被处分，当然，你现在在专案上，处分的事情等到案子办完后再说。”

“明白了，高局，对不起，我当时的确是冲动了，对此造成的麻烦，我会负责到底。”于东青声音虽低，但是语气很坚定。

高局长叹了口气，说：“东青啊，你是一个副省级城市的刑警队队长，你的一举一动关系着整个公安队伍的形象，以后一定要注意。唉，算了，不说这个了，你自己悟吧。对了，案子侦破得怎么样？”

说到案子于东青的声音明显很没有底气：“这个案子……唉，这个案子蹊跷得很，我们发现了一些线索，可都断了，本来我们锁定了一名犯罪嫌疑人，可今天上午她竟然……”于东青挥舞着手，试图向高局长解释。

“于东青，你不要跟我说这个，我对具体案情不感兴趣，我关心的只是结果！”高局长语气变得严肃起来，“办案之前我就告诉你，这个案子很重要，务必尽快破案。可是现在呢，一天过去了，你竟然还没有找到有价值的线索，我对你的工作，非常不满意！”

于东青脸色非常难看，吞吞吐吐地说：“高局，对不起，但是这个案子确实……”

“东青啊，不是我不讲情理，也不是我非要跟你过不去。不瞒你说，这件案子是省厅领导亲自给我打电话督办的，他的语气很严厉，要求尽快破案，严惩凶手。他还特别嘱咐我办理这件案子一定要快，这样才能迅速消除案件带给社会的恐慌，你明白了吧？”高局长说完这几句话，语气又严厉起来，“所以，我们没有多长时间了。这样吧，五日之内破案，有没有问题？”

于东青难以置信地叫道：“五天？高局，您不是开玩笑吧？五天怎么可能！要是只给我五天的话，说实话，我没有信心。”

高局长的声音变得异常严厉：“不管你有没有信心，现在换人已经来不及了，你必须振作起来。我不管你用什么方法，总之，我要的是结果！五日之内破不了案，你就做好离开市局去基层锻炼的准备吧！”

于东青额头上滚下了汗珠，他抬手擦了擦脸，低声说：“明白了高局，我一定尽力。”

“当然，我会全力支持你，人员、设备、经费，只要你需要，尽管调动。好了，就这样吧，希望你化压力为动力。挂了吧！”说完，于东青的手机里传来了冰冷的嘟嘟声，高局长挂了电话。

于东青随即瘫坐在沙发里，默默地点了一根烟抽了起来。一旁的钟萧和马千里虽然听不到高局的声音，但是通过于东青的表情和反应，他们便能猜出通话内容的八分。周远这起案子，是于东青自担任刑警队队长以来，第一次遇到的大挫折，也是第一次被高局长这样训斥，也难怪他现在的情绪降到了冰点。

马千里拍了拍钟萧的肩膀，悄悄退出了房间。钟萧想安慰一下于东青，可是不知道如何开口，又怕说不好适得其反，最后还是决定不说话。

两个人就这么沉默了十几分钟，于东青缓缓地把烟掐灭，打开手机，仿佛是对钟萧说，又仿佛是自言自语："看来，这次又得请他出面帮忙了。"

钟萧被于东青突然冒出来的话弄得一头雾水，问："啊？帮忙？请谁帮忙？"

于东青抬头看了看钟萧，说道："还能有谁，咱们的老同事，徐环。"

虽然已经是早上九点，但由于天气原因，祁东市的天色还没有完全放亮。远景集团总部大楼里，灯火通明。如果不看表，乍一看还以为是下午五六点的光景。

远景集团是祁东市最大的企业，集团下属生物科技、医药、新能源、电子、房地产等公司，在全省乃至全国有着巨大的影响力，被称作祁东市经济发展的发动机，同时也是全市纳税第一大户。

总部的办公大楼十分气派，建筑设计师采用"远景"的寓意，对大楼的外观进行了精心设计，远远看去，大楼就像一个竖立的巨大望远镜，非常吸引眼球。徐环的办公室位于大楼的顶层，视野极佳。放眼望去，整个远景集团都被雨雾所笼罩，给这个现代化的大型企业增添了几分古典韵味。

徐环此时并没有心思欣赏美景，他不停地在宽大的落地窗前踱来踱去，十分焦躁。终于，他停下脚步，忍不住拿出手机又给楚琳拨了个电话。可惜，电话里传来的还是那个冰冷的女声："您拨打的电话暂时无法接通，请您稍后再拨。"

徐环暗自咒骂一声，把手机扔到了办公桌上。按照正常时间来计算，楚琳这会儿应该下飞机了，可手机怎么还打不通呢？该不会是……他赶紧摇了摇头，把一些可怕的念头从脑海中驱赶出去。

不过这似乎于事无补，他越是告诉自己要镇定，心里的不安反而越发强烈。

自从跟楚琳见面之后，徐环对楚琳压抑了十三年的感情似乎一下子泛滥起来。他一度以为自己确实把她忘掉了，可是昨天短暂的见面却让他幡然醒悟：有些人有些事，永远不可能忘掉。

正当他沉浸在复杂的思绪中时，办公室的门毫无预兆地被推开了，一个高大的身影快步走了进来。徐环被吓了一跳，心生不悦，皱眉一看，来人竟然是于东青。

“哎哟，于大队长，什么风把您老人家吹来了？”一看是于东青，徐环松了口气，阴阳怪气地说道，“您这是……微服私访？”

于东青切了一声，径直走到茶几前，毫不客气地倒了一杯茶：“我说，你能不能有点正形？我一看到你嬉皮笑脸的样子，心里就特没底。”

徐环哼了一声：“噢，你不敲门就闯进我办公室，还怪我没有正形？我见了你不嬉皮笑脸，难道先鞠三个躬，然后再哭两嗓子？”他拿起茶几上的茶杯，“你别喝这个啊，这茶是招待一般客人用的，你于大队长来了，我不得给你泡壶极品绿茶？等着哈。”

于东青一把拉住徐环的胳膊，一脸的焦急：“行了行了，别贫了，你以为我有闲工夫找你来喝茶？真的有急事找你，赶紧坐下听我说。”

“我知道你忙，”徐环心里惦记着楚琳，有些不耐烦，“可我也不是吃饱了撑的没事干的主，哥今天烦着呢，改天再说事行吗？”

于东青有些急了，大声说：“改天再说就来不及了，我真有急事！”

看于东青一脸焦急，徐环知道他不是在开玩笑，于是正了正色，问道：“怎么着，又发生蹊跷的案子了？”他上下打量了一下于东青，又补充道，“不像啊，你昨天晚上不是刚回过家吗？”

于东青哼了一声：“你怎么知道我昨晚回家了？又推理出来的？”

徐环脸上露出一丝得意：“就这还用推理吗？是个人就能看出来。你看你今天头发这么顺滑，脸这么白净，胡子刮得跟个太监似的，一看就是昨晚刚洗过澡。再看看你的白衬衣，啧，不容易啊，领子竟然这么白，肯定是刚换上的。你要是真在单位加班看案子，哪有闲工夫洗澡换衣服？”

“怎么好话从你嘴里说出来就带着那么一股馊味呢？”于东青苦笑了下，略显无奈，“没错，昨天晚上我是回家了，可我真是在专案上。这不是案子遇到瓶颈了吗？反正待在单位也没用，我干脆给大伙放假一晚，好好休整。你知道，我一向主张劳逸结合的。”

话音未落，徐环办公桌上的手机突然响了一下，他一个激灵，几乎从沙发上跳了起来，大步跑到办公桌前拿起了手机。手机屏幕上显示的是楚琳发给徐环的一条短信，内容只有两个字：“已到”。

这区区两个字让徐环大大松了口气，悬着的心也放了下来。他赶紧回了短信:“先休息好,注意安全,保持联系。”发完短信,徐环的烦躁一扫而空。他坐回到于东青的对面,脸上带着掩饰不住的笑意。

“你怎么了,神经兮兮的。”于东青用奇怪的眼神看着徐环,“这可不像你啊,我印象中,你一向都很能装的啊。”

徐环没有搭理于东青的嘲讽,淡淡地说:“刚才是楚琳给我发的短信。”

于东青一愣:“楚琳?不对啊,你俩不是十三年都不联系了吗,怎么她还给你发短信呢?”他眯着眼盯着徐环看了会儿,若有所思地点点头,“明白了,你俩偷偷摸摸又和好了。我说你俩可真不地道,对我也保密?咱们仨可是从小玩到大的铁三角,你俩把我孤立了,算几个意思?”

徐环给于东青倒了一杯茶,语气平静地说:“这茶也算是一流茶了,但还算不上极品茶,味道无可挑剔,唯独缺的是极品茶叶带给人的那种心境。”徐环啜了一小口,“东青,依你现在的心态,我觉得你有必要品一下,静一静心。”

“嘿,你小子,别打岔。”于东青瞪着徐环,“我问你,你俩是不是又破镜重圆了?说!”

徐环叹口气:“没有。你说你一堂堂刑警队队长,能不能别跟那些瞎操心的居委会大妈似的。楚琳有事情找我商量,这才联系的我。你就别操心我们的事情了,快说你的事吧,到底什么案子把你急成这个样子?”

于东青叹口气:“徐环啊,我没法不着急,换了你你也急。我告诉你,这起案子我只有五天的时间,你说说,五天够干什么的。”

徐环差点把嘴里的茶吐出来,瞪着眼说:“五天,开玩笑吧?”

“没开玩笑,就是五天。”于东青无奈地说,“高局定的办案期限,我能怎么办?”

徐环放下茶杯,有些不解地说:“如果单纯追求办案的时效性,很容易办出问题案,甚至冤假错案,高局作为老刑警,不可能不明白这个道理啊!这么着急破案,是为了什么呢?”

于东青端起茶杯一口喝光,耸耸肩说:“我也不知道为什么,命令就是命令,上级没有必要告诉我为什么。不过话说回来,这起案子时效性当然要追求,但是办案质量也要保证。我知道这很难,所以才来找你帮忙。”

好久没有看到于东青如此狼狈了,徐环心想,能把于东青逼成这个样子,看来这案子确实不简单。徐环顿时对这起案子产生了浓厚的兴趣:“你说的这起案子，不会就是刚刚发生在我那个小区的那起凶杀案吧？”

于东青撇着嘴，点了点头表示正确：“是啊，消息传播得倒挺快。这起案子非常蹊跷，看似简单，但是无处下手，我之前的几个判断都是错的，现在没有任何思路，不知道下一步该怎么办。”

徐环虽然好奇，但是还有菱形血痕的事情需要调查，而且他心里有些犹豫，要不要把这件事情告诉于东青。他放下送到嘴边的茶杯，皱起眉头：“我就说嘛，你于冬青无事不登三宝殿，没案子你肯定不来找我。不过，你看看我，都已经被开除出警察队伍这么多年了，别说我现在不想再掺和这些案子了，就是想掺和，也力不从心了。”

于东青盯着徐环看了一会儿，哼了一声说：“你小子就是矫情。徐环，咱俩是从小玩到大的发小，你什么德性我还不了解吗？你当刑警的时候就喜欢办那些蹊跷案子，别人手里要是有个疑难案子，你肯定缠着人家一块办。即使你被公安局开除了，也还是如此。这个我明白，办案子嘛，有时候就跟吸烟似的，上瘾！之前我请你帮我破案，每次破案后，我都能从你脸上看到成就感和满足感，这是装不出来的。别看你现在贵为祁东市最大的企业高管，但是你还不如当一名普通的刑警开心，我说的对不对？”

徐环笑了笑，算是默认了他的评价。于东青说得一点也没错。他、于东青还有楚琳是从小玩到大的发小，从一定程度上来说，于东青对自己的了解，比自己亲爹都深。

徐环叹了口气，倚坐在沙发上感慨道：“对又怎样，不在其位，不谋其政。我现在就是一个普通公民，再参与这些事，名不正言不顺。按规定，我一个与案件无关的人是不能参与刑事案件侦破工作的。再说，虽然每次我都是暗中协助你调查，但是天下没有不透风的墙，你经常来找我帮忙破案的事情你以为别人不知道？现在说闲话的人已经很多了，不说别的，你们刑警队内部就有很多非议，说队长不信任自己人，只信任外人。我倒无所谓，可是对你影响就不太好了吧。”

于东青有点着急，手重重地往茶几上一拍：“我都不在乎这些，你在乎这些干什么？真是皇上不急太监急！”

“行行，我是太监行了吧，您这位真龙天子还是赶紧另寻高明吧！我说你还有没有别的事，没事滚蛋，别影响我喝茶！”徐环边说边用肩膀把于东青往旁边挤。

于东青无奈地推了徐环一把，说："去你的，你就别跟我闹情绪了。不瞒你说，这个案子上边非常关注，为这个案子，昨天高局把我骂了个狗血淋头啊！我还被迫立了军令状，五天破不了案，兄弟我就玩完了。徐环，你总不能见死不救吧！"

高局长曾经是徐环在警队时的领导，为人正派又不失圆滑，处理起事情来既坚持原则，又讲究策略，而且对徐环还格外关照，因此，徐环也很敬重这位领导。想到这里，徐环端起一杯茶，慢悠悠地说："高局倒是个好人，我刚到刑警队时，他还是刑警队的队长，对我没少照顾。后来我犯了那事，高局也很护犊子，一个劲地把责任往自己身上揽，可惜事情闹得太大，最终还是没有保住我啊！"他把茶一饮而尽，说，"得，看在高局的面子上，我就帮你一次吧。"

看于东青焦头烂额的样子，徐环决定，菱形血痕的事情先不告诉他，免得让他分心。

看到徐环应了下来，于东青心中松了一口气，脸色也立马由阴转晴，拍了徐环的肩膀一下，说："好，这才够意思！嘿嘿，我就知道你徐环是个重义气的人。"

徐环给于东青倒了一杯茶递过去，平静地说："你少来这一套。于东青，咱们丑话说在前面，我帮助你破案，那就得给我点权力。虽然我现在是一介布衣，但你的那些队长什么的，都得听我的，最起码要尊重我的意见。另外，帮归帮，但是最终能不能破案，谁也不敢打包票，别到时候破不了案，让我背锅。"

于东青神色轻松地喝掉茶杯里的茶，感叹道："这会儿才品出这茶的味儿来，果然不错，刚才光顾着说话，把这么好的茶当凉开水喝了，真是可惜。"

徐环笑了笑："没什么可惜的，既然喜欢，一会儿你带点走就是了。那个，我刚才说的话你听见没？"

于东青伸了个懒腰，说："你放心吧，你会喜欢上我的团队的，都是一帮直来直去的爷们儿，还有一个美女。对了，你跟吴婷婷联系没？你不是要做心理咨询吗？"

"联系了，你这不是有案子吗，她没时间，等这起案子办完再说吧。"

徐环话音刚落，办公室的门就被敲响了，进来的是一位二十多岁，留着平头，看上去十分精干的小伙子。小伙子走到徐环身边，微微躬身，恭敬地对徐环说道："徐总，集团高管例会是九点开，现在八点四十了，还有二十分钟，请您提前准备准备吧。"

虽然身为远景集团的高管，但徐环对高管例会非常反感。他低头嘟囔了一句："忘了还有这档子事，今天的会是谁主持，我叔叔？"

陈秘书点点头说："对，是徐跃武徐总经理主持，在您父亲，徐董事长出国休假期间，高管例会都是由徐总经理主持。"

想起叔叔徐跃武，徐环心中掠过一丝不快。徐跃武是集团的总经理，当年和父亲徐跃升共同打下了远景集团的基业。但是徐环一直认为叔叔是志大才疏的典型，对他现在耀武扬威的做派很不感冒。

徐环面露不悦，口气生硬："我今天有点急事，这会我就不参加了，你帮我请个假，好吧？"

陈秘书脸上露出为难的神色，小心翼翼地说："徐总，您都已经连续三次没有参加高管例会了，这次您要是再缺席，恐怕徐跃武总经理会……"

徐环冷冷一笑，说道："我这个叔叔现在管的是越来越多了，高管例会我一向是不想去就不去，我父亲也不会说什么，叔叔他凭什么管得这么宽？你就说我身体不舒服，实在坚持不住，去医院看病了。"

于东青有点尴尬，但当着陈秘书的面，也不好发表意见，只能打圆场道："徐环，你还是先开完会再去找我吧，我也不差这半天，别因为我的事耽误了你的正经工作。"

徐环笑了笑，没有回答于东青，而是对陈秘书说："陈秘书，麻烦你了，就这么跟我叔叔说，他要是生气，你就让他直接找我。好了，就这么着吧，你赶紧去忙吧。"

陈秘书看上去十分为难，但徐环已经下了逐客令，他也不好再说什么，只能硬着头皮点点头，转身离去了。

看着陈秘书走出门去，于东青语重心长地说："徐环，我知道你从小的志向就是当一名警察，但是你得接受现实啊。远景集团是你们徐家的家族企业，你家老爷子是集团创始人、董事长，你是他唯一的儿子，以后肯定是要接班的。你现在应该好好表现，尽快熟悉集团的各类业务，为将来执掌这个企业做好准备。可你现在……我怎么觉得你心思不在这上面呢？"

徐环又给自己倒了一杯茶，淡淡地说："你说得没错，我心思就是不在这上面。我知道，远景集团就像是一块肥肉，很多人都想掺和一把，就连给远景集团供货的小商贩，一年也能赚个百八十万，这集团董事长的位子，更是不知道有多少双眼睛盯着呢。”徐环喝口茶，语气十分轻松，“但是我压根就不想在这个企业里面待，就连现在这个副总裁的位子，我都想辞掉。我这个人啊，唯一的优点就是有自知之明，知道自己能干什么，不能干什么。”

于东青叹了口气，惋惜地说：“你啊，你知不知道有多少人羡慕你的位子。警察的路不能再走了，可是你完全可以在商界实现自己的价值嘛！人生有很多条路，并不一定当警察才是正确的路。唉，你又不耐烦了是吧？真不知道怎么说你好。”

徐环站起身来，披上外套，拿起办公桌上的手机，对还坐在沙发里的于东青说道：“不知道怎么说就别说了，行了，别给我灌鸡汤了，走吧。咱们去哪儿？先去现场看看？反正离我家近。”

于东青也站起身来，说：“你还真是雷厉风行，不过，咱们先去局里吧，我把情况给你介绍介绍，你再去现场的时候也有针对性。”

徐环点了点头：“也好，那就赶紧走吧，万一一会儿我那奇葩叔叔来我办公室堵我，那就走不成了。快，赶紧的！”

于东青应着，匆匆站起身来准备走。这时，徐环的手机又响了一下，他掏出手机一看，是楚琳发来的短信。短信只有短短的一句话：“事态的复杂程度超出想象，我会尽快返程。”

徐环心中弥漫起一股寒意，楚琳说话一向不喜夸张，她能作出这样的评价，事态一定不简单。他深深呼了口气，拨出了楚琳的电话。电话依然无法接通。徐环皱起眉头，本来松下来的心顿时又紧了起来。看来，对温华的调查，不得不抓紧时间了。

想到这里，徐环上前搂住于东青的肩膀：“东青，我帮你的这个忙不算小吧？你是不是应该也帮我一个忙作为回报？”

于东青对徐环突然提出的要求有些诧异，他狐疑地看着徐环，缓缓地点了点头：“只要在我能力范围之内，没问题。你说吧，什么忙？”

徐环压低声音：“我要你帮我调查一个人。”

“调查谁？”

徐环盯着于东青，嘴里慢慢挤出两个字：“温华。”

第八章　垃圾车

海西区分局的办公楼是由民国时期的一所国外银行改造而成的，具有浓重的古典气息和时代烙印。局里最大的一个会议室位于三楼走廊的最西侧，可能是因为海西区分局的警察们吸烟的缘故，整个会议室里充斥着一股烟熏和家具混合起来的奇怪气味。

吴婷婷对烟味有些过敏，因此她最讨厌到会议室开会。但是当于东青告诉她，今天徐环将会参加会议后，吴婷婷蹙起的眉头一下就舒展开来，烟味所带给她的烦闷顿时一扫而空。

对于徐环，吴婷婷早就有所耳闻：徐环是国家警察学院九九级刑侦专业的学生，在校时连续三年获得全校模拟破案大赛冠军，并且连续三年包揽刑侦专业推理大赛的冠军。大四在公安局实习期间，参与侦破了几件震惊全国的恶性刑事案件，并在其中起了关键作用，是整个学校的风云人物。

但人无完人，与其出类拔萃的推理能力形成鲜明对比的是，徐环的各项身体机能测试，包括擒拿格斗，远低于学校的平均水平，尤其是散打课，徐环一直不及格，直到毕业前夕最后的补考才勉强通过。

毕业之后，徐环直接考入了祁东市公安局刑警队，很快就能独当一面，接连破获了几起疑难案件，甚至被邀请回母校上了几堂刑侦课。另外，他豪门公子的身份、扑朔迷离的感情生活，以及后来被逐出警队的曲折经历，使得徐环在警校学员中一直是充满争议和话题的人物。

徐环的突然出现让吴婷婷又喜又忧，喜的是今天能亲眼见到自己的偶像，并且并肩破案；忧的是自己这两天没休息好，完全不修边幅，搞得跟女疯子似的，肯定会给他留不下好的印象。想到这里，她脸色微红，抬起头瞄了眼徐环。

徐环今天情绪似乎不是很好，脸色苍白，眉头略皱，眼睛木然地看着前方，有些心不在焉。

名义上是案情讨论会，实际上基本就是于东青自己在陈述案情。于东青已经说了一个多小时了，连水也顾不上喝，说得口干舌燥。当他终于把案情讲完时，吴婷婷已经昏昏欲睡了。

这时，于东青喝了口水，略显疲惫地说："行了，该说的我也说了。徐环，你倒是分析分析，我们下一步应该怎么办？"

徐环听到这话，这才抬头扫了眼会议室的专案组成员，神情也变得专注起来："各位，虽然于队长的陈述已经很详细了，但是只听陈述远远不够，我必须要去案发现场亲自勘查，也需要对两名死者的尸体进行检查，或许这样，才能发现一些很难发现的痕迹和线索。"

马千里说："这个没问题，案发别墅自从案发后就一直由警察接管，现场的痕迹保存完好，你可以随时去看。"

卫毅平也紧接着说："周远和冯玲的尸体也没有火化，可以随时去检查。"

徐环点了点头："好。刚才听了于队的叙述，我认为这起案件目前最令人费解的地方，就在于凶手是如何进出案发别墅而不被监控拍到的。"他转头看向吴婷婷。吴婷婷与徐环四目相接，顿时脸色绯红，赶紧移开自己的视线。

徐环问吴婷婷："小吴，凶手是个高手，他肯定做过伪装，或者借助一些其他的掩护来躲避监控。你能确定把所有可疑的情况都排查了吗？"

吴婷婷见到徐环本人，本来就有些紧张，看徐环紧盯着自己，更是心跳加速，结结巴巴地答道："应该是吧，我和另外两个人反复看了好几遍，也没找到什么可疑的点。一个人找不到还说得过去，要是三个人都找不到，恐怕确实……确实不存在吧。"

徐环笑了笑，转头对于东青说："监控很关键，如果我们能弄清楚凶手是如何出入案发别墅的，那我们就会找到大量的线索，甚至有可能直接抓到凶手。我们暂时先不考虑被害人的儿子作案的可能性，凶手既然来自别墅外部，那么除非他是神仙，否则不可能不被监控拍到。之所以现在我们没有发现，唯一合理的解释就是，凶手做了非常完美的伪装和掩护，瞒过了我们的眼睛。因此，我建议，我们一块把相关监控再看一遍，这一遍一定要盯紧屏幕的每一个变化，不放过任何疑点。大家觉得怎么样？”

听了徐环的话，吴婷婷简直沮丧到了极点。徐环这么说，明摆着就是批评她的工作做得不到位，被凶手的伪装轻易骗过。她心中有些委屈，刚想替自己辩解，却看到于东青重重地点了点头，大声说：“好，跟我想的一样！”

随即，钟萧和马千里也附和着点了点头，就连卫毅平也低声嘟囔着：“反正现在也没别的线索，看就看呗，没准能看出个道道来。”

既然大家都点头同意，吴婷婷也不好再说什么，只能压下心中的郁闷，带大家来到了技术室。技术室本来就不大，一下子涌进七个人，显得更加拥挤和憋屈。吴婷婷安排大家坐在一张最大的办公桌前，办公桌上摆放了三个二十七英寸的显示屏，由于空间狭小，大家基本上肩挨肩挤在了一起。

吴婷婷正调试机器，听到徐环对大家说：“很多人以为查监控是个很轻松简单的事情，其实事实并非如此。监控录像不是电影，即使快放，看起来也非常枯燥，观察者必须目不转睛，不能错过任何疑点。因此，一个优秀的监控观察者必须具备旺盛的精力、良好的体力、平和的情绪以及敏锐的观察力，同时具备这些素质的人，不仅查监控是好手，做其他任何事情，恐怕都是佼佼者。”

吴婷婷一听这话，心中的郁闷一扫而空，顿时对徐环的好感度再加十分。她看了一眼徐环，刚想表示感谢，却看到徐环微笑着看着自己，眼神充满了笑意。吴婷婷不禁一阵眩晕，脸也变得通红，赶紧移开了自己的目光。

吴婷婷开始播放监控录像，监控画面以四倍于正常的播放速度播放。大家不由得屏住呼吸，紧盯着屏幕，生怕错过蛛丝马迹。

大家面前的三个屏幕，是由三个摄像头从不同的角度对案发别墅进行监控的，从监控画面里可以清楚地看到案发别墅的全景。徐环说得没错，如果有人要进入房内，除非他是神仙，否则肯定会被监控拍到。

案发那天下着雨，因此监控画面比较阴暗，而路过的人都打着伞，穿着雨衣，增加了观察的难度。加上四倍的播放速度，大家的精神不由得高度紧张，眼都不敢眨一下。技术室里有多台正在运行的机器，温度比较高，再加上这么多人挤在里面，大家脸上都渗出了汗，于东青索性把外套脱了下来。

虽然大家精力很集中，但是监控内容似乎没有什么异样。不知不觉一个多小时过去了，除了徐环和吴婷婷，其余人开始显出疲态，尤其是马千里、钟萧和卫毅平，三个人甚至打起了哈欠。

卫毅平打完一个哈欠，说道："我说于队，咱能不能休息几分钟再看，这么个看法也太累了！一点情况也没有，都快把人看睡了。"

自从上次于东青向吴婷婷点破卫毅平的心思之后，吴婷婷对这个油嘴滑舌的花花公子就十分反感。她白了卫毅平一眼，讽刺道："想睡觉就回家睡吧，别在这儿充硬汉。"

卫毅平脸色通红，反击道："嘿，谁充硬汉了，我……"

"等等！"徐环一声喊叫，打断了卫毅平的话。

吴婷婷心里一颤，赶忙起身问："怎么了！？"

所有人的目光都投向了徐环。徐环紧蹙眉头，脸上却露出一丝诡异的微笑，喃喃地自言自语道："原来道道在这儿啊。"

徐环定了定神，指着屏幕对吴婷婷说："往回退一下。"随着画面后退几分钟，徐环又大声喊了一声，"停！好了，就从这儿开始放！"

虽然监控画面的清晰度不高，但是众人还是看到了一辆车从画面远端慢慢驶了过来。徐环仔细观察了一下，发现那是一辆大型垃圾车。这辆垃圾车一直开到监控摄像头的斜下方才停下来。停车后，车上走下来一个披着雨衣的环卫工人，他把小区道路旁的垃圾箱拖到垃圾车上后，返回车内。随即，车辆继续行驶，慢慢从摄像头的监控视野中消失，整个过程不超过三分钟。

徐环摆摆手，示意吴婷婷暂停播放，然后转头问大家："你们……没发现什么不对劲的地方吗？"

几个人面面相觑，于东青蹙着眉头说："好像没什么不对劲的吧。小吴，你退回去再放一遍。"

当监控画面里的垃圾车再次停到摄像头下方时，于东青首先惊呼道："原来是这样！"于东青的喊叫让其余人更加摸不着头脑，大家紧盯着画面，生怕错过什么不易察觉的细节。

片刻后，吴婷婷也猛地一拍手，站起身来叫道："啊？难道是这辆垃圾车搞的鬼？"

看着还没有反应过来的钟萧他们，吴婷婷赶紧解释道："你们看这辆垃圾车停的位置，不偏不倚，正好把案发别墅的门口挡住了。如果此时从垃圾车背对监控的方向下来一个人，然后迅速潜入别墅，那么监控摄像头是拍不到的。虽然垃圾车只停了一分钟左右，但足以掩护凶手从垃圾车进入别墅里了。”

钟萧恍然大悟道：“原来这么简单，凶手就是利用了一辆垃圾车作掩护，潜入周远家里的。”

吴婷婷兴奋之余，脸上又掠过一丝沮丧，感叹道：“怎么我看了那么多遍也没注意到这个？唉……”

徐环看了看吴婷婷，站起身来，冷静地说道：“现在不是感叹的时候，吴婷婷，继续播放。”

有了初步的收获之后，大家的精神头明显足了不少，就连年纪最大、精力明显不如几个年轻人的马千里也一直没有要求休息，而是双眼紧紧盯着屏幕，生怕错过每一个细节。

不过接下来的画面似乎没有什么可疑之处了，一切都波澜不惊。很快，监控录像里的时间到了下午四点多，这时，受害人周远一家三口打着伞从别墅里走了出来，上了停在路边的一辆黑色豪华轿车。

由于距离镜头较远，再加上三个人都打着伞，因此看不到他们脸上的表情。但看得出来，三个人的衣着都比较正式而且精致，动作也很正常。看来冯玲说得没错，这一家三口应当是要驾车去参加儿子周小米的结业汇报演出了。

考虑到接下来的监控画面并不复杂，徐环让吴婷婷将播放速度提高到了八倍。很快，监控里的时间到了晚上，雨势也大了起来。

小区内晚上的人流量更少，似乎这里的住户都有极为丰富的夜生活，从来不回家做饭。时间过得很快，接近夜里十点的时候，一辆黑色豪华轿车驶入了可视范围之内，吴婷婷赶紧将播放速度放慢。

于东青提高嗓门说：“是周远他们回来了，马上就要到行凶的时刻了，大家仔细看。”

周远驾驶的轿车缓缓停在了别墅门口的马路旁。车子停稳后，周远从驾驶位上走下来，没有打伞，冒雨冲到了门口，然后开门进入了别墅。几乎是同时，一楼客厅的灯亮了，有两扇窗户被打开，周远应该如冯玲所说，先进入别墅内开窗通风。很快，二楼有几个房间的灯也相继亮了起来。

在这期间，黑色轿车由于车窗上贴着深色贴膜，因此，通过监控看不到车内的状况。

几分钟后，轿车车门打开了，周远的儿子周小米从车上溜了下来，没有打伞，快步跑进了别墅内。又过了一会儿，冯玲也从车里走了下来，不慌不忙地走进屋内。接着，别墅附近的几辆车突然打起了双闪，徐环注意到了这一细节，问道："凶手是在这个时刻行凶的？"

于东青凑过来说："是的，监控画面没有声音，因此我们听不到枪声，但是通过附近车辆报警器被触发，还有其他几个摄像头拍下的小区路人的反应来看，枪声就是这个时候响起的。本来我们认为冯玲具有很大的作案嫌疑，但是从监控画面来看，从进门到枪声响起只有几秒钟的时间，而冯玲不可能在这么短的时间内完成从门口跑到二楼开枪杀人的过程，所以，我们排除冯玲作案的可能。"

徐环赞同地点了点头，双眼继续盯着屏幕。这时，一个身影出现在监控画面之内，此人披着一件警用雨衣，在雨中快速奔跑。只见他迅速跑到案发别墅门口，看了眼黑色轿车，观察了一下屋内的情况，然后拔出手枪，一脚踹开门冲进了屋内。

徐环把头转向林舒："林舒，这个人就是你吧。"

还没等林舒说话，马千里就抢先答道："是啊，也多亏了老林反应快，及时赶到现场，要不然凶手很可能继续行凶，屋里那个孩子可就危险喽。"

徐环不以为然地说："不至于吧。我觉得凶手的目标就是杀死周远一个人，因为凶手从杀死周远到林舒赶到现场，间隔了两分多钟，这些时间对于凶手来说，开枪杀死冯玲以及孩子是很容易的事情，几秒钟就可以完成，而他并没有这么做。这样来看的话，我们完全可以确定这起案子是蓄谋已久的仇杀，而不是行窃暴露后的激情杀人。"

于东青点了点头："嗯，我们也这么认为。可是徐环，凶手为什么第二天又要煞费苦心地杀死冯玲呢？如果他想杀死冯玲，为什么不像你说的那样，在杀死周远之后再接着把冯玲杀死呢？他完全有这个作案条件，何必要等到第二天再动手呢？"

刚才于东青介绍案情的时候，已经告诉他李力驾车撞死冯玲的事情，并且所有证据都证明，李力并非蓄谋杀人。现在于东青又认为冯玲的死是谋杀，徐环心里不由得有些奇怪，问于东青道："刚才你不是说通过查看肇事车辆的行驶轨迹，证明冯玲的死是意外吗？为什么现在又说她是被谋杀的？”

于东青语气十分坚定：“我一直认为冯玲的死是谋杀，不是意外，一直到现在我也坚信这一点。监控结果确实不支持我这个观点，但我认为监控结果并不能证明一切，可能我们疏忽了某些细节，就像别墅的监控一样。”

徐环点了点头，说：“现在一切还不好下结论，最终还是得通过证据说话，我们继续看吧。”

接下来，监控画面里出现了数辆闪烁着警灯的警车，警察赶来控制了现场。过了一会儿，于东青等人的越野警车也驶入了监控的范围。吴婷婷停止了播放。

徐环注意到所有人都不约而同地看着他，很明显，大家都想先听听他的看法。不过徐环心里稍稍有些失望，他原本以为会在监控录像中找出两三条线索，而看完一遍后，只有一处可疑的地方。这对一向以观察力超强自居的徐环来说，的确有点丢面子。

于东青先开口道：“徐环，你倒是说说，还有没有发现其他奇怪的地方？”

徐环噢了一声，用一副无所谓的口气说：“除了垃圾车，还真没有发现什么别的疑点。问题很可能就出在垃圾车这里，你们觉得呢？”

于东青看了看吴婷婷和马千里，说道：“我基本上同意你的观点，但是有一点我还是想不明白，垃圾车在监控录像中只出现了一次，也就是说，垃圾车只能掩护凶手一次。如果凶手利用垃圾车作掩护，提前潜入被害人周远的家中，那么他杀死周远后，是怎样避开监控离开别墅的呢？”

徐环用手指点了点桌子，说：“这个问题我早想到了，不过，现在我也没有答案。目前我们只能先从这辆垃圾车入手，查到线索后再顺藤摸瓜。我想凶手离开别墅的方法应该和进入别墅的方法差不多，都是利用其他事物作掩护，只是我们暂时没有发现。一会儿我再把监控查一遍，相信应该还会有收获。现在我觉得应该看看另一段关键的监控录像。婷婷，你把撞死冯玲的那辆车的监控给我放一下。”

吴婷婷点头答应，边操作边问：“对了，于队，那个叫李力的家伙审得怎么样啊？招没招？”

“嗨，那个小子不会招的，我已经准备把他送看守所了。”于东青苦笑着说，“他的指使者既然敢用他，那就肯定留了后手，我估计他已经没什么价值了。”

徐环内心也非常赞同于东青的判断。冯玲刚刚经历命案，到公安局接受询问后出门就被车撞死，天下怎么会有这么巧的事情。徐环早就认定冯玲的死是谋杀，而且他非常有信心能在接下来的录像中找到蛛丝马迹。

随着吴婷婷的操作，监控画面里出现了李力的黑色汽车通过各个交通卡口时交通探头拍下的影像。

从监控画面中可以看出，李力的车行驶得很慢，而且开得比较稳，基本没有超车，也几乎没有变道，一直到海西区分局附近的时候，车辆仍然以相对平稳的速度行驶，直到离海西区分局还有一个路口的时候，车子开始提速，过路口之后提速尤其明显，最后，以极快的速度撞上了冯玲，把冯玲撞得飞了起来，重重摔到了地上。虽然监控并不十分清晰，但大体可以看到冯玲已经残缺不全的尸体。

看完一遍之后，徐环立刻吩咐吴婷婷："吴婷婷，再放一遍，这次慢一点，以四分之一的速度来重放。"

又看了两遍，徐环站起身来，问大家："你们有没有发现可疑的情况？"

于东青等人摇了摇头。

"你们看，根据监控显示，虽然这辆车中途没有停车，开得也比较稳，但是它并不是匀速行驶，而是时快时慢。"徐环指着屏幕说道，"你们有没有注意到，李力在开车的时候，接听了好几个电话，我觉得猫腻就藏在这几个电话之中。"

马千里身体前倾，不解地问道："电话会有什么猫腻？"

"接听电话本身并没有问题，"徐环解释道，"可我注意到，每次李力接听完电话以后，车速都会有明显的变化，要么变快要么变慢，这会是巧合吗？"

于东青自言自语道："每次接电话之后车速有变化，难道说……"

"没错，有人在通过电话指挥李力开车，这一点我非常肯定。尤其是车开到海西区分局附近路口的时候，车速本来是四十多公里，但是接了一个电话之后，开始加快，直到以九十多公里的时速撞上冯玲。"徐环用十分肯定的语气说道。

"我刚才让吴婷婷放慢动作，目的就是为了观察车内的细节。"徐环继续说道，"你们看，李力这一路上接了这么多次电话，本身就很不正常，而且每次接听电话，他的嘴唇基本不动。也就是说，李力接起电话之后，他只听不说。正常人打电话会这样吗？肯定不会。此外，我还观察了李力的表情，他的表情有些僵，显得有些紧张。试问，一般酒后驾车的人会觉得紧张吗？肯定不会，酒壮怂人胆，酒后开车的人恨不得直奔月球，怎么会紧张呢？而李力之所以紧张，一方面是因为他喝的酒其实不多，头脑很清醒；另一方面是因为他马上要实施一个杀人计划，想到杀人，他肯定会有些紧张。"

"当然还有一个细节，可以证明我的推断。"徐环继续说，"通过高清摄像头，可以看到车辆副驾的安全带插槽里，插着一个安全带卡扣，这说明李力平时开车习惯用这个东西，根本不系安全带。而这次驾驶，李力却系上了安全带，这说明什么？"

旁边的吴婷婷猛地大喊一声："这说明，李力当时知道自己的车要撞人，为了防止撞击时自己受伤，他才提前系上了安全带！"

徐环微笑着冲吴婷婷点点头，做了个鼓掌的手势，以示鼓励。

好久没说话的马千里皱着眉头，显然还不能接受如此匪夷所思的作案方式，他问道："你的意思是说，李力的指使者是通过电话来调整车速，使得肇事车辆在冯玲走出公安局门口的时候，恰好也行驶到公安局门口，然后撞死她？"

"没错。这样就能让整个杀人过程看起来是一场意外，而不是谋杀。这个幕后指使者非常不简单，他知道警察会查看行驶轨迹，因此故意设了这么一个局。"

"这……这也太匪夷所思了吧？"马千里还是不能接受，"先不说这个指使者如何能把车速和距离控制得这么准确，单单就说冯玲的行踪，这个指使者是怎么知道的？他怎么清楚冯玲几点几分会离开咱们的办公室，出现在公安局门口？"

徐环微微一笑："这个很好解释，那就是你们海西区分局……"徐环故意把声音拖长，重重地说出了后面几个字，"有内鬼！"

这话一出口，在场的人不由得一怔。

"这话你可不能乱说！"马千里腾地从座位上站起来，瞪着徐环。徐环这么说，他心里十分不乐意，他是海西区分局刑警队的队长，虽然不是局长，但也是重要领导，徐环这么说，分明是在打他的脸啊！

于东青看到气氛一下子紧张起来，赶忙起身打圆场："哎，老马，你别激动，徐环这只是猜测，现在大家不是讨论案子嘛，畅所欲言，你别往心里去。”

既然于东青发话了，马千里也不好再说什么，毕竟上级领导的面子，他还是要给的。于是马千里铁青着脸坐回椅子上，低头不再理徐环。

于东青又回头瞪了一眼徐环，大声说：“徐环，虽然咱们现在畅所欲言，但是没有根据的话不要乱说！尤其是什么内鬼卧底这钟捕风捉影的事情，说出来影响团结！”

徐环似乎不以为意，他耸耸肩，平静地说：“你说得没错，这件事情我是没有证据，但我不认为我是乱说。从我们调查的情况来看，李力的指使者之所以能够通过电话遥控指挥杀人，说明他已经掌握了冯玲在来到海西区公安局之后的行踪。公安局不是他家的后花园，他是怎样掌握冯玲行踪的？最大的可能就是，海西区分局内部，有人关注着冯玲的动向，一有动静就向指使者报告，然后指使者再打电话给开车的李力，下达调整车速的指令。”徐环看了一眼马千里，平静地说，“马队长如果不赞成我的推论，不妨说出你的高见来，大家一块学习。”

马千里脸涨得通红，把头别向了一边，不再看徐环。

于东青看着马千里窘迫的样子，暗暗叹了一口气。虽然他很认同徐环的推论，但也实在不愿意接受海西区分局存在内鬼的现实，于是赶紧转移话题缓解紧张的气氛：“咱们先不说这个了。总之，现在可以肯定的是，冯玲的死，是有人精心策划实施的，而不是普通的交通意外事故，对吧？”

徐环点点头：“这一点是毋庸置疑的。但不幸的是，目前我们还是缺少有力的证据，仅凭监控的这些细节，是无法定罪的。”

吴婷婷突然兴奋地喊了一声：“哎呀，手机！既然有人通过手机指挥李力作案，那我们可以查查他的手机啊！手机肯定有通话记录的吧，这样就可以顺藤摸瓜，把幕后的黑手揪出来！”说罢，吴婷婷看了一眼大家，脸上露出一丝得意的神色。

只听卫毅平切了一声，表示不屑。

吴婷婷脸色一沉：“卫毅平，你切什么？难道我说得不对吗？”

卫毅平阴阳怪气地说：“你以为凶手跟你一样笨啊，手机那么明显的证物，凶手能不提前做好处理吗？”

一见这对冤家又要吵起来，于东青赶紧制止了他们，用半鼓励半探讨的口气说：“其实小吴说得很有道理，大家都说说，有什么看法？”

徐环脸上泛起一丝愁容，说：“婷婷想的路子很对，但是卫毅平说得也不错。凶手既然做了充分的准备，那么对手机这种线索集合性很强的证物，我想他肯定采取了周全的处理措施。当然，查一查还是应该的，万一凶手疏漏了这一点而留下线索呢？”

吴婷婷失望地说：“原来你们早就想到了啊，我就说嘛，怎么一个个反应这么冷淡。不过……我觉得还是有必要查查的，没准凶手真的留下什么痕迹呢。”

于东青环视了一下大家，拍板道：“行了，今天上午我们重新查看监控，收获很大。我看下一步工作就这样安排吧：吴婷婷，你负责两项工作，一是继续查一下监控，搞清楚这辆垃圾车的行驶轨迹；二是联系技术部门，对李力的手机进行全面检查。我跟徐环、林舒去观海园小区物业公司了解一下情况，对当时垃圾车上的人员进行详细调查。”

马千里插话道：“于队，去物业公司调查，让我去就行了，你还是坐镇局里指挥吧。”

于东青摆摆手：“还是我亲自去。马队长，我出去调查这段时间，专案组的各项事务你先处理，除非是特别紧急重大的事务，否则不用跟我汇报。”说罢，又转脸看了眼卫毅平，“卫毅平，吴婷婷的工作量比较大，这样，你去协助她的工作。”

卫毅平面露难色，嘴里嘀咕着：“协助？我协助她？”

于东青一瞪眼：“怎么着，有问题？有问题的话你就回市局吧，我换其他人。”

卫毅平一听这话，才勉强答应下来，一脸无奈地说：“没问题，协助就协助，反正出了事她担着。”

于东青用询问的目光看了眼徐环，徐环朝他点了点头。

于东青说：“好，大家要是没其他意见的话，就这么安排吧。”他抬手看了看手表，“现在是下午一点，大家抓紧时间去食堂吃口饭，然后立刻分头行动。明天早上九点，准时在会议室集合，汇报调查情况，散了吧。”

第九章　顺藤摸瓜

徐环加入专案组的效果几乎是立竿见影，案情立马有了重大突破。对此，于东青十分满意，紧绷的神经也稍稍松弛了下来。心情好自然胃口就好，中午在海西区分局食堂吃午饭的时候，拳头大的肉包子，于东青整整吃了十二个。吃得太多，饭后又没有喝茶，撑得他肚子里直泛酸水，十分难受。

难受归难受，但只要工作起来，于东青总是活力十足，更何况走访观海园小区的工作十分重要，必须打起十二分的精神。于东青用手心搓了搓脸，带着林舒和徐环直奔物业管理中心的大厅。

观海园小区物业管理中心位于小区中央广场旁边的一栋别墅内，别墅内部装修得十分豪华，可以称得上富丽堂皇。管理中心坐着两个年轻的姑娘，穿着统一的黑色制服，正低头专心致志地刷着手机，根本没有注意到三个彪形大汉站在了她们面前。

于东青尴尬地轻轻咳了两声，才让两个姑娘意识到他们的存在。于东青掏出证件，礼貌地向她们说明了来意。

几分钟后，一位胖胖的中年男子匆匆迎了出来。他身材臃肿，头发稀疏，一副典型的猥琐中年大叔的形象。虽然形象一般，但他脸上还是挤出了职业性的微笑，边擦头上的汗边说："哎呀不好意思，几位警官，我这手头上有点急事，怠慢了，别见怪哈。你们是来调查那起枪击案的吧，快请进，来我办公室谈。噢，对了，你们是海西区分局的吧，前两天你们来过好几个同志，把我们小区的监控资料都调走了。怎么，我们小区的监控系统那么发达，难道没有拍下凶手的模样来？"

中年男子连珠炮似的问话让于东青有些烦躁，他边跟中年男子进入他的办公室，边客气地回答说："我们正在调查，感谢你们的监控资料，给我们的调查工作提供了很多方便，还希望你们继续配合。对了，你贵姓？”

中年男子继续堆着笑说：“嗨，我都忙晕头了，忘了自我介绍。我是观海园小区物业公司的经理，姓段，叫我老段就行，呵呵。”

落座之后，段经理十分殷勤地给三人递烟泡茶。于东青忍着口渴说：“段经理，你别客气，我们不抽烟也不喝茶。今天冒昧打扰，主要是为了调查前天晚上发生的那起枪击案……”

于东青话音未落，段经理一拍大腿，神情激动地说：“哎呀，警官啊！这件案子可真把我们害苦了。你知道，我们观海园小区是祁东市最高档的小区，物业管理服务也是质量最高的，安全保卫工作更是我们的重中之重，我们不像那些普通小区，请一些退休老头来做保安，我们的保安可都是实打实的退伍军人。你们不知道，这档子事一出啊，我们物业公司的责任可大了，这些业主都埋怨我们保卫工作不得力！刚才你们来之前，就有三户业主来找我，让我做出解释，还要求加强保安数量和巡逻次数，否则拒交物业费！警官，你说我们倒不倒霉，这些业主都是有头有脸的人物，我们又惹不起，可是他们不交物业费，我们吃什么啊……”

看段经理说起来没完的样子，于东青不由得苦笑，他们平时做调查，大部分情况是对方紧张得不敢说话，没想到这次竟碰上个话痨。

徐环开口打断了他：“行了段经理，我们管不了你们这些民事纠纷，业主不交物业费啊，你跟我们说没用，得去法院起诉。关于这起案子，我们只能尽快破案，所以你得协助我们。”

没想到段经理也不是个软柿子，他眼睛一瞪，像极了一只穿着西装的加菲猫：“这位警官，话不能这么说啊。我们小区出了这事，你们公安部门负责社会治安的，也不能说完全没有责任吧，敢情是这些业主不去找你们。事情已经出了，你们也得替我们着想着想，对吧。”

于东青看着徐环尴尬的表情，心中不禁一乐：徐环也是业主，你再瞪他没准他也拒交物业费了。不过于东青还是安抚道：“段经理，你说得有道理，我们这不是抓紧时间在破案吗？今天来就是想找你了解一些情况，好尽快破案，希望你积极配合。”

段经理这才又换上了一副热情的嘴脸，说：“那当然，那当然，配合公安机关是每个公民应尽的义务嘛，更何况像我们这样正规的大公司，这个我懂。不知道各位还想了解什么情况？”

于东青说："是这样，我想了解一下咱们观海园小区所属的垃圾车的情况，我想你们这里应该有详细资料吧。"

段经理不由得一怔："垃圾车？没有垃圾车，我们小区的业主都是精英人士，开的可都是高档车，基本上没有低于三十万的。"

徐环哭笑不得地说："是清理垃圾的车，就是每天负责把小区垃圾箱的垃圾运送出去的车。"

段经理这才露出一个恍然大悟的表情："嗨，垃圾清洁车啊。这个，警察同志，不是我不帮你们，实在是这些垃圾车的信息，我们物业公司也不掌握。"

于东青略显惊讶地问："你们不掌握？你们不是负责提供物业管理服务吗？这些信息怎么会不掌握？"

听到于东青这么问，段经理脸上露出一种"你真是不谙世事"的表情。他呵呵一笑，侃侃而谈："警察同志，你们有所不知，我们观海园小区的卫生清理工作是这样的，小区公共部分的保洁，是由我们物业公司所属的清洁工人来完成的。其实严格来说，这些工人也不属于我们公司，而是我们与劳务外包公司签订了派遣合同，他们派遣工人来我们这儿干活。这些工人每天清理完卫生之后，会将清理出来的垃圾投入就近的垃圾箱内，这项工作做完后，他们的任务就完成了。而这些垃圾箱内的垃圾清理，我们则是整体外包给了一家独立的环卫公司去做，我们公司是不管的。"

物业公司把一些服务项目外包，这倒是很常见的一种情况，段经理的解释，合情合理。于东青边记边问："你们外包给哪家公司了？"

段经理脸上露出得意的表情："我们观海园小区是祁东市最高档的小区，合作的环卫公司肯定也是祁东市最好的。这家公司叫恩贝环卫公司，是祁东市做得最大的一家，除了我们观海园，他们还为很多其他的高档小区、企业、机关单位提供环卫服务。我们公司和这家环卫公司签订合同以后，由他们提供垃圾清运服务。按照合同约定，他们每天派一辆垃圾车来我们小区，负责将小区内所有的垃圾箱清理干净，然后把垃圾运送出小区。"

徐环蹙着眉头问："也就是说，垃圾车是登记在这个恩贝环卫公司名下的？"

段经理一拍大腿，指着徐环说："对啦，还是这位警官脑子转得快。现在社会分工高度精细，能花钱让别人干的，谁还自己干啊。你们家过年打扫卫生，能请保洁也不自己动手吧？我们物业管理中心所做的就是跟他们签合同，确保他们每天按时来把垃圾清理走，其他的事情我们也懒得管。至于运送垃圾的垃圾车，不仅所有权在人家环卫公司名下，而且车辆的管理、维护，都由他们负责。不过……”段经理的脸上露出一丝厌恶，“自从我们小区出了这个案子以后，他们公司的垃圾车就不来清运垃圾了，整个小区的垃圾无人处理，就那么堆在那儿，弄得整个小区都臭烘烘的。出了命案业主对我们的意见本来就很大，恩贝公司再这么一搞，简直就是火上浇油啊！”

于东青心中起疑，问道：“噢？这个恩贝公司为什么不来打扫了？”

段经理露出一种幽怨的表情，不屑地说：“切，谁知道啊，这得去问他们。按说这么大的公司不应该这样随便违约，我看八成是做贼心虚。警官们，你们得去调查调查这个公司，肯定有问题！”

“嗯，我们会去调查的。”于东青看着段经理苦瓜般的脸，心中莫名地想发笑，“对了，段经理，每天乘坐垃圾车来清理垃圾的环卫工人，也是他们环卫公司的人吧？”

“是啊是啊，那些工人和我们基本不接触。”

“那么，每天来观海园小区清理垃圾的垃圾车和车上的保洁人员，是固定的吗？”

段经理转着眼睛想了想，小心翼翼地答道：“这个嘛……我还真没注意。我们只关心他们是不是把活干好了，至于是派张三来还是李四来，我们才懒得管。”

徐环开口问道：“垃圾车和车上的人员进观海园小区，需要和其他访客一样做登记吗？”

段经理拍拍胸脯，有些得意地说：“那当然。不是我吹，我们观海园小区的安保管理，是全祁东市最严格的。行人门禁是指纹识别，访客来访必须由值班保安电话联系业主并征得对方同意之后，将身份证押在门岗，才可以进入小区。”他环顾了下房间，压低声音说，“不瞒你们说，平时我也喜欢看个推埋小说什么的，这案子一出，我试着用小说中的方法分析了一下这个案子。”

于东青听他又开始扯起来，实在忍不住了，刚要开口制止，却见徐环在旁边拍了拍他的手臂，对段经理说：“噢？原来段经理是同道中人啊，我也是推理爱好者，不知你有何高见啊？”

徐环一捧场，段经理更来劲了，一副神秘兮兮的样子说："哪有什么高见，在你们面前还不是班门弄斧啊。我觉得，这个凶手应该是业主。你们想啊，我们的门禁那么严格，他却没有留下访客记录，说明他可以自由出入小区啊！这能自由出入小区的，除了你们警察，那就是业主啦！"

于东青强忍着笑意，拍拍段经理的肩膀："段经理，能自由出入小区的，除了警察和业主，还有你们物业管理人员，照你这推理法，是不是得把咱们几个都怀疑一下？另外，如果我是凶手，我可以想出多种办法避开门岗进入小区，比如翻越小区围墙；还有乘坐业主的车辆进入小区；再就是我们高度怀疑的，凶手以垃圾车为掩护，乘坐垃圾车进入小区。"

段经理经于东青这么一说，脸顿时变得煞白，吞吞吐吐地说："嗨，看来这真实办案和小说是不一样。不过，这垃圾车进入小区都是有登记的。"

徐环哼了一声："登记？你们的登记是对车不对人吧？你刚才也说了，车上坐的是张三还是李四根本不重要。"

段经理有些尴尬，他擦了擦额头上的汗珠，吞吞吐吐地说："这……那……要不我带你们去门岗看看登记本吧。"

"怎么，访客登记本之前咱们没有查过？"徐环皱着眉头问于东青。

于东青有些尴尬，小声对徐环解释道："没有，我觉得住宅小区里面的安保都是摆设，访客登记本也没什么参考价值，因此，我不想在这上面浪费精力。这个……确实是我疏忽了。"

徐环耸了耸肩，也压低声音说："你啊……过于自信的毛病现在也没改。既然这样，那咱们就去看看登记本吧。"

三个人跟段经理来到小区门岗，看了门岗登记本五分钟左右，徐环抬头说道："案发当天一共十八名访客，但是这十八名访客，全部在晚上九点之前出了小区。"徐环把目光投向段经理，"段经理，这登记本上，可确实没有垃圾车的登记信息啊！"

段经理头上有些冒汗，拿过登记本翻看了一遍，抬头严厉地问向保安："怎么回事？怎么没有垃圾车的登记信息？咱们不是规定要登记的吗？"

保安是个二十多岁的年轻人，他挠了挠头，有些为难地说："经理，我知道有这规定，可是这垃圾车每天都来，收了垃圾就走，兄弟们觉得每次都登记实在没有必要，因此……"

"因此你们也不登记了，见了垃圾车就让它开进来，对吧？"段经理语气里明显带着怒气。

年轻保安知道犯了错，垂头丧气地点了点头，然后不再说话了。

段经理大声呵斥道：“你们啊，偷这点懒做什么？你看人家警察都查上门了，我丑话说在前头，真要是查出什么问题来，谁当班谁负责，与公司无关！”

徐环抬手制止了段经理发飙，他继续问保安：“每天来观海园小区做垃圾清理工作的垃圾车和车上的人员是固定的吗？”

保安抬起头，没有回答，而是怯生生地看了眼段经理，显然，他不知道该不该回答。

段经理又怒道：“看我干什么，警察同志问你什么，你老实回答就是了！”

保安这才战战兢兢地说：“垃圾车和司机是固定的，但是保洁人员是经常变的，有些保洁员来过一两次，过几天就辞职干别的去了。”

“案发当天那个保洁员你认识吗？车上有几人你还记得吗？”徐环问道。

保安歪着脑袋想了想：“有几个干的时间长的还认识，来去的时候都打个招呼，可是后来人员流动性越来越大，干个两三天就走人的情况很普遍，因此，很多人我都不认识，也懒得去认识。嗯……案发当天车上的保洁员我不认识，应该是新来的，至于车上有几个人，我真没注意。”

段经理这时也插嘴道：“他说得没错，警官们，保洁员我们真不了解，你们如果想了解垃圾车和保洁员的情况，最好还是去恩贝环卫公司问问看。”

徐环转头低声对于东青和林舒说：“我看问题很可能出在那天的保洁员身上，要不，我们现在就去恩贝公司看看？”

于东青点点头，表示同意。

徐环又回头对段经理说：“段经理，你们公司还存在很多漏洞和不规范的地方，这个垃圾车就是很大的漏洞，那么多流动人员，都可以通过垃圾车这个漏洞进入小区，你们物业公司难辞其咎啊！”

段经理脸上堆满了谄媚的笑，低声下气地说：“警官啊，我知道错了，我们一定尽快改进。还请三位领导将我们这些工作情况保密，否则一旦传出去让那些业主知道了，还不又来找我闹啊。”

徐环微笑着看着段经理，慢吞吞地说：“段经理，业主已经知道了。”他轻轻拍了拍自己的胸脯，“因为我就是观海园小区的业主。”说完，徐环转身离去，留下段经理目瞪口呆地愣在那儿。

恩贝环卫公司位于老城区一处很不显眼的位置，就连林舒这样的资深老司机开着车绕了好几圈才找到。

恩贝公司的一位很干练的赵副总经理在贵宾室接待了他们。刚一落座，于东青就开玩笑地抱怨道："赵总，你们好歹也是祁东市最大的环卫公司，怎么位置和门面这么低调啊？"

赵总笑了笑解释道："我们这一行又不需要什么门面，也不用做广告，我们的业务开展靠的主要是一些老关系和口碑，所以门面差点也就差点吧。对了，不知道几位来我们公司有何贵干？"

于东青说道："哦，赵总，我们有个案子，有些情况想向你了解一下，希望你配合。"

赵总略显惊讶："噢？我们公司能牵扯什么刑事案子？"

徐环接过话头："赵总，请问，观海园小区的垃圾清理工作，是不是外包给你们公司来负责？"

赵总略一沉吟，回答道："是的，观海园小区一直跟我们公司合作，但是……但是最近我们两家的关系有点紧张。"

"因为什么？"

赵总叹了口气："唉，这年头反目成仇，还不都因为一个钱字。观海园小区的物业管理公司，经常拖欠我们的费用。去年一整年的服务费，合同约定是去年十月份就要付清的，可他们拖到现在还没给。"赵总有些无奈地说，"我们公司高层对他们公司意见很大，毕竟他们公司运营状况很好，并不是没钱，但是我们去催的时候，他们就一个劲地哭穷，无限期地拖。因此，我们为了表示抗议，从今年开始降低了对他们公司的服务标准，由每天两次去清运垃圾改为了每天一次。可没想到的是，他们恶人先告状，一纸诉状把我们告到了法院，理由是我们违反合同约定，服务质量不达标，你说气不气人！"

徐环接着问："赵总，你们公司每次派往观海园小区的垃圾车是固定的吗？"

赵总想了想："是的，按照我们公司的规定，每辆垃圾车的服务范围都是固定的，很少做出改变。就拿观海园小区的那辆垃圾车来说吧，那辆车固定负责清扫观海园小区及其他两个小区。"赵总突然语气一转，犹豫地说道，“不过这只是原则上，在实际工作中，执行得也不是太严格。”

“噢？怎么讲？请你详细说说。”

“是这样的，警官同志，你们可能不太了解，这些垃圾清运车，虽然在车管所登记的是我们公司所有，但这些车其实都是个人购置然后挂靠在我们公司名下的，公司负责统一管理，给他们联系业务。而这些车主呢，每年付给我们一定的管理费。”赵总解释道，“在这种模式下，每辆垃圾车的运行、作业、保养以及报废，都是由车主直接负责的，公司不直接与这些车辆接触。因此，虽然原则上每辆垃圾车的服务区域是固定的，但是在实际工作中，往往会出现一些意外情况，比如张三的垃圾车去修理厂了，或者出交通事故了，那么张三就可以联系跟他关系比较好的李四，让李四帮忙清理原本张三所负责清理的小区。这样，大家互相帮忙，谁都受益，慢慢也就形成惯例了。”

徐环问道：“也就是说，出现在观海园小区的垃圾车，不一定就是平时那辆固定的垃圾车，对吧？”

赵总回答道：“是的，就是这个意思。对了，我能不能问一下，观海园小区的垃圾车出什么事了？你们为什么要调查这个？”

于东青说：“赵总，不是垃圾车出事了，而是垃圾车可能让别人出事了。”说着于东青从公文包里掏出一张照片递给赵总，“麻烦你看看，这辆垃圾车是你们公司哪个人承包的。”照片是监控画面截图打印出来的，虽然不是很清晰，但照片中垃圾车的一些细节特征都能看清楚。

赵总仔细看了一会儿，低着头小声说：“哎，奇怪啊。”

徐环赶紧追问：“怎么了？哪儿奇怪？”

赵总抬起头有些不解地说：“这辆车不是我们公司的。”

“啊！”听到赵总的话，徐环等人异口同声地喊道。

赵总看到他们吃惊的表情，有些不明所以，但还是接着解释道：“我们公司的垃圾车，虽然都是个人购置的，但公司对车型是有要求的。我们公司的垃圾车只有两种车型，都是国产的，绝对不会出现第三种车型。可是你们看照片里的这辆垃圾车，却是外国品牌的车型。因此，我一眼就看出来，这辆垃圾车不是我们公司的车。”

徐环有些不解地问道：“既然不是你们公司的车，那为什么它要去观海园小区里作业呢？你看照片上，这辆车确实是在观海园小区里面。”

赵总也皱着眉头说："这事确实奇怪。公司内部的垃圾车有时候可能互相替换一下，但是外公司的车来替我们工作，这可是从来没有发生过的。具体情况我也搞不明白，这样吧，我告诉你们负责观海园小区的垃圾车车主的地址和联系方式，你们去问问他吧。"

当于东青等人按照赵总提供的地址来到老城区一栋老旧的住宅楼时，时间已经到了下午四点。

于东青敲开了四楼东户的房门，一个留着寸头、满脸横肉的彪形大汉打开了门，脖子上戴的一串不知道什么材质的假金项链正好把窗外的阳光反射到了于东青的脸上，闪得他直眯眼。

大汉粗声粗气，一脸的不耐烦："找谁？"

通过此人的言行举止，于东青一眼就判断出这是那种仰仗身强体壮混迹于市井、欺软怕硬的混混。

于东青冷笑一声，亮了亮警官证，口气生硬地说："索原是吧，市局刑警队的，有事找你。怎么着，让我们进去还是跟我们走？"

叫索原的大汉脸上露出一丝惶恐，虽然还保持着原有的神态，但是口气软了不少："哎哟，警察同志啊，快进来坐吧。"

几个人在乱糟糟的沙发上坐下之后，大汉小心翼翼地问："警官们，我可是守法公民啊，不知道你们找我有什么事？"

于东青也不解释，直接严厉地问道："三月十一日，你有没有去观海园小区清运垃圾？"

索原一愣，脸色刷一下白了，情绪激动地说："大哥，你们可不能冤枉好人啊，观海园那事真不是我干的，我平时顶多打个架什么的，杀人的事情我可不敢干啊！"

徐环微微一笑，语气中带着嘲讽："我们没说那件案子是你干的，就你这样的，就算给你一把枪，你会用吗？"

于东青厉声说："虽然你可能不是凶手，但我们怀疑你与那起案件有关！"见他脸色煞白，于东青觉得吓唬得够了，放缓语气，"我们有些情况要向你了解，希望你好好配合，如果不说实话，后果自负！"

索原脸色苍白，像小鸡啄米似的点头："配合配合，一定配合。"

于东青问："回答刚才我问的问题，三月十一日，你有没有去观海园小区清运垃圾？”

索原转着眼珠想了一会儿，小心翼翼地答道：“观海园小区的确是我负责清理的，而且我平时每天都去打扫。可是……可是……”

“快说！别磨磨叽叽的！”

索原被于东青的吼声吓得一哆嗦，战战兢兢地说：“可是最近出了点事，三月十一日那天……我没去。”

徐环盯着索原：“别紧张，想好了再说。你出了什么事情？为什么那天没去？”

索原叹了口气：“哥哥们，你们有所不知，观海园小区的物业公司看上去富丽堂皇的，实际上操蛋得很。他们拖欠恩贝公司的服务费很久了，恩贝公司的老板们早就想整一整他们。于是三月初的时候，公司告诉我，从当月十一日开始，五天之内别给他们清运垃圾，用这个法子来逼他们拿钱。我听了还挺高兴的，五天不用去干活，工资照拿，这种好事平时上哪儿找去。于是从那天开始，我就没再去观海园小区，趁这几天的空当，我保养保养车，休息休息。”

于东青眯缝着眼看着索原，冷冷地说：“你说的是真话？”

“哎呀，那当然啦！”索原讨好似的笑着，“在你们面前说假话，那不是自讨苦吃吗？”

于东青冷哼了一声，拿出那张照片递给索原：“既然你没去，那照片上的这辆垃圾车是哪儿来的？”

索原听了有些纳闷，他接过照片，皱着眉头仔细端详了一会儿，突然一拍大腿，大声说：“这好像是老曹的车啊！”说完，他又把照片凑到脸上，仔细看了一阵子，然后十分肯定地说，“没错，就是老曹的车。这孙子真不仗义，明知道观海园是我的地盘，还到那儿去找活。”

“老曹是谁？”于东青不动声色地问。

索原指着照片说：“警官，不是我吹，在这个圈子里，我也是有头有脸的人物，干这一行时间长点的，我基本上都认识。你看，照片里的这辆车是日系品牌车，咱们祁东市环卫公司用这种车型的，也就清风公司了。清风公司虽然规模上没有恩贝公司大，但也算是祁东市排得上号的环卫公司，只要是这个型号的垃圾车，那没跑，肯定就是他们公司的。”

索原咽了口唾沫，接着说：“刚才我说的这个老曹，就是挂靠在清风公司名下的车主。这小子以前跟着我混了一阵，前些年翅膀硬了，也不认我这大哥了，自己跳到清风公司去干了。虽然这照片不太清楚，但我眼尖，还是能认出这车上的驾驶员就是老曹。你看，这贼眉鼠眼的样子，瘦得跟个竿子似的，不是他还有谁？”

这时，一直没怎么说话的林舒插话道：“你说的这个老曹，不会就是曹大增吧？”

索原愣了一下，意外地说：“哟，这位警官认识老曹啊。对，就是曹大增，也就他能起这么奇葩的名字。”

林舒笑了笑，对徐环他们解释道：“这个曹大增，是海西区的混混，出了名的癞子。俗话说，癞蛤蟆爬人脚面上——不咬人，膈应人，我觉得说的就是曹大增这种人。他前些年在社会上瞎混，没少跟我打交道，不过这些年消停了很多，现在有固定工作了，也算浪子回头。”

索原幸灾乐祸地说：“这位警官，你这比喻太恰当了，老曹真就跟个癞蛤蟆差不多，跟谁打交道就得罪谁……”

徐环打断索原，问道：“这个老曹，怎么会跑到观海园小区去清运垃圾呢？”

索原不屑地说：“嗨，这不明摆着嘛，观海园小区一看没人去运垃圾，着急了，就联系了老曹，多给几个钱让他去干。这种不讲行规的事情，也就老曹这孙子能干出来。”

于东青点了点头，对徐环说：“他说得倒是合情合理。”

徐环摆了摆手，问索原：“你们公司这几天不去观海园清运垃圾，提前给观海园物业说过吗？”

索原一咧嘴：“那必须不能说啊，就是要让他们措手不及嘛。”

徐环皱起眉头对于东青说：“这就不对了，三月十一日是恩贝公司罢工的第一天，观海园小区应该还不知情，他们怎么会提前约好老曹去呢？而且，刚才那个段经理也没说起老曹的事情，只是说从案发那天之后，恩贝公司就不再去清运垃圾了。也就是说，观海园物业公司对于老曹代替索原去清运垃圾的事情，应该是不知情的。”

一旁的林舒说道：“是有点蹊跷，而且老曹又是怎么知道索原在那天要罢工的呢？”

索原插嘴道：“我也搞不明白，反正罢工的事情我谁也没告诉。”他顿了顿，用一种讨好的神情说，“警官，我知道的就是这些了，我说的可都是实话啊！”

于东青看了他一眼，说：“你最好说的都是实话，作伪证的责任你小子担不起。好了，就问到这儿吧，你把老曹的联系方式和地址告诉我，今天我们到访的事情，你一定保密，不要声张。”

离开索原的家后，于东青一行人又马不停蹄地联系曹大增。当他们在一个高档小区门口把老曹的垃圾车拦下来的时候，已经到了晚饭时分。

老曹其实不算老，大约四十岁，又黑又瘦，一身脏兮兮、明显大一号的环卫制服晃悠悠地穿在身上，显得格外邋遢；再加上一双贼溜溜的眼睛，绝对属于那种在火车站广场被巡逻民警多看两眼的可疑长相。

于东青拿着照片，对照了一下老曹的垃圾车，向徐环等人点了点头，然后把照片伸到老曹面前，厉声说：“你看看，这是不是你的车！”

老曹扫了一眼照片，脸上露出一丝不易察觉的惊慌之色，但他两眼一转，又恢复了平静，若无其事地说：“是我的车没错，怎么了？”

一听这话，于东青对眼前的这个老曹不由得重新评估了一下，这家伙，恐怕是个软硬不吃的老滑头。

于东青继续厉声说：“你的车怎么会出现在观海园小区，你负责那里的业务吗？”

老曹两眼一转，不慌不忙地说：“我是不负责，但是哪条法律规定我不能进观海园小区了？物业都不管，你们警察还管这闲事？”

于东青冷笑了一声，说：“你少在这里给我装。我告诉你，你在观海园小区干活的那一天，恰恰就是凶杀案发生的那一天，你有重大作案嫌疑。你要是不愿意在这儿说，要不我把你带到审讯室跟你说道说道？”

“于队，这大马路上的问话也不大好，咱们带他回局里慢慢问吧。”徐环边说边拎过来一副手铐，佯装往老曹手上铐去。

曹大增一见这架势，慌了神，边往后缩边说：“别这样啊，你们怎么能这样！”看徐环没有收手的意思，赶紧身子一软，往地上瘫去，嘴里大声叫道，“哎哟，大家快看啊，警察暴力执法了！警察欺负老百姓了！”

正值晚高峰，附近的行人闻声向这边望来。

于东青皱了皱眉头，准备把曹大增硬拖到车上。这时，林舒突然走到曹大增面前，一手掐住了他的脖子，笑着说：“老曹，好久不见，还认不认识我？嗯？还认不认识我？”

曹大增瞪大了双眼看着林舒，几秒钟后，脸色一变，哭丧着脸说：“哎哟，林大哥啊，怎么你也来了，我刚才没认出你来，是我眼拙。”

林舒眯缝着眼盯着曹大增，虽然脸上依旧带着笑，但是他的笑不带任何亲近感，而是一种嘲讽轻蔑的笑，让人看了心里发毛。

林舒接过手铐，麻利地给曹大增铐上，对于东青说：“于队，咱们还是到警车里去吧，省得这小子在这儿瞎咋呼。”

于东青点点头，林舒像拖小鸡一样把曹大增拖到了警车上。坐在警车上的曹大增没有了先前无赖的模样，而是像一摊烂泥一样瘫在座椅上。

林舒踢了他一脚，说：“行啊老曹，长本事了，几年不见，连警察也不放在眼里了？知道刚才跟你说话的是谁不？问你话别不识抬举，再胡说八道，我把你这张嘴给撕了。”

曹大增此刻就像一只斗败的公鸡，浑身打着哆嗦：“是，是，我不敢……不敢再胡说八道了。”

于东青向林舒点了点头，对曹大增说：“你说说，为什么要到观海园小区清理垃圾？你跟那起凶杀案，有什么关联？”

曹大增诚惶诚恐地说：“我说，我从头说。事情是这样的，我一直是清风公司的垃圾车车主，本来观海园小区不是我们公司负责的区域，以前我也没去过。直到三月十号那天晚上，我接到了一个陌生人的电话。”曹大增的情绪此刻平复了一些，他看了眼于东青，小心翼翼地问，“警官，我能抽根烟吗？”

不等于东青说话，林舒眉毛一竖，厉声说道：“在车里抽什么烟，继续说！”

曹大增不敢再提要求，哆哆嗦嗦地说道：“打电话的人是个女的，自称是观海园物业公司的人，她问我三月十一日那天下午，想不想接观海园小区清运垃圾的活。我当时觉得挺奇怪的，因为我知道观海园小区一直是恩贝公司的客户。于是我问她原因，她说是因为物业公司跟恩贝公司产生了纠纷，恩贝公司暂停对他们的服务了。我一开始不想掺和这件事情，就告诉她我们不干私活，出车都得通过公司。不过她说请我以个人名义帮忙，只干一天，就给我一万块钱的报酬，我一听这个数字，立马同意了。这年头，谁跟钱过不去啊？”

徐环哼了一声，说：“不只是简单的清运垃圾吧？你就不想想，要只是清运垃圾的话，她会给你一万块钱的酬劳？”

曹大增叹了口气，说：“唉，谁说不是啊。咱虽然不是大有文化，但也不傻。当时我就觉得可能会干点违法的事情，心里也有点犯怵。但是这报酬数额太诱人了，一天一万块钱，这钱就跟捡的差不多啊。”

徐环接着问：“那她让你干违法的事情了？”

曹大增赶紧摇了摇头：“没有没有。我本来以为会，不过她告诉我，我要做的工作只是从另外一个小区捎一个人进到观海园小区里面。”

于东青心里一颤，赶紧追问：“她让你从别的小区捎人？哪个小区？”

“就在附近，也是我清运垃圾的小区，千禧园小区。”曹大增答道，“她告诉我，到时候有个人会在千禧园小区里面等我，到了观海园小区以后，他会自己离开，让我不要多问，还要保密。”

于东青等人知道曹大增讲到了关键性的问题，赶紧竖起耳朵仔细听着。

“当天晚上，这个女人就给我转了五千块钱。其实我心里也明白，这件差事有些猫腻，要干的话肯定会担风险。不过，我只是送个人进去，真出了什么事，也和我没什么关系。所以我一寻思，决定干。第二天下午三点，在约好的时间，约好的地点，我接上了那个要捎的人。”曹大增继续讲道。

徐环打断了他，问道：“这个人有什么特征？你还记得吧？”

曹大增点了点头，说：“我知道这个人肯定不是什么善茬，因此特别留意了一下。嗯……这人不高，也就一米七多点，挺瘦的，穿着一件黑色呢子大衣，戴着黑色棉帽、黑色围巾、黑手套，脸上还戴着墨镜，留着络腮胡子，一身黑，跟电影里的职业杀手似的。他全身都包得严严实实的，根本看不到长什么样。这伙计也不说话，只是在我问他的时候点点头或者摇摇头。”

于东青皱着眉头说：“他这是经过伪装了，倒是合情合理。”

“还有一点也很奇怪，他不坐驾驶室，而是坐在车后面垃圾池的边上。垃圾池立着好些垃圾桶，臭气熏天的，真不知道他是为了什么。”曹大增继续说。

徐环冷哼了一声，解释道：“这也不奇怪，坐在驾驶室，会被小区内的高清监控拍下来，而垃圾池边上有垃圾桶掩护，可以躲开监控。”

曹大增似懂非懂地点点头：“就这样，我非常顺利地把垃圾车开进了观海园小区，开始挨个清理垃圾箱，我也没注意那个奇怪的人是什么时候离开垃圾车的。但是当我知道观海园小区发生凶杀案时，我就全明白了——肯定是坐在我车上的那个奇怪男人干的。那个打电话给我的女的，肯定也不是物业公司的，他们应该是团伙作案。”

徐环问道：“那个搭你车的男人，你跟他联系过吗？”

曹大增摇了摇头：“没有，之前跟那个女人约好了见面地点和时间，后来他就直接上车了，全程没有任何交流。”

林舒问道：“那么那个自称是观海园物业公司的女人呢？她给你打过电话，你总该有她的电话号码吧？”

曹大增掏出手机，翻看通话记录，边查边说：“这个倒是有，我还打过这个电话想联系她，因为剩余的五千块钱她一直没有给我。不过我打过很多次，但是都打不通。”说着，曹大增调出了一串号码，把手机递给了林舒，“林大哥，就是这个号码。”

于东青凑过去一看，这哪是手机号码啊，分明是网络电话。看到林舒认真地记下来，他对林舒说：“老林，不用记了，这是网络电话，通信公司不可能有记录的，记了也白记。”

林舒有些纳闷：“网络电话？什么玩意儿？我对电脑互联网什么的是一窍不通，这网络电话是怎么回事？”

于东青叹了口气：“嗨，这一言半句也给你说不清楚，反正就是很难查到。曹大增，还有别的联系方式吗？”

曹大增赶紧答道：“没了，真没了。”他又看了看林舒，哭丧着脸说，“林大哥，我啥都说了，没有一点儿保留，你就让我回去吧。”

林舒看了看于东青，于东青点了点头，林舒这才打开车门，对曹大增说：“可以走了。”

曹大增如死刑犯获得特赦一般，慌忙下了车，向自己的垃圾车跑去，但是林舒喊住了他。他战战兢兢地回到林舒身边，没想到，林舒掏出一包烟塞到了曹大增的上衣口袋里，说：“就剩半包了，凑合抽吧。对了，今天的事不许在外边乱说，知道吗？”

曹大增赶紧像小鸡啄米似的点头示意：“明白明白，我先走了林大哥，有事您说话，我随叫随到！”

徐环冲林舒笑笑：“行啊老兄，你真有两下子，把这曹大增整得服服帖帖的。”

林舒笑了笑，说：“我跟这个曹大增早就打过交道，说起来得六七年了。那时曹大增还是个毛头小崽子，我也还在派出所，这小子三天两头犯事，进拘留所那是家常便饭。不过那时候执法环境还比较宽松，这小子只要一到我手上，我必定先狠狠地揍一顿，因此，他一见我腿就打哆嗦，都成条件反射了。”

徐环说：“光打不行吧，我看这小子面上挺赖的，但是个硬骨头，只靠打不一定能把他打服了。不过刚才看得出来，这小子那是真服你。”

林舒说：“你说得没错，揍归揍，但是我也没少帮他忙。有一次曹大增母亲急病，他手里没钱，还是我给他垫了几千块钱，让他母亲及时做了手术，所以他心里可能对我还有些感激之情吧。”

于东青赞同地点了点头，通过曹大增这件事情，于东青不由得对林舒刮目相看：有胆识，有手段，讲义气，是个当大哥的料。

于东青发动汽车，向海西区分局驶去。老曹刚才的供述似乎让大家的情绪高涨了起来，他语气轻松地说道：“弟兄们，对于这个曹大增的供述，你们有什么看法？”

林舒首先发言道：“曹大增刚才的话，真实性我觉得没问题。按照他的供述，我们是不是可以确定杀死周远的凶手，就是那个乘坐他垃圾车的奇怪男人？”

于东青点了点头，说：“没错，我觉得肯定就是那个男人，否则他为什么要费尽周折用垃圾车作掩护，潜入被害人周远的别墅呢？下一步我们调查的重点，应该放在这个奇怪的男人，以及那个打电话给老曹的女人身上，你们觉得呢？”

徐环坐在副驾上，舒服地把脚搭在仪表台上，懒洋洋地说：“还用你说，现在案情已经很明了了。”

林舒说：“这个搭车的男人，似乎没有给我们留下什么线索，不过这个女人却暴露了很多痕迹，我们可以从她身上入手调查。”

于东青趁等红灯的空当，点了根烟，说道：“对，恩贝公司让索原暂停对观海园小区提供垃圾清运服务的事情，事出突然，应该没有几个人知道，而这个打电话的女人却一清二楚，所以可以确定，她与恩贝公司肯定有关联，很有可能就是恩贝公司的内部人员。看来，我们应该对恩贝公司重新调查一下。”

徐环摇下了车窗透气，补充道：“别忘了那个叫索原的，也要再问一下，看看他有没有把垃圾车暂停服务的事情告诉他身边的人。”

于东青狠狠抽了一口烟：“行啊徐环，你一出马就是不一样，今天咱们收获很大，你是头功一件啊，待会儿回局里，我在高局面前给你表表功。”

徐环哼了一声：“就你那笨嘴皮子，表功都能让你说成表过了，要是没急事，你还是把我送回公司吧，我一天不在，不知道我那奇葩叔叔有没有找我。对了，我让你帮我忙的事情，你抓紧时间办办。”

于东青吐了个烟圈，以一种我办事你放心的语气说：“放心吧，我已经交给别人去办了，估计很快就能有结果。行，你还是先回公司去吧，这两天忙活一下公司的事情，至于接下来的调查，我们几个来做，有什么情况我会告诉你的。”

徐环跟于东青开玩笑道：“哟，那句古话怎么说的来着，狡兔死，走狗烹；飞鸟尽，良弓藏。这飞鸟还没尽呢，你就打发我走了？”

于东青切了一声：“你少来这一套，还不是为了你好。你这大侦探给我们指明方向就行了，那些没有技术含量的活，就让我们这帮粗人来干吧。哎，对了，要不要吃点消夜再回去，我请客。”

徐环顿时来了精神：“哟，你于东青这个铁公鸡竟然请客，我可一定要去。那就去宋雅庄园吧，怎么样？”

于东青被烟呛了一下，重重地咳嗽了一声：“你杀了我吧，就我这点工资，去了还不够丢人现眼的。还是去老地方，我家楼下的大排档。”

话还没说完，于东青的手机响了一下。他一手握住方向盘，另一只手笨拙地掏出手机。

“怎么着，又有事？”徐环扫了一眼于东青。

“不是，”于东青看了眼手机屏幕，语气倒是很轻松，“你托我查的事情，已经查到了。”

“噢，这么快！”徐环赶紧从座位上坐直，向于东青投去急切的目光。

于东青扭头扫了身后的林舒一眼，把手机递给了徐环：“自己看吧。”

短信的内容是对温华的调查，篇幅很长，不过大部分是温华的个人资料、履历、家庭成员等内容，徐环大体扫了一眼，并没有什么特别之处。不过，短信的最后一行字却吸引了他的注意：“近日失联，下落不明。”

第十章 伦敦之行

每个人或多或少地都有些怪癖，只不过“怪”的程度有所不同罢了。Elly 的怪癖是在沐浴的时候，把浴室里的温度调得很高，几乎接近桑拿房的温度；不止如此，她还把水温调得很高，或者说烫更加贴切一些，一般人根本受不了这样的温度；除了这些，她沐浴时从来不开灯，可谓伸手不见五指。但是 Elly 就喜欢这样。

Elly 喜欢黑暗，不仅因为黑暗可以遮掩某些东西，而且在黑暗面前，任何人、任何事物都是公平的。在绝对的黑暗中，高低、贵贱、贫富都变得不再重要。

Elly 把自己浸泡在热得发烫的水里和伸手不见五指的黑暗中，她感到有安全感，而安全感，是她从小到大，生活中最欠缺的东西。

很多女人羡慕 Elly 美艳的容颜、魔鬼般的身材以及高雅的气质，但是很少有人知道她的身世。在她的记忆中，父母只是一种称谓而已，从五岁起，她就和哥哥相依为命。哥哥比她大八岁，虽然是个小男孩，但硬是把 Elly 一天天拉扯大。在 Elly 的童年记忆中，哥哥就是一切，他勇敢、坚韧，更重要的是，对自己异常疼爱，给自己满满的安全感。但这种幸福，只持续到十三岁那年。那一年，哥哥也离开了她。她至今还记得那黑色的一天：黑色的天空，黑色的房间，黑色的人。

那天，警察找到她，扔下一条冷酷的消息：哥哥死了。她不相信，因为她没有见到哥哥的尸体。警察告诉她，之所以没有尸体，是因为哥哥死状太惨，难以复原了。

她一直不相信哥哥就这样死去，直到几天后，她见到了那个奇怪的人……

她记得那是个诡异的阴天，空气又闷又潮。黄昏时分，她被一个面容威严、脸色阴郁的中年男人带到了一间同样阴郁的医院病房里，见到了一个更加阴郁的人——如果那还能称之为“人”的话。

那个“人”躺在床上，全身缠满了绷带。他面容可怖，不成人形，脸部像是被硫酸泼过，十分扭曲。他用沙哑的像是女巫的嗓音跟她交谈，其实称不上交谈，因为这个“人”只跟她说了三句话。而Elly因为恐惧，一句话也没有说，尤其是在中年男人走出房间，让他俩单独相处之后，她的恐惧，更是渗透到了骨子里。

她记得他说的第一句话：“你哥哥已经死了，你必须要接受这个现实。忘记他，也忘记你是他妹妹的身份，改头换面，重新生活。”说完这句话之后，他像头野兽一般朝她扑了过来。接着，她好像遭受了重击，失去了知觉。

不知道过了多久，她因极度的疼痛醒了过来，她不清楚这个怪物对她做了什么，只记得自己的腹部火辣辣地疼。

天黑了下来，天花板上那盏破旧的吸顶灯发出惨淡的光线，把房间照得阴森可怖。

接着，他用极度冰冷的语气对她说了第二句话：“你哥哥临死前，嘱咐我有个秘密要告诉你，你必须要像保护自己的贞操一样保护它，我已经把它放到了一个最安全的地方，你很快就会知道它在哪儿。记住，不能让任何人看到它，任何人。”

这时，门口有人在推门，但门被锁上了，外面的人进不来，于是他们开始撞门，并且用严厉的语气大声喊了起来。破门摇摇欲坠，随时可能被推开。

怪人看了眼摇晃的门，把怪脸贴近Elly，压低声音，急促地说：“菱形，菱形套圆圈的符号。你要记住，不管过去多少年，不管你以后身在何处，只要见到菱形里面有一个圆圈的符号，不管在什么地方见到，你就……”

突然，门被粗野地撞开了，怪人的话被生生打断，那个中年男人闯了进来，对着怪人冷冷地说：“记得你的承诺，不要耍花招！”他看了一眼Elly，似乎意识到了什么，用力把Elly从地上拉起来，往门外拖去。

怪人见状，急切地吼道：“躲起来，一定要躲起来……不管发生什么，只要看到那个，就躲起来……不要相信任何人！”

Elly被中年男人连拖带拉地带出了病房。在阴暗的走廊里，怪人嘶哑的令人心颤的声音一直在回荡："躲起来……不要相信任何人……"

整个过程，Elly都处于一种浑浑噩噩的状态。若非身上的剧烈疼痛，她甚至以为这一切不是真实经历，而是一场噩梦。

后来，Elly被送到了福利院。从此，世上再无亲人，无人在乎她的生死，除了她自己。但她在福利院待了不到两年就离开了。原因是一个比她小两岁，个头却比她高很多的男孩把她压在地上，企图亲她的嘴，却被她用铅笔刺瞎了一只眼睛。

由此，福利院认为她有暴力倾向，不适合继续待在福利院，于是把她送到了一个私人杂技团。不过她受不了里面的非人待遇，偷偷逃了出来，一个人来到了举目无亲的祁东市。

在祁东，她隐姓埋名，过起了社会最底层的日子。她发过传单，当过服务员，进过工厂，给人修过脚……为了生存，除了乞讨，她什么都干过。每天吃不饱，穿不暖，干各种脏活累活，更要命的是，还要提防一些龌龊男人的骚扰。

但一次偶然的机会，Elly的命运发生了转折，一位去餐馆用餐的妇人，看中了当服务员的Elly。这位妇人的子女已经成年，但并不孝顺，为了抚平子女不孝的创伤，她决定收养Elly做养女。

她的养母对她非常好，给她买漂亮衣服，供她上学，让她感受到了几乎没有感受过的母爱。直到这时候，Elly才发现，自己已经出落成了一个漂亮女孩，心态也慢慢发生了变化，她再也不是那只躲躲藏藏的丑小鸭，而是一只美丽的天鹅了。更令她的养母惊喜的是，Elly聪慧无比，几年的辛苦学习后，竟然以优异的成绩考上了大学。

但是，她大学尚未毕业，养母就不幸病逝。在养母亲生儿女的压力下，她仅分得了一点微薄的遗产，然后离开了这个给她带来过幸福和希望，改变了她人生轨迹的短暂的家。

大学毕业后，她继续在社会上打拼。她干过销售，做过导购，凭借着努力和自身的聪慧，她的事业虽然不能说扶摇直上，但也称得上稳步上升。后来，她成为祁东市最高档会所——Miracle会所的客户经理，一跃跻身于中产阶级。

她的人生发生了很大变化，但是那天在那间充满末日气息的医院病房里所发生的一切，她一直没有忘记。这些年来，那段诡异又离奇的经历一直困扰着她，那个怪人到底是谁，为什么要告诉自己那些事情？

在生活稳定之后，她便努力寻找这些答案，她也确实打探到了当年发生在哥哥身上的一些事情。她了解到，当年哥哥参与了一起震惊全城的绑架案，之所以引起巨大震动，不仅因为人质后来死亡，更因为人质是远景集团徐家的千金——徐环的姐姐徐曼，而绑匪则是远景集团的死对头，大良集团的人。

至于哥哥在这起绑架案中扮演了什么角色，Elly 不得而知。因为警方从未向媒体和社会公开过，据说此案至今还是绝密级别，只有个别高级领导才有资格查看卷宗内容。

为了进一步了解哥哥遇难的真相，她才加入了 Miracle 会所，以期在会所里结交一些大人物，借助他们的力量，接近或者查到真相。另外，怪人口中的菱形符号，也一直是 Elly 的心病。所以当她看到徐环颈部那个菱形血痕的时候，她几乎立刻意识到那就是怪人所说的菱形符号，顿时，震撼、恐惧、错愕冲击着她的心脏，她几乎要窒息过去。

不过恐惧来得快，去得也快。之后她反而平静下来，这个菱形血痕，肯定与哥哥的死有关。如果能揭开这个血痕的秘密，那么肯定对揭开哥哥遇难的真相有所帮助。

于是，Elly 接受了楚琳的委托，对徐环进行了监视。后来，当她与楚云见面，看到他的颈部也有菱形血痕的时候，她才意识到，这件事情，远比自己想象得复杂。

她本能地意识到，这件事情与徐环密切相关。因为从十三年前的绑架案到最近的菱形血痕风波，徐环都牵扯其中，其中的隐情，必然也与其有关。于是，除了跟踪外，Elly 开始调查徐环。

调查徐环……看来这个任务，又要交给她的那些街头小伙伴们了。Elly 混迹市井多年，熟谙街头的生存法则和游戏规则。她深知，那些小商贩、清洁工、服务员等人物，看似不起眼，却可以组成一张巨大的消息网。

黑暗中，Elly 思绪如潮。

不过，水似乎有些凉了，澡也泡得差不多了。Elly 站起身来，赤身裸体地走到那块巨大的镜子前。Elly 伸出手，轻轻按下了浴室灯的开关，房间顿时一片明亮。在强光刺激下，她闭上了暂时不适应光亮的双眼。过了一会儿，她慢慢睁开眼睛，看向镜中的自己。

镜中的Elly赤身裸体，一丝不挂。她面若桃花，身姿曼妙，美丽而妖娆。只是，这具美丽的肉体并不完美，在她白皙的小腹处，一串黑色的文身赫然刻于其上。那是一串古怪、类似于少数民族文字的符号。黑白对比，格外醒目，甚至有些刺眼。

没错，这就是那个秘密，而存放秘密的地方，就是她的身体。

徐环一向认为，吃饭不是一种享受，而是维持生活所必需的一种活动。因此，他一直幻想着科学家能够发明一种药物，只需吃一颗就能满足人体所需的营养物质，从而省去吃饭的麻烦。因此，虽然身为企业高管，但他很少来这个以奢华和私密著称的酒店——宋雅庄园。

当他走进大良集团专用包间“蓬莱阁”时，楚琳已经坐在沙发上等他了。看到徐环走进来，楚琳脸上浮现出一丝红晕，起身朝他笑了笑，招呼他落座。她身上穿的还是那件被淋湿过的衣服，想必一路匆匆，连换衣服的时间也挤不出来。

徐环走到楚琳身边，发现她脸色苍白，脸上写满了深深的倦意。很显然，奔波和时差之苦让她疲惫不堪。但比起这个来，徐环更担心的是楚琳紧锁的眉头。看来，伦敦之行，并不乐观。

“辛苦了……小琳。”徐环犹豫了一下，还是用了“小琳”这个称呼。这是以前两人恋爱时徐环对楚琳的称谓，“你几点回来的？”

楚琳似乎没有在意称谓的问题，她疲惫地笑了笑，对徐环说：“飞机准点，早上八点多落地。下了飞机之后，我去了趟快递公司，然后就直接赶到这儿来了。”

“快递公司？”徐环满脸的疑惑，“你这么着急去快递公司做什么？”

楚琳对服务员做了个回避的手势，服务员会意，微微一躬身，退出了房间。

“当然是与咱们的调查有关，详细情况我一会儿告诉你。”她指了指桌上的饭菜，“宋雅庄园的菜品虽然味道不错，但更新速度太慢，我已经吃腻了，就随便点了些便饭，咱们将就吃点，边吃边说吧。”

徐环扫了眼桌上的菜品，即使是楚琳口中的“便饭”，也足以让他眼花缭乱了。桌上有老虎斑、澳洲龙虾等名贵鱼虾，还有焗南瓜、炒秋葵等素菜；当然也少不了凉拌海肠、水煮蛎虾等家常海鲜；除此之外，还有一盘色泽诱人，但是叫不上名字来的烩菜。主食是煎包和金黄色的葱油饼，甜点则是两份精致的黑森林蛋糕。

看着一桌子丰盛的菜肴，徐环心里饱饱的，一点食欲也没有。他在楚琳身边坐下，轻声说："我现在不饿，一会儿再吃吧。你先吃着，我把我这边调查的情况说一下。"

楚琳点点头，坐直了身体，却没有动筷子。

"于东青那儿刚接了一起命案，昨天一天，我都在他那里帮忙。为了感谢我，他派人帮我对温华进行了调查。"徐环喝了口茶水，开始了他的叙述，"温华是咱们的中学同学，上学的时候是个非常普通的男生，咱们俩与他的接触都不是很多。后来，温华远赴美国读书，在学术上有很高的造诣，是不可多得的符号学人才。几年前，他回国发展，在祁东大学任教。这个人很低调，甚至称得上隐秘，我们只知道他离异多年，没有子女，其他信息知道得很少。不过，通过调查他近日的行踪，我们确定，三天前，正是温华把你手里的这本书放到了祁东市图书馆的书架上。"

"这倒在意料之中，我看不止放书，恐怕整个事件都是他导演的。"楚琳满面愁容，双眼布满血丝，看来在飞机上，即便是头等舱，也别想休息得太好，"可原因呢？温华为什么要这么做？"

徐环给楚琳夹了几只虾过去，示意她吃点："至于他这么做的动机，实在是让人费解。更重要的是，虽然温华一直在引导我们，可他背后究竟还有没有指使者和策划者？经过调查，我们也没查出他有什么值得怀疑的社会关系。几天前，温华就下落不明了。于东青动用了警方资源，可也查不到他人在哪里。"

楚琳略显惊讶："下落不明？难道是畏罪潜逃了？"

"应该不会，从表面上看，他只是给我们提了些建议，根本没做什么错事。至于他为什么消失，谁知道呢。现在就连是死是活都很难讲。"徐环耸耸肩，"依我看，温华这条线索算是断了，除非我们能找到他的下落。"

"哦，对了。"徐环似乎想到了什么，"提到图书馆，我突然想起来一个细节。当时我去祁东市图书馆借这本书的时候，管理员告诉我一共有三拨人来借这本书，除了咱俩，应该还有一个人。"

"三个人，难道还有人卷进这件事情了？"楚琳喃喃道，抬眼看向徐环，"于东青有没有查到？祁东图书馆监控很多，应当可以查清楚。"

徐环摇了摇头："没有，我只让他帮我调查温华，其他人……他应该没有注意到。"

楚琳若有所思地点点头："嗯，没关系，这个不难查。我认识图书馆的馆长，让他问问管理员就知道了。这事交给我吧，查到了我告诉你。"

看到楚琳暗淡的脸色和布满血丝的双眼，徐环有些心疼："嗯，辛苦了。对了，说说你的伦敦之行吧，有什么收获？"

楚琳也一直没有动桌上的食物，她用低沉的声音对徐环说道："伦敦之行，其实还算顺利，查到了一些东西，可查得越深，疑点就越多。我感觉，这件事情的复杂程度，可能远超你我的想象。"

徐环紧锁眉头，若有所思地说："没错，我也有这种感觉。这件事情，从一开始就相当的……怪异。"虽然不饿，但徐环说得有些口渴，他一口把茶杯里的茶水喝掉，迫不及待地问道，"快告诉我，你都发现了什么？"

楚琳拿起精致的青花瓷茶壶给徐环添上茶水，讲起了她在英国一天的经历。

楚琳到达伦敦之后，直接从机场去了大英图书馆。在楚琳心中，大英图书馆无疑是世界上最好的图书馆，不仅藏书丰富，检索系统也非常先进，查找书籍非常便利。

楚琳在伦敦读书期间，经常泡在大英图书馆里，因此对这儿并不陌生。以大英图书馆海纳百川的馆藏量，楚琳本以为收录这本书是理所应当的事情。可是，检索结果却让她大吃一惊：系统提示，图书馆内没有这本藏书。楚琳瞬间惊呆了，她绝对不相信这样的结果。

她又尝试了各种检索方式，询问了图书馆的管理员，甚至来到收藏符号学的几座书柜前进行了人工查找，可结果仍然令她大失所望。正当楚琳又气又急，不知如何是好的时候，身边一位来借阅图书的读者提醒楚琳，为什么不直接去出书的出版社问一问呢？要知道，出版社一般会有底稿和成书。

这确实是个好办法。楚琳上网一查，这家出版社恰好位于伦敦，而且距离大英图书馆不远。她马不停蹄地来到了位于肯辛顿－切尔西区的 Maxford 出版社。这家出版社门面很小，不仔细找根本找不到。她走进出版社，里面很冷清，但接待人员对于楚琳的来访却十分热情。

一位叫 Heaven 的金发美女接待了楚琳。在得知楚琳的来意之后，她拿着那本 Mystical Symbols and their symbolic meanings 仔细端详了半天，最后用迷茫的眼神看着楚琳，略带歉意地说："抱歉女士，虽然这本书的封面上印着我们出版社的名字，但是我们从来没有出版过这本书。"

一时间，楚琳觉得自己像个傻子，被一本该死的书耍得团团转。

不过 Heaven 又皱起了眉头，用不确定的语气说："不过，很奇怪，虽然我十分确信我们没有出版过这本书，但从它的封面设计、排版、印刷方式来看，又的确是我们出版社的风格。"

楚琳心中又燃起了一丝希望，她赶紧问道："会不会是印刷量较少，你们没有太在意呢？麻烦您再帮我仔细查一下吧，这件事情对我真的很重要！"

Heaven 点点头，让楚琳在接待室等候。半个小时之后，她回到接待室，用恍然大悟的语气对楚琳说："我已经查清楚了。你手上拿的这本书的确是我们出版社印制的，但是，我们只印了这一本。"看着楚琳疑惑的表情，Heaven 微笑着说，"是这样的，半年前，一位来自中国的客户联系我们出版社，要求自费出版一本名为 Mystical Symbols and their symbolic meanings 的书，并支付了丰厚的定金。我们出版社当然不会拒绝这样的盈利业务，于是精心排版，印制了一本样书。那本样书，应该就是你手上的这本。"

楚琳不解地问："为何只印了这一本呢？"

Heaven 解释道："我们印好样书之后，直接邮寄给了这位中国客户，只要他同意样书的排版和设计，我们就会送印刷厂大规模印刷。可是不知道什么原因，我们把样书寄给这位中国客户之后，就再也没有收到他的回信，通过各种方式也联系不上他。于是，我们只能暂停这项业务。按照合同约定，这位客户如果在一个月内没有回音的话，我们就只能视为他违约，并且不再为他保存底版。"

楚琳继续问道："可以告诉我这位客户的身份信息吗？这对我很重要。"

她打量了一下楚琳，怀疑地说："很抱歉女士，可我必须要冒昧地问一句，你是我们这位客户的什么人？"

"我不是他的什么人……"本来楚琳想实话实说，可她灵机一动，突然有了个大胆的想法，于是改口说道，"那个……我和这本书的主人之间，发生了一些特殊的事情。"

Heaven 略蹙眉头，有些警惕地问道："你如果不是他的亲属或者朋友，我们是不可能随便向你透露客户的私人信息的。而且我很想知道，我们邮寄给他的这本样书，为什么会在你手里呢？”

楚琳脸色发红：“非要说出来不可吗？”

Heaven的语气相当坚定：“必须要说，你不说，我就无法帮你。”

楚琳的脸变得通红，结结巴巴地说：“是这样，几个月前，我在一次酒会上认识了这本书的主人。然后，我们就发生了……那种关系。前些天我发现我……怀孕了，但是他却无声无息地离开了我，下落不明，杳无音讯。”楚琳低着头，像极了一个犯错的孩子，“我甚至连他的名字也不知道，他留给我的，只有这本书。”

楚琳平时不善于撒谎，何况是这样一个让人羞于启齿的谎言。

但出乎她意料的是，Heaven竟然上前两步抱住了她，用怜悯的目光看着她，温柔地说：“噢，我可怜的姑娘，不要再说了，我最听不得这种悲惨的故事，愿上帝让这个无情的男人下地狱吧。”

楚琳一怔，真是老天饿不死瞎眼鸟，没想到这位外国女士竟然相信了她临时编造的拙劣谎言。

Heaven挽住楚琳的胳膊，把她扶到了沙发上坐下，然后郑重其事地说：“你放心，我会尽力帮你的。”说罢她找出一份类似合同的材料，看了一会儿，才皱着眉头道，“很遗憾……恐怕他的名字我查不到了，因为他在合同上的签字是Mr.Dumpling，我想这一定是个化名。”

没错，这肯定不是他的真名，楚琳心想，除了漫画人物，谁会用饺子作自己的大名呢？

“对了，他来过出版社吗？您还记得他的长相吗？”楚琳急切地问道。

“长相？”Heaven惊讶地说，“上帝啊，你都跟他做了那种事情，不会连他的模样也没有看清楚吧……不过，这一点恐怕我们帮不了你。因为他并没有真的来到我们出版社，而是全程通过社交软件和电子邮件同我们联系，他的长相，我们也不清楚。”

“不过，至少有一点值得我们高兴，”Heaven脸上露出一丝欣喜，继续说道，“合同里有他的地址，我们就是按照这个地址，把书寄给了这位Mr.Dumpling。”

楚琳心中一喜，赶紧把这个用谎话换来的宝贵地址记了下来。接下来，楚琳就马不停蹄地飞回了祁东市。

听楚琳讲到这里，徐环不禁哈哈笑出了声："小琳，你可真行啊。你说你编什么谎言不好，非得编这种被渣男抛弃的桥段，是不是苦情剧看多了啊。"

楚琳本来就有些不好意思，听徐环这么一说，脸色更加绯红，拿起身边的纸巾盒朝徐环扔了过去："怎么说我也把地址要来了，你不夸我聪明机智，竟然还数落我，怎么这么讨厌啊你。"

徐环收起笑容，继续问道："搞到这个人的地址，也就不虚此行了，起码我们有了继续查下去的方向。告诉我，这个人的地址是哪儿？"

楚琳换上了一副难以捉摸的表情，欲言又止，最后递给了徐环一张纸条："地址我记在上面了，已经翻译成中文，你自己看吧。"

徐环有些狐疑地看着楚琳，接过了纸条，纸条上赫然写着：祁东市海西区滨海路 77 号观海园 C 区 23 幢。徐环内心的错愕不可言表，因为这个地址……是他的家。

过了一会儿，徐环有些发蒙的脑子才逐渐恢复清醒。他看向楚琳，声音透着些许的无助："这……这怎么可能呢？"

楚琳倒是十分冷静，喝了口茶水，平静地说："我也觉得不可能，因此我进行了进一步的调查。这本书，是通过国际联运公司运送到这个地址的，所以，我才一下飞机就立即赶到了法斯特国际联运公司祁东市分公司。"

徐环双眼盯着楚琳，声音有些颤抖："那你查得怎么样？"

楚琳叹了口气："法斯特公司跟我们大良集团是很好的合作伙伴，因此他们很配合我的调查。我查了系统的承运记录，记录显示，这个快件到达祁东市之后，根本没有寄到纸条上写的那个地址，而是被人上门取走了。"

"取走了？谁取走了？"徐环急切地问道。

"系统上没有记录，"楚琳答道，"只记录了'客户取走快件，已签收'几个字。"

"取件的门店里没有监控吗？"徐环脸上露出一丝焦躁，"即使没有监控，也可以问问当时负责派件的快递员吧。"

"监控倒是有，不过这个快递是三个多月之前寄送的，而这个门店的监控资料只保留三个月，所以三个月之前的监控记录已经被抹除了。"楚琳无奈地摇摇头，"至于你说的询问快递员，我当然也想到了。不过快递员的流动性特别大，仅在这三个月里，负责这片区域的快递员就换了好几个，所以当时那个快递员，早就联系不上了。”

徐环脸上写满了失望，他把身子靠在椅背上：“倒也是，确实很难查实。不过，既然我们可以确定是温华把书放到了图书馆，那是不是可以推测，取件人也是温华呢？”

楚琳没有说话，只是盯着徐环，眼里闪烁着意味深长的光芒：“我想恐怕未必。你看看这个。”说着，她从包里掏出一张单据，递给了徐环。

徐环接过单据，发现这是一张快递单据的签收联，承运物品那一栏清晰地写着“书本：《神秘符号及其象征意义》”。但当他的目光移到签字栏时，他觉得脑子仿佛被狠狠抽了一下，心脏也随之剧烈地颤动。

妈的，这也太离奇了吧。签字栏里，竟然写着他徐环的名字。

更诡异的是，签字的笔迹，他熟悉得不能再熟悉，因为，那就是他的笔迹。

第十一章　重返现场

夜色降临，海西区分局大楼里，依旧灯火通明。

吴婷婷蹑手蹑脚地走近法医室，从门缝里往里瞄了一眼。屋里，卫毅平正坐在办公桌前，聚精会神地在笔记本电脑上操作着什么。她轻轻推开门，屏住呼吸，悄无声息地走到卫毅平的后面。

卫毅平正全神贯注地盯着电脑屏幕，根本没注意到吴婷婷已经站在他身后。

电脑屏幕上显示的是个英文页面，除了文字之外，还有各式各样的奇怪符号。吴婷婷英语水平很高，只扫了一眼，就发现这是一个专门收录和研究各种生僻语言、符号的网站。

“卫毅平你干吗呢！”吴婷婷贴近卫毅平的耳朵，大声喝问道。

卫毅平吓得一哆嗦，差点儿从椅子上摔下来。他慌忙转过脸，一看是吴婷婷，叫道：“妈呀，吴婷婷，你想吓死哥哥啊！”说着，身子往椅子上一瘫，脸上也露出痛苦的表情，“哎哟，心脏病犯了，喘不上气来，快给我人工呼吸。”

吴婷婷脸色一变：“啊，严重吗？快，你躺好了！”边说边把脸贴了过去。

卫毅平意外地眨眨眼，半躺在椅子上，闭上眼睛等着吴婷婷。

吴婷婷轻轻冷笑了一声，抓起旁边桌上的一个骷髅头模型，悬放在卫毅平脸部上方。

卫毅平闭着眼睛等了几秒钟，觉得不大对劲，一睁眼，却和骷髅脸贴脸打了个照面。

卫毅平这次真从椅子上摔了下来，瞪着吴婷婷，怒道：“真是最毒不过妇人心，有你这么玩人的吗？不好，这次心脏病真犯了。”说罢又躺在地上，捂着胸口哎哟起来。

吴婷婷没再理他，而是走到他的办公桌旁前，盯着笔记本电脑狐疑地问：“卫毅平，你躲在这儿搞什么呢？神秘兮兮的。”

卫毅平一骨碌从地上爬起来，冲到桌旁，把笔记本电脑合死抱在怀里，斜眼看着吴婷婷：“关你什么事？你凭什么不敲门就进我的办公室？我一如花处男的闺房，你就这么随便进？”

吴婷婷冷笑一声：“卫毅平，你少贫嘴。于队今天上午让你协助我的工作，你协助了吗？我在办公室忙成狗，你却在这儿猫着上网。我非得看看你在这儿搞什么不可，把电脑拿过来！”

卫毅平紧紧把电脑护在胸前，大声说：“凭什么给你？这是我的个人电脑，事关个人隐私！”

吴婷婷上前两步掐住卫毅平的手腕，不屑地说：“不给？你说不给就不给吗？”

卫毅平下巴一扬，双手把电脑护得更紧：“怎么着，还想明抢吗？”

吴婷婷冷笑一声，一只手抓住卫毅平的胳膊使劲一掰，另一只手迅速地抽出他怀里的电脑。伴随着一声杀猪似的惨叫，电脑已经到了吴婷婷的手中。

卫毅平咧着嘴，边呻吟边嘟囔道：“现在的女生怎么都那么野蛮？一言不合就动手。”

吴婷婷学着卫毅平的样子把下巴一扬，表情十分得意：“告诉你卫毅平，姐姐我在警校的时候，散打成绩比很多男生都高，就你这样的，我一个人能对付仨。”说话间，吴婷婷打开了卫毅平的电脑。

卫毅平打开了很多网页，除了刚才看到的那个英文网页之外，还有好几个其他语言的网页。虽然语言各异，但它们的内容都有一个共同点：与符号有关。

吴婷婷边浏览边斜眼瞅了一眼卫毅平：“行啊卫毅平，看不出来，你竟然是个外语达人，懂这么多种语言。”说到这儿，她突然抬起眼瞪着卫毅平，“你该不会是……在查上次你跟我说的那个菱形符号吧？”

卫毅平揉着被掰疼的胳膊，故作无奈地说：“是又怎么样，难得我把这么重要的细节告诉你。本来想拉上你一块，可惜你不识好人心，那我只能自己查啦。”

吴婷婷冷哼一声，打断了他的话："卫毅平，你就别编了，要真是个重要的细节，你为什么不告诉于队？"

卫毅平瞪大了双眼，情绪突然变得有些激动："于队？我告诉他他会听吗？你倒是告诉我，于队长什么时候听过咱们兄弟们的意见？从来不！他只听他的那个朋友徐环的话。没错，我承认这个徐环确实有两把刷子，那就让他们查他们的去吧，我就按照自己的思路查！"

吴婷婷摇摇头："你要让于队听你的，至少得有点说服力吧。就死者脖子上那一丁点儿伤痕，兴许就是不小心弄破的，有查的必要吗？"

一听这话，卫毅平呼了口气，拿起桌上一张放大的照片递给吴婷婷："喏，你看看。"

吴婷婷犹豫了一下，接了过来。照片是一具女性尸体从颈部到腰部的局部特写，可以清楚地看到尸体的颈部有一个跟周远身上几乎一模一样的菱形血痕。

"这是冯玲的尸体？"吴婷婷惊讶地问道。

"没错。"卫毅平一脸严肃地说，"两名被害人身上都出现了这个符号，你该明白这意味着什么了吧？"

吴婷婷的心一下沉了下来。没错，如果这个符号在一个死者身上出现，那说明不了什么，可如果是在两个死者身上同时出现，恐怕就不是"意外"两个字所能解释的了。

吴婷婷抓紧照片："不行，这条线索事关重大，我一定要向于队汇报。"

卫毅平懒洋洋地走到自己桌旁，端起咖啡杯啜了一口，满不在乎地说："我奉劝你啊，少管闲事。听说于队他们今天出去调查，收获颇丰。这件案子可能很快就结了，案子一结，皆大欢喜。你现在拿这个东西往于队面前一摆，不是给人家添乱吗？你要是于队，你查还是不查？"

吴婷婷沉着脸说："不会，于队不是那样的人，他尊重真相，肯定不会无视线索而随便结案。"

卫毅平用力把照片从吴婷婷手中抽了出来，轻轻笑道："于队是不是那种人，不是你我这两个刚参加工作的新兵所能评价的。作为新人，处处谨慎一点总是没错。少说话，多做事，喏，就像我这样。"

吴婷婷狐疑地看着卫毅平："既然你猜测很快就能结案，那你干吗还要躲在这儿偷偷摸摸自己查？"

卫毅平嘿嘿笑了两声："这可是个大案啊，社会各方面都在关注。如果我能根据这个线索顺藤摸瓜，把真正的凶手和背后的内幕挖出来，你想想，会是什么光景？"他把脸凑近吴婷婷，"那些媒体就好这一口，经他们一吹捧，我很快就会红了。神探、天才等名号就会加到我的身上，到时候我在那些警校学员心中，可就是偶像般的存在了。嘿嘿，那些漂亮的小警花妹妹们，还不争着往我身上凑呀！"

吴婷婷厌恶地瞪了卫毅平一眼："真低俗，三句话不离老本行。"

卫毅平切了一声："你还别说我低俗，现在你们这些小女生，都是势利主，一个个就知道傍大款，傍帅哥，有谁会理穷屌丝啊！"

"你别以偏概全，大多数女孩不是那个样子的。"吴婷婷气愤地反驳道。

"我还真没冤枉谁，吴婷婷，不说别人，就说你吧。你平时装得跟圣女似的，今天见了那个徐环还不是两眼放光？"卫毅平坏笑道，"当时连看人家一眼都脸红。哎，我没冤枉你吧？"

吴婷婷满脸通红，心思被戳穿的无奈和对卫毅平的愤怒让她有些窘迫："你……你能不能别瞎说。"

"我真搞不懂你，这有什么不好意思说的？"卫毅平打断了吴婷婷的话，"不就是喜欢个男人吗，这很丢人吗？"他耸耸肩，"不过看在我们同年参加工作的分儿上，我还是要给你个忠告，你喜欢的这个徐环，不是什么善茬。"

吴婷婷又气又急："你凭什么这么说人家？"

卫毅平把咖啡杯里的咖啡一口喝光，随即嘿嘿一笑："哟，这还没过门儿呢，就开始替人家打抱不平了。"看到吴婷婷举起的拳头，他赶紧摆摆手，"好好，不逗你了。吴婷婷，你难道不知道我卫毅平是祁东市公安系统有名的'包打听'吗？"

吴婷婷哼了一声："切，我只听说你是有名的花花公子。"

"对，我也是花花公子，这没什么丢人的。"卫毅平丝毫没有生气，依旧咧嘴笑着说，"不过说起花花公子，我觉得你家徐环也算得上，你难道没听说过他的那些光荣事迹？"

"光荣事迹？"吴婷婷愠怒道，"我知道他脾气有些怪，经历也很坎坷，可是这与花花公子有关系吗？"

卫毅平摇摇头，叹口气说："知道大良集团的女总裁楚琳吗？"

“知道，他们曾经是恋人……那又怎样？”

“怎样？这个楚琳，条件好吧？要颜有颜，要钱有钱，标准的白富美，还不是被徐环玩腻了一脚踢开了。”卫毅平从包里掏出一包薯条，噗的一声撕开，抓起一把放进嘴里大嚼起来。

“不是吧，”吴婷婷紧皱眉头，“我听说，他是因为十三年前姐姐不幸身亡，悲痛欲绝才和楚琳分手的。”

“借口，都是借口。”卫毅平嚼着薯条，又把薯条袋递到吴婷婷面前，“这方面我有经验。当你玩够了一个女人，但是她却死缠不放时，你就得编些理由出来了。”

吴婷婷白了他一眼，一把推开薯条袋：“切，你以为谁都跟你似的。”

“你还别不信，”卫毅平边吃边说，嘴里发出咔哧咔哧的声响，“据说他现在跟一个会所的风尘女子有一腿……”

“行了，行了，”吴婷婷实在听不下去了，“什么乱七八糟的，你都从哪儿听来的。”

“不止这些。”卫毅平把满口的薯条吞到肚子里，打了个饱嗝，“我奉劝你呀，离他远点。这个徐环很不吉利，跟他走得近的人，都很倒霉。对了，我问你，你知不知道祁东市公安系统最神秘的两起案子？”

吴婷婷紧皱眉头：“神秘案子？你指……破不了的悬案？”

“不是……相反，这两个案子都是很快被侦破并且结了案的。按理说，案子都结了，卷宗资料什么的都应该公开。”卫毅平神秘兮兮，把脸贴近吴婷婷，压低声音说，“而在祁东市公安局的历史上，有且只有这两起案件，虽然已经结案，但案件的密级仍然是绝密，至今未解密。案件的卷宗只有极个别高级领导可以查阅。你想啊，都结案了，干吗还遮遮掩掩地不对社会公开？肯定是有什么隐情嘛。”

吴婷婷若有所思：“要是以这个为标准的话，我知道其中一个，十三年前的‘9·19’特大绑架案，就是徐环的姐姐被绑架杀害的那个案子。”

“没错，你也不是一无所知嘛！‘9·19’绑架案的确是其中一件，不过第二件案子你就不知道了吧？”卫毅平顿了顿，“八年前的‘8·23’枪杀案你听说过吗？”

吴婷婷想了一会儿，茫然地摇了摇头。

“没听说过就对了，”卫毅平煞有介事地说，“一个警察当街枪杀了已投降的绑匪，这件事情要放在今天，媒体肯定会大肆渲染。不过当时传媒还不发达，尤其是没有微博、微信这些自媒体，所以这件事很快就被压下来了，做了冷处理，你不知道也正常。”

“你跟我说这两起案子干吗？我对这些陈芝麻烂谷子的事情可不感兴趣。”吴婷婷不耐烦地打断了卫毅平的话。

“你当然感兴趣，”卫毅平露出一个意味深长的微笑，“因为这两起案子，都与你的男神徐环有关。”

看着徐环狼吞虎咽地把肉串上的烤肉吞入肚中，于东青本来阴郁的脸上露出一丝笑意，挖苦道：“你中午不是在宋雅庄园吃的大餐吗，怎么还一副饿死鬼的样子？”

徐环嘴里塞满了烤肉，根本无暇作答。他拿起一瓶啤酒灌了几口，好不容易把满嘴的食物咽了下去，然后拿手背擦了擦嘴边的油，说道：“不是没吃饱，是根本没吃。我跟楚琳光顾着谈事情了，菜一动也没动。”

于东青发出啧啧的声音：“几万块钱的菜点了不吃，非得吃烧烤，你们两个，有钱也不能这么个糟蹋法吧。”

徐环没有理会于东青的挖苦，他把最后一串烤肉吞到肚里，意犹未尽地看了看空荡荡的餐盘，又冲老板喊道：“老板，再烤十串肉筋，还有一个烧饼，快点哈！”

于东青有些好奇地问：“你和楚琳到底在忙活什么事情？神神秘秘的，连我也不告诉。”

徐环打了个饱嗝，揉着肚子说：“不是不告诉你，这不是看你忙案子，怕耽误你破案嘛。对了，今天进展怎么样？看你这满脸愁容的样子，又遇到麻烦了？”

于东青苦笑着点点头：“嗯，线索又断了。本来以为顺着垃圾车的线索查下去就能揪出凶手，可谁知道，越查越乱。没办法，还得请你继续帮忙。”

徐环喝了口啤酒：“你刚才说什么？”

于东青一怔：“我说请你继续帮忙啊！”

“不是这句，前一句。”

“前一句？嗯……案子越查越乱？”

徐环伸出一根手指头点了点身前油乎乎的桌面：“就是这句，看来你也有这种感觉了。不瞒你说，东青，我昨天回去之后，一直觉得哪儿不对劲。”

“哪儿不对劲？”

徐环不答反问：“东青，你能确定打电话给老曹的就是个女人，乘坐他垃圾车的那个一定是个男人？”

听到这句话，于东青一愣：“你什么意思？”

徐环继续说：“打电话给老曹的那个人，完全可以对自己的声音进行处理，这也不是什么高科技，随便在手机上下一个变声软件就可以办到。给老曹打电话的没准是个抠脚大汉呢！再说乘垃圾车的那个人，老曹说他身高一米七左右，还用围巾帽子什么的把自己裹得那么严实，关键是连话也没说一句，这要是个女人，也完全说得通啊！”

于东青拍了下腿说：“说得对，还真是这样。”

徐环继续说：“我说这个的意思是，咱们是不是对昨天发现的那些新线索，考虑得过于简单了？昨天下午咱们通过垃圾车，顺藤摸瓜，挖出了老曹等一些新的情况，可以说，案情是柳暗花明，峰回路转，至少昨天我们还是这样认为的。但是昨天晚上回去之后，我一直在想，我们是不是过于乐观了，真的是柳暗花明又一村吗？”

老板把烤好的肉筋和烧饼放到了徐环面前，但是徐环似乎没有了胃口，连看也没有看烤肉一眼，继续说道：“昨天，我们一致认为下一步应该去调查恩贝公司和索原。可是东青，你仔细想一想，要对他们进行调查，我们得投入多少精力，花费多少时间？即使我们花时间查了，就一定会查到线索吗？”

于东青皱着眉头不说话。

“这个案子发生后，总是一到关键时候，线索就断。你有没有这种感觉，我们的侦查活动，好像都是在别人的引导下进行的。”

于东青思索了一会儿，看着徐环说：“你到底想说什么？”

徐环说：“刚才你也说过，你觉得这件案子越查越复杂。为什么会出现这样的情形？因为我们的调查从一开始，就偏离方向了。”

于东青诧异地问：“偏离方向？”

徐环笑了笑：“东青，侦破案件最重要的是什么？”

于东青有些不耐烦：“你少在这儿装诸葛亮，赶紧说，哪儿偏离方向了？”

徐环说："侦破案件最重要的，就是罪案现场。东青，你干了这么多年刑警，罪案现场意味着什么，不用我多解释了吧。"

于东青有些迟疑地说："当然知道。但罪案现场我第一时间就去了，没发现什么有价值的线索。"

"所以你把侦破案件的重点放到了查看监控录像上，对不对？"徐环问道。看于东青不说话，他接着说，"这些年，监控探头、电子眼的数量呈爆炸式增长，别说交通卡口的探头，就连小区内部也是监控密布，观海园小区不就号称全祁东市监控最严密的小区吗？"

于东青低声说了一句："监控多了，对我们来说是件好事啊。"

"没错，监控对我们侦破案件来说是件很好的工具。可是东青，工具毕竟只是工具，吃饭的筷子，再好用也代替不了嘴。这些年，监控的确帮了警方很多忙，很多案件，包括一些大案要案，都是通过查看监控发现了核心线索。慢慢的，警方对于监控的依赖性越来越强。"徐环又灌了一口啤酒，感叹道，"据我了解，现在很多年轻刑警，破案只知道查监控，离开了监控就不知道该怎么办了，这并不是一个好的趋势。要知道，真正的反侦察高手作案，是有很多方法规避监控的。对于这起案子，我们从一开始就对观海园小区完备严密的监控产生了依赖，而这些监控就像看不见的绳索，没有对凶手产生约束，反而束缚了我们的思路。"

于东青低头沉默良久，而后抬起头对徐环说："你说得对，从一开始，我们的侦破工作就是围绕着查看监控展开的。我一心希望能通过查看监控用最短的时间揪出凶手，现在看来，真是欲速则不达啊。"

"真正的犯罪高手，不仅仅只是规避监控的监视，而且会利用警方依赖监控的弱点，通过监控，来布置陷阱和迷魂阵，误导警方的侦查方向，从而使案件的侦破进入死胡同。我看周远这起案件，就有这么点意思。"

于东青若有所思地点了点头："你的意思是说，凶手利用我们依赖监控的弱点，引导我们走了岔路？"

"很有可能，岂止是岔路，简直就是条死路。"徐环轻轻叹了口气，"包括我发现的垃圾车线索，也很有可能是凶手布下的八卦阵，来搞乱我们的侦查方向。如果继续对恩贝公司查下去，我相信不会有任何收获。"

于东青懊悔地拍了拍自己的脑袋："唉，非要走什么捷径，其实我早该明白，破案没有捷径，必须一步步踏踏实实地走。"

徐环笑了笑："既然想明白了，那么下一步我们该干什么，你有想法了吧？"

于东青宽大的手掌重重拍在桌子上："去罪案现场，重新调查！"说完他用手背抹了把嘴，大声喊道，"老板，结账！"

看于东青付了钱，徐环喝了口水，轻声说："对了，我还有个事情得请你帮忙。"

于东青把钱包放回兜里，有些意外地看着徐环："啥事？又要调查别人？"

徐环蹙起了眉头："不是，我问你，一个人的笔迹会不会被别人模仿得一模一样？"

"不会，"于东青斩钉截铁地说，"每个人都有自己的书写习惯，不可能模仿到一模一样。"他看着徐环，疑惑地问，"怎么了？有人模仿你的笔迹？"

徐环抿着嘴，从口袋里掏出那张快递签收单递给于东青："嗯，就是这个签名，你看看，模仿得非常像，可以说跟我的笔迹一模一样，我根本看不出差别。"

于东青接过单据，借着小饭店昏暗的灯光看了一会儿，喃喃地说："高手啊，"他抬头看看徐环，"肉眼根本看不出差别来。这得通过专业的痕迹检验，而且需要大量样本。"

"那通过痕迹检验，可以查出是谁模仿的吗？"徐环问。

"我们技术处的数据库里，有很多以前有案底的模仿高手的笔迹，我可以把这个签字笔迹，同数据库里已有的笔迹核对一下，看看有没有相符的。如果有，就可以知道是谁；如果没有，那就没办法了。"

徐环点了点头："行，帮我查查吧，哪怕碰碰运气也好。"

于东青把脸凑近徐环，低声说道："我说，你和楚琳到底在捣鼓什么呢？又是调查别人又是模仿笔迹的。咱们仨可是铁三角，你俩偷偷摸摸不告诉我，我对你俩很有意见啊。"

"嗨，不是不告诉你，是怕影响你。"徐环有些无奈地解释道，"得，反正忙都让你帮了，就告诉你吧。"说着，徐环调出手机上那张尸体照片，递给于东青，"你看看这个，尸体的脖子上有个伤口，对吧？"

于东青看到照片，脸色刷地变得惨白，心里也像蒙上了一层寒冰。

“尸体上这个菱形血痕，我脖子上也有一个，现在已经愈合了，看不到。”徐环拿起桌上的酒瓶喝了一口，继续说，“令人细思极恐的是，我脖子上的这个菱形血痕，根本不知道是怎么来的。”

于东青仍然愣在那里，呆呆地看着徐环的手机。看到于东青走神，徐环把手放在他面前摆了摆：“哎，我说话你听到没有？”

于东青抬起头，双眼充满了疑惑和震惊：“照片上的这个尸体……是冯玲。”

徐环惊讶地张大了嘴，难以置信地说：“你说这……是冯玲？”

于东青点了点头：“虽然照片上没有脸，但冯玲死的时候穿的这件淡黄色大衣，我绝对不会看错，而且，”于东青抬起头来，“冯玲身上的这个血痕，周远身上也有。”

“什么？”徐环一拍桌子站了起来，把周围几个食客吓了一跳。

“于东青，这么重要的线索，你为什么不早说！”徐环质问道。

于东青脸色苍白，他看了看四周，把徐环拉回座位上，沮丧地说：“冯玲的尸体我没仔细看过，所以没注意到她身上有这个血痕。周远身上那个我倒是注意到了，可就是个小小的血痕，我怎么可能会想那么多呢。”

徐环狠狠地用手指点着于东青，似乎想说什么，可最终只是重重叹了一口气。

于东青郁闷至极，吴婷婷跟他说过周远身上血痕的事情，可他根本没当回事；要是从一开始就查这个线索的话，可能现在就不会这么被动了。

两个人默默地坐了一会儿，情绪也都渐渐平复下来。

于东青小心翼翼地问：“你和楚琳，也在查这个菱形血痕？”

徐环看了于东青一眼，把从发现菱形血痕，到和楚琳一起调查的事情从头到尾告诉了于东青。

听完徐环的叙述，于东青想了一会儿，皱着眉头说：“现在这起案子更复杂了，周远和冯玲都跟这个符号扯上了关系，杀死他们的凶手，可能也与这个符号有关。关键是，”他犹豫了一下，“身上有这个符号，代表什么呢？”

“这也正是我想知道的，”徐环压低声音，“甚至整个凶杀案，都可能是因为这个符号而起。虽然这只是一种猜测，不过可以肯定的是，这起凶杀案和我正在做的调查有着密切的关系。这样也好，我现在可以把全部精力投入周远这起案子上。我相信，把这起案子查得水落石出，我自然会得到我想要的答案。”

“这倒是。看来,周远这件案子还真不是简单的谋财害命或者激情杀人,冯玲的死也不是交通意外，包括你和楚琳的事情，这之间，到底存在什么联系呢？真是越想越乱！”

“光瞎想是不行的,”徐环噌地站了起来，“事不宜迟，走吧！先去案发现场，再去查查周远两口子的尸体。”

于东青一怔:“现在？”

徐环一副那当然的表情:“废话，不现在还等到明天？我们必须争分夺秒，走！”说罢，徐环朝路边的越野警车走去。

于东青看了看桌上一动未动的烤肉，有些心疼，于是回头对老板喊道:“老板打包，我要带走！”

从老城区开到观海园小区，往常半个多小时的车程，于东青只开了十五分钟。小区里十分幽静，如果不是周远别墅周围围着的那些警戒线，丝毫看不出这儿发生过一起命案。

于东青掏出钥匙，打开别墅的大门。顿时，一股浓重的新房装修的味道扑面而来，他咳嗽了两声，说道:“现场保存得很好，你可以放心查看，不过毕竟过了好几天了，有些痕迹，可能不是那么明显了。”

徐环点点头，问:“没戴脚套和手套，不要紧吧？”

于东青打开照明开关，回答道:“没事，你注意一点，别随便用手摸就行。对了，记得把鞋子脱掉。”

徐环在别墅门口脱下鞋子，穿着袜子走了进去。

于东青看到徐环走进别墅，自己并没有跟进去，因为他知道徐环的习惯。徐环从进入警队开始,就喜欢单干,在勘查的时候,从来不与别人交流,也不听取别人的意见。用他自己的话说，是怕别人的意见影响了自己的判断。因此，于东青干脆不陪他勘查，省得打扰他的思路。

一阵风吹过，于东青打了个寒战，他回到车里，点起一根烟。透过别墅敞开的门看到徐环弯腰勘查的身影，他心中不禁感慨起来。

于东青与徐环认识二十多年，两个人虽然见面就互相挤对，但是感情却好得像亲兄弟。可惜徐环这个人,不懂圆滑,喜欢露出锋芒,年轻时如此,现在仍然如此。当年在警队的时候，因为太张扬，引起很多老警察的不满，因此，当他出事被开除出警队的时候，很多人其实暗地里是幸灾乐祸的。

徐环生于豪门，是家中独子，再加上天资聪慧，头顶远景集团继承人的光环，让很多人羡慕不已。但上天在人生的这一场游戏中，也给他设置了很多陷阱和关卡：从小母亲病故，父亲忙于事业，无暇照顾他。而陪他一起长大，跟他感情深厚的姐姐，却在十三年前被歹徒绑架并遭遇不幸。姐姐的遭遇让徐环深受打击，也因此事，徐环与青梅竹马的恋人楚琳反目成仇。后来，当他逐步走出阴影，并如愿以偿成为一名警察后，却在处理一起突发绑架案时，因严重违纪而被开除出警察队伍，他的职业理想就此断送。

于东青正胡思乱想着的工夫，徐环已经勘查完毕，走出了门口。于东青一看表，竟然不知不觉过去了一个多小时，他把手里的烟蒂扔掉："我当时查了四十分钟，你更厉害，查了一个多小时。怎么样，有什么收获？"

徐环板着脸，打开车门坐到副驾上："现在还不能确定，我需要结合死者的尸体和当时现场的照片来判断。现在，我要查看现场勘验的所有照片和影音资料。"

于东青点点头："有是有，不过都在卷宗里，卷宗我也不能带着到处跑，现在在我办公室抽屉里放着呢。"

"事不宜迟，咱们赶紧回一趟海西区分局，我要查看一下卷宗和死者的尸体。"

于东青猛踩一脚油门，越野警车瞬间蹿了出去。

徐环看了一眼正在开车的于东青，轻轻地说："东青，我还有一件事情。"

于东青扫了他一眼："说。"

徐环盯着于东青的侧脸，说："我和楚琳在调查菱形血痕的时候，意外发现，除了我俩，还有一个人去祁东市图书馆借过那本书。我怀疑，他也在调查菱形血痕的事情。"

"还有人在调查？"于东青一脸惊讶，"是谁？"

"我说了你别惊讶，这个人……是这次专案组的成员之一。"

于东青心里一惊，使劲踩下了刹车，车轮与地面发出了尖锐的摩擦声。随即，车身猛地停了下来，徐环差点儿一头栽到挡风玻璃上。

于东青难以置信地问道："到底是谁！"

徐环止了止身子，把脸转向于东青，淡淡地说："法医，卫毅平。"

第十二章　螳螂捕蝉

滨海路位于祁东市东部，依山傍海，风景秀丽，但道路狭窄，曲折多弯。因此，当夜幕降临后，尤其是在这样一个弥漫着浓雾的夜晚，在这条路上开车，实在算不上一件惬意的事情。

Elly双手紧紧握着方向盘，两眼死死盯着前方。此时，滨海路路面湿滑，道路两旁的路灯在雾气中显得格外朦胧，能见度并不乐观。虽然这给Elly的驾驶造成了一定的麻烦，却为跟踪提供了很好的保护。

前方的越野警车车速非常快，在狭窄的公路上闪转腾挪，在雾气中时隐时现，一不小心就会跟丢。Elly虽然对自己的车技很有自信，但毕竟是第一次驾车跟踪别人，紧张是在所难免的。她把掌心里的汗水在裤子上抹了抹，眼睛却始终盯着越野警车朦胧的尾灯。

自从上次徐环在Miracle会所发现菱形符号匆忙离开后，就再也没有去过会所。Elly无法在会所获取徐环的最新动态，因此，她只能主动出击，暗地里跟踪徐环。这样做，不仅是为了完成楚琳和楚云交给她的任务，更是为了借徐环之力查清困扰她已久的秘密。

Elly知道，徐环最近在和楚琳共同调查菱形血痕，但令她感到不解的是，徐环此时竟加入专案组，煞有介事地破起案子来了。她已经跟踪了徐环一整天，她的头也开始隐隐作痛，两眼发虚。看来，这几年舒适优越的生活条件让她的身体素质下降了不少。她拿起一罐功能饮料猛灌了几口，强迫自己振作精神。

当越野警车驶到海西区区政府附近的时候，Elly才意识到，他们的目的地应当是海西区公安局。这时，雾气小了很多，暴露的危险也随之加大，Elly不得不放慢车速，拉远了同目标车辆的距离。

很快，越野警车一个近乎漂移的急转弯，开进了海西区公安局的大门。

Elly深深呼了口气，把车缓缓停在了海西区分局对面一家便利店的门口。公安局的大楼，她肯定不能随便进入。要想搞清楚徐环这么晚进入公安局大楼的目的，必须好好动一番脑筋才行。

Elly一直盯着海西区分局的办公大楼。她注意到，在等待的这一个多小时里，大楼有几个房间，灯光由灭到亮，她用笔仔细记下了这几个房间的楼层和位置，然后打起精神，下车向这座办公楼走去。

Elly大大方方地走进海西区分局，推开了传达室的门。传达室里只亮着一盏小夜灯，黑暗中，一个中年保安正躺在简陋的单人床上睡觉，鼾声如雷。不过这名保安还算有警觉性，一听到门响，便一骨碌从床上爬起来，迷迷糊糊地喊道："谁啊！"

中年保安迷迷糊糊中看到一个婀娜丰饶的身影站在自己面前，恍如梦中，一时间嘴巴像是被贴了胶布，支支吾吾地说不出话来："你……你是？"

Elly笑了笑，细声细气地对保安说："师傅，不好意思，有件事情要麻烦您。"

中年保安一脸错愕，还没有从睡梦和震惊中缓过来，只是木讷地点了点头。

"师傅，我老公在这儿上班，这么晚了还没回家，我打他手机也不接，担心死我了，所以才来找他。您能不能让我进去找找？"Elly脸上满是担心和忧虑，演得十分到位。

保安似乎清醒了些，他张着嘴摇摇头："姑娘，进去可不行啊，我们这儿有规定，外人不能随便进入。而且门口都有监控，让你进去了，我就得挨骂了。这样吧，既然你打不通他的手机，那我给你老公打个办公电话，看他在不在办公室。对了，你老公叫什么名字？"

"他叫赵勇，师傅，您认识吗？"Elly甜甜地说。

"赵勇？"保安摸着后脑勺想了想，摇摇头说，"还真不认识。别看我们只是区分局，可好歹也有几百号人，哪能认全了啊。"他看了看Elly，想了一下说，"那你知道你老公在哪个办公室吗？知道房间号，我就可以拨内线电话了。"

Elly脸上露出一丝愁容，歪着脑袋想了一会儿，指着办公楼六楼东头亮灯的那个房间说："房间号我记不清了，不过好像是六楼亮灯的那个房间。”

保安嘿嘿笑了笑：“姑娘，那你可就记错了。那间办公室，是为市局一个专案组准备的临时办公室，专案组应该没有叫赵勇的，你老公不可能在那儿办公。”

Elly 不好意思地摆摆手说：“哎呀，那可能就是我记错了。我再想想，对，我想起来了，好像是四楼中间那个亮灯的办公室。”

保安顺着 Elly 指的方向看去，点点头说：“噢？你老公是法医啊。那是法医室，行，我这就打一个，你稍等……”边说，保安边拿起了电话。

“哎哎哎师傅，别麻烦您了！”Elly 突然喊道：“我们家那个该死的给我打回电话来了。”说完，她把手机举到耳边，用泼辣的语气骂道，“熊玩意儿，怎么不接电话！不知道我自己在家害怕啊。”边说，她边给保安做了个感谢的手势，退出了传达室。

Elly 回到车上，快速在笔记本上记下了专案组办公室、法医室这几个字。奇怪，徐环去专案组办公室很正常，可这么晚了，他去法医室做什么？难道有什么新发现？

她又灌了一口饮料，拍了拍昏昏沉沉的脑袋，心烦意乱中，她突然想到了楚琳。楚琳虽然是大良集团的总裁，可脑子却不怎么灵光。徐环为什么选择与那个头脑简单的傻女人共同调查而不选择她呢？如果自己代替楚琳，结果会是怎样呢？

突然，一个大胆的想法闪入了 Elly 的脑海中。

她看了看手表，指针已指向凌晨。此刻，她的体力已经透支，再跟下去，恐怕会吃不消，还不如就此收工。Elly 摇下车窗，潇洒地把饮料瓶扔了出去，然后猛轰油门，红色越野车随之怒吼着驶离。

Elly 没有注意到，在她的越野车所停位置的对角方向，一辆黑色轿车从一栋高楼的阴影中悄然驶出，如同鬼魅般，毫无声息地尾随她的红色越野车而去。两辆车，迅速消失在雾气弥漫的夜色之中。

只是谁都没有想到，这一切，都被一双黑暗中的眼睛记录了下来……

徐环神情专注地看着案发现场的照片，一双锐利的眼睛正努力查找现场的蛛丝马迹。看着徐环时而闪烁，时而暗淡的双眼，于东青知道徐环的大脑正在高速运转。

看到徐环把卷宗啪地合死，于东青赶紧把一本黑色的笔记本递给了他："这是在周远家里搜出来的笔记本，里面是周远对自己所办的私家侦探业务的记录，类似于工作日志。我们根据这个日志对周远的周边关系进行了排查，可惜没有获得什么有价值的线索。你看看吧，不知道有没有用。"

徐环没有说话，接过笔记本翻看了起来。看了半个多小时，徐环突然说了一句："奇怪啊！"

于东青打了个激灵，忍不住问道："哪儿奇怪？"

徐环摇了摇头，没有回答于东青的问题，只是站起身来，对于东青说："走，带我去看看周远和冯玲的尸体。"

于东青有些莫名其妙，可是他了解徐环，于是一言不发地带他来到了法医室。二人走进法医室的时候，值班的卫毅平正躺在由两张椅子搭成的简易床板上，鼾声如雷。于东青费了好大劲才把他叫醒。

卫毅平神情恍惚，看着面前的于东青和徐环，愣了好一会儿才说："咦，于队？这么晚了，你们怎么来我这儿了？"

于东青看着这个吊儿郎当的小哥，怎么也不相信他会私下进行调查。

不过于东青并不打算戳穿卫毅平，他倒是要看看，一向没有正形的卫毅平，到底有多大的本事。瞥了一眼卫毅平，于东青口气平静地说："卫毅平，那两具尸体让徐环看看。"

卫毅平赶紧起身，披上外套，把尸体从冰柜里推了出来，问于东青："你们怎么又想起看尸体来了？于队，您不会是对我的验尸报告不放心吧？"

徐环直接问道："你能不能确定周远死亡的具体时间？"

卫毅平一怔，说："多具体算具体？"

"具体到分钟。"

"徐总，您这可是给我出难题了。具体到分钟是不可能的，只能精确到小时，这我就已经尽了最大努力了。"卫毅平不明所以地问，"怎么，死亡时间很重要吗？"

徐环叹了口气："当然很重要。你是法医，死亡时间的重要性，还用我重新教你吗？"

卫毅平被徐环呛了一句，一时语塞，脸上有些挂不住，低声嘟囔道："我的意思是，在这个案子里，死亡时间没有多大的参考价值吧。"

徐环没心思跟他辩论，他指了指周远的尸体："那你告诉我周远死亡的最精确时间吧。”

“最精确就是十点至十一点之间，不可能再精确了。”

于东青也凑过来替卫毅平辩解说：“小卫说得没错。虽然现在法医技术比你从警那时候进步了很多，但是也只能精确到这个程度了。”

徐环戴上手套，弯下腰，熟练地对周远和冯玲的尸体分别查看起来。于东青注意到，卫毅平站在徐环身边，注视着他的一举一动。当看到二人身上的菱形血痕时，徐环并没有表现出特殊的反应，只是仔细查看了许久。而卫毅平下巴上的肌肉，微微有些颤抖。

徐环抬头看向卫毅平：“卫毅平，你能不能看出死者身上的这两个血痕，是什么时候留下的？”

于东青两眼紧盯着卫毅平，他注意到，卫毅平脸上掠过一丝不易察觉的慌乱。

“这个倒没问题。”卫毅平指着血痕说，“从这两个血痕的状态来判断，它们出现的时间，应该在死亡后不超过两个小时。”

徐环继续发问，口气有些咄咄逼人：“卫毅平，法医的信条就是不放过死者身上出现的任何蛛丝马迹。你看，这两个死者身上有着同样的印记，而且基本都是在死亡时间左右出现的，这么奇怪的现象，你难道没注意到吗？”

卫毅平脸色有点难堪，但还是嬉皮笑脸、故作镇静地说：“这个……我还真没注意到，我毕竟只是个新人嘛。经验欠缺，嘿嘿，经验欠缺。”

徐环并没有戳穿他，而是微微一笑：“那你对死者身上的这两个血痕，有什么看法吗？”

卫毅平脸色有些慌乱：“哎哟徐总，你怎么今天逮着我问起来了，我就一刚入行的法医，擅长的是与死尸打交道，这分析推理的活儿，还得你和于队长来干啊，我就不班门弄斧了吧。”

听到这些，于东青今天算是重新认识了卫毅平。这小子，平时看起来大大咧咧，实际上猴精猴精的，脑子好使着呢。

徐环瞟了一眼于东青，于东青会意，对卫毅平说：“小卫，咱们现在是民主讨论，谁都可以发言，不怕说错，就怕不说。来来来，时间不早了，赶紧说。”

卫毅平被逼无奈，小心翼翼地说道：“依我看，这两个血痕是凶手行凶后，故意在死者身上留下的，这么做可能是为了炫耀自己，也可能是挑衅警方。”

于东青忍不住问：“你的意思是，杀死周远和冯玲的是一个人？”

“可能吧。”卫毅平点点头，接着又摇摇头，支支吾吾地说，“也不一定，有可能是一个团伙里的不同成员干的。”

徐环轻轻摇了摇头：“如果说周远身上的血痕是凶手留下的，那还说得过去，可是冯玲呢？冯玲被撞死后，凶手李力当场被抓，他肯定没有时间去留这个血痕。既然如此，那冯玲身上的血痕，是谁留下的呢？”

徐环盯着卫毅平，目光如炬。

卫毅平脸色一阵苍白，额头上渗出了一层汗珠，木木地摇了摇头。

徐环给于东青递了个眼色，意味深长地笑了笑。他没有再理会卫毅平，俯下身又查看起尸体来。查看完尸体，徐环皱着眉头，一言不发。很明显，他正沉浸在自己的思维世界中。

于东青看了看表，已经凌晨两点了，他忍不住拍了拍徐环的肩膀。徐环被这一拍吓了一跳。

“徐环，别自己发愣了，有什么发现跟我们说说吧。”于东青脸上已经露出了倦意。

徐环低头沉思了一会儿，面色严肃地说：“我们完全搞错了，凶手……其实一直没有离开别墅！”

“啊？”于东青和卫毅平异口同声地喊道，惊讶之情溢于言表。

于东青太过惊讶：“什……什么意思？你在别墅里……看到凶手了？”

徐环没有回答他们的话，而是皱着眉头自言自语：“慢着，不对啊……时间不对啊……”

于东青着急地站起身来，对徐环大声说：“哎呀，你能不能说详细点，急死我了！”

徐环从座位上跳了起来，神情异常烦躁：“按说这些线索应该能串起来才对。”他转头对于东青说，“东青，都是让监控录像给误导了，我应该从一开始就勘查现场才对。刚才在现场我发现了一些线索，这些线索可以完全推翻我们之前对案件的想法。可是这些线索就差一点，就差一点就可以串起来，可这一点我不知道差在哪儿。现在我们离真相似乎只有一层窗户纸，可这层窗户纸我却怎么也捅不破！”

于东青给徐环递了杯水，安慰他说："别着急，慢慢想。你都发现了什么线索，告诉我们，大家一块想办法。"

这时，于东青的电话突然响了。他低头一看屏幕，来电的人是马千里。他按下接听键，电话里传来马千里焦急的声音："于队，不好了，出事了！我必须马上见你，你在哪儿？"

于东青心里一沉，不过语气还是很镇定："我在法医室，你到这儿来找我吧。"说罢，挂了电话。

没过多会儿，法医室的门哐当一声被粗野地打开，一个人影冲了进来，把于东青等三人吓了一跳。定睛一看，进来的人是马千里，只见他喘着粗气，神色慌乱，衣服袖口上似乎还有一些红色的血迹。

于东青心中掠过一丝不祥，但他必须让自己保持冷静："老马，别着急，出什么事了？"

马千里边喘粗气边说："于队，林舒……林舒他被人袭击了！"

于东青脸色一沉，追问："情况怎么样？有危险吗？"

"还好，伤不算重，只是胳膊被砍伤了，流了很多血。"

于东青这才放松了紧绷的神经，倒了一杯水递给马千里："老马，喝口水，把详细情况说说，到底怎么回事？"

马千里一口气把水灌进嘴里，拿手背擦了擦嘴，说："今天夜里，林舒搭我的顺风车回家。我把他送到他家小区门口，刚一下车，一个歹徒不知道从哪儿冒了出来，拿起刀就往他头上砍，幸亏林舒反应快，歪头的同时抬起胳膊挡了一下，虽然胳膊被砍伤了，但是总算没伤到要害部位。一击不成，那歹徒又砍了一刀，但是林舒已经有了防备，躲了过去。这时候我也已经下车，只是那家伙警觉性很高，一看我下车了，便无心恋战，直接跑进了路旁的一个小胡同里。我惦记着林舒的伤，就没有追。"

徐环这时问道："看样子这个歹徒是想要林舒的命啊，看清楚歹徒的长相了吗？"

马千里又给自己倒了一杯水，说："歹徒戴着口罩和帽子，看不清长相或者外观特征。我让林舒想想最近得罪了什么人，他说他干警察这么多年，得罪的人多了去了，想要他命的人有半个连，他也不清楚歹徒是因为什么事情要对他痛下杀手。"

"林舒现在在哪家医院？咱们别站这儿说了，现在就出发，去看看他，边走边说。”说着，于东青拎起大衣，准备往外走。其余三人也站起身来，跟着于东青向门口走去。

马千里边走边说：“林舒没在医院，现在在家呢，咱们去他家吧。”

于东青一听，立即转过身来，差点跟身后的马千里撞个满怀：“这不是胡闹吗，受了这么重的伤为什么不去医院？”

马千里满脸愁容，又气又急地说：“嗨，我也知道是胡闹，可我把嘴皮都磨破了，林舒就是不去。你们不知道，这个林舒拗起来几头牛都拉不住。其实他小区门口就有一个二十四小时接诊的社区医院，很方便，可他偏不去，非得回家自己处理，说什么这点小伤不好意思麻烦医生，把我给气的呀。看拗不过他，我就把他送回了家，然后赶紧来向你报告。”

于东青用手拍了拍墙：“这家伙，受了伤有什么不好意思的。走吧，咱们去看看，这不是还有卫毅平吗，实在不行让他帮忙处理一下。”

林舒的家位于一幢老旧住宅楼的六楼，楼里没有电梯，一行人徒步走到六楼。于东青摁了门铃，过了很长时间，林舒才打开门。

林舒脸色苍白，神情疲惫，平时打理的一丝不苟的头发也有些凌乱。看到于东青等人，他似乎有些惊讶，愣了一会儿才把众人让进了屋里。

房子虽然不大，但收拾得非常整洁。于东青看了一眼林舒已经包扎好的右臂，说：“老林，这么晚到你们家来，不打扰家人休息吧？”

林舒笑了笑：“于队长，一点也不打扰，我是一人吃饱，全家不饿的单身汉。”

马千里适时凑近于东青说：“你别看老林是个老帅哥，但是他一直单身。”

于东青哦了一声，点点头说：“具体情况老马都跟我说了。你的伤怎么样了？我听老马说你不肯去医院，受了伤不去治疗，这怎么能行？”

林舒毫不在意地说：“干咱们这一行，这点伤算什么。我也略懂医术，处理这样的伤还是没问题的。”

于东青也不勉强，说：“不严重就好。那个袭击你的歹徒，我会安排警力进行调查，争取早日让凶犯落网。”

林舒点点头，客气地说：“谢谢于队长关心，你们在办案过程中也要小心，注意安全！”说完，林舒就不再说话了，房间里顿时安静了下来。

这时，徐环突然说话了："老林，你的伤虽然不致命，但是不能掉以轻心，正好卫毅平也来了，不如先让他给你看看，处理处理。"

于东青听到徐环这么说，也顺水推舟道："是啊，卫毅平听说你受伤，专门来给你看看。"

卫毅平摆出一副无所谓的样子，嘿嘿一笑道："嗨，我是给死人看病的大夫，就怕林大哥嫌晦气不让看。"

没等林舒说话，于东青回头瞥了卫毅平一眼，说："晦你妹的气啊，什么死人活人，上次我肚子疼还不是让你给瞧了瞧。"

卫毅平吐了吐舌头，不敢再说话。

林舒笑了笑，说："真不用，我这伤真不严重，都这么晚了，于队长，快让大家回去休息吧。"

卫毅平听林舒这么一说，咧嘴道："我就说吧，林大哥肯定不乐意我给他看。现在法医的地位，连兽医还不如呢。"

于东青起身告辞，打断了卫毅平的贫嘴，走到门口时才发现，徐环还坐在沙发上出神，于是赶紧喊了一声："喂，徐环，走了，你干吗呢？"

徐环这才回过神来，冲林舒笑了笑，点点头，跟着于东青出了房门。于东青开车先把卫毅平送回了分局，然后向观海园小区方向开去。

"你这是去看案发别墅，还是送我回家？"徐环问道。

于东青打开车窗，把嘴里的口香糖吐了出去，说："当然是送你回家。这个点了还看什么现场，好好休息，明天再说。"

徐环舒舒服服地靠在副驾椅背上，把脚搭在中控台上，懒洋洋地说："嗨，都快天亮了，我在分局将就一晚就行了，还回什么家。"

于东青看了徐环一眼，说："回家好好休息一晚，明早睡到自然醒，这不是跟你商量，这是命令！"

徐环看了看于东青，不以为然地说："我又不是你下属，你凭什么命令我？"

于东青没接徐环的话茬，而是问道："你之前说案件差一点就能查清楚了，到底怎么回事？"

徐环想了想，说："按照我勘查现场、检查被害人尸体和被害人笔记的收获，现在所有的线索都指向一种可能，但是这种可能又与案件的基本情况相矛盾，所以，我现在也搞不明白是怎么回事。"

于东青手握方向盘，轻轻地说："徐环，你说咱们能破了这案子吗？"

徐环闭着眼睛，好似睡着了，过了好一会儿，才叹了口气："不好说啊。凶手是个高手，从一开始就牵着我们的鼻子走，把我们牵到了死胡同里。"

"那我们现在回归正途，破案还来不来得及？"

徐环睁开眼睛，坐直身子："反过来想想，凶手为什么要煞费苦心地在监控上设置陷阱，试图让我们远离罪案现场？我想很有可能凶手在罪案现场留下了破绽，所以才诱导我们远离罪案现场。"

于东青想了一会儿，说："有道理。那你刚才也发现了一些破绽，对吧？"

"对，但是还有我无法理解的地方，所以我现在还不能下结论。"

徐环突然问："你对今晚林舒被袭击的事情怎么看？"

于东青一怔，说："你的意思是，这件事与本案有关系？"

徐环没有回答，反问："你说呢？"

"难道袭击他的人，就是本案的凶手？不会吧，林舒只是一个普通专案组成员，凶手要杀也是杀我啊，怎么会向他下手呢。"

徐环看了看于东青："你别忘了，林舒可是第一个赶到案发现场的警察。"

于东青蹙着眉头说："第一个赶到现场怎么了？噢，你的意思是，林舒可能看到了凶手，所以凶手想要杀他灭口？但他为什么不告诉我呢？"

徐环若有所思地说："真实的情况，可能比我们想象的还要复杂。"

于东青见徐环没有再说下去的意思，就没有继续追问。接下来的路程，两个人都没有说话，徐环闭着眼睛半躺在副驾上，像是睡着了。于东青看了看微微打起呼噜的徐环，摇了摇头，把车内的热风调大，然后给徐环披上了一件警用大衣。

第十三章　初现端倪

夜色深沉。此时的祁东市万籁俱寂，一切生物似乎都陷入了沉寂。

黑暗的房间里，一个高大而健壮的身影直直伫立在窗前，谨慎地看着窗外。窗外寒夜寂寥、雾气弥漫，漆黑的夜空中没有一丝光亮。高大身影突然一挥手，猛地把厚厚的窗帘拉死。顿时，房间里变得一片漆黑，伸手不见五指。

“兄弟，搞得太黑了吧，至于这样吗？”他的身边站着一个稍矮一些但更加敦实的身影，语气里带着明显的嘲讽。

“谨慎点总是没错，更何况是在这样的多事之秋。”高大身影声音低沉，但语气坚定，“说吧，今天到我这儿来做什么？应该不是专程来嘲笑我的吧。”

敦实身影笑了笑：“今天来见你，主要是来传达老板的意思。不瞒你说，老板对你的工作非常满意，精心为你做好了安排。”

“为我做安排？”高大身影有些不解。

“对，老板已经给你安排好了退路。”说着，敦实身影把一个手提箱向对方递去，“喏，这是所有的出国手续，还有三百万现金，你去祁东港坐船先到韩国，会有人接应你。当然，韩国只是中转站，最终的目的地是巴西，那里有老板的产业，到了那里，你就完全自由了。到时候，你可以选择继续为老板效力，也可以退休享受人生。好了，老板的意思是让你即刻动身，事不宜迟，请马上去收拾一下随身行李吧。”

高大身影并没有伸手接手提箱，而是用冰冷的语气问：“收拾行李？老板什么意思，就这样让我灰溜溜地滚蛋？”

那人同样用毫无感情色彩的语气说：“请不要用‘滚’这样的词，老板是为了你的安全着想，照目前的局势看，警方随时会怀疑到你。”

高大身影冷笑了一声：“为了我的安全？呵呵，说得真动听啊，是怕我被警方抓住后把他咬出来吧。我问你，冯玲是不是老板派人杀死的？说实话！”

那人冷笑一声：“嘿嘿，难道冯玲不该死吗？她是个无情无义的女人，在关键时刻选择了周远而背叛了你，这样的女人，值得你为她的死鸣不平吗？”

“那是冯玲跟我之间的事情，就算惩罚她，也要由我来惩罚，轮不到你们动手！”高大身影的情绪明显激动起来。

“你不要生气，冯玲固然该死，但是这次确实不是我们动的手。冯玲的死，我们也感到很蹊跷，老板正派人暗地里调查。”

“哼，这话我也得信才行。敢在公安局门口动手，还能伪装成交通意外的样子，哼，这种手段，除了你们，还有谁能使得出来？”高大身影的语气不善。

“我没有必要骗你。”那人平静地说，“调查结果已经到手，我们没有必要再冒险杀掉冯玲。而且，就算是杀，也不会采取如此高风险的手段。”

“行了，冯玲的事情我可以不管。”高大身影的语气十分坚决，“但是请你转告老板，就凭祁东市警方那些没用的白痴，绝对不可能查到我身上。祁东市是我的家，我是绝对不会像一条流浪狗一样远走他乡的，你请回吧。”

“警方已经开始怀疑你了，尤其是他们请的那个叫徐环的帮手，非常厉害。我们的内线告诉我们，他们刚刚去勘查了罪案现场，恐怕，这并不是什么好消息吧。更重要的是，你要摆正你的位置，老板并不是在跟你商量。请你马上动身，不要让我帮你。”

说时迟，那时快，高大身影以迅雷不及掩耳之势掏出一把手枪，抵在那人的前额上。

虽然额头被枪顶着，但那人却十分镇定，语气里也没有丝毫的慌乱：“兄弟，你这是做什么，这就是你的待客之道？”

“恐怕，你没有资格跟我讨论待客之道。”高大身影语气依然冰冷，“别看你平时耀武扬威的，其实不就是老板养的一条狗吗？你以为我会跟你一样？笑话！告诉你，我平生最讨厌被别人指挥来指挥去。没错，我确实欠老板人情，可是我跟他只限于合作关系。能叫他一声老板，我已经给足了他面子，你少拿他来压我。”

那人的脸庞微微抽动，但是语气仍然十分平静：“兄弟，话不要说得那么绝嘛，聪明人，总是会为自己多留几条后路的，你这是何必呢？”

“我在说什么话，做什么事，我自己清楚，不劳烦你费心。我提醒你，我也不是在跟你商量，请你马上离开我的屋子，不要让我送你。”

那人显然没有料到他会有如此反应，沉默了一会儿，才说道：“好，我现在就走，但你的所作所为我会向老板汇报。我认为你的行为，并不是很明智。”

高大身影收回了手枪，生硬地挤出两个字：“不送。”

那人把手提箱放在地板上，转身快步离去。

高大身影一脚把手提箱踢开，熟练地把玩着手枪，喃喃道：“徐环，我倒要看看，这样天衣无缝的一个局，你到底有什么办法解开……”

当刺耳的手机铃声响起时，于东青正处于深度睡眠状态。被铃声吵醒后，他下意识地抓起手机，里面传来徐环急促的声音：“快，东青，你赶紧到海西区分局来，我需要你的帮助！”

于东青立马从床上跳了起来：“你等着，我马上过去！”

当于东青赶到海西区分局的时候，徐环正在他的临时办公室内焦急地踱着步子。

“靠，你可来了。快快快，给我调这几个资料。”说着，徐环递给于东青一张A4纸，纸上用铅笔写着几行字。

于东青仔细地看完这几行字，皱着眉头问：“这些可都是公安局内部的管理资料，你要这些东西干吗？再说，管这个的还没上班呢。”

“我能把你从被窝里拽过来，你一刑警队队长，也能把他们从被窝里拽过来。这案子这么重大，只要你说办案需要，谁他妈敢不来。快点吧，抓紧时间！”徐环有些不耐烦地说道。

“行行，我去调。妈的，我怎么老干这得罪人的事。”于东青嘟囔着走出办公室，“得多等会儿，你少安勿躁。”

资料调取的过程远比于东青想象的要顺利。如徐环所说，因为与案件的侦破有关，管理人员二话不说就赶过来了。当于东青拿着一摞资料，气喘吁吁地放到徐环面前时，徐环竟然躺在沙发上睡着了。于东青没好气地把他拽起来："你倒是舒服，行了，你要的资料我都给你找过来了。你看看吧。"

徐环睁开眼睛，一骨碌坐了起来。他实在是困意难耐，所以眯了一会儿。

于东青注视着徐环，他注意到，徐环一边看资料一边嘴角微微上扬，表情也越来越放松。终于，徐环把资料重重地放到茶几上，脸上露出开心的笑容："终于串起来了。东青，我知道凶手是谁了。"

于东青一个激灵，登时站了起来："谁？"

徐环没有回答于东青的问题，脸上洋溢着掩饰不住的得意："这样吧，你明天早晨七点，召集专案组成员开会，我会对此案进行详细的分析。"

"靠，徐环，你就不能先告诉我！"于东青着急地说。

"你又不是不了解我，我这人没别的喜好，就是爱卖关子。我都多久没遇到这种机会了，你就不能让我开开心心地卖一次？"

于东青叹口气："行，大侦探，就让你开开心心地卖一次。不过，你可考虑仔细了，别有什么纰漏。"

"你就放心吧，我什么时候出过纰漏，只是还需要补充一些细节。"徐环微笑着说。不过，他似乎又想到了什么，"遗憾的是，虽然我查出了杀死周远的凶手，但是根据现有的情况，我还是猜不出死者身上的菱形血痕到底有何意义。唉，未解开的疑点还有很多。"

于东青安慰徐环道："能揪出杀死周远的凶手，已经迈出了最关键的一步。接下来，我们好好讯问一下杀死周远的凶手，肯定会得到更多的信息。更重要的是，总算可以在规定时限内给高局交差了。这个老头儿，真是让人又爱又恨，又恨又怕。"

徐环点了点头："也只能先这样了。对了，你尽快帮我鉴定一下纸条上的笔迹。另外，"徐环走到于东青面前，压低声音说，"注意卫毅平！通过跟他的对话，我总觉得不对劲，最好密切关注一下他的动向。"

"嗯，也好。如你所说，我也觉得我们内部有点问题，不会就是卫毅平吧？"于东青撇着嘴说。

"不好说，可能性当然有，但不一定就是专案组的。你想，局里这么多人，有一两个眼线很正常。"这时，于东青突然把手搭在徐环肩膀上，冲他做了个噤声的手势。

徐环不解地看着于东青，于东青指指门外，低声说："门外好像有人。"

说罢，于东青蹑手蹑脚地走到门口，猛地拽开房门。

门外空无一人。

第二天早晨七点半，当徐环打着哈欠走进海西区公安局会议室时，于东青的耐心几乎消失殆尽。早上七点，他就和专案组成员到达了会议室，等了足足半个小时。于东青瞟了眼马千里，只见他脸色铁青，双眼喷着怒火。

好在徐环也意识到自己做得有点过分，他边拉出椅子入座，边面有愧色地对大家说："不好意思啊，昨晚熬夜研究案子，实在是起不来了。"

于东青担心地看了看大家的反应。还好，大家的情绪都还算稳定，就连马千里皱着的眉头也舒缓了一些。

于东青清了清嗓子，对大家说："各位，观海园小区凶杀案，我们全体专案组成员共同努力，挖掘了很多线索，取得了重大进展。今天开这个会，主要是徐环向大家通报一下他的一些新发现和想法。"他看了眼徐环，"徐环，接下来你说吧。注意啊，长话短说。"

徐环舔了下干裂的嘴唇，说道："各位，这件案子的蹊跷程度想必大家都有切身体会，其中最大的疑点就是，凶手是如何避开小区的监控，进出案发别墅的。我们的全部侦查工作，一直是围绕这个问题来进行的。不过，我现在想告诉大家，其实这个问题……并不存在。"

马千里有些莫名其妙："不存在是什么意思？"

徐环神色平静地解释道："之前，我们一致认为凶手是采用伪装的方式偷偷潜入别墅的，对吧？"

吴婷婷纳闷地问道："徐哥，难道不是吗？"

徐环用锐利的目光扫了眼吴婷婷："当然不是，我们犯了先入为主的错误。事实上，凶手从一开始就没打算避开监控，他进出别墅的全过程，都被监控完完整整地拍了下来，只是我们完全没有料到这个人会是凶手！"

"啊！"徐环这席话犹如一颗重磅炸弹，在场所有的人都发出一声惊呼。

马千里惊讶地问："你是说，这个凶手监控已经拍下来了，而且我们都看见了，却没有怀疑到？"

徐环点了点头，说："非常正确。更让我们没有想到的是，凶手在行凶后，并没有逃离，而是一直待在案发现场。"

在场的所有人又是一声惊呼，大家纷纷低声讨论起来。

马千里惊讶而又略气恼地说道："这也太匪夷所思了吧？徐总，我说你也太瞧不起我们分局的兄弟了，我们可是对别墅展开了地毯式的搜索，别说凶手一个大活人了，就是一只苍蝇我们也能找出来。你这个推断，我不敢苟同！"

徐环平静地说："马队长，你曲解了我的意思。我的意思并不是说凶手藏起来了，而是凶手一直堂而皇之地站在别墅里，而我们并没有注意到。"

吴婷婷突然大声问："你指的是冯玲吗？徐哥，我们已经排除了她的嫌疑了啊！"

徐环拿起面前的杯喝了一口，说："不，冯玲不是凶手。除了没有作案时间外，我还有别的证据能排除她的嫌疑。我勘查现场的时候，通过凶手留在墙上的弹孔，计算出了子弹射出后的倾斜角度。而通过这个角度，我分析出了凶手的身高，凶手应该在一米八到一米八五之间；而冯玲的身高是一米七，所以凶手不可能是她。"

"不是她，那还能是谁？"卫毅平着急地喊道，"实在没有别人了啊！"

徐环笑了笑，说："先别急着说是谁，大家先让我把推断的证据说完，等我说完，不用我点名，大家自然知道这个人是谁了。"

说罢，他拿出一张照片放在投影仪上。顿时，一张高清照片被投放到了大屏幕上。照片上是被害人手部的特写，十分清晰。

徐环指着照片说："我第一次勘查完案发现场后，发现了很多有价值的线索。第一个有价值的线索是，死者的左手曾经遭到过重击。大家知道，死者的伤口在前额正中央，这说明凶手枪法相当精准，所以之前专案组推断凶手有从军或者从警的经历，我非常赞同。另外，从现场掉落的装乳胶漆的桶以及洒落在地面上的乳胶漆来看，死者在被杀死前，同凶手进行了激烈的搏斗。但是之前我们忽略了一点，那就是凶手左手背和手指发青，显然是被重击过。大家想想，凶手的目的是杀人，而左手并不是致命部位，凶手为什么要重击左手呢？原因很简单，那就是死者是左撇子，案发时他用左手持武器，对凶手进行了攻击。凶手为了解除威胁，所以才击打死者的左手。"

马千里问："可是我们在现场没有发现武器啊。仅凭死者左手的伤，就推断死者手里有武器，这样未免有些臆想的成分吧？就算是死者对凶手进行了反击，那也不能断定死者一定用了武器，也有可能是顺手抄起乳胶漆桶之类的物品来攻击。”

徐环道：“嗯，马队长说得对，单凭左手的伤就断定死者当时使用了武器，是有些不充分。可是我还有一个依据，我翻看过死者周远的工作笔记，不知道你们有没有注意，周远不止一次提到，他随身携带一把非常锋利的匕首作为防身武器，甚至连睡觉都不离身。但是我们在死者身上却没有发现这把匕首，这说明什么？你们想想，周远曾经是名刑警，又长期从事私家侦探的工作，身手也不差，如果手里再有这样一把锋利的匕首，凶手不用说杀人了，能自保就不错了。在这种情况下，凶手首先要做的，就是先解除匕首的威胁。奇怪的是，我们在现场并没有发现这把匕首，为什么？原因只有一个，凶手把它带走了。那么凶手为什么要带走死者的这把匕首？原因也很简单，凶手不希望警方发现这把匕首。按常理来说，一把属于死者的攻击性武器，即使被警方发现，也不会带来什么有价值的线索，除非……”

“除非匕首上有凶手留下的痕迹！”吴婷婷大声抢答道。

徐环点点头：“没错。可是一把匕首，怎样才能让凶手留下痕迹呢？简单想一想就能得出结论，就是凶手被匕首刺伤了。”他看了眼吴婷婷，“如果他不带走这把匕首，那么警方通过这把匕首，就可以轻易得出凶手被刺伤的论断。”

于东青若有所思地补充道：“这在一定程度上证明了你刚才的推论，即凶手一直没有逃离案发现场。如果凶手已经逃走了的话，即使我们发现他被刺伤，也不能怎么样。所以他才把这把可能让他暴露的匕首清理掉，对吧？”

徐环微微一笑：“没错。”

马千里也点了点头，喃喃地说：“有道理。不过我还有一个疑问，虽然周远有一把锋利的匕首防身，可是别忘了，凶手手里可是有枪啊，面对死者的反抗，凶手为什么不开枪呢？”

徐环冲马千里竖了个大拇指：“马队长总是能问到点子上。面对周远的反抗，凶手之所以不开枪，有两个原因。第一，整个行凶过程中，枪的使用是个非常关键的因素，从凶手的角度来说，开枪的次数越少越好；第二，也是最重要的原因，凶手并不想直接杀死周远，而是想先将周远制伏。”

卫毅平插嘴问："为什么？难道他还想跟周远聊聊人生，谈谈理想？"

徐环摇了摇头："这就与凶手杀死周远的动机有关系了，详细情况待会儿我再分析。"他喝了口水，继续说，"因此，虽然凶手的枪法很好，但是在周远用匕首反抗的情况下，开枪并不是一个最好的选择。"

说罢，他把第二张照片放到了投影仪上。屏幕上立刻出现了一双鞋子的特写照片。徐环指着屏幕说："我发现的第二个有价值的线索，就是被害人脚上穿的鞋子。"

"鞋子？我们当时把周远浑身上下都检查过了，没发现什么不对的地方啊！"

徐环看着马千里，眼睛里略微有些不屑："那你们检查周远衣服的时候，有什么感觉？"

马千里咬牙瞪眼地想了想："也没什么感觉。哦，对了，当时我们一个刚入职的民警感叹了一句，说这个周远真有钱，浑身上下都是名牌。"

"没错，问题就在这个名牌上面。周远身上的呢子大衣、西装、领带、腰带和手表，全是国际奢侈品牌，可是你们仔细看看，像周远这么喜爱奢侈品的人，为什么会穿这样一双皮鞋呢？"

"这……这是'大华'牌的吧，也算是名牌呀。"马千里皱起眉头，声音略显夸张。

卫毅平嘿嘿地笑了一声："算不算名牌，得看对谁来说。对我这个穷屌丝来说，'大华'牌的确算得上名牌了。"

徐环也朝卫毅平笑了笑："但是周远应该不喜欢这个牌子。别问我是怎么知道的，要是有人在勘查现场的时候走点心，看一下周远的衣柜和鞋柜，就会发现，里面的衣服或者鞋子没有一件单品是低于一万块钱的。所以按照周远的消费习惯，他脚上穿的应该是一双一线奢侈品牌的皮鞋才对。穿一双'大华'牌，难道没有违和感吗？"

马千里还是有些纳闷："你的意思是，这双鞋不是周远的？"

徐环肯定地说："这双鞋不仅不是周远的，而且还应该是凶手的！"

马千里急切地问道："怎么可能，凶手为什么要将自己的鞋换到周远脚上？这……这不是画蛇添足吗？"

"当然不是画蛇添足，在这起节奏紧张的凶杀案中，凶手做的任何事情都是有原因的。"徐环又喝了口水，润了润因讲话而干渴的喉咙，"就拿这双与周远不搭调的皮鞋来说，凶手之所以与周远互换，肯定是因为这双原属于自己的皮鞋，留下了可能会暴露自己身份的痕迹。”

徐环又拿出一张皮鞋的特写照片，对大家说：“大家仔细看看，这只鞋上，有什么特别之处吗？”

吴婷婷眼尖，开口说：“鞋面和鞋侧有大量的白色点点。”

徐环点了点头：“对了，这些白色点点，就是周远与凶手在搏斗过程中，溅在凶手鞋上的乳胶漆。”

吴婷婷不解地问：“那他也不用换鞋吧，把乳胶漆擦掉不就完了吗？”

徐环笑了笑：“乳胶漆溅在鞋面上很难彻底擦干净，而且泼溅的范围比较大，当时时间紧迫，万一有一个点他没清理干净，就会增加暴露的概率。而他恰好发现死者周远的鞋上并没有溅上乳胶漆，而且两人身高相似，鞋码也相同。因此，凶手选择了将鞋子互换这种更为稳妥的方式。”

马千里打断了徐环的分析：“这个线索也可以证明，凶手案发后并没有逃离现场，所以才会担心鞋上的乳胶漆暴露自己，对吗？”

“正确。”看着都在思索的专案组成员，徐环停顿了一下，继续说道，“我还有第三个有价值的线索，证明凶手当时没有逃离现场。”

徐环又拿出一张照片放到投影仪上：“这张照片上是周远的工作笔记。这个笔记本非常厚，周远已经用了三分之二左右。这张照片拍摄的是周远用的最后一页，大家仔细看看。”

徐环等大家看了一会儿之后，接着又换了一张。这次照片上显示的是一页空白纸张。徐环说：“这张照片上的纸是刚才那一张的下一页。大家仔细比对这两页，有没有发现什么不对劲的地方？”

看众人一脸茫然，徐环指着第一张照片说：“你们仔细看，这一页纸的右上方，有一滴墨渍，我想是周远在写字的时候，不慎将一滴墨水滴到了这一页上。用钢笔写过字的人都知道，一滴墨水如果滴到一摞纸上，肯定不会只在第一页留下痕迹，而是会在接下来的几页上都留下洇渍。”

说到这里，脑子快的人已经明白了几分。吴婷婷抢先说道：“笔记本有文字的最后一页被墨水洇湿了，按道理说，接下来的几页也会有墨渍，但事实上并没有。”

徐环向吴婷婷投去赞许的目光：“没错，这说明有洇渍的那几页纸，被人撕掉了。”

马千里有些不解地问道：“难道是凶手撕的？”

徐环点点头：“应该是凶手撕掉的。一般在笔记本上撕掉纸，会在笔记本内侧边缘留下一些零碎的纸头。但你们看这本笔记本的内边缘，几乎看不到零碎的纸头。如果是周远自己撕掉的，他不会撕得这么干净。肯定是凶手担心留下痕迹，因此才把纸头一点点清理干净。另外，我在书桌下面发现了一些很小的碎纸屑，应该就是凶手清理碎纸头的时候留下的。”

马千里接着问：“凶手为什么要撕掉这几页纸呢？”

徐环今天没有带茶，只能喝淡淡的白开水。对他来说，喝白开水就跟办无聊的案子一样，毫无乐趣可言，他看了眼马千里，解释道：“我想，这几页纸可能就是凶手行凶的目的。在这几页纸上，周远很有可能记录了一些重要的信息，凶手为了获取这些信息，并防止这些信息泄露，才杀人灭口，并且把记录在本子上的关键信息撕掉了。”

吴婷婷问道：“凶手要毁掉笔记本里的信息，为什么不采取别的方式呢？比如，直接把笔记本带走，或者……把笔记本直接销毁。”

徐环解释说：“原因就是刚才我一直强调的，凶手没有逃走，他行凶后一直留在案发现场。你们看，”徐环掂了掂手里的笔记本，“这个笔记本非常厚，凶手根本无法将它很隐蔽地藏在身上。在当时那么紧张的情况下，凶手也没有什么好的方式将笔记本毫无痕迹地销毁。因此，撕掉那几页记载了关键信息的纸张，的确是一种比较明智的方式。”

大家都没有说话，也没有互相交流，看来对徐环的推断，都比较认可。

“各位，以上三条线索，均证明凶手在案发后一直在案发现场，而我们，丝毫没有怀疑到他。”

吴婷婷狠狠地抓了一下自己的刘海，纳闷地问：“越说越玄乎了，这个凶手到底是谁啊？”

徐环轻轻笑了笑，不仅有得意，也有开心：“其实我也一直被这个问题所迷惑，直到一个人的一句话提醒了我。”

他把头转向于东青：“东青，你还记得咱们去观海园小区调查垃圾车线索的时候，物业公司的那个段经理跟我们说过的一句话吗？”

于东青想了想：“那个话痨说了那么多废话，你指哪一句？”

徐环说：“当时段经理说过这么一句话：能自由出入观海园小区的，除了警察，就是小区业主。”

于东青想了一会儿，点点头说：“这句话我记得，他确实说过，怎么了？”

徐环说：“这句话无意中提醒了我。段经理总结出了可以随意进出小区的人，那不受怀疑的又有哪些人呢？”

于东青一怔，想了一会儿，喃喃地说：“不受怀疑又能够自由出入别墅的，除了住在别墅里的人，就是警察。”

徐环一拍手：“对了！总算说到了点子上，就是警察！警察可以毫无障碍地出入案发别墅。”

于东青不由得嘿嘿笑了起来：“徐环，我当你要说什么，可是案发之前哪有警察进入别墅？监控你也看了，假如在案发前有人进入别墅，别说是警察，就是联合国秘书长我们也得查一查！”

徐环没有回答于东青的话，而是用手敲了两下桌子：“话都说到这份儿上了，大家好好想想，有哪位警察在案发前进入过别墅？”

大家有些愕然，纷纷对视起来，仿佛坐在面前的专案组同事就是凶手。

马千里一拍桌子：“够了！徐环，我就纳闷了，你怎么就那么喜欢往自己人头上扣屎盆子呢？没有证据就别在这儿瞎猜，让大家互相猜忌，多影响团结！”

于东青给马千里使了个眼色，示意他坐下，然后对徐环说：“是啊徐环，你的分析虽然在逻辑上是正确的，但是在案发前，确实没有警察进入别墅啊。案发后，我们在座的各位都进入过别墅，总不能说我们大家都有作案嫌疑吧？”

徐环仍然坐在椅子上，不动声色地说：“这个问题，我想还是请当事人给我们解释一下吧。”徐环顿了顿，眼光死死盯住了坐在会议桌最远端的一个人。

第十四章　真凶

“林舒，你没有什么话想对我们说吗？”

这句话一出口，满座皆惊，纷纷把难以置信的目光投向了坐在会议桌最偏远角落的林舒。

林舒脸色微红，表情错愕，英俊的脸庞上露出一抹忧郁。

没等林舒开口，马千里脸色一沉，粗大如熊掌一般的手重重拍在桌子上：“徐环，你别欺人太甚！你如果对我们海西区分局有意见，可以通过正当渠道反映，别老是针对我们的干警下绊子。林舒是什么人我了解，他不可能是凶手，你今天必须向他道歉，否则这事没完！”

于东青觉得会议桌都被拍得晃了两下。

徐环双手扣在一起，脸色平静，毫不退缩地迎着马千里咄咄逼人的眼神。这一反应更加激怒了马千里，只见马千里的脸涨得通红，嘴里冒着脏字，甩开步子就向徐环走来。

于东青赶紧起身，把手里的手机狠狠往桌子上一拍，大声喊道：“马千里，给我坐回去！”

听到于东青的怒吼，马千里停了下来，但还是站在原地，气鼓鼓地瞪着徐环。卫毅平和钟萧二人赶紧起身，把马千里拉回到椅子上。

“马千里，你想怎么样？你把这儿当成什么地方了？这儿是公安机关的会议室，不是地痞流氓打架斗殴的地方。我刚才说过，就是联合国秘书长有嫌疑，我们也得查。我于东青有嫌疑，该查也得查。怎么你马千里架子就这么大，你手下的人就不能怀疑？太把自己当回事了吧。”于东青缓和了一下口气，“当然，嫌疑不是用嘴说出来的，要有证据。徐环，虽然你现在不是警察，但是专案组的纪律仍然适用于你，你要对自己说出来的话负责，明白吗？”

徐环点了点头，说：“这是当然，没根据的话我不会乱说。不过在我说之前，我倒是很想听听，林舒对这件案子有什么看法。”

林舒脸色微红，冷笑了一声，语气中带着一丝愠怒和不屑：“徐总，我知道你以前在警队的时候素有神探的威名，可是神探也不能胡乱猜忌吧。你说我是凶手，我真是哭笑不得。别看你刚才一二三地说了那么多，我只说一点，就可以完全推翻你的观点。你别忘了，我是案发后赶到现场的。这一点，监控可以证明，观海园小区保安处的保安也可以证明。太荒唐了，周远死的时候我都不在现场，怎么可能会杀人呢？”

吴婷婷蹙着眉头说：“是啊是啊，林哥是在案发后才赶到现场的，他没有作案时间啊！”

卫毅平也难得地附和着说：“嗯，没错，而且林大哥也没有动机啊，他跟死者没什么仇恨吧？”

马千里冷哼一声：“哼，看他怎么说！”

于东青紧皱眉头，脸色铁青地对徐环说：“徐环，你解释一下吧。”

徐环不答反问道：“好，我有个问题想请教一下大家，你们刚才所说的‘案发时’，具体指什么时候？”

卫毅平答道：“那还用问，当然是凶手行凶的时候。”

徐环笑了笑说：“屋子里没有监控，别墅内发生的事情我们都无从知晓，你们是怎么知道凶手是何时行凶的呢？”

卫毅平一怔，随即嘿嘿一笑：“徐总，你傻了？凶手开枪的时候不就是行凶的时候吗？”

徐环慢慢地说：“谁说枪响的那一刻就一定是凶手行凶的时刻？”

听到这句话，所有人都不禁一愣。

吴婷婷似乎有些糊涂：“徐哥，难道不是吗？凶手只开了一枪，而且当晚只有这一声枪响，周远肯定就是死在枪声响起的那一刻啊。”

卫毅平紧跟着说：“这个没错，经过对周远尸体的检查，我确认他的死亡时间就是枪声响起的那一刻左右，误差不出一个小时。”

徐环盯着卫毅平，用戏谑的口吻说：“一个小时……这么宽泛的时间段，足够凶手玩一次时间差的游戏了。”

好奇心最重的吴婷婷夸张地惊呼道：“时间差的游戏？”

“没错，凶手先制造出一个时间差，再利用警察的身份作掩护，完全消除了大家对他的怀疑。”徐环盯着林舒说，“十点十一分的那一次枪声，根本不是杀死死者的枪声，只不过是凶手为了消除大家对他的怀疑，制造出的假象而已。而凶手正是在这枪声的掩护下，潜入别墅行凶的。”

看到大家一脸的不解，徐环又解释道：“我们想当然地认为，十点十一分那一声枪响，就是凶手行凶所发出的声响。其实，我们都被误导了，周远并不是死于那一枪，而是死于之后的一枪。”

林舒脸色发青，没有说话。

马千里插嘴道：“分明是胡说八道。周远是被凶手一枪击毙的，这你也承认。而当天晚上只有那一声枪响，周远只能是被这一枪打死的！”

徐环盯着马千里，发出一声冷笑：“马队长，谁说开枪一定会有声音？你从警几十年，难道没有用过手枪消声器这种玩意吗？”

在场的人全都一怔。

徐环舔了舔嘴唇，继续解释道：“手枪消声器并不是什么罕见的东西，只是我们大家没有往那个方面想而已。凶手很聪明，他故意在十点十一分设置了一声枪响，不仅让大家误以为行凶的时间就在十点十一分，而且让大家很自然地认为凶手并没有掩饰枪声的企图，这也就是为什么我一提消声器，大家会如此惊讶的原因。”

吴婷婷小心翼翼地说：“如果凶手使用了手枪消声器，那我们就不能仅凭听到的枪声来判断凶手的开枪次数了。按照徐哥的说法，当晚在别墅里，应该至少发生了两次枪击，十点十一分那次是发出声音的一次，再有就是使用消声器打死周远的那一次。”

徐环赞许地点点头。这个吴婷婷，是个可塑之才。

这时，马千里哈哈大笑起来：“徐环啊徐环，你曾经是祁东市小有名气的神探，我本以为你真有过人之处，可没想到，你是凭借这些幻想来乱猜破案啊！我问你，如果按照你的说法，凶手是在十点十一分之后进入的别墅，那么十点十一分那一声枪响是怎么回事？是谁在别墅里开的枪？为什么在案发现场除了死者中弹那一枪外，没有发现其余枪击的痕迹？”

徐环看了眼马千里，淡淡地一笑：“马队长，你问得很好。这个问题，我当时也是百思不得其解。直到昨天夜里，我看到了一条消息，在一个剧组里发生了一起意外事故，一个群众演员在拍摄枪战戏的过程中，因剧组工作人员操作不当，身受重伤，后送医院抢救无效死亡。”

卫毅平忍不住插嘴问：“剧组死个群众演员，与我们这件案子有什么关系？”

徐环没有搭理卫毅平，继续说：“一般剧组里拍摄枪战戏，枪械里使用的都是空包弹。这种空包弹，没有弹头，基本没有杀伤力，因此广泛用于拍戏、军事演习等。但是空包弹是有安全距离的，如果离枪口过近，空包弹也可以将人打伤或者打死。这位群众演员就是因为距离枪口太近，被空包弹打死了。”

“看到这条消息，我心中的疑问顿时被解开了。我赶紧给于队长打了电话。”徐环把目光转向马千里，“马队长，昨晚我仔细问了东青，按照现在的规定，全市夜间巡逻的刑警队员，按要求是要荷枪实弹的，但是每个人只允许携带两发空包弹、两发橡皮子弹和两发实弹，对吗？”

马千里阴沉着脸点了点头：“没错，那又怎样？”

徐环提高了嗓门：“你还不明白吗？空包弹就是本案的关键啊！”

吴婷婷皱着眉头说：“徐哥，你的意思是说……周远被杀当晚，十点十一分那声枪响是空包弹？”

徐环点了点头，向吴婷婷竖了个大拇指：“没错，还是你反应快。十点十一分那一声枪响，打的肯定是空包弹。空包弹没有弹头，因此我们发现不了子弹击中墙壁或者其他物体的痕迹。”

马千里又追问：“那也不对啊，按照你的推论，凶手那时还在别墅外，那这一枪空包弹是谁打的？总不会是死者自己打的吧？”

徐环脸上露出一丝狡黠的笑：“至于是谁打的，其实并不难猜。大家想，当时在别墅里的，除了死者周远之外，还有谁？”

“还有在枪声响起几秒之前进入别墅的周远的妻子冯玲。”吴婷婷抬起头，一脸的惊讶，“徐哥，你不会是说，开枪的人是冯玲吧？”

徐环点点头：“对，就是冯玲。怎么，很意外吗？”

吴婷婷更加惊讶：“如果开枪的人是冯玲，那说明冯玲是凶手的共犯啊！她开这一枪肯定是为了替真正的凶手制造迷魂阵，来消除我们对他的怀疑。”

马千里忍不住喊道：“这怎么可能！冯玲是周远的妻子，怎么可能和凶手一块害自己的丈夫？”

没等徐环开口，于东青说话了："怎么不可能？老马，我们之前就曾把冯玲列为重要嫌疑人，只是她后来被撞死了，我们才消除了她的嫌疑。现在看来，冯玲与周远的死脱不了干系，否则她怎么会被人灭口呢？"

徐环补充道："没错。现在看来，周远被杀一案，不是一个人单独完成的，而是凶手和冯玲互相配合，共同制造的一个悬案。而他们配合的关键，就是十点十一分的那声枪响。"徐环把目光转向林舒，眼神犀利地说，"林舒，恐怕你刚才的说辞现在站不住脚了。虽然枪响的时候你不在现场，但不等于周远死的时候你也不在现场。"

林舒没有搭话。他脸色苍白，喉结颤抖，但表情仍然十分平静。

徐环继续说道："林舒，既然你不开口，那我就替你还原一下当时的经过吧，不对的地方，还劳烦你指出来。那晚，冯玲进入别墅之后，立刻开枪打出了一发空包弹。枪声响后，早就借故在小区门口等候的你立刻冲进小区，以最快的速度赶到别墅，然后在别墅内同被害人周远发生了激烈搏斗；将其制伏后，你逼问他工作笔记的下落；得手后，你又用装了消声器的枪杀死了周远。这也解释了为什么在现场找不到射出来的弹头，因为弹头是公安机关统一配发的子弹，留在现场的话一定会暴露你的身份，所以你第一时间就把弹头收走了。"

徐环紧紧盯着林舒："但是周远身手并不差，还有一把匕首防身。因此，由于他的顽强抵抗，出现了一些你预想之外的问题，比如你鞋子上的乳胶漆点，所以你把自己穿的鞋子跟周远的鞋子做了调换。更麻烦的是，死者在死之前，拿匕首刺伤了你。这个意料之外的伤口对你来说非常不利，它就像悬在你头顶的达摩克利斯之剑，随时可能掉下来给你致命一击。这把剑，最终促使你做了一件蠢事，而让我最终确定凶手就是你的，就是这件蠢事。"徐环冷冷的话语里带着强烈的嘲讽。

林舒仍然面无表情地盯着徐环，一言不发。

"昨天凌晨，突然传来了你被歹徒袭击的消息，当时我就感到奇怪，你受伤的时机也太巧了吧，那边我和东青刚刚查看完现场，这边你就被袭击受伤？后来我仔细想了想，这起袭击事件，完全是你自导自演的。你策划这件事情的目的，就是要用新伤掩盖之前被周远匕首刺到的旧伤。我猜案发后你做了紧急处理，所以并没有人注意到你衣服上被匕首划破的缺口。而且现在不是夏天，你的衣服完全可以掩盖住伤口。可是我和于队长重新勘查现场的举动，让你感到不安，你怕我们会根据现场的情况做出你受伤的判断。为了保证万无一失，你才策划了这出被袭击的苦肉计。”徐环看着林舒，一副胜利者的姿态，“我说得对不对？”

林舒脸上的肌肉微微抽动，嘴角略微发抖，发出一丝冷笑：“徐环，我很佩服你的想象力，你不去写小说真是可惜了。不过你刚才说的这一切，只是你的猜测，如果仅凭这些你就诬陷我是凶手，我想在座的各位都不会认可。”

徐环脸上掠过厌恶和怜悯的复杂表情：“林舒，事到如今你还不肯承认吗？既然你不见棺材不掉泪，那我就让你死得明白！”

徐环又拿出几张照片，用幻灯机投影到大屏幕上：“大家看一下，第一张照片是观海园小区内监控的截图，此时是晚上十点多，截图上这个穿着警用雨衣的人就是林舒。大家注意看，这时林舒是穿着雨衣的。而这一张是警方赶到现场之后的监控截图，这时雨势依然很大，但是你们注意看，林舒这时虽在屋外，身上却没穿雨衣。”

说完徐环又拿出第三张照片：“这一张照片是林舒最后离开现场时的截图，当时雨势也不小，可是他仍然没有穿雨衣，手里也没有拿。”徐环转头看向林舒，“林舒，你能不能告诉大家，下这么大的雨，你为什么宁可淋湿也不披上雨衣呢？你的雨衣，究竟去哪儿了？”

会议室的人都转头盯着林舒，等待着他的解释。

林舒却依然是那副万年不变的表情，并且保持沉默。

马千里焦急地说：“老林，你倒是说话啊，妈的真急死人了！”

徐环哼了一声：“你身穿警用雨衣进入别墅后，遇到了周远的抵抗，雨衣不仅被周远的匕首划破，还被泼上了大量的白色乳胶漆。所以你只能将雨衣脱下，折叠起来藏在身上。因此一直到离开现场，虽然雨一直在下，但你再也没有穿过雨衣。”

徐环盯着林舒看了一会儿，又拿出一份文件，投射到大屏幕上。

徐环指着屏幕说：“大家看，这是我昨天调取的，海西区分局装备借用登记本。这一页是三月八日，也就是周远被杀前三天。你们看第五行，这一行明确记录了，林舒在这一天借用了手枪消声器一个。”徐环看向林舒，“林舒，我想问问你，三月八日那天，你借这个手枪消声器做什么用？难道那天祁东市有什么刑事案件需动用手枪消声器？”

马千里腾地站了起来，走到林舒身边，一把拎住林舒的衣领，怒喝道："混蛋！你倒是给我解释清楚，怎么回事？"

于东青见状，急忙站起身来，大声喊道："马千里，你给我坐回去！"

徐环说："林舒，你现在还不想承认吗？"

林舒没有回应，只是坐在那儿，似乎在想别的事情。

徐环哼了一声，继续说道："好，这个证据也不充分。可能你会辩解，借用消声器不是为了杀人，而是为了别的正当用途。"

徐环又拿出一份文件放到投影仪上，对大家说："这是海西区分局的枪支弹药管理记录本。这一页记录了林舒在今年年初领取的枪支弹药。上面明确记录了，林舒今年一共领取了两发空包弹、两发实弹、两发橡皮子弹。"

待大家看清楚以后，徐环又换上一份文件，说道："这份文件是海西区分局今年的枪支弹药使用报告，其中详细记录了海西区分局所有配枪警察的枪支弹药使用情况。现在国家对警察使用枪支管理非常严格，按照规定，不用说开枪射击，就是在公务过程中拔枪，事后也需要写情况报告。林舒，我看了你今年的情况报告。报告上显示，你今年只有一次拔枪记录，而开枪射击的记录一次也没有。"

徐环顿了顿，继续说："那么，在你的配枪里，应该还有两发空包弹、两发实弹、两发橡皮子弹。林舒，现在事情很简单，我们只需要检查一下你的配枪。如果弹药是齐全的，那说明我的推论是错误的，我会跟你道歉。但是，如果你的枪里恰恰少了一发空包弹和一发实弹，那我希望你放弃伪装，我们可以认定你是自首。怎么样？你考虑考虑。"

林舒脸上闪过一丝慌乱，但仍竭力保持着镇定："不错，我的枪里是少了几发子弹，但那是我之前射出的，只是我忘了打报告。"

徐环冷笑道："林舒，这种骗三岁小孩的话你现在说有意义吗？那你告诉我，之前你开枪的时间、原因、开枪时的情形、子弹击中什么地方。"

林舒脸色苍白，细密的汗珠布满了额头。

他害怕了，于东青心想，恐惧可以让他崩溃，也可以让他疯狂，最好先把林舒控制起来，以防生变。但于东青还没来得及开口，林舒就像着魔似的大笑起来。于东青看到林舒的手慢慢伸向腰间的配枪，歇斯底里地说："好，既然你们想看，那我就成全你们！"

看到林舒的动作，于东青脸色一变，大声喊道："当心！"

说时迟那时快，林舒以极快的速度拔出手枪，另一只手拉过坐在他身旁的吴婷婷，把手枪顶在了她的太阳穴上。吴婷婷还没反应过来，就被林舒用手臂勒住脖子，挡在了身前。

突如其来的变故让大家措手不及。一时间，众人踢开座椅，纷纷跳了起来，会议室里一片混乱。于东青、钟萧、马千里迅速拔出手枪，对准了林舒。林舒则拉着吴婷婷后退了几步，踉踉跄跄地靠在墙上。

林舒表情阴郁，原本英俊的脸有些扭曲，显得可憎又可怖。他冷笑一声，大喝道："你们都别过来！否则我开枪了！没错，我枪里是少了两发子弹，但是还有一发实弹，足以打穿这个小姑娘的脑壳。你们要是不想试试，那就放下枪，按照我说的做！"

于东青双手紧紧握住手枪，厉声道："林舒，你冷静一下。你是一名人民警察，你现在能做的，就是尽量弥补你的错误，争取宽大处理。你这么做，只能是自掘坟墓！希望你悬崖勒马，赶紧放下枪！"

林舒脸色一变，怒吼道："住嘴！"随着他的嗓音提高，夹着吴婷婷脖子的胳膊也不断用力，只见吴婷婷呼吸困难，发出一连串的咳嗽声。

林舒拿枪使劲顶了顶吴婷婷的脑袋，歇斯底里地吼道："于东青，你他妈少说两句！自从我决定要做这件事情，就做好了一切心理准备。我林舒的字典里，从来没有后悔两个字！"

于东青额头上布满了汗珠，心脏怦怦直跳，头也有些发晕。他深深呼了一口气，语气尽量平缓地说："好，那你说怎么办，怎样才能放开吴婷婷？"

林舒环视了下四周，语气缓和下来："我跟你们无冤无仇，好歹也是同事一场，我不想伤害任何人。只要你们按照我说的做，那谁也不会死。但是如果你们想要花样，那吴婷婷就死定了！现在，你们给我准备一辆车，要加满油，给我开到楼门口，快！"

于东青看了一眼吴婷婷，只见吴婷婷头发凌乱，苍白的脸因极度惊恐变得有些扭曲。于东青心中一阵难受，吴婷婷是个才参加工作的大学生，如果有什么三长两短，他绝对不会原谅自己。想到这儿，于东青决定先妥协。他缓缓放下手枪，语气尽量缓和："好，我马上去安排车，不过你不要轻举妄动，车来了我会通知你。"然后他又对吴婷婷说，"婷婷，不要害怕，不要反抗，我们一定会救你的。"

林舒眼中掠过一丝怀疑的神色，但还是点了点头，大声说："行了，赶紧去吧！只要你们配合，我是不会怎么样她的。记住，你只有五分钟，五分钟后如果我看不到车，那大家一块死！”

于东青迅速走出会议室，对门外闻声赶来的几个民警吩咐道：“你们去开一辆警车来，要安全性好的。对了，一定要带GPS，把它停到楼门口。”吩咐完民警，他立刻拨通了高局长的电话，把发生的事情以最简洁的语言作了汇报。

高局长略一沉吟，声音里带着一丝焦虑：“我立刻调特警和狙击手前往海西区分局，在此之前，想办法稳住凶手，千万不要激怒他；还有，不惜一切代价保证吴婷婷的安全，记住，是不惜一切代价！”

挂了电话，于东青看到分局里最好的一辆警车已经停在了办公楼门口。他转身返回会议室，对林舒说：“好了，车已经按照你的要求停在了楼门口，请你放开吴婷婷吧。”

林舒的脸庞因为过度紧张而涨得通红，声音颤抖：“很好，但是我现在还不能放开她。现在你去把车门打开，发动车。”

于东青心中一沉，但还是竭力保持冷静：“好！我这就派人去做。不过我希望你放开吴婷婷，毕竟她是个女孩子，让我来做你的人质怎么样？我好歹是刑警队队长，作为筹码来讲肯定比一个小姑娘要重吧。”

马千里此时也在旁边怒喝道：“林舒，拿一个女孩做挡箭牌算什么本事，你要还是个男人，就放了她，我来做你的人质！”

林舒咳嗽了两声，嗓子也沙哑起来：“都他妈闭嘴！少在这里装英雄。你们所有人，出去！都出去，快！”

于东青转头发现徐环无力地靠在墙边，脸色苍白。他知道，十三年前的那起绑架案，给徐环造成了极其严重的精神创伤。于东青冲大家喊道：“大家按照林舒说的，都退出会议室。钟萧，你扶着徐环。”

一行人慢慢退出了会议室。

钟萧扶着徐环，低声问于东青：“于队，徐环怎么了？”

于东青低声说：“他现在生理和心理上都处于不健全状态，你把他扶到我办公室休息。记住，别让他出来。”

钟萧点点头，扶着徐环离开了。这时，林舒把吴婷婷顶在身前，也从会议室走了出来，向办公楼大门口走去。

马千里凑过来对于东青说道：“于队，现在怎么办？不能让他们上车啊，上了车我们成功解救吴婷婷的概率就更小了。”

于东青面色严峻，额头上布满了豆大的汗珠，心一横，对马千里低声说：“现在狙击手还没有到位，他抓着吴婷婷，我们不能贸然开枪。现在唯一的机会，就是趁他上车的时候制伏他。”他环顾了下四周，继续说，“老马，你的身手不错，你绕到车子后面，等一会儿看我眼色，咱俩一前一后，把林舒放倒。”

马千里着急地说：“那不行，你在前面太危险了，林舒手中有枪，而且他的枪法非常好！”

于东青瞪了下眼：“他枪法好，我身手也不差。就这么定了，赶快去。”

马千里叹了口气，点点头闪到了车子旁边。

林舒把吴婷婷抓在身前，缓慢地退到车门口，对始终保持一定距离的于东青等人说：“很好，现在我希望你们继续配合。接下来，你们要保证我在路上畅通无阻，如果遇上了阻拦，那么你们将不会再见到吴婷婷，我希望你们明白这一点。”说完，他用枪顶着吴婷婷的脑袋，对她说，“上车，你坐到驾驶位上开车，听我指挥。”

吴婷婷的刘海散乱地粘在满是汗水的脸上，深深的恐惧早已让她处于崩溃的边缘，她声音颤抖地对林舒说：“可是……可是我不会开车啊。”

林舒似乎没有想到这一点，他愣了一下，低声骂道：“妈的，你骗谁？你可是警察，你在警校没学过驾驶？别他妈耍花样，赶紧进去！”

吴婷婷带着哭腔说：“真的不会，我是学心理学的，不是学刑侦的。”

林舒无奈地咒骂了一句，大声对于东青说：“你们谁会开车？”

于东青一听林舒这么问，赶紧答道：“我，我会开车！我替吴婷婷跟你走！”

林舒冷笑了一声：“去你的于东青，你当我是傻子吗？你的身手太好，我不放心。给你们三分钟时间，赶紧找一个会开车的女警察，快！”

于东青心里一紧。现在怎么可能再去找一个女警察，即使找到了，也不能把人家往死路上送啊！

看于东青站在原地不动，林舒用枪使劲顶了顶吴婷婷的脑袋，狠狠地说：“怎么了，是不是不想找啊？好，那我先把这个小姑娘的胳膊拧断，看你们能不能去找！”说着，林舒就要用左手拧吴婷婷的胳膊。

于东青心里一沉，刚要开口喝止，耳旁却响起了一个低沉却又坚定的声音："住手，别动她！"

于东青转头一看，说话的竟然是徐环。只见他面容憔悴，脸色惨白，早就没有了分析案情时的神采奕奕。不过，即便如此，他的眼神里还是透着一股坚毅。

于东青惊道："你怎么出来了？别胡闹，这里不是你掺和的地方，赶紧回去。钟萧呢，不是让你看好他吗？"

钟萧站在徐环身后，无奈地摇摇头："于队，他非要出来，我也没办法。"

于东青脸色铁青，骂了句废物，然后过去拉住徐环："走，快回去。"

徐环苍白的脸上挤出一丝微笑："我没问题，东青，这么多年过去了，我不会永远生活在阴影中。"说罢，他抬眼看向林舒，声音不大，但是语气坚决，"林舒，我会开车，而且局里的人都知道，我没什么身手，手无缚鸡之力，对你构不成威胁，就让我来替吴婷婷吧。"

林舒看了徐环一眼，没有说话，似乎正在权衡利弊。

于东青拉住徐环，急躁地说："徐环，你现在不是警察，处理这种事件，你没有资格。作为这里的指挥，我命令你回避，这不是跟你商量，快！"

徐环看了于东青一眼："没错，我现在不是警察。可即使是普通公民，也有协助公安机关的义务吧。我经历过这种事情，在心理素质方面，肯定比吴婷婷要强一些。另外，解铃还需系铃人，我的心结由此而生，也必须由此而灭。东青，就让我替她吧，我会见机行事的。"说完他看着林舒大声道，"林舒，现在没有时间去再找一个会开车的女警察，就算找到了，人家也不会同意来做你的人质，这样等下去对你不利，还是让我来当你的人质吧！"

林舒想了想，点了点头："可以。不过你得把身上的东西都掏出来，扔在地上，用手铐把自己的手铐起来，然后再慢慢走过来。"

徐环看了眼于东青，使劲点了点头："你把我铐起来吧。"

于东青知道他心意已决，重重叹了口气，照着做了。

徐环举起被铐住的双手，然后慢慢向林舒走去，边走边看着吴婷婷笑了起来："婷婷，没什么大不了的，连我这个手无缚鸡之力的人都不害怕，你怕什么？振作起来。"

吴婷婷看着徐环朝自己慢慢走来，她似乎也平静了下来，眼神也没有先前那么慌乱。

当徐环走到离林舒只有两步远的时候，林舒以极快的速度将吴婷婷推出去，迅速伸手抓向徐环。出乎意料的是，吴婷婷被林舒推出去之后，并没有瘫在地上，也没有逃走，而是一个急停，转身飞起一脚向林舒踢去。

此时的林舒，注意力都集中在徐环身上，根本没料到刚才临近崩溃、丝毫没有反抗能力的吴婷婷会来这么一手。吴婷婷这一脚，结结实实地踢到了林舒的左腮帮子上，林舒一个踉跄，重重摔倒在地上。

说时迟那时快，徐环一个箭步冲向林舒，用自己的身体压在林舒身上，双手去夺林舒手里的枪。几乎是在徐环冲出去的同时，于东青和钟萧也向林舒冲去，几个人紧紧地把林舒摁在了地上。情急之下，林舒扣动了扳机，只听砰一声枪响……

钟萧迅速缴了林舒的枪，给他铐上了手铐。

于东青扶起趴在地上的徐环，急切地问："你怎么样？中枪了？"

徐环紧紧捂住胳膊，勉强挤出一个笑容，低声说："没事，死不了。"

于东青看林舒已被控制住，赶紧回身查看徐环的伤口。看到徐环左臂血流如注，脸色铁青地喊道："老马，赶紧把徐环和吴婷婷送到医务室做紧急处理，然后尽快送医院！"

林舒原本梳得整整齐齐的头发凌乱了，警服上也沾满了尘土，嘴角流着血，十分狼狈。他轻声感叹道："终于结束了。"

于东青轻蔑地看了林舒一眼："林舒，你做出这种事情，我都替你感到羞耻！"

林舒低着头苦笑一声："人在江湖，身不由己。"说完，他抬头看着于东青，认真地说，"于队长，很多事情，不是我不想做就能不做的……算了，说了你也不会理解。"

钟萧怒道："于队，跟这种败类还废话什么啊，先关起来再说！"

于东青看了看林舒："不管你经历了什么，都不是你犯罪的理由。好了，有什么话，一会儿去审讯室说吧，到时候我会让你畅所欲言的。"他转脸对钟萧道，"钟萧，把他押到审讯室，铐紧了。"

钟萧押着林舒刚走进大楼内，一阵警笛声就由远及近传来，数辆警车呼啸着冲进了院内，接着从车上下来许多全副武装的特警。于东青知道，高局长增派的支援来了。

看到高局长大步流星地走过来，于东青迎了上去，揶揄道："高局，我们刚处理完您就来了，怎么跟电视上演得一模一样啊。"

高局长无心搭理他的调侃，一贯喜怒不形于色的脸上挂着些许的焦虑：“我说怎么这么安静，凶手已经被制伏了？刚才我听到一声枪响是怎么回事？有伤亡吗？吴婷婷怎么样？”

于东青嘿嘿笑了笑：“您就放心吧，凶手是开了一枪，但没大事，吴婷婷没有大碍，徐环受了点皮外伤。凶手林舒已经被我关到审讯室了，一会儿我就去审。”

高局长这才松了口气，他摸了把脸，恢复了常态：“真没想到林舒会是凶手。”又感叹道，“在职刑警犯罪，你我的责任都小不了。好在凶手已经归案，也算是将功补过吧。”

于东青脸色也阴了下来，垂头丧气地说：“高局，主要责任在我，是我带队不当。”

“现在不是追究责任的时候。”高局长环顾了下四周，压低声音道，“东青啊，你干得不错，凶手已经抓住了，我们就可以结案了。我希望你赶紧结案，把结果向社会各界通报，尽快给死者、给关注这起案子的群众一个交代。切记，这件案子不要再深挖了。”

于东青被高局长说得一头雾水：“高局，我没听明白，我就是正常地讯问，了解案件的前因后果，这样才能写好结案报告嘛。”

高局长脸上露出一丝尴尬：“东青，我的意思是，林舒是凶手，证据确凿，完全可以结案。这起案子，大体情况搞清楚就行了，不要拘泥于一些细枝末节的东西。对了，你要特别叮嘱徐环，明白吗？”

于东青纳闷地说道：“可是……可是还有冯玲被杀的案子，也与这起案子有关，而且这起案子还有很多疑点，比如死者身上……”

高局长脸上露出些许不耐烦，挥手打断了于东青：“东青，我希望你明白，有些景色，只有朦胧起来才美，真让你把细节看清楚了，反而没那么美了。你好好斟酌一下我说的话吧。”说完，高局长冲他摆摆手，转身大步流星地走了，留下于东青一个人，呆呆地站在院子中央。

“朦胧？丑陋？”于东青一头雾水，喃喃道，“这老家伙，到底想说什么？难道……”

第十五章 局中局

晚上七点，天色已经黑透。此时，乌云密布，天上飘起了绵绵雨丝。

祁东市西郊以前是工业区，由于重工业外迁，这里有多处废弃的厂房。由于无人在此活动，很多工业垃圾和废料也被倾倒在此。渐渐的，这里变成了一个大型工业垃圾场。

楚云皱着眉头，屏住呼吸，快步行走在潮湿肮脏的垃圾和废铁之间。妈的，老东西怎么找了这么一个接头地点，幸亏现在不是夏天，没有什么蚊蝇，否则非恶心死不可。

终于，一个暗红色集装箱映入眼帘。集装箱不大，右上角用油漆画了一个圆形和一个三角形。是这儿了，楚云松了口气，从集装箱一侧小心翼翼地钻了进去。

集装箱里一片黑暗，楚云掏出手机，意图借助手机屏幕微弱的光线查看一下集装箱内的情形。

“把手机关掉！”一个低沉又严厉的声音响起，随即，一个黑色身影从角落中闪了出来。

楚云定睛一看，立刻换上一副谦恭的神情：“哎哟，大哥，是您啊，您怎么那么早，吓了我一跳。”

黑色身影有些瘦削，身穿一件破破烂烂的黑衣，脸庞隐藏在兜帽的阴影中。这气质，活脱脱一个在垃圾场讨生活的拾荒者。

黑色身影指了指身边的一块铁墩子：“来，坐下说话。”

楚云犹豫了一下，脸上露出嫌弃的神情，不过看到黑色身影坐到了另外一块铁墩子上，他也只好硬着头皮坐了下来。黑色身影没有说话，楚云看不到他的脸，只觉得他的眼睛正狠狠地盯着自己，心里不由得有些发毛。

“大哥，”楚云小心翼翼地打破了沉寂，“大哥，干吗不去我茶楼啊，这鬼地方，可不是您老能屈尊的。”

“楚云，动动你的脑子想想，你的茶楼开在哪里？繁华的闹市区。我要是去那里，周围得有十几双眼睛盯着我。而这儿，虽然不是绝对安全，但至少比你那个茶楼好得多。”黑色身影口气里充满了教训的意味，“我告诉你多少次了，成大事者，必须要懂得低调和隐忍。你啊，还差得远呢。”

得了吧，堂堂楚家大公子，为什么要跟你一样？楚云心里对他的话嗤之以鼻，当然，这些话他不敢，至少现在还不敢说出口。楚云点头称是，随即话锋一转，说道：“大哥，今天来见你，主要是向你报告一件事情，林舒这个废物，已经被警方揪出来了。”

“我已经知道了。”黑色身影嗓门不大，但异常有力，“林舒这个家伙，刚愎自用，早就让他逃走，他不听，现在为自己的盲目自信付出代价不说，还有可能牵连到我们。”

楚云眨了眨眼睛，用邀功般的语气安抚道：“大哥，林舒这家伙虽然被挖出来了，可至少他拿到了周远调查咱们的秘密。”

“哼，我正要说这件事。”黑色身影口气冰冷，“林舒这个蠢货，他拿到的那几张纸是假的，对我们来说，没有任何意义。”

“啊！”楚云惊愕道，“这……这不可能吧，那真正的秘密呢？难道还在周远手里？”

“我推测，林舒这个蠢货让冯玲摆了一道，冯玲的死，确实很蹊跷，我也不知道是谁干的，咱们的秘密，恐怕已经落到了别人手里。”

“啊！”楚云大惊失色，“那咱们的秘密，岂不……”

“慌什么，”黑色身影一副不屑的语气说道，“周远查到的只是表层，即使泄露出去，也没什么大不了的。我现在担心的是，林舒会不会把咱们咬出来。你比我了解他，你怎么看？”

楚云呼了口气，小心翼翼地说道：“应该不会。我对林舒有大恩，他又是个知恩图报、极其重义气的人，更何况他无妻无子，没有牵挂，我相信他会闭紧嘴的。不过，”楚云眼里露出一丝凶光，“只有死人才会真正沉默。大哥，要不要我派人把他做掉？”

“不，”黑色身影摆了摆手，“我们已经给警方留下了太多的破绽，现在绝不能轻举妄动。更何况林舒现在在警方的控制之下，即使能做掉他，也不可能不留痕迹。要知道，那个叫徐环的人着实厉害，给他留下哪怕一丁点蛛丝马迹，都可能坏了我们的大事。”

黑色身影站起身来，来回走了几步，对楚云说：“这件事情你不要再插手了，我想办法让林舒闭嘴，保证绝对安全。”

楚云点点头：“还是得仰仗大哥，辛苦大哥了。”

黑色身影又坐回铁墩子上，开口问道：“你那边进展得怎么样，到底有没有人上钩？”

楚云唉了一声：“别提了大哥，你这一计，似乎不太成功啊。你之前跟我说，让我自己在脖子上刻上菱形符号，并且四处散布消息，刻意引起别人的注意，以引出十三年前的那个女孩。可是这么多天了，好像只有两个人对这个感兴趣，楚琳和徐环。”

“不对，肯定不止他们两个。”

“大哥，你别怪我多嘴，我觉得你这个计策有问题啊。按你说的，十三年前，是残废告诉那个女孩，让她一看见这个菱形血痕就躲起来，对吧？”楚云皱起眉头问道。

黑色身影点点头：“没错，是我亲耳听到的。当时我就在现场，残废歇斯底里，让女孩无论何时何地看到这个血痕，都要躲起来，甚至远走高飞。”

“那不就是了，”楚云说得唾沫横飞，“既然如此，那你为什么还让我刻上菱形血痕四处招摇呢？即使那个女孩看到了，也会藏起来，或者逃走，这不是适得其反吗？”

“你懂什么，”黑色身影训斥道，“我告诉你，人心是最难捉摸的东西，你觉得他要往东，可他偏要往西。很多时候，事情要反过来看。”

“怎么讲？”

“十三年前，那个女孩还很小，心智尚不成熟。那个残废告诉她，让她远离菱形血痕，这在她心里会种下什么？恐怕种下的不仅仅是恐惧，还有好奇。”他双眼紧盯楚云，“等她长大了，对于童年时期的这个心结，我想她一定会想方设法弄清楚。”

“你的意思是，当年的小女孩，如果看到菱形血痕，不仅不会躲，而且还会主动找上门？”楚云接着说道。

“没错。残废的那句话，哼，恐怕不仅不会保护那个女孩，反而是把她往火坑里推。”

“有道理。真不愧是大哥，想得就是深。”楚云由衷地赞叹道。

“哼，我活了那么多年，上过战场，下过地狱，什么样的人没见过？论揣摩人心，不谦虚地讲，我还没见过水平在我之上的。”黑色身影的语气里带着些许狂傲。

妈的，你不是刚刚还告诉我要低调吗？楚云心想这样想着，但是嘴里说出来的，却是连他自己都觉得恶心的恭维话：“是是，大哥绝对是No.1。”

“所以你要继续实施下去。”黑色身影用不可辩驳的语气说道，“记住，不惜付出任何代价，找到十三年前残废在医院见的那个女孩，而且要快。”

楚云脸上露出一丝怀疑的神色：“大哥，那个女孩真的那么关键？十三年前她就是一黄毛丫头，残废会把最后的赌注押在她身上？”

黑色身影冷冷地说：“这一点我坚信不疑。我仔细回想了十三年前残废跟女孩见面的细节，要想隐藏并妥善保管秘密，这个女孩是唯一的可能。我相信，秘密一定隐藏在这个女孩身上。”他深深叹了口气，“只怪我当时没有反应过来，要是当时就把那个女孩控制住，哪还有这么多事。”

“大哥，你别担心，咱们现在下手也不晚。祁东市是咱们的地盘，只要她还在祁东市，就逃不出我的手掌心，我一定把她揪出来。”楚云信誓旦旦地说。

“嗯，你也不要太急功近利，毕竟咱们这个计策的实施时间还比较短，想要放长线钓大鱼，还需要一些耐心。”黑色身影的语气明显缓和了很多，“对了，有一个事我觉得很奇怪。我的人跟踪于东青和徐环的时候，发现还有别的人也在跟踪他们。”

楚云笑了笑，露出嘴里的一颗金牙：“是不是一个开着红色越野车的风骚女人？”

黑色身影一愣，随即点点头：“怎么，你知道这事？”

“嗨，我当是谁呢！大哥，别紧张，这个女人是我的线人，是我安排她跟踪徐环的。”楚云轻松地解释道。

黑色身影叹口气：“楚云，我现在很怀疑你看人的眼光。你为什么要找这样一个愚蠢的女人做你的线人？用特征那么明显的车去跟踪别人，一点常识都没有。这个笨蛋恐怕已经让人家发现了吧！”

楚云脸上露出一丝淫笑：“大哥，实不相瞒，我知道这个女人是个胸大无脑的蠢货。不过我看上的，并非她的聪明才智，而是她的……嘿嘿，你懂的。”

黑色身影不屑地哼了一声：“你玩女人我不管，只是别坏了我们的大事。记住，色字当头一把刀，越美丽的女人越危险。别到时候你没玩成别人，反倒让人家玩了你。”

楚云脸上掠过一丝不愉悦的表情。

黑色身影没注意到楚云的表情，继续以说教的口吻说：“到了我这个年纪，你就会发现，女人、金钱都是些虚无缥缈的东西，根本勾不起人的欲望。权力，只有权力，才是永恒的‘春药’。我们辛辛苦苦做这些事情，为的是什么？不就是为了权力吗。”

楚云受够了黑色身影的说教，他咳嗽了一声，打断了对方的话：“大哥，我还有一事不明，望你赐教。”

“说。”

“目前我知道的，一共有四个菱形血痕出现，分别在周远、冯玲、徐环和我的身上，我这个是刻上去的，那他们几个身上的血痕是怎么回事？”

黑色身影沉吟片刻，阴影下的脸庞似乎抽动了几下，叹了口气说：“这些问题的答案，我也不知道。而且，我对徐环身上出现血痕，感到非常不安。”他站起身来，看着集装箱外越下越大的雨，喃喃地说道，“难道，他又回来了？”

楚云莫名其妙地问道：“大哥，你说谁又回来了？”

突然，一道十分罕见的闪电划过，将黑色身影的脸庞照得惨白而又诡异。

黑色身影重重呼出一口气，把脸转向楚云，语重心长地说：“山雨欲来风满楼。看来，这场暴风雨，终究还是来了。”

徐环被子弹擦伤的左臂隐隐作痛，不过，当他听到于东青的话时，心里的惊讶和疑虑远远超出了生理的疼痛。

“你是说，高局不让你深查这个案子？”徐环停下脚步，龇牙咧嘴地问于东青。

“高局应该是这个意思，虽然没有说得太直接，但大体意思就是这样。而且，”于东青把烟头扔到了走廊旁边的垃圾桶里，“高局还特别让我叮嘱你，不要再深查下去。”

徐环愣了一下，苍白的脸上写满了惊讶和不解："高局特意让你叮嘱我？"

于东青点点头，掏出打火机又点上一支烟。烟头在阴暗的走廊里，随着他的呼吸有节奏地一明一暗。

徐环盯着于东青闪烁的烟头愣了会儿，没有说话，片刻后，脸上露出一个浅浅的笑，自言自语地嘟囔了一句："这个老狐狸。"

于东青吐了个烟圈，皱着眉头问："老狐狸？什么意思？"

"当年我在警局的时候，局里最了解我脾气的人，除了你，就是高局。东青，你觉得我是个什么样的人？"

于东青一怔："你？你当年可是祁东市公安系统出了名的刺头，入职培训的时候就敢顶撞教官。叛逆、任性，是那种领导让往东，你偏往西的主。"

"哎，兄弟一场，我在你心目中就没有优点？"

"优点，还真不太好找。噢，你对案子的侦破非常执着，只要你经手的案子，不查个水落石出不可能罢休，这勉强算是优点吧。还有，你不太尊重领导，就你这臭脾气，要不是高局赏识你的能力，恐怕你早就被开了。"

徐环点点头："虽然不太仗义，但评价得还算客观。东青，看来你很了解我嘛。"

于东青不解地问："那又怎样？这与高局不让你深查案子有关系吗？"

伤口的疼痛再次袭来，徐环不由得皱了皱眉："当然有关系。你仔细想想，你是专案组组长，要不要继续查下去，决定权在你。可是高局却让我不要深查案子，你不觉得奇怪吗？"

于东青若有所思地点点头："是有点奇怪。也许，高局知道，很多事情我都听取你的意见，所以他才这么说。"

徐环摇摇头："不是，我看高局此举另有深意。"他用右手压了压伤口处的绷带，以缓解疼痛，"高局了解我一查到底的性格，他清楚，越是不让我深查案子，我越是要查。在这种情况下，他不让我深查案子，这哪是阻止我，分明是教唆我深查案子嘛。"

于东青恍然大悟，一拍手，夸张地说："噢，原来是这个意思啊。"但想了想，说道，"不至于吧，高局要是真想深查下去，明说不就行了，我们还能不执行他的命令吗？"

徐环想了想，说："我推测，不再深查这起案子，很有可能是上面的意思。高局作为公安局副局长，不可能直接违抗上级命令。如果他直接给我们下达继续深查的指令，那就成公然抗命了。高局那么聪明的一个人，不可能做出这种事情来，他想达到继续深查案子的目的，只能采用这种方式。”

于东青皱了皱眉：“话是这么说，不过要是真查出什么问题来，咱俩不就成了替罪羊了？”

徐环沉吟片刻：“应该不至于，高局之所以让你叮嘱我，就是想让我出面查，如果真出了什么问题，上面追究下来，你和高局顶多是用人不察的小问题，不存在抗命。最后案子查也查了，上面的人却无法处分，有气也无处撒，这就是高局打的如意算盘啊。”

于东青吐了口烟，感叹道：“他娘的，还真是个老狐狸。”

徐环拍了拍于东青的肩膀：“东青啊，学着点吧，你还差得远呢。公安局的副局长，没有两把刷子可是当不上的。”

于东青苦恼地挠了挠头，叹了口气：“唉，让我几天不睡觉查案子行，让我玩这种手段，我是真不擅长。”

“公安局的副局长和你这个刑警队队长，虽然级别差得并不远，可是高度却差了不少。行了，这种事急不得，慢慢练吧，没事多学学人家高局的处事方法。”徐环指了指走廊尽头，“走，去会会林舒吧。”

“你确定你能行？”于东青有些担心地看了眼徐环的伤口，“林舒是块硬骨头，恐怕一时半会儿啃不下来，我担心你身体熬不住。”

徐环笑了笑：“这点伤，小意思。”说完，还举了举受伤的胳膊。只不过，一阵剧痛袭来，他身子一软，差点瘫倒。

于东青赶紧扶住徐环：“你别吓我。我看，你还是去休息吧。”

“真没事！”徐环有些着急，“东青，我摘的果子，你总不能不让我尝两口吧？行了，别废话了，赶紧走。”

于东青盯着徐环看了一会儿，叹口气说：“好吧，谁破案谁说了算。不过咱们先说好了，如果身体不适，别硬撑，立刻休息。”说罢，急切地拉开了审讯室的门。

看到于东青和徐环走进来，审讯室里的钟萧和马千里赶紧站起来。

徐环打量了一下被铐在审讯椅上的林舒。林舒此时头发散乱，眼神疲惫，左侧腮帮子上被吴婷婷踢了个肿包，身上还穿着上午那件布满尘土的警服。看到于东青和徐环进来，他挤出一丝微笑，点点头，算是打了招呼。

于东青说：“老林，好歹也共事一场，有什么要求你就说，能满足的，我们尽量满足你。”

林舒应了一声，说了句谢谢。沉默了一会儿，他转脸看向徐环，脸上略带歉意地问道：“你和吴婷婷伤得怎么样，不要紧吧？”

徐环走近林舒两步，摆摆手说：“吴婷婷没事，就是受了点惊吓，我胳膊被擦了一下，也没什么大碍。倒是你，吴婷婷那一脚，挺狠的吧？”

林舒疲惫地靠在椅背上，苦笑着说：“真没想到那个小姑娘竟然有如此身手，后生可畏啊。不过我也是自作自受。”

徐环笑了笑：“你别看吴婷婷文文静静的，她可是他们学校女子散打的冠军，很多男生都不是对手。”说罢，他收起了笑容，严肃地说，“行了，寒暄得也差不多了，该谈谈正事了。”

于东青坐到审讯桌旁，掏出一根烟递给钟萧说：“给老林点根烟吧。”然后他看向林舒，“林舒，虽然我不明白是怎么回事，但现在回头还来得及，希望你配合我们的工作。”

林舒没有说话，默默吸了几口烟，抬起头说：“既然已经落到了这个地步，我肯定会把我知道的都告诉你们，至于宽不宽大处理，对我来说无所谓。”

于东青和徐环对视一眼，说：“你先说吧，至于怎么处理，那是以后的事情。”

林舒眯着眼想了一会儿，用低沉的嗓音说道：“徐环，我真的很佩服你，果然是名不虚传，把我精心设计的伪装完全识破了。栽在你的手上，我无话可说。你们一定很奇怪我为什么杀死周远，对吧？其实原因很简单，我杀他是为了冯玲。”

于东青惊讶地喊了一声：“冯玲？”

林舒点点头：“对，是冯玲。很少有人知道，冯玲是我的初恋女友。”林舒自嘲地笑了笑，“以前看电视剧的时候，我很瞧不起也不理解那些为了女人什么都可以做的男人，呵呵，万万没有想到，有一天我也会为了女人去杀人。真是莫大的讽刺。”

徐环道：“看来，你杀死周远，是蓄谋已久的，对吧？”

林舒点点头：“没错，确实是蓄谋已久。真要说清楚这件案子，恐怕得从二十年前说起。”

“你们早就认识了？”徐环问道。

“没错，上初中的时候，我们三个就是同学，而且一直保持着很好的关系。当然，那时候都是很纯粹的友谊。后来，我与冯玲考上了同一所大学，大学期间，我们俩确立了恋爱关系。周远因为没考上大学，读了一所中专性质的警校，毕业后被分配到了海西区分局当警察。我跟冯玲的恋爱关系一直很稳定，毕业后，我们甚至打算结婚。但不幸的是，冯玲的家庭极力反对我们的婚事。你们可能不了解，冯玲的家境非常优越，她的父亲是干部出身，对冯玲择偶的要求非常高，尤其是对男方的家庭背景非常看重。”林舒叹了口气，脸色变得更加暗淡，“相比之下，我的家境非常普通，我父亲是个体户，母亲是纺织厂的普通工人，与冯玲的家庭条件相比，根本不在一个层次上。”

“唉，‘门当户对’这四个字，拆散了多少年轻的情侣啊。”徐环感叹道。

“谁说不是呢，我俩就是这些悲催情侣中的一对。”林舒脸上露出一丝苦笑，“她父亲坚决不允许我们在一起，而冯玲又是一个孝顺的孩子，她在她父亲和我之间，坚定地选择了父亲。为了让冯玲跟我彻底断绝关系，大学毕业后，冯玲的父亲把冯玲送到了美国留学，而我则心灰意冷地回到祁东市，在一家国企担任会计。后来祁东市公安系统大幅度招收新警察，在周远的强烈建议下，我也考入了海西区分局。在派出所干了两年之后，进了刑警队，这一干就是近二十年。”

于东青抽着烟问林舒：“你那时跟周远的关系还不错吧？”

林舒嗯了一声：“相当不错，我俩在刑警队共事了一段时间，那时我们关系非常好，经常一起上下班。我们的关系开始恶化是在1996年。那一年，冯玲从美国留学回来了。那时冯玲已经二十六岁了，但是仍然单身。我心里还惦记着冯玲，因此一直没有谈女朋友。我找过冯玲好几次，看得出来，冯玲对我还是有感情的，可惜她家里还是坚决不同意。为了能让冯玲的父亲看得起我，我拼命工作，想尽快谋个一官半职，出人头地。就当我整日忙于工作、疲于办案的时候，一个绝望的消息把我彻底击倒——冯玲要结婚了，而她要嫁的人，正是我最好的朋友周远。听到这个消息，我简直疯了。我跑去质问周远，为什么要夺兄弟所爱，他却只是对我说了几声抱歉，丝毫没有考虑我的感受。后来我才知道，周远的家庭背景也不简单，冯玲的父亲乐于同这样的家庭结合。至于周远，他根本不爱冯玲，而是看中了冯玲父亲的权势。而且，冯玲也不喜欢周远。

“结婚后，他们二人的关系变得非常畸形。周远把精力放在自己的事业上，丝毫不关心冯玲的感受。而冯玲则像守活寡一样，享受不到正常夫妻之间的恩爱。我曾经去找过冯玲，劝她离婚。可那时候冯玲已经怀孕了，为了孩子，她打算就这样将就过下去。我彻底死了心，从此断绝了与他们的来往，重新开始生活。可是冯玲始终在我心中，挥之不去。因此，我都这个年纪了，还一直没有结婚。不仅情场失意，在职场上我也是个失败者。从警这么多年，我工作虽然比较努力，但没有什么拿得出手的成绩，因此混了这么多年，我还是一个普通的刑警。即便如此，我还是很热爱警察这个职业。我没有妻子儿女，警察这份工作，就是我人生的寄托。”

讲到这里，林舒有些动情，眼睛里闪起了泪花。他抬头看向徐环，感慨地说，“命运就是这样无常，如果不是那次我和冯玲在街上偶遇，可能我现在……也不至于沦为阶下囚。”

徐环问道：“你什么时候偶遇的冯玲？”

林舒抽完一根烟，举起面前的一次性纸杯，喝了几大口水，继续说：“大概三年前吧，在街上执勤的时候遇到的。当时我看到冯玲迎面走了过来，本来是想绕开她的，以免见面尴尬，但是她已经看见了我，并过来跟我打招呼。也就是这次偶遇，重新点燃了我们之间沉寂多年的感情。

“冯玲告诉我，她过得很不好。周远的父亲在几年前因为受贿被判了刑，这基本上宣告了周远仕途之路的终结，因此他辞职干起了私家侦探。不过周远脑子活，能力也强，似乎干得不错，赚了许多钱。冯玲也辞去了银行的工作，当起了全职太太。但是就是这样一个理应被旁人羡慕的家庭，却让冯玲感到窒息。这些年，周远对她基本不理不睬，话也懒得说两句，只有孩子的事情能够让他俩说几句话。这种冷暴力，比打骂更让冯玲难以忍受。

“冯玲不止一次向周远提出离婚，但他每次都坚决不同意，因为他需要一个看起来幸福和谐的家庭来给他撑门面。更重要的是，他需要冯玲父亲的一些人脉和资源。他的私家侦探业务的客户，大部分是企业，而这些企业大多是冯玲的父亲介绍给周远的。”

“周远不同意离婚，那就离不了吗？冯玲为什么不向法院起诉离婚，让法院判决呢？”徐环问道。

“呵呵，俗话说，宁拆十座庙，不毁一桩婚。冯玲和周远的婚姻虽然名存实亡，但是看起来很不错，尤其是周远并不存在什么过错。没有证据，即使起诉到法院，法院也不会支持。”林舒解释道。

“就因为他不同意离婚，你就要杀了周远？”于东青有些诧异。

“也不仅仅如此。虽然听说这些事情之后，我内心很愤怒，但并没起杀心。不过一个月前发生的一件事情，彻底引爆了我对周远的仇恨，从而动了杀机。”说话的同时，林舒的眼神中充满了杀气，面部表情狰狞，“一个月前，周远知道了冯玲和我还有来往，他气急败坏，竟然把冯玲狠狠打了一顿。”

徐环皱了皱眉，不解地问：“可是我们对冯玲的尸体进行检验时，在她身上并没有发现近期被殴打的痕迹啊。”

林舒淡淡笑了笑：“周远对于怎样把人打疼而不留伤痕，一直很有心得。他把冯玲毒打一顿之后，还威胁她，说以后每发现她跟我联系一次，就会狠狠打她一次。冯玲实在受不了，就来找我哭诉。这件事坚定了我杀死周远的决心，而且我把我的想法告诉了冯玲。”

“冯玲同意了？”

“没有。冯玲一开始被吓坏了，坚决不同意。不过，她毕竟是个女人，没有主见。我劝她说，周远已经毁了你半辈子，再不杀死他，你的一生都会毁在他手上。就这样，她架不住我一遍又一遍地劝说，终于点头同意了。在确定要动手之后，我苦苦思索杀死周远的方法。我想了无数种方案，但都遇到了一个难以逾越的障碍，那就是观海园小区内密如蛛网的监控。不管我采用何种方式，都会被监控拍下踪迹。因此，我发疯似的研究如何逃开监控，最后，我终于想出了能够避开监控，逃脱法律惩罚的完美杀人方法。”

林舒说到这儿，先前的沉重被一脸的兴奋所代替，仿佛这个杀人方案是他得意的作品：“我想，与其琢磨着如何躲开监控，还不如将计就计，来误导警方。不过这个方法虽然完美，但是必须有另一个人的配合才能完成。而配合我的这个人，就是冯玲。”

徐环道：“冯玲所做的就是在你进入别墅之前开枪，从而制造凶手行凶的假象吧？”

林舒用赞赏的目光看着徐环："没错，冯玲在我的计划中非常关键，可以说起着举足轻重的作用。在我把计划告诉冯玲之后，冯玲紧张得要命，甚至想放弃这个计划。我费了很大的工夫才做通了她的思想工作，并提前对她进行了训练，尤其是训练她能够熟练地开枪。

"几天前，冯玲告诉我，她儿子在三月十一日晚上有汇报演出，很晚才能结束。而那天恰好是我值班巡逻的日子。更重要的是，一向对孩子的事情漠不关心的周远，竟然也要参加。冯玲还告诉我，他们的别墅刚重新装修过，房屋内甲醛的味道比较重，每次一同回家，都是周远先进入别墅开窗散味。我立即意识到，这是下手的好时机。于是，我仔细研究了作案的细节，提前推演了整个作案过程，并且从一个刑警的视角进行了审视。经过这些准备，我认为整个过程应该是无懈可击了。唯一让我担心的就是冯玲的精神状态，她的压力很大，我能看出她对参与这件事情有些抵触。但是，箭在弦上，不得不发，我一直在做冯玲的思想工作，让她放下包袱，大胆下手。

"时间过得很快，终于到了动手的日子。三月十一日那天下起了雨，这倒是个计划外的情况。那天上午十点左右，冯玲像往常一样开车到超市采购一些日常用品。我俩约在超市内的一家肯德基见面，我特意找了一个监控拍不到的位子，把一个装着手枪的包给了她，然后我们就离开了。"

"枪里有几发子弹？"于东青问道。

"枪里有一发空包弹，两发实弹。"林舒说，"子弹现在管控得很严，我必须尽量少用，才能减少作案嫌疑。借这次见面的机会，我观察了一下冯玲，她的状态还可以，并没有过度的紧张和慌乱，这让我坚定了实施计划的信心。晚上七点多，我就开着警车在街上巡逻了。我不慌不忙，遇到一些小打小闹的治安事件也不管，生怕影响了我的计划。冯玲预先在我手机里装了一个小应用，可以随时向我发送位置信息。到了九点半左右，我通过这个应用看到冯玲离开了演出场馆，于是我开车来到观海园小区附近，停在离小区还有几百米的路边，等待冯玲他们回来。"

徐环笑笑说："真是不错的计划，如果是普通车辆这样停在路边，事后查监控的时候我们肯定会怀疑，可如果是一辆警车的话，就没有问题了。"

面对徐环带有强烈讽刺意味的"夸奖"，林舒脸上露出一丝苦笑，咳嗽了几声，又接过一支烟点上，继续说："我车停的位置是周远他们进入小区的必经之路。快十点的时候，周远的那辆轿车从我的警车旁边驶过，开进了小区里。于是我下车来到了观海园小区的门岗处，假装向值班保安借火，实际上是利用他来做不在场的证明。

“没过多会儿，枪声就响了，我内心一阵激动，这一声枪响代表着计划进行顺利，也代表着我要出手了。接下来，我用最快的速度向别墅跑去。这时，我根本不用担心监控的问题，因为我有巡逻警察这一身份作掩护，所有人都认为我是听到枪声之后，赶到别墅去履行警察职责的。”

这时，徐环打断了林舒的话：“慢着，在枪声响起到你进入别墅这段时间里，别墅里发生了什么？周远也应当听到枪声了吧，他难道不会做出反应吗？”

林舒答道：“我当时不在别墅里，也不知道里面的具体情形。不过之前我和冯玲考虑过这个问题。周远从事私家侦探这一行，得罪的人不少。再者，他对妻儿漠不关心，还非常惜命。所以我们推测，他听到枪声以后，应该会躲起来。事情就像我们事前计划的一样发展。当我冲进别墅后，冯玲正在别墅的一楼。她手里拿着枪，靠墙站着，脸色发白，似乎随时会顺着墙壁坐到地上。我连忙上前接过了枪，用唇语问她周远呢。她神情有些恍惚，眼角泛红，我知道她可能还有些犹豫。我当时很着急，狠狠地晃了一下她的肩膀，终于，她精神崩溃了，瘫坐在地上抽泣起来。我顾不上安慰她，时间紧迫，我不得不继续实施我的计划。好在冯玲已经完成了最关键的工作，接下来的事情我一个人就可以搞定。”

“可惜接下来并不顺利吧，你似乎遇上了一些麻烦。”徐环说道。

“呵呵，”林舒苦笑了一声，脸上露出一种幽怨、不解夹杂着无奈的表情，“直到那个时候，我都没有意识到，我深爱一辈子的女人，在最关键的时刻，还是背叛了我。”

“什么？”于东青和徐环二人不由得同时发出一声惊呼。

“没错，其实我当时应该想到的，可是我以为她是对周远还有一些不舍。没想到她的泪其实不是为了周远，而是为了我而流。在她的眼里，即将死掉的那个人，是我！”林舒两眼泛红，胸脯因呼吸加快而剧烈起伏着。

于东青不解地看着林舒，等待他接下来的解释，可是这个身高八尺有余的汉子，竟然捂着脸抽泣起来。他又看了眼徐环，徐环正皱着眉头出神，似乎在思考林舒的话。

“我的确没有想到这一点。冯玲这个女人，确实不简单。”徐环抬起头，说道，“看来，冯玲提前将你们的计划告诉了周远，而周远决定将计就计，引诱你前来杀他，然后他再以正当防卫的名义杀死你。老林，我猜得对不对？”

林舒接过钟萧递过来的纸巾，用戴着手铐的双手擦了擦脸上的泪和鼻涕，略微颤抖着说：“没错，我万万没有想到，冯玲如此无情和狠心！”

林舒深深呼吸了几次，平息了一下激动的情绪，接着说：“事情接下来的发展，和我预想的完全不一样。我迅速拿过冯玲手里的枪，从口袋中掏出准备好的消声器安装好，径直走上了二楼。二楼走廊很暗，我一边寻找周远的踪迹，一边握紧手枪，准备随时开枪。

“突然，我觉得背后一阵劲风袭来，我赶紧一个侧闪，就地一个侧滚翻，躲到了几米之外。就在我闪出去的那一刹那，我看到白光一闪，一个黑影手持白森森的匕首捅到了我刚才站的位置。这个黑影，正是周远。

“我看不清周远脸上的表情，只听到他发出一声冷笑，说：‘原来是你啊，老朋友。冯玲把你们的计划告诉我的时候，我还不相信，我觉得你总不会对我这个老朋友下杀手吧。啧啧啧，直到现在我才相信，人心叵测！没想到你还真是无情啊！’周远的这句话像晴天霹雳一样打在我的头上，我踉跄了一下，差点儿瘫倒在地上。

“周远随后就朝我扑了过来。我当时有些恍惚，下意识地举枪朝他射去。可是没想到，我扣下扳机手枪却没有任何反应，我心中一阵骇然。这时，周远的匕首已经刺到了我面前，我只能尽力往后闪，同时拿手臂护住我的脖子。还好我的反应够快，总算躲过了这一击，不过右手臂却被他划了一道，开始往外渗血。

“我一看胳膊出血，心想不妙，必须速战速决。我来不及想冯玲的事情，看到匕首再次刺来，我瞅准时机，飞起一脚正中周远拿刀的左手，把匕首踢了出去。周远见势不妙，拎起身边的一个桶向我扔了过来，我闪身躲开了桶，可是没想到桶里还有些装修剩下的乳胶漆，溅到了我的身上。我有些慌乱，抬头一看，周远又拎起一个桶朝我扑来。我抬手开枪射击，这次没有失手，一枪击中了周远的额头。周远应声倒地。我上前查看了一下，他当场毙命。”

徐环惊讶地问：“你的枪不是没有子弹了吗？”

林舒苦笑了一下："按照之前我和冯玲商定的计划，我提前把枪交给冯玲，让她先打一发空包弹。但是提前把枪交给她，我始终不太放心。如果她没把枪藏好，让周远发现了呢？如果她太紧张，没有射出空包弹呢？万一枪出故障呢？因此，为了以防万一，我身上又带了一把枪。没想到，这个决定竟然救了我的命。当我发现第一把枪没有子弹的时候，趁周远跟我说话的空当，悄悄掏出了那把备用枪，迅速装上了消声器。"

于东青很纳闷："这把备用枪你是哪儿弄来的？装备科怎么没有记录呢？"

林舒解释道："这把枪不是局里的枪，是我从赃物室弄出来的。"

"赃物室？"于东青皱着眉头问。

"没错。前一阵子，我们局刚换了一名赃物室的管理员。新来的小伙子对规章制度不是很熟，我谎称到赃物室查东西，很方便地就从赃物室里拿出了一把以前收缴的手枪。"

徐环问："既然有这个便利条件，你为什么不首选用收缴的枪支呢？"

林舒答道："这把手枪是老五四式，枪里只有一发子弹，无法使用空包弹，因此，我只能用我佩带的枪。"

徐环点点头："那把枪你之后怎么处理了？"

"用完后，我就放回赃物室了。你们可以去查查，现在这把枪里，已经没有子弹了。"

于东青叹气说："你就不怕查赃物室的时候发现枪少了子弹，从而怀疑你吗？"

"不会的。首先，你们没有线索，不会查到赃物室；其次，海西区分局的赃物室管理员经常换人，登记记录非常混乱。很多赃物，尤其是时间稍微长一点的都没有登记，甚至找不到了。因此，即使赃物登记有出入，基本上也都以保管不善草草了事，不会怀疑到我头上。"

于东青听到这里，不由得看了一眼马千里，说："老马，等弄完了这起案子，告诉你们局长，赃物室的管理要好好整顿整顿了。"

马千里脸都白了，赶紧点头称是。

徐环朝林舒做了一个继续的手势，林舒继续供述："杀死周远以后，我没有想象中的慌乱，反而非常冷静。我用极短的时间对自己的伤口进行了简单的处理，然后清理了现场。我把被匕首割破、溅上白色乳胶漆的警用雨衣脱下并折叠起来,藏到了警服内侧。幸运的是,警用雨衣覆盖面比较大,所以警服上没有溅上乳胶漆,而且胳膊上被匕首划破的地方痕迹不明显,不仔细看看不出来。但令我头疼的是我鞋上溅上的白色乳胶漆,这么多散乱的白点,短时间内很难彻底清理干净,也不可能把鞋脱下藏起来。正当我一筹莫展的时候,我注意到了周远的鞋子。他的鞋没有沾上白色乳胶漆,而且我俩身高相仿,鞋的尺码也差不多。于是我灵机一动,就把我们俩的鞋子换了过来。当时我还觉得自己的这个做法很高明,可是没想到被徐环注意到,成案件的突破口。

“之后我走进书房,把书架上的书弄乱,造成凶手在找东西的假象。做完这些之后,我走下楼梯。冯玲看到我的时候,十分惊讶,但是很快就又埋头哭了起来。当时我对她只有满腔的愤怒和厌恶,几个小时之前,我对这个女人还充满了爱,愿意为她牺牲一切,想想真是不可思议。我走到她面前,对她说,很抱歉让你失望了,活着的是我。她还是一个劲地哭,然后跪在地上,抱住我的腿说对不起,说她也是被逼的。事情都到这个地步了,她还在说假话。但是我还需要她的配合,来掩饰我的罪行,所以不能跟她撕破脸。于是我告诉她在警方来之后该怎么回答问题,尤其是告诉她要对警察说自己丢失了钱财,以把这起案子伪装成谋财害命的盗窃杀人案。

“再一次确认现场没有破绽之后,我打了110,汇报了案情。再之后你们就都来到了现场。”

一口气说了这么多,林舒有些疲惫。他喝掉杯子里的水,然后靠在椅背上。

“没想到,短短几分钟内,竟然发生了这么惊心动魄的事情。”于东青感叹道,“林舒,你的确很聪明,可惜用错了地方。”

徐环盯着林舒,看他没有继续说话的意思,开口问道:“这就讲完了?”

林舒耸耸肩:“对啊,讲完了。怎么,我讲得还不够明白?”

徐环笑着摇了摇头:“差远了,很多事情你还没讲明白。请你告诉我,为什么要撕下那几页纸?”

沉默了大概半分钟,林舒抬起头,平静地说:“其实没有什么特殊目的,我只是想通过撕下笔记本上的纸,来制造凶手是为了找东西而杀人的假象。”

于东青不由得看了徐环一眼，徐环似乎不太在意林舒的回答，轻描淡写地继续问道：“还有一个问题，你被歹徒袭击，是不是你自导自演的一出苦肉计？”

听到徐环的问话，林舒竟然哈哈笑了起来：“知道我为什么笑吗？我在嘲笑我自己，竟然策划了这样白痴的计划。没错，是我自导自演的。徐环，我对你的能力非常忌惮，尤其是你进入专案组之后。因此，在得知你和于东青重返犯罪现场的消息之后，我心里非常慌乱，因为这意味着你已经识破了我布下的垃圾车障眼法，意识到了罪案现场存在疑点，而你勘查罪案现场，很可能会发现重要的一点——现场曾经发生过打斗，凶手可能会受伤。如果你发现这一点，那么我胳膊上的伤口就会成为一个无可辩驳的罪证。因此，为了保险起见，我才自导自演了一出被歹徒报复而被刺伤的戏。”

这时，马千里气愤地说道：“怪不得那天晚上你非要跟我一块走呢，原来是想让我目击你被刺伤的那一幕，做你的证人！”

林舒苦笑了一下：“老马，消消气，共事这么多年，别跟我一般见识。”

马千里气呼呼地别过脑袋，不再看林舒。

林舒叹了口气，接着说：“没想到，我这苦肉计这么轻易就被徐环识破了，真是赔了夫人又折兵，白挨了那一刀。”

徐环舔了舔干裂的嘴唇：“老林，之前你谋杀周远的计划，确实非常周密，可是这个苦肉计，怎么就这么业余呢？”

林舒不解地问道：“业余？怎么讲？”

徐环看了对方一眼，说：“这个苦肉计破绽太多了。据老马说，那天晚上，你主动请求搭他的顺风车回家，但你之前从来没有这样做过。这种反常是偶然吗？肯定不是，因为你这出戏没有观众是不行的，你必须拉上老马当你这出好戏的观众。还有，老马送你到小区门口后，歹徒当时应该埋伏在周围。正常情况下，歹徒应该会等老马开车走后再下手，而实际情况却是你刚下车，歹徒就跳出来对你展开了袭击，就像是专门演给老马看的。还有一个疑点，就是你受伤后不去医院治疗。我猜测，你演这出戏的目的是为了制造一个新伤，来掩盖旧伤。但是在当时的情况下，歹徒那一刀砍得并不准确。如果你立刻去医院，大夫就会发现你先后受了两次伤，不仅达不到你预期的目的，反而会暴露你自己。老林，对不对？”

听完徐环的分析，林舒似乎忘记了自己还戴着手铐，情不自禁地抬手鼓掌："我真是服了你了，徐环，你的推理一点都没有错。栽在你手上，就是命啊，谁让我碰上你了呢？"

徐环惺惺相惜地说："老林，你是我遇到过的最难对付的对手。客观地说，你的整个作案计划非常周密，很难找出破绽。如果那天晚上冯玲没有背叛你，计划顺利进行的话，我想即使是我也很难看出破绽。可惜，人算不如天算。"

徐环话音刚落，于东青感叹道："怪不得我们把监控看了不下十遍，也没有看到凶手的踪迹。谁能想到凶手会大摇大摆地进出案发现场，甚至参加了案件的侦破。"

林舒耸了耸肩："进入专案组在我意料之外。当然，这对我非常有利，方便我做出一些应对，也没有人会怀疑我。"

徐环又问道："老林，说到监控，如果我没猜错的话，曹大增的那辆垃圾车，是你租用的吧？是为了给我们布个迷魂阵？"

听到这话，林舒笑了笑："垃圾车确实是我的主意。"

徐环也笑了笑："如果当时我们继续与恩贝公司、曹大增、索原等人纠缠，恐怕永远也发现不了真相。不过，打电话给曹大增的那个女人是谁？乘坐垃圾车的那个神秘黑衣男人又是谁？"

林舒轻咳了一声，说："垃圾车这件事情，虽然是我的主意，但都是冯玲来实施的，你刚才说的这两个人，其实都是冯玲。"

徐环点点头，不动声色地说："跟我推测的差不多。也就是说，电话是冯玲打给曹大增的，然后冯玲又女扮男装，搭曹大增的垃圾车进入了小区，对吧？"

林舒点点头："没错。曹大增担任我的线人多年，他在垃圾清运这个行业已经是老油子了，消息比较灵通，我就是从他那儿得知观海园小区物业公司跟恩贝公司闹纠纷的事的。"

"为了干扰我们破案，你们可真是煞费苦心啊！"于东青嘲讽道。

"看来冯玲在这起案子中的确扮演了很重要的角色。"徐环顿了顿，"既然说到了冯玲，那我们来谈谈冯玲的案子吧。关于冯玲的死，你有什么需要说的吗？"

听到这个问题，林舒用略带颤抖的声音说："能再给我一根烟吗？"

于东青点了点头，钟萧马上起身把一支烟递给了林舒。

林舒笨拙地点上烟，使劲吸了两口。尼古丁使他的情绪稳定了一些，他抿了抿嘴，轻描淡写地说："冯玲的死不是意外，而是谋杀。那个叫李力的司机只不过是实行犯，而教唆李力行凶的，就是我。"

于东青心中一惊，不由得站起身来："什么，你是凶手？"

林舒抬头看了看于东青，说："没错，于队长，很奇怪吗？我本将心向明月，奈何明月照沟渠。我对冯玲已经恨之入骨，而且，冯玲是唯一一个知道真相的人，周远死后，她的情绪很不稳定，很可能顶不住压力把案件的真相说出去。因此，只有杀死冯玲，让她再也没有说话的机会，才能保证我的绝对安全。"

徐环蹙着眉头，想了想说："那你把作案的详细过程说说吧。"

林舒脸上显出一丝疲态，对徐环说："作案过程和你之前推测的差不多，就不用我多说了吧。"

徐环盯着林舒说："当然要说。你先告诉我，你跟李力是什么关系？他凭什么为你卖命？"

林舒答道："他是我很久之前发展的一个线人，有重要的把柄在我手上，所以像曹大增一样，他也非常听我的话。"

徐环接着问："你们是怎样做到让车子恰好在冯玲走出公安局门口的时候撞上她的？"

林舒微微皱眉，似乎有些不耐烦："之前你不都推理过了吗？跟你猜的一样，我一边监控冯玲的动向，一边用网络电话实时控制李力的车速，这样就能在冯玲走出公安局大门的时候，让车子也恰好行驶到公安局门口，撞死冯玲。"

于东青扭头看了看徐环，徐环心不在焉地转着手里的签字笔，似乎在想别的事情。

"我想上个洗手间。"林舒抬起头，对于东青说道。

于东青点点头，示意钟萧带他去审讯室里的洗手间。

徐环则站起身来，说："正好，老林讲累了，我们也听累了，大家都休息会儿吧。东青，走，出去透透气。"

第十六章　将计就计再就计

走出审讯室，二人踱步到了办公楼门口。这时于东青才发现，雨又下了起来，而且雨势不小。

“今年这雨跟往年不太一样，”于东青站在楼门外的挡雨板下，点上烟，“虽然次数不多，但是每次雨势都很大。”

徐环挪了挪身体，以离于东青远点，避免吸入更多的二手烟。

“徐环，你觉得林舒的供述可信吗？”

徐环没有回答于东青的问题，反而问道：“你觉得呢？”

于东青吐了口烟，慢慢说：“倒是没什么漏洞，但总觉得怪怪的，好像哪里不太合理。”

徐环想了想，说：“林舒的话应该是真假参半。”

于东青问道：“真假参半？都到这地步了，说句不好听的，横竖都是个死，他还有什么必要说假话呢？”

一阵冷风袭来，徐环打了个重重的喷嚏。他掏出纸巾，使劲擤了擤鼻涕：“也许对林舒来说，有些东西比生死还重要。”

“什么意思？”

徐环说：“我敢肯定，林舒没有完全说实话。他的供述，有几个非常大的疑点，最大的疑点就是他杀死周远的动机。按照林舒的说法，杀死周远是因为他想让冯玲摆脱周远的束缚。可是以这几天我对林舒的观察与了解，发现他是个心思缜密、做事理性的人，以他的能力，完全可以策划其他方式来让冯玲摆脱周远，而杀人只是下下策。林舒作为警察，不会贸然采取这种方式。”

“你这说法我不同意啊。再理性的人，牵扯到爱啊恨啊的，就会变得神经质。不说别人，你不就是这样吗？平时理性得跟苏格拉底似的，可是一牵扯楚琳的事，就变得神神经经的……”

楚琳的名字说出口，于东青就后悔了，于是赶紧改口道：“牵扯爱恨情仇什么的，你就不能拿正常思维来看待；再说了，你才认识林舒几天啊，说的跟你多了解他似的。”

徐环摆摆手：“好好，你说得也有几分道理，这一点确实只是我的猜测，不足为凭。可是还有很奇怪的一点，如果林舒杀死周远只是为了冯玲，那么周远那本被撕去几页纸的笔记本该怎样解释？你不觉得林舒的这个举动很奇怪吗？”

“可林舒的解释完全说得通啊！”

徐环轻轻摇了摇头：“没那么简单。他叮嘱过冯玲把这起案子伪装成谋财害命的假象，既然这样，他为什么还要把这起案子再伪装成凶手查找资料的假象呢？这不是多此一举、自相矛盾吗？”

听徐环这么一说，于东青也觉得有些不对：“嗯嗯，确实有点奇怪。”

徐环继续说：“以林舒的能力，他不太可能做这种自相矛盾的事情。所以，我推测，被撕掉的那几页纸应该不是假象，正好相反，这几页纸才是林舒的真正目的。”

于东青紧蹙眉头：“不能吧，周远和冯玲的这出感情大戏，难道是假的？”

徐环沉吟片刻，说道：“假的倒不至于，但是有没有夸张就不一定了。你想啊，冯玲人都死了，林舒的话死无对证，他编的这出感情戏到底有几分真实性，我们得好好动一番脑子才行。”

“那几页纸上到底记了什么内容，能让林舒这个老刑警去杀人？”于东青纳闷道。

“这个倒不难猜，周远是私家侦探，肯定是他的调查触及了某些秘密，为了防止秘密泄露，林舒才不惜行凶杀人。”

“能是什么秘密呢，关于林舒的？”

徐环叹了口气：“我也很好奇，不过这个猜是猜不着的，我们必须想办法让林舒开口。”

于东青看了看表，已经晚上八点半了，看来得做好打持久战的准备了。

“第二个疑点，就是冯玲的死，”徐环边擦鼻涕边用沉重的鼻音说，“我怀疑另有人所为。”

“不会吧，林舒的供述合情合理，与咱们之前的推测也基本吻合；再说，林舒有什么理由把不是自己干的罪行揽到自己身上呢？”

“咱们进去说吧，这儿有点冷，冷风一吹，我这鼻炎又要犯了。”

于东青点点头，和徐环走到了办公楼大厅的内侧。大厅里的保安此时也不知去向，于东青和徐环干脆坐到了保安的座位上。

徐环靠在椅子上，紧了紧呢子大衣的衣领：“关于冯玲的死，我们之前的推测应该是正确的，但是凶手，我觉得不是林舒。”

“为什么？”

“因为杀死冯玲的凶手，是通过网络电话指挥肇事司机的，就是说，凶手起码会上网，会拨打网络电话。而林舒呢，他会吗？”徐环看了看于东青，“你记不记得咱们去调查曹大增的时候，林舒曾经问过我网络电话是什么东西。哼，他连网络电话是什么都不清楚，让他去操作电脑和网络，你觉得他能行吗？”

于东青若有所思地点点头：“他会不会是装作不懂啊？”

徐环撇撇嘴：“据我观察，不像是装的。你看，在这个智能手机遍地的时代，他用的手机却还是十年前流行的黑白屏款式，而且他好像也不用一般人都会用的网络工具，甚至连电子邮箱都没有。所以，他应该是那种排斥电脑、网络等新兴事物的老古董。”

“仔细想想，好像还真是这样。我前两天去他办公室，发现他的办公桌上没有电脑，我问他局里为什么不给他配电脑，他说局里给配了，配的还是很高级的电脑，但是他不会用，让给别人用了。”

徐环轻轻拍拍桌子：“嗯，没错，装一次两次还行，总不能一直在装吧。”

于东青皱起眉头：“这他娘的就怪了，他不是凶手，那谁会杀冯玲这么一个与世无争的家庭主妇呢？”

“与世无争的主妇？真的如此吗？”徐环轻轻摇了摇头，愁眉苦脸地说，“解开这些谜题的关键就是林舒，就看我们能不能让他开口了。”

于东青一拍桌子，站起身来：“这个林舒，给脸不要脸，咱们念旧情对他客客气气的，他却来这一套。走，不给他点颜色，他还以为我于东青是只病猫！”

徐环拉住他：“这么着急干吗，要不咱们先抻抻他？”

“嗨，不能抻。我承认，比刑侦推理，你徐环甩我好几条街；可比审讯，不是我吹，全祁东市谁也不敢说比我强。以林舒的心理素质和他当刑警的经验，根本不能留给他思考的时间。你想，本来他就编了一些谎话，巴不得你多给他点时间好把谎话圆起来。所以我们得趁热打铁，不给他反应的时间，逼他露出破绽……”

“行，”徐环打断于东青，“听你的，走，回去继续审。”

回到狭小的审讯室，空气立马浑浊了很多。林舒低头坐在审讯椅上，像是睡着了。

“林舒，咱们继续吧。”于东青提高嗓门说道。

林舒抬起头，满脸的疲惫：“该问的不是都问了，还继续做什么？”

徐环清了清嗓子，说：“没错，该问的我们都问了，可是，该说的，你都说了吗？”

林舒一愣，皱着眉头说：“那当然，刚才你们问什么我答什么，难道这还不够吗？”

徐环冷笑了一声：“老林，你是个聪明人，我相信你也是个有良心的人，难道告诉我们真相，就真的这么难吗？”

林舒愕然，僵在了审讯椅上。沉默良久，才无力地靠在椅背上，有气无力地说：“唉，也不奇怪，连我精心策划的杀人计划你都能识破，我刚才的谎言，自然也很难骗得了你。”说完，林舒闭上了眼睛。

徐环看了林舒一会儿，说：“林舒，既然你知道假话很难骗我，那就赶紧把真相告诉我们。我问你，你杀死周远的动机，到底是什么？是不是因为周远的调查触动了你的某些秘密？你从周远的笔记本里撕下来的那几张纸，到底记了什么内容？”

林舒仍然闭着眼睛，一声不吭。

于东青重重拍了拍桌子，大声喝道：“林舒，你现在都落到这个地步了，难道还有什么秘密值得你隐瞒吗？你现在唯一的选择，就是告诉我们所有的真相，争取从宽处理！”

林舒睁开眼睛，冷笑了一声：“真相，难道就那么重要吗？真相就像毒蘑菇，看上去很美，实际上却有毒。你们现在抓了我，已经算是破案了，就算知道了真相，又能怎么样？”

徐环严肃地说：“林舒，你也是刑警，如果连真相都没弄清楚就糊里糊涂地结案，这案子能算破了吗？”

林舒答道：“相信我，知道这个案子的真相，对你们没有任何好处，还是到此为止吧。现在这个局面，对谁都好。”

“了解真相，就是对我们最大的好处。我们不需要你来操心，赶紧说吧，时间不早了。”徐环催促道。

林舒重重叹了口气，似乎在进行心理斗争。过了一会儿，说：“我不能说。”

“为什么？”

林舒脸色凝重，缓缓地说道：“我已经答应别人，为发生的这一切承担责任。因此，我绝不会把别人供出来。”

“也就是说，你杀死周远，是为了另外的人，而不是为了你或者冯玲，对吗？”徐环问道。

林舒点点头：“没错，我做这一切，都是为了别人。”

徐环追问道：“为了谁？有谁值得你这样做？”

林舒坚定地说：“士为知己者死，没有什么值得不值得的。至于是谁，我是绝对不会告诉你的。如果你再纠缠这个问题，那我们就没有谈的必要了。”他又躺坐在审讯椅上，闭上了眼睛。

于东青看到林舒这个态度，脸色一沉，刚要发作，旁边的徐环用手拍了拍于东青，冲他摇了摇头，用唇语对于东青说：“让我来。”

“老林，够义气，在这一点上，我佩服你。可是，既然你话说到了这个份儿上，我希望你至少把事情的真实经过告诉我，来验证我的推测。当然，你可以为你的幕后指使者的身份保密，只告诉我整个事情的经过，可以吗？”

林舒抬起头说：“徐环，有一点你搞错了，他并不是我的幕后指使者，我们也不是朋友，准确地说，我欠他的。我做这一切，只是偿还人情而已。”

徐环耸耸肩：“你们是什么关系我并不关心，只要告诉我事情的经过就可以。”

“徐环，我知道你的本事，你可以通过我透露的一些信息，来推测出更多的信息，说不定还能推测出他的身份。不过无所谓，我只保证不把他的信息从我的嘴里说出来，你如果能猜出来，那是你的本事，猜不出来，你也别再追问我了，好吗？”

钟萧马上倒了一杯水给林舒，林舒一饮而尽，许久，才说道：“徐环，你的确是一个很可怕的对手。你猜得没错，我之所以杀死周远，的确不是为了冯玲，而是为了周远那本工作笔记上记载的一些秘密信息。”

徐环眼神一亮：“好，详细说，越详细越好。”

“不知道受谁委托，最近周远在调查一个人，并且已经掌握了这个人的一部分秘密。这些秘密，关系重大。而我的目标，就是杀死周远，把这些秘密取出来销毁。”

“也就是说，你的幕后指使者，不，你的委托人是被周远调查的人，对吧？”

“你们可以随便猜，但是猜得对不对，我不会说。”

徐环看了眼于东青，不动声色地示意林舒继续说。

林舒继续说道：“我的委托人，对我有恩，虽然我不喜欢他，但是滴水之恩，涌泉相报的道理我还是懂的。因此，虽然我不知道他是怎么了解到我跟周远之间的关系的，但当他找到我并提出这个要求时，我毫不犹豫地就答应了，并且向他保证，能不能完成任务不敢打包票，但是如果被警方抓获，我绝对不会牵连他。

“领了任务之后，我经过反复思考和推演，发现如果不借助别人的帮助，根本不可能完成这个任务。可杀人的事情，有谁能帮我呢？我考虑了很长时间，最后把目光放到了冯玲身上。冯玲是我的初恋情人，这一点我没有撒谎，而且我对他们夫妻不和也有耳闻。于是，一个煽动冯玲和我共同作案的主意在我脑海中慢慢形成了。

“接下来，我刻意安排了与冯玲在街上的那次偶遇。幸运的是，她不仅不排斥我，似乎还对我怀有旧情。接下来，我花了大把时间与她重叙旧情，并且竭力培养她对周远的恨意。”

于东青问道：“之前你说的对冯玲的感情，都是假的吧？”

林舒苦笑：“这么多年过去了，再深的感情，错过了就不会再回来了。”说到这里，他又要了一根烟，继续说，“经过长时间的思想工作，我自认为冯玲已经完全在我的控制之下。可能这就是天意吧，我真的没想到冯玲会在最后关头背叛我。”

徐环眼睛里掠过一丝光芒，不动声色地说：“你有没有想过这种可能，就是冯玲其实不是临时倒戈，而是早有预谋。对她来说，你只不过是一个被利用的棋子而已。”

言语比利剑更伤人，林舒听到这句话，脸色铁青，双眼圆睁，夹着烟的右手剧烈颤抖起来："如果是那样，那真的是太可怕了……太可怕了……"他略一沉吟，又摇起了头，"应该不会，她没有理由这样，她跟我无冤无仇，为什么要害我呢？"

徐环点点头："我也是突然想到了这种可能性，没有什么依据。你继续说吧。"

"接下来的作案过程和我之前供述的差不多，我遭遇了周远的伏击，受了伤。不同之处在于，我把周远制伏以后，并没有立刻将他击毙，而是问他记录秘密的笔记本藏在哪里。"

"他告诉你了？"

"一开始他跟我充硬汉，但是周远这人什么尿性我清楚，我稍稍让他吃了点苦头，他就全告诉我了。"提到周远，林舒流露出不屑的神情，"不得不说，周远骨头不硬，藏东西倒是挺有一手。他把笔记本藏在了一个出人意料的地方，一般人根本想不到。我猜，你们也想不到。"

"说，别卖关子。"于东青冷冷地回应道。

"你们应该也注意到了，周远书桌后面的墙上，有一幅很大的莎士比亚画像，笔记本，就放在这幅画像里。"

徐环不解地问："你是指藏在画像后面？"

林舒笑了笑："不是，那多俗套啊。这幅画是莎士比亚的半身像，莎士比亚手里拿着一本书，而这本书，就是那本记录秘密的笔记本。"

徐环和于东青一愣，相互对视了一眼。于东青急切地问道："什么意思？那么厚的笔记本，怎么可能藏在画里？说明白！"

徐环拉了拉于东青，试探着说："林舒，你的意思是，画像里的那本书其实是活动的，周远用的时候就从画像里拿出来，用完再放回去，对吧？"

林舒笑道："没错，还是你反应快。确切地说，画像经过了周远的改装，他把莎士比亚手里的那本书剪了下来，再按照画里书的样子重新做了一本立体书，然后在画像后面的墙上按照立体书的大小挖了一个凹洞，恰好能把书放进去，而且放置的角度很巧妙，正好和画像相符合。这样，整幅画看起来就像是平面的。"

于东青惊讶地瞪大双眼："这也行？"

林舒点点头："行，而且很行。这本立体书实际上只是一个外壳，里面是中空的，这个空间正好放周远的笔记本，可以以假乱真，外人进来找，不可能想到笔记本会藏在这种地方。”

“没错，”徐环说，“很巧妙的隐藏点，如果不是周远主动告诉你，恐怕你掘地三尺也找不到这个笔记本。”

“没错，可是有什么用呢？周远太没种，精心设计的隐藏地点如此轻易地告诉了我。在得知笔记本的隐藏地点之后，周远就没有活着的必要了，他这种人多活一分钟就多浪费地球上的一份空气。我很从容地给手枪装上消声器，不顾他苦苦哀求，开枪击毙了他。”说到这里，林舒仿佛又回到了案发现场，眼中充满了杀气。

“然后呢？”

“然后就跟你的推测差不多。杀了周远之后，我去书房取下了笔记本，然后把我感兴趣的那几页撕了下来。”

徐环问道：“你为什么没有把笔记本放回原处呢？如果你放回原处，这么隐秘的地方，我们肯定找不到。”

林舒耸耸肩：“我之所以不放回原处，就是想让你们发现这本笔记本。笔记本里记载了很多周远调查过的对象，这些人都被周远得罪过。我想这些内容会引起你们的兴趣，从而误导侦查方向。不过，唉，”林舒沮丧地感叹道，“真是搬起石头砸自己的脚，让你发现了我的真实动机。”

于东青冷笑着说：“天网恢恢，疏而不漏，即使你在这里没露出马脚，也会在其他地方留下痕迹。要想人不知，除非己莫为。”

林舒不屑地说：“行了，你少在这里给我上课。”他把脸转向徐环，“事后，我把撕下来的这两张纸，给了我的委托人，我的任务也就顺利完成了。这就是事情的全部经过。”

徐环盯着林舒，缓缓地说：“你这次的供述符合逻辑，前后一致，我想应该是实话。不过，你有一句话，我不是很赞同。”

林舒蹙着眉头问：“噢，哪句话？”

“你说你的任务顺利完成，我看未必吧？”

“你这话什么意思？”

徐环脸色平静地站起身，走到林舒身边，把笔记本递给他，然后拍了拍他的肩膀说：“你仔细看看，这个笔记本，有没有什么不对的地方？”

林舒双手吃力地翻了翻，摇摇头说：“没发现，哪里不对？”

徐环指着其中一页对林舒说：“你看看这一行字，右下方有些淡淡的墨渍。不难看出，这些墨渍应该是写字者在写字的时候，不小心用手把字抹花了。”

林舒还是不明白：“那又怎样？”

“周远是个左撇子，但你看看被抹花的这些字，墨渍都在字的右下方，很有可能是写字的时候用右手抹到了上一行的字造成的。而且这些墨渍出现了不止一次，巧的是，每一次都出现在右下方。”徐环看了眼林舒，“这说明什么？我怀疑这些字……不是周远本人写的。”

“不会吧，”林舒盯着笔记本看了好一会儿，说，“这好像就是周远写的，我以前看过他写字，歪歪斜斜的，比他本人长得都难看，我印象特别深。而且左撇子并不是干什么都用左手，很多人也用右手写字。”

徐环答道：“你说得没错，仅凭笔记上抹花的这些墨渍，远不能确定这些字是不是周远写的。不过这些痕迹引起了我的怀疑，因此我们对这本笔记进行了指纹鉴定，结果这个笔记本上，根本没有周远的指纹。”

林舒张大嘴巴，不由得发出啊的一声：“难道这个笔记本是赝品？”

徐环微微点头：“应该是这样，周远总不能每次写之前都先戴上手套吧？但是我们核实过这个笔记本里的内容，都是真实的。”

“这是怎么回事？”林舒有些摸不着头脑，“噢，笔记本是假的，内容却是真的？”

“不完全是，我们能查到的内容是真实的，但是你别忘了，还有几页的内容我们查不到，因为被你撕掉了。”

“你的意思是说，我撕掉的那几页纸，上面的内容不一定是真的？”林舒有些紧张地问道。

“一定是假的！”徐环斩钉截铁地说，“你想，为什么会有人模仿周远的笔迹制作这样一个笔记本？如果这个笔记本所有的内容都与周远手里的那一本完全一样，那复制它的意义是什么？要知道，制作这么一个山寨笔记本是很费力的，不仅内容要精准，连笔迹也要模仿得像周远。我认为，抄袭者这样做的目的，就是针对你。”

“针对我？”

“没错。这个抄袭者早就知道你要来找这些秘密，但是他不想让你将这些秘密搞到手，因此提前抄写了这样一本，挖好了坑等你来跳。你撕下的那几页纸，与真笔记本上的内容根本不一样。”

“这是你猜的吧？”林舒被徐环的分析搞得有些惊愕。

“没错，猜的。可是你仔细想想，只有这样才能解释通。如果不是为了达到这个目的，谁会闲着没事仿制这样一个笔记本？”

“会不会是周远为了防止笔记本被盗走，做了一个假的？”林舒脸色发白，颤抖地问。

“绝对不可能，”徐环坚决地说，“周远存放笔记本的地方非常隐秘，显然是下了大功夫才选定了这样一个地方。他怎么可能用来存放一个仿制笔记本呢？再说，如果周远为了防止笔记本不被盗走，那么他应该制作一个内容完全虚假的笔记本。”

“既然是个赝品，周远为什么把它放到存放真正笔记的地方？”

徐环慢慢踱着步：“这个问题一开始我也想不通，但是后来我想到了一种可能性，这个仿制笔记本，不是周远放在画里的，而是有人拿这本仿制笔记本跟真笔记本掉了包。”说完，徐环抬起头来，叹了口气，“我想，你心里应该能猜出来仿制假笔记本，然后将真笔记本掉包的人是谁吧？”

林舒捂着脸，双肩剧烈颤抖，不知道是因为哭泣，还是因为愤怒。

“是冯玲。”徐环没等林舒回答，直接说道，“只有冯玲，才有时间和机会比对周远的工作笔记，然后模仿一本仿冒的；也只有冯玲，才知道那天晚上你会去周远家里找这个笔记本。”

听到这里，于东青心里暗暗叹了一口气。本来他以为挖出林舒，这件案子就算水落石出了，可是没想到越审谜题越多。

沉默了一会儿，林舒抬起头，声音颤抖地说：“不对，冯玲应该不知道我去她家的真正目的。我只告诉她杀死周远是为了给她复仇，让她逃离周远的魔爪。”

徐环冷笑了一声：“林舒，你怎么还不明白呢？冯玲这个人，虽然我还不了解她，但是可以肯定的是，她不是一般人。你以为你不告诉她，她就不知道了？从一开始你就没有重视冯玲，你一直把她当成一个工具，可是没想到，你反而折在了自己的工具上。”

林舒突然仰头哈哈大笑，笑声充满了凄厉、自嘲，听得整个审讯室的人浑身起鸡皮疙瘩。许久，林舒才问道：“冯玲为什么要这么做？为什么要用一本假的笔记来陷害我？”

“这个我也不清楚，但是冯玲这么做肯定有她的道理。我觉得，冯玲这个人根本不是你所说的什么优柔寡断的家庭主妇，她只是平时以这种形象示人，掩盖自己的本性而已。而且冯玲和周远的关系并不像你说得那么简单。”徐环慢慢踱回到自己的座位，略显沮丧地说，“可惜两口子都死了，这其中的秘密，我们很难查清楚了。”

“对了，”徐环刚坐下，又突然站了起来，“告诉我冯玲被杀的事。我要听实话。”

林舒的情绪稍稍稳定了一些，问道：“你是怎么看出不是我杀的冯玲？”

徐环若无其事地说：“这很明显，你平时连短信都不会发，让你利用互联网打电话，可能吗？”

林舒点点头：“原来是凭借这个细节来确定我没有作案嫌疑的。”

“杀死冯玲的是谁？你的委托人吗？”

林舒皱了皱眉头：“这个我的确不知道。听到冯玲的死讯时，我也很惊讶。”林舒顿了顿，“之前我怀疑是我的委托人干的，但是现在看来，似乎并不是。”

“为什么？”

“杀死冯玲的凶手，能把一起伪装成交通事故的凶杀案实施得如此完美，可见他们有非常专业的杀人手法和杀人经验。我认为我的委托人做不到，”林舒分析道，“而且杀冯玲的动机也不充分。”

徐环追问道：“你的委托人杀死冯玲，会不会是害怕冯玲顶不住压力，把计划泄露给警方？”

林舒摇摇头：“应该不是。如果我的委托人想杀死冯玲的话，他为什么不提前告诉我，让我在杀死周远之后就杀死冯玲呢？没必要等到第二天，再大费周折，冒着暴露的风险动手。”

徐环用手敲着桌子，思索了一会儿，抬头说：“你说得有道理，凶手应该另有他人。”

“可能是冯玲得罪了其他人。”林舒说，“像她这样的女人，很有可能。”

徐环眉头紧锁：“在你杀死周远的第二天她就被杀了，我觉得她的死不会是别的原因，还是与这起案子有关。”

“不会吧，难道还有人卷到这件事里来了？”

徐环语气坚定地说：“这两起凶杀案肯定有联系。你杀死周远，为的是寻找你委托人不可泄露的秘密，既然是秘密，那么很可能别人也在找。”

林舒瞪大眼睛：“你的意思是，其他寻找这个秘密的人把冯玲杀死了？”

“我猜测，笔记本应该落到了冯玲手里，而杀死她的人很可能就是为了从她手里取得这本笔记本。至于有没有得手，就不得而知了。”徐环站起身来，“当然，我们现在没有线索，这些也都是我个人的猜测，不一定准确。”

林舒露出一丝苦笑：“真是太可笑了，本以为我是在利用别人，没想到被利用的人却是我，被别人卖了还帮别人数钱。可笑，太可笑了！”

徐环叹了口气：“你俩互相算计，互相利用，最后谁也没赢，一个身陷囹圄，另一个则惨死街头。”

在审讯室惨白灯光的照射下，林舒原本英俊的脸庞显得有些扭曲，甚至狰狞，让于东青觉得他的笑容鬼气十足。想到原本并肩作战的同事沦落到如此地步，于东青不禁感到有些心酸，他微微叹了口气，说：“老林，你就不能把委托人的信息告诉我们吗？”

林舒坚定地摇摇头：“不可能，我心已决，做人要讲信用，我答应别人的事情就一定会做到。”

于东青又叹口气：“答应别人的事情，你知道要说到做到，可你当年加入警队时，对组织、领导、战友们的承诺呢，这些话你怎么就忘了言出必行呢？”

于东青的话让林舒有些触动，双眼泛红地说：“我犯了罪，对不起组织，对不起兄弟们……”

于东青口气严厉起来：“对不起有用吗？如果真的想弥补你的罪行，就把你知道的全告诉我们，包括你的委托人的信息！”

再次提到委托人，林舒的情绪突然激动起来。他双眼通红，浑身颤抖，甚至有些歇斯底里地说：“不！不要再提他了！我不可能把他供出来的，不要再逼我！”

徐环走过去拍了拍于东青的肩膀，摇了摇头，又转脸看向林舒：“好了，我们不说这个话题了。我还有最后一个问题。”说着，徐环掏出一张照片，照片上是周远尸体上的菱形血痕，“这个符号，是你刻在周远身上的吗？”

林舒瞪大双眼，盯着照片看了好一会儿，不明所以地摇摇头：“这是什么？我从来没见过。”

徐环看了于东青一眼，有些失望：“那你在杀死周远时，他的脖子上有这个伤痕吗？”

林舒摇了摇头：“我没注意，周远穿着大衣，这么细小的伤痕，不仔细看看不到。”

徐环点点头，沉默了一会儿，转眼看向于东青。

于东青会意，抬手看了看手表，对林舒说：“凌晨一点多了。林舒，如果你没有别的想说的，那今天的讯问到此为止吧。委屈你在这儿休息一晚上，有什么需要，你就跟值班的兄弟说。”

林舒抬起头，强打精神，冲于东青和徐环尽力挤出一个笑容。

第十七章　意外结案

清晨，天色尚暗，马路上车辆稀少，整个祁东市还处于早高峰前的宁静中。于东青的越野警车行驶在空旷的马路上——几分钟前，他从观海园小区接上徐环——向海西区分局驶去。

徐环昨晚没有睡好，脸色苍白，双眼通红。看着窗外一排排飞速掠过的白杨树，徐环声音低沉地问道："东青，你觉得，咱们还有继续讯问林舒的必要吗？"

于东青脸上也透着些许疲惫，不过双目仍然有神。他紧紧盯着前方，口气坚定地说："我觉得有。以我的审讯经验以及林舒最后的反应来看，他内心的抵抗正在慢慢弱化。如果我们趁热打铁，继续加大审讯力度，我看极有可能把委托人挖出来。"

徐环耸耸肩："反正你的审讯经验比我丰富，你说了算。"他把脸转向窗外，神色依然冷峻，"凶手抓住了，你可以向高局交差了。只是，菱形血痕的事情，还是没有丝毫头绪啊。"

"别着急，如果林舒能把幕后黑手供出来，那菱形血痕的事情，可能也会有进展。"于东青看了眼徐环，语气有些迟疑，"昨天林舒说他对周远身上的菱形血痕丝毫不知情，你觉得他说的是实话吗？"

徐环蹙起眉头，轻轻叹了口气："应该是。昨天他已经对我们坦诚相待了，没有理由在这件事上有所保留。唉，正是因为我觉得他说的是实话，才觉得失望。这意味着林舒与菱形血痕没有任何关系，也意味着这件案子还有更大的隐情我们没有触及。"

"你说得没错。"于东青把车速放缓，若有所思地说，"我想不明白的是，如果周远身上的血痕不是林舒造成的，那会是谁刻上去的？"

“卫毅平告诉我们，周远和冯玲身上菱形血痕的形成时间，和他们的死亡时间基本一致。这就意味着，只有在他们死亡时接近尸体的人，才有在尸体上刻上菱形血痕的可能。”徐环双手叉在胸前，眉头紧锁地分析道。

听徐环这么一分析，于东青眼睛一亮：“接近尸体的人，就那么几个，一只手就能数过来。拿周远来说，除了林舒，死亡时能接触到他的，就只有冯玲了，对吧？”

徐环看着窗外，点了点头。

于东青继续分析道：“而冯玲死时能接触到她的人就更少了。撞死她的李力刚下车就被控制起来了，根本没接近冯玲，除此之外，好像没有其他人接近过她的尸体了啊。”

“你分析得不错，几乎可以肯定，周远身上的血痕是冯玲刻上的，但冯玲身上的血痕，恐怕就没那么简单了。”徐环缓缓地说道。

于东青突然眼神一亮，重重地拍了下大腿：“我知道是谁了！徐环你想想，冯玲死后，谁最有合理理由接触她的尸体？”

徐环脸色微微一变：“难道，你是指……”

于东青看着徐环，确信地点点头：“没错，只有一个人有正当理由接触她的尸体，那就是法医卫毅平。”

徐环揉揉眼睛说：“卫毅平最近的一些举动的确可疑，可是这件事情我觉得不是他做的。你想，如果是他刻上的，他为什么还要对菱形血痕进行私下调查？你不觉得他这么做是个矛盾吗？更重要的是，谁都知道卫毅平是直接而且唯一接触尸体的人，尸体如果有什么问题，他的嫌疑最大。卫毅平虽然表面上大大咧咧的，但心思十分缜密，我觉得他不会冒这么大风险做这件事。”

观点被否，于东青有些失望，讪讪地说：“难道还有其他人暗地里接触过尸体？”

“目前还不清楚。”徐环叹口气，“这起杀人案的背后，暗流涌动，隐藏着着很多错综复杂的内情。看来要想彻底解开所有的谜题，只讯问林舒是不够的，林舒也不过是一颗棋子，要想搞清楚背后下棋的人是谁，恐怕还要继续深入调查。”

于东青默默地点点头，然后猛踩油门，加速驶了出去。天色已亮，路上的车子逐渐多了起来。于东青熟练地打着方向盘，在车流之中穿梭前行。

“对了，徐环，”在一个路口等红绿灯时，于东青突然说道，“那张收据上的签字笔迹，鉴定结果已经出来了。”

徐环一个激灵，从座位上坐直：“快说，什么结果？”

“你说你啊，拿你自己的签字让我鉴定个什么劲，真是浪费资源。”于东青瞥了一眼徐环，不无嫌弃地说。

徐环一怔：“什么，我自己的签字？”

“技术处做了鉴定，那张收据上的签字，就是你的笔迹。”

徐环脑子里一片空白，过了好一会儿，他才慢慢镇静下来，声音颤抖着问于东青：“这个鉴定结果，可靠吗？”

“那还用说，肯定可靠啊。在专业的鉴定机器面前，再厉害的模仿高手也无能为力。”

徐环瘫坐在副驾上，有气无力地说：“这怎么可能呢？我不记得我在这张签收联上签过字啊。”

于东青不以为然：“不记得并不代表没有发生过。电脑有时候都会错乱，更何况人脑呢？”

徐环轻轻摇了摇头：“不对，肯定不是我签的。这张快递签收联的地址是我家，可我很少收发快递，即使有快递，收件地址也是公司。”他眼神恢复了平静，镇定地说，“所有的表象都不符合我的生活习惯，所以这肯定不是我的签字，而是另有高手，一个可以以假乱真、瞒过笔迹鉴定的高手。”

对徐环的说法，于东青仍然嗤之以鼻。

徐环重重叹了口气。这件事情，得尽快告诉楚琳，看看她有什么想法。

这时，车速突然慢了下来，后面跟着的几辆汽车烦躁地鸣起了喇叭。徐环看了眼于东青，只见他一手握着方向盘，一手放在挡位上，斜眼看着后视镜。

“怎么了东青？”

“好像有人在跟踪咱们。”于东青双眼盯着后视镜，冷静地说。

徐环有些诧异，连忙看向后视镜。

“看见没有？那辆红色越野车。”于东青提醒徐环。

路上的车辆开始多起来，但并不算拥挤，一辆红色越野车在以黑白为主色调的车流中显得格外扎眼，徐环很快就注意到了它。

红色越野车似乎对越野警车突然减速感到措手不及，正在竭力与警车拉开距离。

“怎么样？这辆车不太对劲吧？”

“嗯，肯定有问题，能甩开它吗？”

“甩开？我为什么要甩开它？我得把它截下来，看看是何方妖孽，竟敢跟踪我于东青。”于东青抿着嘴，边说边兴奋地踩下了油门，接着又猛打方向，迅速地拐进旁边的一条小路。

过了几秒钟，徐环看到那辆红色越野车也追了进来。

“这几条小路，又窄又绕，纵横交错，还有好几条单行线，简直是玩跟踪游戏的绝佳路线。”于东青边说边把车辆拐进了一条更窄的巷子，“你就瞧好吧徐环，看看当年全警校驾驶科目第一名的实力。”

“慢点慢点，再这么晃下去我要吐出来了。”徐环被车子晃得一阵恶心，胃里不由得开始翻腾。

“马上好,坐稳了！”于东青急打方向盘,车子随即拐出一条单行线小路,冲到了另一条小路上。这时，徐环看到那辆红色越野车竟然位于他们前方，如同一只失去目标的猎狗，茫然无措地在路边缓缓移动。

看到越野车，越野警车怒吼着蹿了过去，一头扎在它的侧面，把它逼停了下来。没等车停稳，于东青就急不可待地跳下车，三步并作两步来到越野车驾驶窗边，迅速亮出警察证：“下车，接受检查！”

越野车没动，驾驶员也没下车。车窗上贴了厚厚的反光膜，在外面看不清车里的情形。于东青拍了拍车窗，又提高嗓门喊道：“下车！接受检查！”

此时，红色越野车的驾驶窗缓缓摇了下来。开车的是一位戴着墨镜、长发披肩、面色红润的美女。

“怎么了警官？那个，我车开得好好的，没闯红灯吧？”美女的声音轻柔如水，似乎还带了些委屈。不过这声音让徐环一愣，内心无比诧异。

这不是Miracle会所的Elly吗？怎么会是她？

“女士，我怀疑你在跟踪我们，我希望你能给我一个合理的解释。否则，我将会以妨碍公务的理由拘留你。”于东青并没有因为对方是个娇弱的美女而大意，声音严厉。

“警官，您别开玩笑了，我怎么敢跟踪你们警察啊，您一定是搞错了。”Elly极力否认，不过明显有些底气不足。

于东青仍然板着脸，严肃地对Elly说道："女士，我没有跟你开玩笑。你是主动交代，还是需要我查看你刚才经过的所有路口的监控，来证明你的跟踪行为呢？两者的处理结果可是大不一样的。"

Elly依旧坐在驾驶座上，似乎在考虑于东青的话。

这时，徐环走到于东青身边。Elly看到徐环，脸上闪过一丝慌乱。

"东青，"徐环拉了拉于东青的衣袖，"这人我认识，要是方便的话，把她交给我处理吧。"

于东青惊讶地看了眼徐环，又转头盯着Elly看了一会儿，脸上涌现出若有所思的表情，他贴着徐环的耳朵轻声说："你小子，不会是欠了人家风流债了吧？行，我先去局里等着你，你处理完了再去找我。"又转头对Elly说，"女士，下次再做这种事情的时候，记得不要开红色这么扎眼的车。"说完，他又拍了拍徐环的肩膀，叹了口气，开车离开了。

于东青走后，徐环脸色铁青地盯着Elly，冷冷说道："Elly，希望你能给我一个合理的解释。"

Elly脸色惨白，她摘下墨镜，漂亮的双眸中闪着泪光："徐总，您误会了，我……我没有跟踪您。"

徐环叹了口气，转身要走："你要是这么不坦诚的话，那我们就没有谈的必要了。"

"等等！"Elly急切地喊道，打开车门从车里下来，拉住徐环的胳膊说，"徐总，您听我解释。"

徐环甩开Elly的手，暴怒地说："解释？虽然你是我的私人管家，可是我一直把你当成好朋友来相处的，你就这样回报我的信任吗？"

Elly脸上挂着泪珠，一副楚楚可怜的样子。她只穿了一件单薄的毛衣，在清晨的寒风中瑟瑟发抖："徐总，我错了，您能原谅我吗？"

"我怎么原谅你？如果我把你今天的行为投诉到Miracle会所，你知道你会面临什么样的后果吗？"徐环几乎是扯着嗓门在喊。

此时已经是上班早高峰，路上挤满了早起讨生活的市民。人们路过徐环和Elly的身边时，纷纷用猎奇的眼光审视着这一对奇特的男女。

Elly再次走近徐环，喃喃地说："徐总，千万不要这么做，我求求您了。"

徐环看了眼Elly，叹了口气："好吧。告诉我，你为什么要这么做？"

Elly低着头，双手挽住自己的头发，似乎在考虑什么。

“要不我这样问吧，是谁指使你跟踪我的？”

Elly 的头几乎垂到了怀里，身体也抖动得厉害，不知道是因为寒冷，还是因为害怕。徐环叹了口气，把大衣脱下来披在 Elly 身上。

“你不说，我也不强迫你，”徐环冷冷地说，“自此以后，我们如同路人。这件大衣，权当这么多年来相处的纪念吧。”说完，徐环转身要走。

Elly 快跑两步，使劲拉住了徐环的衣袖：“别……”此刻她已经泪流满面，“是楚琳，大良集团的楚琳，是她指使我的。”

徐环猛地转过头，双眼死死地盯着 Elly ：“你撒谎！怎么可能是她！”

Elly 被徐环的反应吓得往后退了一步，战战兢兢地说：“我不敢撒谎，是她给我高额报酬让我跟踪您，我一时鬼迷心窍……徐总，您原谅我吧，我再也不敢了。”

徐环呆呆地站在那里，脑海中一片混沌，身子一晃，差点跌倒。

“徐总，您怎么了？”Elly 见状，连忙伸手去扶徐环。

“你走开！”徐环粗暴地推开 Elly，“我会去找楚琳对质的，如果你撒谎，我会让你知道骗我的后果！”说罢，他狠狠瞪了一眼失魂落魄的 Elly，转身离开。

Elly 站在冷风中，身上披着徐环的呢子大衣，像一尊雕像矗立在寒风中。但是，在这位布满泪痕的美女脸上，似乎有一抹淡淡的、意味深长的笑意。

虽然还未到规定的上班时间，但祁东市公安局的办公大楼内已经有不少人行色匆匆地开始了一天的工作。一辆越野警车疾驰进院内，直直地扎在了楼前。于东青从车上跳下来，急匆匆地走进了大楼。

告别徐环后，于东青接到了高局长打来的电话，让他立即赶到他的办公室。高局长的口气听起来有些阴沉，于东青不敢拖延，一路疾驰赶回了市局。高局长的办公室位于走廊最东头，办公室的门虚掩着，隔着几米远，于东青就听到了办公室里高局长同别人交谈的声音。走到门口，正犹豫要不要敲门，高局长的声音响起：“是东青吧，快进来。”

于东青小心翼翼地推门走进去。办公室的沙发上，除了高局长，还坐着个陌生人。这个人五十岁上下，身穿便装，带着金丝眼镜，面无表情。虽然看不出是什么身份，但是从他浑身散发出的气场来看，一定是个级别不低的干部。

高局长见于东青进来，连忙说："东青啊，给你介绍一下，这是刚到省厅刑警总队履职的副队长，王副队长。噢，王副队长，这就是我刚才跟您提到的，周远被杀一案的案件承办人，我们市局刑警队的队长，于东青。"

于东青连忙敬礼，又上前去，准备同王副队长握手。王副队长却仍跷着二郎腿坐在沙发上，冲于东青点了点头，算是打了招呼。于东青的手尴尬地僵在了半空中，他轻轻咳了一声，把手收了回来，在裤腿上擦了擦，以掩饰自己的窘迫。

省厅刑警总队的领导于东青很熟悉，大多是些平易近人的直爽汉子，倒是这个新来的王副队长，他还是第一次见。初次见面就如此摆谱，于东青心里不免有些火大。

高局长似乎看出了两人之间的异样，赶紧指了指沙发，打破尴尬："东青，坐下吧。王副队长刚刚到任没几天，你还没来得及去拜会他，倒是王副队长先屈尊来找你了。这次他急着赶赴我们祁东市，不是为别的，是专程为周远被杀一案来的。"

高局长看于东青一副不明所以的样子，解释道："周远被杀这件案子，省厅高度重视。刚才我已经把案件的进展情况向王副队长汇报过了，他对你的工作很满意，并且带来了省厅的最新指示。"

王副队长也不客套，直接用命令的口吻说道："于队长，你要尽快写出这件案子的结案报告,并且将卷宗归档。结案报告要第一时间呈给我一份。"

"什么？您的意思是，这件案子……这件案子就这么结束了？"于东青心中一颤，一脸惊讶地问道。说话的同时，于东青注意到高局长朝他瞪了一眼，可能是提醒他在上级领导面前不要失态。

王副队长略微皱了一下眉头，不过脸上迅速恢复了平静，用毋庸置疑的语气说："是的。于队长，犯罪嫌疑人林舒故意杀人一案，你带领市局以及海西区分局刑警队的同志们，加班加点，任劳任怨，在规定期限内完成了案件的侦破工作，非常好！我对你的工作进行口头表扬，并且会向省厅汇报，以做进一步的表彰。犯罪嫌疑人林舒已经归案，物证以及口供一致，我认为此案可以结案了，明白了吗？"

于东青对王副队长那一套程序性的表扬丝毫不领情，提高嗓门说："王副队长，犯罪嫌疑人是归案了，可是还有很多问题需要落实。这件案子，还可能牵扯别的犯罪，尤其是周远的妻子冯玲被杀一案，凶手至今下落不明。”

王副队长眉头皱了起来，但他竭力使自己的语气缓和下来：“于队长，刚才高局告诉我，你已经把冯玲的案子与周远被杀一案并案处理了，既然合并成了一案，我刚才说的要结案的案子，自然也包括冯玲一案。”

于东青一听这话，心中火起，也顾不上高局长朝他一个劲地瞪眼，大声说道：“可是王副队长，杀死冯玲的凶手现在还没有归案，怎么能结案呢？”

王副队长脸色一变，腾地站起身来，同于东青面对面地站着。

这时于东青才发现，王副队长的身高足有一米九多，比他高半头，给人一种深深的压迫感。

王副队长板着脸，厉声对于东青说道：“据我所知，你们没有任何有效证据证明冯玲的死是蓄意谋杀，而从现场的情形来判断，冯玲的死，属于意外的可能性更大！”

于东青咬了咬嘴唇，竭力控制住自己的情绪：“虽然目前没有有力的证据，但种种迹象表明，冯玲的死确实是谋杀，比如……”

“哼，迹象！迹象能当证据用吗？你们祁东市的刑警，办案办得精神太紧张了吧，稍微有点风吹草动，就怀疑这个怀疑那个，跟得了迫害妄想症似的。我告诉你于东青，现在社会状况很好，哪来那么多谋杀？”王副队长冷笑一声，带着嘲讽的语气。

于东青再也忍不住心中的怒火，他使劲拍了一下面前的茶几，怒道：“王副队长，您刚才说的话，是一个省厅领导该说的吗！”

王副队长的脸顿时黑了下来，对于他来说，已经有很多年没人敢跟他这样说话了。他不再掩饰自己的愤怒，用手指着于东青的脸：“行啊，拍桌子！你没有资格这样对我说话！”他恶狠狠地盯着于东青对高局长说道，“高局长，你的下属就是这样跟领导汇报工作的吗？我现在严重质疑你挑选干部的眼光！”

高局长毕竟见过风浪，他笑着起身将王副队长拉回沙发上，不卑不亢地说：“王副队长，您别生气，于东青是个直脾气，有什么话不会藏着掖着。要追究起来，都怪我平时疏于对他的督导，才养成了他这个臭毛病。您别跟他一般见识，下一步我会好好给他补补尊敬领导这一课。”

说完，高局长转头对于东青说道：“东青，有意见可以心平气和地提，你要脾气给谁看呢？都是我平时把你惯的！快跟王副队长道个歉。”

于东青十分不情愿，但碍于高局长的面子，还是微微躬身说了声对不起。

见高局长搭好了台阶，王副队长也不是二愣子，顺势走了下来，摆了摆手对于东青说："好了，你情绪激动，也是为了工作，我可以不追究。但是于队长，我的话已经很明白了，从你走出这间办公室起，就停止对这起案子的一切调查活动。这个命令我不想重复第二次，明白了吗？"

于东青没有回答，抬头看了看高局长。高局长赶紧对他说："看我干吗？按照王副队长的指示去做！"于东青没有别的办法，只好不情愿地点了点头。

"好了，你去吧，赶紧落实王副队长的指示，我跟王副队长还有话要说。"高局长给于东青下了逐客令。于东青只能悻悻地转身，离开了高局长的办公室。

离开市局，于东青驾车回了海西区分局，当气冲冲地冲进自己的临时办公室时，却发现徐环、钟萧等人都在他办公室里等着。

于东青有些惊讶地问："你们怎么都在我这儿了？出什么事了吗？"

"于队，刚才不知道哪儿来的一阵风，把省厅的人吹来了。"钟萧低声说道，一脸的愤愤不平。

"省厅的？他们来干吗？人呢？"于东青心中生出一种不祥的感觉。

"他们是冲着林舒来的……他们已经把林舒带走了。"钟萧低着头，脸上带着深深的愧疚。

于东青心中一惊，一屁股瘫坐在了沙发上。

钟萧凑上前去，紧张地问："于队你没事吧？"

于东青沮丧地闭上眼，用手敲了敲脑袋："我没事，他们把林舒带哪儿去了？"

钟萧还没来得及开口，徐环插话道："东青，这事不能怪钟萧他们。省厅那帮人跋扈得很，说是按照省厅什么王副队长的指示，要立刻把林舒送到看守所。钟萧他们一开始不让，还跟省厅的人吵了起来，两边就差动手了。可是后来，高局的电话打过来了，让我们配合省厅的工作。高局都发话了，我们也不能硬顶着，只能照办。"

"妈的，这帮浑蛋，纯粹是用职级来压人！"于东青恨恨地说，"他们着急把林舒送看守所，还让我赶紧结案，到底是何居心？"

徐环惊讶地问道："让你赶紧结案？谁？"

“还能有谁，省厅的人呗。我刚才和你分开之后，被高局叫到了办公室，省厅刑警总队那个姓王的副队长就在高局的办公室里，见了我就一副居高临下的口吻，让我立刻结案。”于东青愤愤地说道。

“为什么要急着结案？还有很多问题没有查清楚呢。”马千里是个直性子，脸上的表情比于东青还要苦大仇深。

于东青摇摇头：“谁知道这帮人在搞什么鬼。按说这种案子，省厅最多督办一下，哪有像这样急乎乎地把人送到看守所的？简直不可理喻。说实话，今天要是再加把劲审审林舒，没准就把他委托人的信息给挖出来了。这下好了，进了看守所，彻底没戏了。”

徐环用手托着下巴：“依我看，这个王副队长之所以这么着急让我们结案，并且把林舒送进看守所，是怕我们继续查会查出什么东西。”

于东青点点头：“没错，我也有这种感觉。难道这个王副队长与这件案子有牵连？怕我们最后查到他头上？”

徐环想了想：“很有可能。我们虽然查出了杀死周远的凶手，可离最终的真相，还很远。”

钟萧着急地说：“那怎么办？难道真的就这样结案，不查了？”

“还能怎么办，难道还能明着对抗王副队长的指示？再说了，就算你不执行，人家把专案组人员换了不就行了。”

钟萧叹口气，一屁股坐在沙发上，郁闷至极。

马千里也无奈地说：“省厅的指示，肯定是要执行的，但是案子到了这个程度却不查了，真的很可惜。”

几个人陷入了沉默，办公室里充满了沮丧的情绪。这时，急促又刺耳的电话铃声打破了办公室的沉默。于东青接起电话，压低声音应了一声高局，徐环等人知趣地起身，准备回避，但于东青用左手做了一个下压的手势，示意大家不用回避。

通话仅持续了一分多钟。于东青放下电话还没说话，钟萧就着急地问：“头儿，高局怎么说？”

于东青表情平静，似乎还带着一丝笑意，不慌不忙地端起茶杯喝了一口茶说：“刚刚接到高局的指示，周远被杀这件案子，可以结案了。我现在宣布，专案组正式解散。”于东青把茶杯放下，没有回应大家惊讶的目光，继续说道，“钟萧，你负责写结案报告，整理卷宗；老马，你负责把案件剩下的一些琐碎工作处理一下，准备把案件移送出去，明白了吗？”

钟萧和马千里惊讶地对视了一眼，钟萧小心翼翼地问：“头儿，真的就这么结束了？”

于东青点点头：“嗯，这件案子的侦破工作，到此为止，我刚才把分工都明确了，你俩赶紧各自忙去吧。”

于东青的逐客令一下，钟萧和马千里虽然疑问重重，却也只得面面相觑地离开。

钟萧二人走后，于东青赶紧起身把办公室的门关死，一脸神秘地对徐环说：“喂，你猜得真准。”

徐环笑了笑，低声说：“是让咱们继续查，对吧？”

“没错，高局是这个意思。不过查归查，但高局的意思是不能硬来，得讲究策略。”

徐环接过于东青递过来的茶杯抿了一口，被热茶烫得直吸溜嘴：“怎么个讲策略法？”

“不能明查，得暗查。”于东青用手指了指徐环，“你去查。”

徐环面露惊讶之色：“我？”

于东青点点头，解释道：“高局的意思是，王副队长这次的态度有些奇怪，恰恰说明这件案子比我们想象的还要复杂。作为祁东市公安机关，我们不可能让这件事情稀里糊涂地过去。至少要查清楚，在我们的地盘上到底发生了什么。当然，省厅的指示我们必须要服从，这件案子，结了就是结了，我们祁东市警方不会再对这起案子进行调查。”于东青又倒了一杯茶递给徐环，“不过，如果你以个人名义继续调查，当然，是暗地里调查，那这只是你的个人行为，与警方没有任何关系。”

徐环慢慢喝茶，深深吐了口气说：“跟我之前的猜测差不多，高局这个老狐狸，果然打起我的主意来了。”他把身子往沙发背上一靠，懒懒地说，“不过，我又不亏欠你们，你们也不给我发工资，我凭什么为你们卖命呀？”

于东青爽朗地笑出了声：“哈哈，徐环，高局刚才还说让我别担心，徐环肯定会答应。因为查找案件的真相，对你来说是一件比吸毒还上瘾的事情，拦都拦不住，你怎么可能不答应呢。”

徐环苦笑着摇摇头：“唉，高局这洞察人心的功夫，确实不简单。得，话都说到这份儿上了，那我就认了。妈的，局里都把我开除了，我还心甘情愿为局里卖命，你说我是不是犯贱？”

于东青笑着说：“唉，怎么能说是犯贱呢？高局说了，这叫广泛发动群众力量参与办案，这也是走群众路线的重要体现嘛！”

徐环夸张地做了个吐血的表情：“我真是服了高局了，领导就是领导，有水平！”

两个大笑了一阵子。于东青抹了抹眼角笑出来的泪，说：“笑归笑，下一步该怎么查，你有主意吗？”

徐环面色凝重起来，想了一会儿，说：“通过审讯林舒，我隐约感觉到，要想了解真相，绕不开冯玲。之前我们先入为主地把冯玲当成一个受害者，可是把所有的事情联系起来看，并非如此。无论是周远还是林舒，好像都在被她利用。”

于东青有些为难地说：“你说得没错，可是冯玲已经死了，调查一个死人，谈何容易。”

“我想先把她的档案、履历以及社会关系全部查一遍，看看能不能发现一些有用的线索。”徐环说道。

于东青拍了拍徐环的肩膀：“好，调查冯玲的事情，就交给你了。当然，我可以以个人名义和朋友身份对你进行帮助，明白吗？”

徐环笑了笑，站起身来：“行，我也学学周远，当一回私家侦探。”说完，喝完杯子里的茶，转身向门外走去。

于东青看他要走，调侃道：“你这就去调查？太着急了吧。”

徐环走到门口，转身对于东青说道：“不是，在调查冯玲之前，我先要去做一件很重要的事情。”他看着于东青不解的眼神，轻轻叹了口气，“我得去找楚琳谈一谈。”

看着手里厚厚的英文购销合同，楚琳不由得怒上心头。她皱着眉头，拿起电话拨打了采购部经理的号码。

“谷经理，我说过多少次了，我很忙，无关紧要的合同不要给我看。”楚琳强压怒火说道，“像这样几百万的合同你都要发给我，你是嫌我老得还不够快是吧……不是？不是你就长点心。以后像这种合同你和法务部沟通好，让他们把好关，没问题的话就直接找常务副总签，我哪有那么多闲工夫。这是我最后一次提醒你，下次再出现这种情况，别怪我翻脸。”

这些天，楚琳一直忙于调查菱形血痕的事情，耽搁了工作。她抬头看了看办公桌上成堆的报表和合同，心里生出一阵烦躁。她叹了口气，顺手又拿起一份合同。

这时，桌上的电话响了，楚琳一看来电显示，是公司秘书处打来的。她拿起话筒，生硬地说："喂，我最近很忙，不要紧的事，尽量给我推掉。"

"楚总，是这样的。"电话那头的声音十分恭敬，"远景集团的徐环徐总来了，说要立刻见您，不过他没有预约，您看……"

"徐环？"对于徐环的突然造访，楚琳心里有些诧异。

"楚总，您见不见？"见楚琳半天不说话，秘书提醒道。

"好，请他进来吧。"

放下电话，楚琳赶紧拉开抽屉，取出化妆镜。镜中的楚琳脸色红润，化了精致的淡妆，不过唇色似乎淡了一些，于是她掏出口红在嘴上抹了抹，旋即冲镜中的自己微微一笑。十三年了，自己还是抵挡不住徐环的魅力。

正当楚琳胡思乱想之际，办公室的门被粗暴地推开了，一个身影快步冲了进来。楚琳被吓了一跳，定睛一看，来人正是徐环。看到他愤怒甚至有些狰狞的样子，楚琳心里一哆嗦："徐环，你怎么了？"

徐环冷笑一声："我怎么了？你难道不清楚吗？恐怕我的一举一动，都逃不出你楚总的手掌心吧！"

徐环的话仿佛一盆冰水浇在楚琳的头上。糟了，楚琳心想，他知道自己在监视他。

看楚琳不说话，徐环火气更甚，他向前逼了一步，对楚琳说："你倒是告诉我，我这么一个浪荡公子，值得你楚总大费周章地关照吗？"

楚琳脸色惨白，吞吞吐吐地说："不是……我……"

"不是？告诉你，你派去的那个Elly被我抓了现行，她把什么都告诉我了。楚总，你可真会用人啊，竟然选择她，你不去当间谍真是可惜了。"

"徐环，你尽可以骂我讽刺我，甚至打我也行，"楚琳快哭出来了，"可你至少要听我解释吧。"

"好，你解释吧，我倒是要看看，你能编出什么冠冕堂皇的理由来。"徐环的口气稍有缓和，但眼神中还是充满了怒火。

"没错，我的确让Elly监视你，不过我并没有恶意。我是关心你，是为了能够了解你的动向。"楚琳眼睛里闪烁着泪花，声音颤抖，"你知道吗？

十三年来我无时无刻不在想你，我为你流了多少泪，做了多少梦，正因为我心里放不下你，可又不能随时关注你，这才找了你那个什么Elly……”

“哼！说得真动听啊。”徐环打断了她的话，嘲讽道，“你就是这样关心别人的吗？我要是这么关心你，你愿意吗？楚琳，这是原则问题，是人品问题。监视、跟踪什么的，是我徐环最厌恶的行为！我怎么也想不到，你竟然会把这些下三滥的手段用在我身上来害我！”

“我怎么会害你呢，”楚琳瞪大双眼看着徐环，眼神里充满恐惧和悔恨，“我爱你，徐环，十三年了，我还是深深爱着你……”

徐环痛苦地闭上了双眼：“楚琳，在我徐环的身边，多的是心怀叵测、笑里藏刀的人。我一直认为，谁都可能害我、骗我，唯独你和于东青不会。可事实证明，我错了。”他睁开眼看着楚琳，“说实话，前些天见到你，也让我意识到了我心里对你的爱。你说你爱我，哪怕是昨天你这么对我说，我都会觉得幸福得要死。原本我打算等这件案子调查完之后，就向你求婚。可现在，你的这种行为，让我怎么相信你爱我呢？也许，我们真的该认清对方了。结束吧，楚琳，这次重逢，就当它没发生过吧。”说罢，他用充满愤怒、痛苦的眼神瞥了一眼楚琳，然后坚决地向门外走去。

楚琳再也抑制不住心中的情感，她扑上前去抱住徐环的腰，边哭边喊：“别走……十三年前，我已经失去了你一次，简直生不如死。我不想再失去你一次，别走，求求你！”

徐环没有回头，平静地说：“我一直以为，十三年前你害死我姐姐，完全是无意之举，可现在，就凭你能使出这么低劣的手段来对我，我觉得我想错了。”说罢，他用力甩开楚琳的双手，头也不回地走了出去。

徐环最后这句话像一把利剑，狠狠刺透了楚琳的心。她无力地瘫坐在地上，号啕大哭，身体由于极度绝望和哭泣而剧烈地抽搐着。终于，极度的悲伤压垮了她的神经，她发出一声撕心裂肺的叫声，眼前一黑，晕了过去。

第十八章　一命呜呼

午后的阳光懒散地洒在车里，晒得Elly浑身发暖，如果不是这条崎岖的乡间小路过于颠簸的话，恐怕她握着方向盘就能睡着。越野车跨过一个土坎，轮胎重重落在了前方的一个浅坑里，车身也随之剧烈震了一下，把Elly从半睡半醒的蒙眬状态中惊醒。

Elly抬手揉了揉眼睛，扫了一眼油表，心里不免有些发紧："虎子，还有多远？"

"快了Elly姐，顶多还有一刻钟的路。"坐在副驾上的，是一个剃着寸头，略带痞气的小伙子，看样子也就二十岁出头，他满不在乎地说，"你放心姐，村子东边的镇上有个加油站，离这儿也就十几里路。"

"那剩下的油差不多够用了，咱们先去办事，然后再加油。"Elly心里稍稍安稳了些，话锋一转问道，"虎子，你这次找的人靠谱吗？"

"绝对靠谱啊，"听到Elly的口气中带着质疑，虎子有些着急，"姐，我办事你还不放心吗？你帮了我那么大忙，就是我的再生父母，你交代的事情，我咋敢糊弄呢？"

"不是不放心，主要是我拜托给你的这件事情，确实有点棘手。"

"姐，一点也不棘手。"虎子拍着胸脯说，"别的事情咱不敢吹，但打听事打听人，你找我算找对了。我虎子别的没有，就是狐朋狗友多。饭店、茶楼、洗浴中心、夜总会、农贸市场，到处都有我的兄弟。"

听了虎子的话，Elly的心放宽了一些。

虎子十几岁的时候，就从东北老家来到祁东市打拼。由于他从小辍学，又没什么一技之长，只能混迹街头。不过他人机灵，又讲义气，办事靠谱，因此很快就在街头混出了些名堂。据说，他现在手下也有一众小兄弟捧着了。祁东这地方每天发生的奇闻逸事，找虎子打听准没错，虎子甚至连徐环小时候的奶妈都打听出来了。

虎子看了眼Elly，摸了摸脑袋说："不过话说回来，姐，今天咱们去见的这个老婆婆可真够难找的，我费了老大劲才打听到。"

"可是你之前跟我说，这个老婆婆早就疯了啊。"Elly低声问道，"人都已经疯了，她能知道多少事？"

"嗨，姐，我告诉你，我虎子混迹街头这么多年，总结出一个道理。"虎子一脸得意地说，"这疯子之所以疯，并不是因为他们知道的少，恰恰是因为他们知道得太多了。"

"你详细说说这个老婆婆吧。"

"这事得从三十多年前说起。"虎子往车座椅上一靠，舒舒服服地跷起了二郎腿，"你听说过徐家闹鬼的事情吗？"

"闹鬼？"

"对，这事没几个人知道，我也是绕了九九八十一圈，才从徐家以前的一个老邻居那里打听到的。姐，我说闹鬼的事你不害怕吧？"

"我Elly什么都怕，就是不怕鬼。"Elly白了他一眼，"少废话，赶紧说。"

"那时候刚改革开放，徐家属于第一批经商的人，比较富裕。"虎子说道，"徐环的父亲徐跃升是个非常重男轻女的人，据说大女儿出生的时候，好几个月脸色都不好看。因此，当徐环出生的时候，他简直欣喜若狂。不过，徐环母亲不下奶，徐跃升就请了今天咱们要去找的这个老婆婆当奶妈。据说，这个老婆婆聪明伶俐，深得徐环母亲的喜爱。"

"虎子，你长话短说行不行？"Elly见虎子讲得眉飞色舞，忍不住打断了他，"你这是说书呢？别说没用的，拣重要的讲。"

"姐啊，就冲你这性格，啥时候才能有姐夫呢？"见Elly举起拳头，虎子赶紧点头，"好好，我接着说。那时候，徐跃升整天忙于生意不着家，基本上就是徐环的母亲、一个年轻小保姆、徐环的奶妈在家。三个女人带两个小娃娃，本来日子过得挺安稳的，可突然有一天，出事了。"

"什么事？"Elly皱起了眉头。

"那个小保姆死了，大清早被发现死在她自己的房间里，而且是上吊死的。"

"好好的，怎么会自杀呢？"

“详细内情我也不知道，这么多年过去了，很多事情都打听不出来了。只听说是徐环家闹鬼，小保姆是被恶鬼附身才自杀的。更离奇的是，小保姆死了没几天，徐环的奶奶就突然疯了。”

“啊？她不会也被恶鬼附身了吧！”

“不知道，反正奶奶疯了，然后就离开了徐家。后来听说，徐环的母亲还有徐环，也都得了重病。再后来，徐家就搬走了。以前那片老宅子，早拆了。”

“那徐环的奶奶，后来去哪儿了？”Elly 追问道。

“据说是离开了祁东市，但不知道去哪儿了，前些年才回了农村老家。人老了，还疯疯癫癫的，得了重病，说是没几年活头了。”

“虎子，你是不是脑子抽筋了？奶奶都疯了，咱们还找她干吗？我要的是徐环身上的秘密，不是听鬼故事。”

“你别生气，Elly 姐，你听我解释。”虎子觍着脸说，“我刚才说过了，疯了的人是知道的事情太多了才疯的。再说了，徐家那次闹鬼，你不觉得很诡异吗？”

“废话，闹鬼哪有不诡异的？”Elly 没好气地说道。

“我的意思是，这闹鬼闹得不正常啊，如果他们家是个凶宅，为什么早不闹鬼晚不闹鬼，偏偏在徐环出生后不久闹鬼呢？还一死一疯。你仔细想想，这些事，真的都是闹鬼导致的吗？”

“你的意思是，这不是鬼灾，而是人祸？”

“没错，人作的孽，让鬼来背锅，这种事我虎子见得多了。”虎子把脸一扬，得意地说，“闹鬼发生在徐环出生后不久，说明这事与他有关。所以说姐，如果搞明白徐家老宅发生了什么，就能明白徐环身上发生了什么。”

Elly 微微点了点头：“可这个奶奶发了疯，她能开口告诉咱们吗？”

“现在还不知道，”虎子耸了耸肩，“所以我们应该去找这个老婆婆看看，万一淘到什么秘密呢？”

Elly 看了虎子一眼，用手拍了拍方向盘：“你说得有道理。虎子，你还真是我的狗头军师，走。”说罢，越野车发出一阵巨大的轰鸣声，宽大的轮胎转动起来，扬起阵阵尘土。

走了十几分钟，车子驶入了一个村子。虎子似乎对这个村子很熟悉，他指挥着 Elly，在狭窄的胡同内七转八绕。

“哎，到了，前面那个土屋就是。”

Elly 把车停到屋边一个土坡上。刚下车，黑皮鞋就沾上了尘土，她轻轻跺了跺脚，结果扬起来更多土灰。她微微皱眉，放弃了保持鞋子清洁的念头：“虎子，从后备箱搬上那些礼品，咱们进去。”

屋子是用泥土垒起来的，这种土屋，即使在偏远农村也很罕见。村子的破败程度，可见一斑。Elly 走到门口，轻轻在漆黑的木门上敲了敲。

虎子走上前，笑了笑：“姐，你这么敲谁能听得见？”他抓住门上的铁环，用力在门上捶打了几下，边捶边喊：“有人吗？”

过了一会儿，屋内才传出声音：“谁啊？”

虎子双手拎着东西，用肩膀把门撞开，招呼 Elly 向屋内走去，边走还边大声说：“大姨，是我啊，虎子！”

穿过一个狭小的庭院，二人走进了一间低矮的内屋。即使是正午，屋内也是一片昏暗，并且发出一股浓浓的馊味。Elly 被这股气味呛得咳嗽了两声，用手捂了捂鼻子，又觉得有些不妥，放下手来。

等眼睛适应了屋内的昏暗以后，她才注意到，这间屋子很大，是典型的北方农村家庭的布置：中间有张破旧的八仙桌和两把太师椅，西侧有几个黑色的大柜子，东侧则是一张大床，客厅和卧室连在一起。

床内侧，一个头发花白且散乱的老太太静静地背对他们躺在那里，床的外沿则坐着一个四十来岁、面容憔悴的短发中年妇女。此刻，她正用警惕的目光盯着 Elly。

“大姨，吃饭了吗？奶奶还好吧？”虎子向前一步，把水果、牛奶等东西放到了桌旁。

中年妇女一看虎子带来了东西，脸上浮现出一层笑意，赶紧站起身来招呼道：“哎，虎子，来就来，还带什么东西啊。”

“不是我带来的，是这个姐带的，我上次不是跟你说过，人家要来看看奶奶吗？”虎子把手在衣服上擦了擦，大大咧咧地说。

“噢，这样啊。”中年妇女看向 Elly，目光明显和善了很多，“快，大姑娘，坐。虎子，你也坐。我去洗点水果。”

“大姐，别忙活了。”Elly 喊住起身拿水果的中年妇女，“我们来看看奶奶，顺便问两句话，一会儿就走。”她看了一眼躺在床上一动不动的老人，“就是不知道奶奶的身体怎么样。”

中年妇女轻轻叹了口气："老太太一直糊里糊涂的。唉，人老了，又得了这病，怕是……怕是撑不了多长时间了。"

Elly 心里一沉，却听见虎子在一旁说道："大姨，奶奶这个病啊，得多跟她唠嗑才行。反正我们也来了，就陪奶奶唠唠，说不定能让她清醒清醒。"

中年妇女正犹豫着，虎子却走到了床边，冲着躺在床上的老人大声说："奶奶，我是虎子啊，你还认识我不？"

听到虎子的声音，老人扭过头来，茫然无措地看着这个不速之客。Elly 此时才看清，眼前的老太太形容枯槁，一张遍布皱纹的脸上写满了沧桑和劳苦；在昏暗光线的衬托下，病怏怏的老人显得格外孤苦。

看到老太太转过脸来，中年妇女赶紧上前抓住她的手："娘，虎子和这位姑娘来看你啦！"

老太太抬起头，茫然地看了他们一眼，随后又躺回枕头上。

"不好意思啊姑娘，我娘她现在糊涂了，没法跟旁人说话。这病啊，治不好，基本上就等死了。"中年妇女略带歉意地对 Elly 说。

Elly 没有搭话，走到床边坐下，握住老太太的手大声说道："奶奶，我是徐环的媳妇啊！您还记得他吗？"

听到 Elly 的话，老人转过脸来，直直地看着 Elly。

Elly 抿了抿嘴，从大衣兜里掏出一张照片，放到老人面前："奶奶，这个人，您还记得吗？"

看到徐环的照片，老人猛地抬起头来，浑浊的双眼死死盯着照片，嘴唇剧烈颤抖，呼吸也变得十分急促。她用一只手艰难地撑起身子，挣扎着想坐起来。

中年妇女见状忙跑到床边，用手扶住老人，着急地喊："娘，你躺着，别起来！"

老人没有理会她，只是死死地盯着照片。看了许久，两行浊泪从她昏黄的眼里流出来，划过满是褶皱的脸。

看到老人激动的样子，Elly 心里一阵怅然。她挽住老人如细柴般的胳膊，轻轻问道："奶奶，这是徐环呀，她是喝您的奶长大的，对吧？"

听到这话，老人的脸色一变，眼中的哀伤立刻被恐惧所代替。她转头看向 Elly，右手费力地举起来，颤抖着冲 Elly 伸出了两个手指。

看到老人摆出这样一个手势，Elly 有些错愕："您想说什么？"

老人双眼圆瞪，嗓子里发出阵阵沙哑的声音。Elly低头仔细听，却发现老人发出的声音只是轻微的咔咔声，根本听不出说的是什么。Elly紧紧扶住她，安抚道：“您躺下，千万别激动。”

话音未落，老人伸手抓住Elly的袖口，另一只手依然伸出两个手指，在Elly面前重重点了点。随即，她全身剧烈痉挛起来，恐惧和疼痛让老人原本就形容枯槁的脸变得极度扭曲，在昏暗的屋内，竟然有些阴森恐怖。

Elly看着老人伸出的颤抖的双手，心中升起一股寒意。为什么一提徐环，老人的反应就会如此强烈？还有，老人这个奇怪的手势，是什么意思？

“您的意思是不是当年徐环……”

话还没说完，只听到老人发出一声凄厉的惨叫，身体像触电般剧烈抖动起来。

“娘啊，你这是怎么了，别吓唬我啊！”中年妇女哭着，抱住自己的母亲。

虎子焦急地喊道：“别光哭，赶紧把村里的大夫叫来啊！”

话音刚落，老人身体的颤抖戛然而止，她双眼一翻，瘫软在Elly的怀中。

“娘啊！”随着一声撕心裂肺的呼叫，中年妇女哭号着扑到了老人身上。

虎子脸色惨白，跌跌撞撞地后退几步，大喊道：“奶奶你撑着点，我去找大夫！”

Elly站起来，思绪格外清晰：“村子破败成这样，哪有什么大夫。虎子，把老人抱到车上，咱们赶紧去镇上的医院！”

第十九章　断肢狂魔

夜色深沉，喧闹的祁东市终于陷入了沉寂。绵绵的细雨不知何时又开始从空中飘落，把整个祁东市包裹在了雨雾之中。黑暗的天空中一道闪电划过，照亮了徐环宽大的卧室。同样照亮的，还有徐环苍白惊恐的脸。他刚从噩梦中惊醒，冷汗淋漓，胸部剧烈起伏，喘着粗气。

又是那个噩梦。不同的是，这次出现在镜子里的，竟然是楚琳。镜中的楚琳光鲜亮丽，楚楚动人，她缓缓朝徐环凑过来，面色娇羞，但又妩媚至极。徐环心中一荡，情不自禁地凑过脸去。不过当他的脸快接触到镜面的时候，却发现楚琳原本红润饱满的嘴唇，变成了一个形状可怖的菱形血痕！徐环吓得后退一步，再仔细一看，楚琳头发散乱，脸上鲜血淋漓，到处布满了菱形血痕！无数个菱形血痕密密麻麻地挤在楚琳的脸上，就连原本是五官的位置，也被菱形血痕所代替。徐环想逃，可浑身动弹不得。楚琳慢慢从镜中走出，朝徐环走来，边走边发出无比幽怨的声音："不要离开我……等等我……求求你……"更令人毛骨悚然的是，她脸上的菱形血痕竟然像嘴巴一样，随着她的声音一张一合。

真是一个恐怖至极的梦啊！徐环心有余悸地打了个哆嗦，一阵寒意扫过全身。他用手使劲揉了揉额头，以缓解强烈的头痛。

落地窗外，细雨无声洒落。两个保安正举着手电筒，在小区内进行例行巡逻。自从小区里发生命案后，物业公司就加强了巡逻力度，从两小时一巡改为一小时一巡。

徐环在落地窗旁的沙发上坐下，给自己倒了一杯水，一饮而尽。

想到楚琳，徐环心里就隐隐作痛。其实昨天去她办公室说那些话，只是他盛怒之下一时冲动所为。等冷静下来之后，他心里的悔意就如潮水般涌来。

徐环重重拍了一下自己的脑袋，自己就是一个刚愎自用，做事不经大脑的蠢货！十三年的冷战，好不容易有破冰的迹象，没想到让自己搅黄了。看着窗外的夜景，徐环的脑海里在一刻不停地思索着。自从菱形血痕出现之后，生活就变得意外重重。

想到这里，徐环从包里又掏出那本《神秘符号及其象征意义》，翻到了第266页。他想尝试着对着翻译软件仔细读完这两页，可结果依旧让他大失所望。徐环叹了口气，准备把书扔到一边。可就在书本即将合上的一刹那，他的目光突然扫到了第266页上的一个细节。

徐环腾地坐起来，把书重新翻到那一页，将目光聚焦在最下方的一行字以及下一页的最上方一行字上。瞬间，一束光如彗星一般划过徐环的脑际。第266页的最后几个字是GX232，而下一页第一行的前面是一串阿拉伯数字：12004654。将这两组字符连起来就是GX23212004654。这串字符徐环觉得在哪儿见过……没错，这是祁东市公安系统刑事案件的归档档案号。

突如其来的发现让徐环兴奋不已，原本酝酿的一丝睡意也荡然无存。他快步走到卫生间，准备洗漱出门，他决定现在就去找于东青。可当他走进卫生间，面对墙上的那扇大镜子时，他的身体像触电一样僵在了原地。

他的脖颈间，一个血红色的菱形血痕赫然醒目，像一只眼睛，嘲弄般看着自己……

房间内的暖气开得十足，使窗玻璃蒙上了一层密密的水珠。室内的空气有些污浊，显然，房子的主人已经有一段时间没有开窗通风了。

客厅里灯火通明，电视机前，吴婷婷身穿单薄的睡裙，不修边幅地窝在沙发里，一边盯着电视，一边抓起一把把薯片，送入嘴里。很快，一袋薯片就被吃完了。她打了个饱嗝，意犹未尽地舔了舔手指上的油脂，又抓起茶几上的热奶茶喝起来。

突然，一阵有力的敲门声响起来。

"稍等一下。"吴婷婷慌忙整了整杂乱的头发，快步跑到门口，小心翼翼打开了门。

"卫毅平！"吴婷婷瞪大了眼睛，吃惊地说，"稀客啊，什么风把你吹来了？”

卫毅平今天穿了身便装，依旧是他钟爱的韩风装扮。他看了看身穿睡裙、不修边幅的吴婷婷，脸上露出一丝坏笑，举了举手里的鲜花和果篮说：“来慰问一下你，怎么，不欢迎？”

吴婷婷狐疑地看着卫毅平，犹豫了一下，把卫毅平让了进来。卫毅平也不客气，径直走进客厅，在沙发上坐了下来。

“可以啊吴婷婷，这房子最起码得一百五十平吧。”他环顾了一下吴婷婷的房子，用夸张的语气说道，“比我那十几平的蜗居强太多了。你一个单身小姑娘住这么大房子，多不安全啊，要不，我跟你合租？两个人也好有个照应。”

“跟你合租？那才是引狼入室呢。”吴婷婷给卫毅平倒了一杯水端过来，冷冷地放到茶几上，斜眼看着他说，“来也不提前说一声，我这儿也没什么东西招待你，将就着喝点水吧。”

“跟我还见什么外啊，”卫毅平躺坐在沙发上，跷起了二郎腿，盯着吴婷婷看了会儿，坏笑着道，“呦，休养了几天，瘦了啊。”

吴婷婷不屑地哼了一声：“你这马屁拍得也太不实事求是了吧。是胖是瘦，我自己还是有自知之明的。”

卫毅平双眼盯着吴婷婷，大嘴一咧，朝她身上比划着：“我说的是，衣服瘦了。”

“你……”吴婷婷脸色一红，赶紧把裙摆往下拉了拉，气恼地说，“卫毅平，你今天要是来找我贫嘴的，我可不奉陪。要是再胡说八道，趁早带上你的花和果篮，哪儿凉快哪儿待着去！”

卫毅平撇撇嘴：“好心好意来探望你，你却不领情。唉，啥也不说了，眼泪哗哗的。”

“切，探望？我看你是黄鼠狼给鸡拜年，不安好心吧。”吴婷婷白了卫毅平一眼，“到底有啥事，赶紧说，姐姐我不喜欢兜圈子。”

卫毅平嘿嘿一笑，挠了挠后脑勺说：“要说有事嘛，嘿嘿，还真有个小事。那个，你的伤恢复得怎么样了？”

“我根本就没伤，”吴婷婷双手横在胸前，冷冷地说，“本姑娘第一次遇到那种情况，突然蒙了，等反应过来，那个林舒根本不是对手。你问这个干吗？快说你的事情。”

“既然你的伤好利索了，现在也不用回去上班，那……要不要跟我一块玩点刺激的？”卫毅平眨着眼睛，故作神秘地说道。

吴婷婷后退一步，警惕地问道：“刺激？我说卫毅平，你又要搞什么鬼？”她盯着卫毅平，“难不成，还是上次那个菱形血痕的事情？”

卫毅平点了点头：“没错。告诉你，周远这个案子，有趣得很。虽然咱们把林舒揪出来了，但菱形血痕到底怎么回事，冯玲是怎么死的，还是没有头绪，就连于队长和徐大公子也是一筹莫展。”他毫不客气地从果篮里拿出一个苹果，在衣服上擦了擦，咔嚓咬了一口，“现在可好，案子让那个王副队长叫停了，专案组已经解散，停止了一切调查。这会儿，结案报告都报上去了吧。恐怕又一起无头悬案，就这样诞生喽。”

吴婷婷皱着眉头：“这事我听说了，省厅那个什么王副队长真够过分的，我看搞不好是他自己心里有鬼，打着省厅的旗号来压我们。要我说，于队就应该直接跟省厅领导告这个王副队长一状！”

卫毅平无奈地看着吴婷婷，边摇头边说：“你以为于队跟你一般傻啊，为了这么一件案子，把自己的顶头上司得罪了？告诉你，人家王副队长是刚上任的，来头和背景都小不呢。抬头不见低头见的，得罪了他，于队以后怎么开展工作？你啊，这种无脑的话以后少说。”

吴婷婷知道卫毅平说得有道理，可还是逞强道：“那咱们只能眼睁睁地看着林舒被送到看守所？这件案子，就这样不明不白地结了？”

卫毅平啃食苹果的速度相当快，几句话间，一半苹果就进了他的肚子：“不甘心眼睁睁看着，那你就把眼睛闭上呗。唉，没办法，官大一级压死人。”他满嘴含着果肉，含糊地说，“我今天来，就是要跟你商量商量这件案子的事。”

“跟我商量？我就是查了查监控，存在感几乎为零，你要商量，至少也该去找钟哥吧。”

“所以说你要感谢我，”卫毅平露出一脸坏笑，“我疑人不用，用人不疑。本侦探决定给你一次扬名立万的机会，要不要跟我一块儿调查？我一定会揭开真相，伸张正义。”

吴婷婷斜眼看着他，哼了一声：“我看你是为了出名吧，好方便勾引警校小妹妹。”

“龌龊，”卫毅平把苹果核扔进腿边的垃圾桶，“极其龌龊。吴婷婷，你现在最大的问题就是戴着有色眼镜看人。噢，我怎么就不能伸张正义了？就因为长得帅，你就说我勾引警校小妹妹……”

“停停停，这可不是我说的，是你自己承认的。”在吴婷婷看来，这个卫毅平，就会满嘴跑火车，没有一点正形。

“那是我开玩笑，你还真信啊，”卫毅平叹了口气，“我是真的想揭开这件案件的真相。你想，这可是你的偶像徐环都解不开的谜题啊，你要是把它查个水落石出，那是不是相当有成就感？就连于东青也会对你刮目相看，说不定大手一挥，把你调到重案组去呢。”

“对不起，沽名钓誉的事情，本姑娘不感兴趣。”吴婷婷口气生硬，心里的不耐烦已经到了极限，“我说，要没别的事你就告辞吧，我还有事。”

面对吴婷婷毫不委婉的逐客令，卫毅平摇了摇头。他站起身来，朝吴婷婷看了一眼，朝门外走去。

在卫毅平的那一瞥里，吴婷婷似乎看到了无奈、失落，甚至还有一丝悲伤。看着卫毅平慢慢走到门口，吴婷婷竟然觉得他的背影有些可怜，不禁脱口而出：“慢着，你等等。”

卫毅平转过头来，脸上掠过一丝惊讶，不过接着就恢复了原来的样子：“呦，舍不得我走啊。我就说嘛，比别的不行，可要比起对异性的吸引力来，我卫毅平可不是盖的。”

吴婷婷哼了一声：“你为什么非要调查那个菱形血痕？我觉得你一定有原因。”

听了这话，卫毅平脸上的轻浮不见了，取而代之的是一脸的严肃。这让吴婷婷有些不太适应。

卫毅平问吴婷婷：“我可以进客厅说吗？”

吴婷婷点点头，把卫毅平重新让到客厅里的沙发上坐下，自己则坐到他的对面。两个人就这么坐着，谁也不说话。

过了几分钟，卫毅平首先打破了沉默：“我不知道你会不会相信我的话，我调查菱形血痕，是为了我父亲。”

“你父亲？他与菱形血痕有关系？”卫毅平的回答出乎吴婷婷的意料。

“我父亲跟咱俩一样，是一名刑警。”卫毅平的语气很平静，但吴婷婷可以看到他的脸部肌肉在微微颤动，“八年前，他死了。”

吴婷婷心里一沉：“对不起啊，我不是有意的。”

“死，其实并不可怕，可怕的是死得不明不白。”卫毅平脸色一凛。

“啊？”吴婷婷惊讶地叫出了声。

“没错。八年前，我父亲在查办一起凶杀案时，因公意外殉职。”卫毅平脸色惨白，语气冷峻，“局里给我父亲记了一等功，开了隆重的追悼会。当时我还是一名高中生，母亲也只是家庭主妇，没什么见识。所以我们对父亲的死没有任何怀疑，只觉得他死得光荣，死得伟大。”

“这说明，你父亲牺牲得很光荣，局里也是认可的。”

“从追悼会的隆重程度来看，确实如此。”卫毅平脸上满是苦涩，“可是，比起这些虚无缥缈的东西，我更想得到真相。”

“真相？难道你父亲的死另有隐情？”吴婷婷问。

“没错。当我长大并且有了一定的社会经验后，我发现父亲的死有很多不合常理的地方。第一，父亲的死因虽然被归为因公殉职，但死亡的具体细节，局里一直没有告诉我和母亲；第二，父亲死后，我们一直没有见到尸体，据说，尸体压根没有检查，运回公安局之前就火化了；第三，父亲生前一直有写工作日记的习惯，后来，我无意中翻看他的日记，发现一篇奇怪的记录。”

吴婷婷完全被卫毅平的讲述所吸引，她轻声问：“日记里记了什么？”

“那篇日记，是父亲牺牲前两天写的。之所以奇怪，是因为他画了一幅图。”卫毅平抬起头，“他画的，就是那个菱形符号。”

“啊？”吴婷婷大惊失色，“这也太匪夷所思了吧！”

“不止如此，除了这个菱形符号，他还在下面写了一行诗：欲问狂魔何处寻，莲花池内有丑树。”

“欲问狂魔何处寻，莲花池内有丑树，”吴婷婷喃喃道，“这什么意思呀？”

“我也不清楚，有可能是对菱形符号的注解吧。而且，这个符号出现在父亲的工作日记里，足以证明它同父亲死前调查的那起案件有关。”

“既然如此，你为什么不去查看一下这件案子的卷宗？”吴婷婷不解地问道，“依你现在的法医身份，查阅老案件的卷宗，应该不难吧。”

卫毅平脸上露出一丝愠怒：“我多次去找公安局的领导，要求局里对父亲的死亡作出说明，可局领导每次都以事情过去多年，对当年情况不了解为由把我打发掉了。”

卫毅平抓起茶几上的水杯，一饮而尽：“我当然也想过把那个案子的卷宗调出来看看，可没想到，这起案子竟然是一起连环杀人案。按说这起案子社会影响很大，可我从来没有听说过。更让我不能理解的是，这起案子还被定了绝密级别，我根本没有查阅的权限。”。

吴婷婷很纳闷：“不对啊，我记得你上次跟我说，在祁东市历史上，只有两起案件定了绝密，一个是十三年前的‘9·19’特大绑架案，另一个就是八年前的‘8·23’枪杀案。怎么又多出一个绝密的案子？”

卫毅平点点头，笑了笑：“你记得还挺清楚的。没错，确实只有这两起绝密案件，不过，我父亲调查的这起案子，之所以不是第三件，是因为它与‘8·23’枪杀案并案处理了。”

“能够跟‘8·23’枪杀案并在一起，说明它们之间有些关联。这就奇怪了，一起是连环杀人案，一起是当街劫持人质，这两起案子，看上去八竿子打不着啊！”吴婷婷一脸的迷惑，“难道是一个凶手干的？”

“这就不知道了，”卫毅平摇了摇头，“不过我确信，父亲的死并不像官方公布的那么简单，很可能与菱形符号有关。因此，当我发现周远身上的菱形血痕时，我的心都要从嗓子里跳出来了。这下你应该能理解我为什么这么热衷于此了吧。”

吴婷婷点了点头，站起身来拍了拍卫毅平的肩膀：“看来你还是个大孝子呢，既然这样，那我就屈尊帮你一把吧。”

卫毅平笑了笑：“好，你肯帮我那太好了。”

卫毅平的脸上没有了之前的轻浮，吴婷婷突然发现，卫毅平如果正经起来，其实也蛮帅的。

“那我们接下来该怎么办？”吴婷婷问。

“我想，谜题的关键，在那起连环杀人案上。”卫毅平轻轻咳了两声，“我们要想办法看到卷宗内容。”

吴婷婷不以为然地说：“大哥，这卷宗可是绝密啊，能有什么办法？”

卫毅平看着吴婷婷，嘿嘿笑出了声。

“笑得这么猥琐，干吗？”吴婷婷皱着眉头，一脸嫌弃地看着卫毅平。

“这就是我要跟你合作的原因，”卫毅平坏笑道，“关键时刻，该你发挥作用了。”

吴婷婷警惕地看着卫毅平。

“我问你，绝密卷宗，谁有权限查看？”卫毅平问道。

“应该是咱们的一把手廖局长，再就是高局吧。”吴婷婷翻着眼睛，答道。

“没错。那我们是不是该灵活一些，看看能不能借高局之力查看卷宗。”卫毅平又露出了他标志性的坏笑，“婷婷，我可是局里的‘包打听’，你跟高局的关系，就不用我挑明了吧。”

“你真是比女人还八卦！”吴婷婷瞪了卫毅平一眼，“高局是我舅舅的事情，你可千万别乱说，影响不好。”

“没问题，我虽然耳朵张得很开，但嘴巴闭得很严。”卫毅平边说边拿出一张纸条递给吴婷婷，“这是那起案件的档案号，你填个案卷借阅申请表给高局，没准他一不注意就把字给签上了。如果他不签，你就撒娇磨磨他。”

吴婷婷犹豫了一下，接过了纸条，纸条上工工整整地写着一串字符：GX23212004654。

“GX23212004654，”于东青看着徐环递给他的纸条，一脸惊讶，“这是刑事卷宗的档案号啊！”

“我知道，好歹我也干过几年刑警。”徐环坐在于东青办公桌的对面，露出淡淡的焦虑，“这个案子与菱形血痕有关，你得尽快帮我把案件卷宗从档案室调出来。”

于东青噼里啪啦地在键盘上输入卷宗号：“我先查查这是个什么案子。”屏幕上很快出现了查询结果。于东青双眼盯着屏幕，皱起了眉头，“嘿，这是个绝密级的卷宗啊，你从哪儿知道这个卷宗号的？”

“绝密？”徐环一脸意外，“奇怪了，这可是2004年的案子啊，过去都快十年了，还没解密吗？”

“没有，这种案子之所以不解密，一般是因为案情特别曲折复杂或者关系到国家秘密，说不定……”话说了一半，于东青突然眼睛一瞪，惊讶地张大了嘴巴，“啊？原来是当年震动一时的断肢狂魔连环凶杀案。”

“断肢狂魔？我怎么没听说过？”

“我记得那段时间你被省厅抽调去办理专案了。”于东青靠到椅背上，掏出打火机点燃一根烟道，“虽然案发后影响挺大的，但局里似乎刻意对这件案子进行了冷处理，所以案子很快就被压下去了，你不知道也正常。”

“奇怪，”徐环身子往后靠了靠，以躲避飘过来的烟雾，“断肢狂魔连环凶杀案，听起来就很刺激啊，局里为什么要低调处理？”

“这就不知道了。你还没回答我呢，你是怎么知道这件案子的？”

“是温华留给我的那本符号书里的信息。”徐环脸上的焦虑越来越重，“关于这件案子，你知道些什么细节？”

“一本符号书里，怎么会记录我们的刑事档案号？”

“所以我说这件案子与那个菱形符号有关系，这个等会儿再细说，你先告诉我断肢狂魔案的细节。”

“细节，”于东青思索了一会儿，“案子是绝密级的，我知道的也很有限。不过，倒是听说了很多坊间传言，真实性就不好说了。”

“先别管真实性，你赶紧说！”

“好，那我从头跟你说。”于东青把烟掐灭，“如果我没记错的话，这一系列命案应该发生在零四年的十一月份。第一起案件的死者是祁东大学的一名教授，被发现死在位于大学住宅区的家里。令人心惊的是，他的左臂生前被硬生生卸了下来，死因应该是失血过多。”

“用如此残忍的手段杀死一名大学教授，是仇杀？”徐环托着下巴沉吟道。

“凶手要么与受害者有深仇大恨，要么就是个以肢解人体为乐的变态。不过从后来的几起案子来看，后者的可能性比较大。”

“嗯，那第二起呢？”

“第二起发生在三天后，死者是祁东市海洋科技研究所的学者，死因同第一个死者相同，也少了一个胳膊。”

“也是胳膊？”徐环问道，“没动别的肢体？”

“没有，只有胳膊。第三起凶杀案发生在一周后，死的是软件工程师，死亡地点是闹市区一个小酒吧旁边的巷子里。同样，他的一只胳膊也被卸了下来。”

“第四个受害者是个年轻女孩子，据说长得很漂亮。可惜是一名性工作者，晚上在酒店的床上被人杀死，一只手臂被砍。”于东青惋惜地摇摇头，“估计是和嫖客做交易的时候被害死的。”

“还有吗？”徐环问道。

“这四起案件，警方认定是一个凶手所为。因为凶手喜欢砍别人的手臂，所以大家都叫他断肢狂魔。”

“砍手臂？”徐环沉吟道，“为什么只砍手臂不砍腿或者别的呢？难道，有什么特别的用意？”

“的确没有别的肢体，不过手臂倒是有左臂，有右臂。至于为什么，那就不知道了。”

徐环紧紧皱起了眉头，急切地问，“那案子最后破没破，有没有抓住凶手？”

“嗨，别说抓获凶手了，就连……”于东青抬头看了看门口，压低声音说，“就连这件案子的主办人也死了！”

“什么？死了！”徐环失口惊呼道。

“你小声点，”于东青瞪了徐环一眼，“这事很敏感，你别瞎咋呼。你知道主办人是谁吗？”

“谁？”

“卫鸣。”于东青凑近徐环说道，“认识吗？”

徐环摇摇头：“没听说过，是咱们市局刑警队的吗？”

“不是，卫鸣是区分局刑警队的副队长，案发时临时被抽调到市局办理这个案子。关键是他还有另一个身份。”于东青朝门外撇撇嘴，凑近徐环耳朵说，“他是卫毅平的父亲。”

“啊？”徐环又吃了一惊。

“知道这层关系的人不多，所以你出去别乱说。卫毅平这个人，看似大大咧咧的，其实敏感得很。”于东青提醒道。

“那……卫鸣是怎么死的？”

“具体细节都在卷宗里，我们看不到。不过，据说死状很惨。卫鸣的尸体被路人在人民广场附近的警车里发现时，身首异处……”

“唉，这得是多大的仇恨啊！”徐环感叹道，“卫毅平这孩子看上去没心没肺的，没想到心里还有这么一片伤心地。”

“可不是嘛，父亲都过世八年了，案子还没盖棺定论，说起来，这孩子也够可怜的。”于东青盯着电脑屏幕，突然眉头一皱，“奇怪啊……”

徐环心里一颤，忙问道：“怎么了？”

“这起连环凶杀案怎么并到另一起案子下面了？”于东青迅速地点击鼠标，“怎么会……”

“你倒是说啊，婆婆妈妈的，”徐环急得站起身来，把脸凑到电脑前，“跟哪个案子并在一起了？”

于东青指着屏幕上的案号：“是……‘8・23’枪击案。”

徐环顺着于东青指的方向，看到了“8・23枪击案”这几个字，不由得身体一软，瘫坐在椅子上：“这不就是八年前我严重违纪，被开除出警局的那起案子吗。”

“没错。可这案子，怎么会跟断肢狂魔案并在一起呢？”

“是啊，这不合理啊！”徐环烦躁地从椅子上跳起来，把手伸向于东青，“给我根烟！”

于东青犹豫了一下，还是递给了他。徐环猛吸一口，结果被呛得咳嗽起来。

于东青摇摇头：“明明不会抽，装什么大烟鬼，白白浪费我一根。”

徐环把烟掐灭，没有理会于东青的揶揄：“存在即是合理。既然并案，就说明这两起案子之间肯定有关联。像这种绝密级别的卷宗，谁有权限调阅？”徐环问道。

“廖局长啊，对了，还有高局。除了他俩别人都不行。”

“连你也不行？”

“不行。”

徐环深深呼了口气，靠在椅背上，眼睛看着天花板，似乎在思考什么。

于东青把烟掐灭，站起身来：“你等着，我去问问高局，看他能不能通融一下……”

徐环摆了摆手：“别急，我问你，当年‘8・23’案的主办人是不是高局？”

“是，当时他还是市局刑警队队长。”于东青肯定地说，“也多亏了高局是主办人，要是换了别人，恐怕你就不是单单被开除那么简单了。”

“那你就更不能去问他了。”徐环压压手示意于东青坐下，“既然高局是办案人，那就说明他对这些案子十分了解。高局这个人心思一向缜密，既然他把自己办的案子定成绝密，那说明他确实遇到了一些不宜公开的秘密。再说了，你一个下级去调顶头上司曾经办过案件的卷宗，这在职场上可是大忌。”

“那怎么办，在这儿干坐着，咱俩大眼瞪小眼地瞎猜？”于东青没好气地说。

“为什么不呢？不过不是瞎猜，而是根据已有的信息，尽量猜出更多的信息。”

“说的容易，可我们知道的只是一些皮毛而已，既不知道案件细节、凶手特征，也没见过罪案现场，根本无从下手啊。”

这时，徐环开始在房间里踱步，不再理会于东青，完全陷入沉思中。突然，徐环盯着墙上的一幅祁东市地图出神地看了起来：“你刚才说，第一个死者的死亡地点是在祁东大学，对吧？”

“对啊，”于东青点点头答道，“祁东大学的教职工宿舍区。”

徐环拿起一支铅笔，在地图上祁东大学的位置标记了一下：“第二个死者呢？”

于东青不解地看着徐环：“第二个是在海洋科技研究所。怎么了，死亡地点有猫腻？”

“第三个和第四个呢，具体地点？”徐环自顾自地继续问道。

看徐环的反应，于东青明白他一定是发现什么了，于是赶紧回答道：“第三个死者死在闹市区，就是沿海的酒吧一条街，具体哪个酒吧就不知道了。第四个女死者，据说是死在了祁东市最豪华的五星级大酒店里——扬帆假日酒店。”

徐环把于东青所说的死亡地点在地图上一一标注出来。标注完之后，他后退两步，打量着地图问于东青：“东青，你看看，这几个地点有什么特点吗？”

四个杀人地点，分布在祁东市的西北方、东北方、西南方、东南方，对应在地图上，就是祁东市的四个角。

“我以前还真没注意，这四个地点……还挺对称的。不过这能说明什么吗？可能就是巧合吧。”

“巧合？四个杀人地点，分布在对称的四个方位，巧合的概率简直等于零。”徐环仔细看了看地图，又问道，“告诉我，死者失去的都是哪个手臂？”

“第一个应该是左手臂，第二个是右手臂，其他两个记不清了，应该也有左手臂、右手臂。”于东青盯着地图，愁眉苦脸地说道，突然，他双眼一瞪，大声说，“左手臂右手臂，难道凶手的用意是……”

徐环拿起笔，在地图的四个点，分别画了一条线，然后转头看向于东青：

“没错，凶手卸下来的这四条手臂，就是四道斜线。”

于东青惊讶地盯着地图，喉结微微颤动。

徐环指着地图，边比划边说道：“看，第一个杀人地点在地图左上角，死者失去左左臂，我在地图上画了一道代表左臂的向左的斜线；而第二个杀人地点在右上角，死者少了右臂，我画了一道向右的斜线；第三个，少的应该还是左臂，向左的斜线；第四个，向右的斜线。东青，你瞧仔细了，这四道斜线，看着难道不眼熟吗？”

于东青不由得后退一步，指着地图说：“这四道斜线组合起来，就是菱形啊！”

徐环点点头：“没错，这四条斜线，按照凶手行凶的地点排列，就是一个菱形。恐怕，凶手之所以卸下死者的手臂，并不是因为嗜血，而是为了留下这样一个菱形标记。只不过与冯玲和周远身上的血痕相比，这个菱形标记留下的方式……简直是丧心病狂。”

“难道这个断肢狂魔才是杀死冯玲的真正凶手？时隔八年后，这家伙重出江湖了？”于东青瞪大了双眼，“不对不对，周远和冯玲身上的血痕，都是菱形里面套一个圆圈的，而这个断肢狂魔只留了菱形，没有圆圈。”

“是吗？”徐环眼神闪烁，“别忘了，这起案子不止死了四个人，还有一个牺牲者，卫鸣。”他的手在地图上滑动，“你刚才说卫鸣死在人民广场，人民广场……在这里。这下再看呢？”

于东青直直地看着地图，嘴巴张开，一时发不出声音。深深的惊恐过后，一股无力感潮水般涌来。于东青瘫坐在椅子上，狠狠吸了一口烟。

这时，徐环走过来，拉下了自己的衣领。一个清晰的菱形血痕映入于东青的眼帘。

“你身上那个不都痊愈了吗？怎么又出来一个。”于东青觉得那股无力感正在蚕食自己的信心。

“不知道，今天早上醒来时就有了。”徐环摇头苦笑，似乎并不太在意这个血痕。

“哎，你可真行，身上莫名其妙地多出这么瘆人的图案，竟然还这么淡定。要是换了我，早就神经衰弱了。”

“不淡定又能怎么样。”徐环若无其事地端起于东青的水杯喝了一口，“不过这事太蹊跷了，我绝不能忍受有人这么捉弄我。”

“如果有人潜入你家里，小区的监控会拍下来，要不要我帮你查一下？”

“不要，”徐环摆了摆手，“就小区那些监控，我能想出五种以上的办法避开。能神不知鬼不觉地在我身上留下这么个符号，这人肯定是高手。”他笑了笑，“我有别的办法，我在我床上方的天花板上装了个摄像头。想接近我，肯定会被拍下来。妈的，我还不信了，活人能让鬼玩死。”

于东青点了点头，闷头抽了两口烟：“徐环，我怎么觉得，这事越来越没谱了呢？真是奇怪的事一桩接一桩，就连八年前的案子，也跟菱形血痕扯到了一块。”于东青深深叹了口气，“有时候我甚至觉得，你是不是真的有什么问题。”

“你这么想也正常，有时候连我自己都怀疑。怎么哪儿都有我？不说别的，就这个断肢狂魔案，怎么会与‘8·23’枪击案有关？”

“是啊。还有，断肢狂魔留下这么大的菱形血痕，用意何在？与冯玲和周远的案子，又有什么关联？”于东青补充道。

“所以说，我们还是需要案件的卷宗。”徐环凑近于东青，轻声说，“只有搞到卷宗，我们才能继续查下去。”

“是啊，我也知道。可是你刚才不是说不让我找高局吗？”于东青手里把玩着打火机，口气烦躁。

“找他肯定没用，不过……”徐环瞧了瞧四周，虚着嗓子对于东青说，“阳的不行，咱就不能搞点阴的？”

第二十章　表妹赵女士

祁东市同其他沿海城市一样，属于典型的海洋性气候，春天来得特别晚。而今年的冬天也格外拖沓，迟迟不肯离去。

徐环行走在清冷的街头，被一阵瑟瑟的北风吹得打了几个重重的喷嚏。今天的温度本来就低，太阳下山后，似乎又降了几度。他下意识紧了紧衣领，有些后悔今天只穿了一件薄风衣。不过，寒冷并非一无是处，至少可以让他的头脑清醒一些。他意识到，要想厘清整个事件，还是应该按照原计划，从冯玲之死上入手。

徐环默默行走在老城区破旧的石板路上。他七拐八拐，熟练地走进一片老旧居民区。当经过一个不起眼的老式小区门口时，他扫了眼四周，悄无声息地溜进了小区的大门。在确定四周没有可疑的人之后，徐环进入了中间楼洞的楼道内，摁响了门铃。

门上的猫眼里似乎有人在观察徐环，随即，门被打开了。开门的是一位十分普通的中年妇女，她留着齐耳短发，身穿红色毛衣和一条已经发白的牛仔裤。看到徐环，她眼神里明显流露出对陌生人来访的警惕。

徐环笑了笑，礼貌地说道："您好，您就是冯玲的表妹，赵女士吧？"

中年妇女点了点头，有些犹豫地问道："您是……徐警官？"

徐环笑了笑，点头说是。中年妇女这才松了口气，把徐环让进了屋里。

屋子不大，从已经发黄的墙面和发白的地板来看，有些年头了。客厅里的电视柜、沙发、餐桌等家具紧紧排列在一起，显得有些拥挤，但屋里的东西都被收拾得井井有条，充满了浓浓的生活气息。

徐环在灰旧却又整洁的沙发上坐下来，开玩笑说："赵女士，您怎么这么谨慎啊？"

赵女士边给徐环倒茶，边不好意思地笑着说："不谨慎不行啊。自从我表姐出事之后，有些记者三天两头往我这儿跑，非要向我了解情况，真不知道他们是怎么知道我这儿的。来，喝茶。"

"这也不奇怪，记者嘛，就是靠打听事吃饭的。"徐环接过茶杯，轻轻啜了一口，"今天我来打扰，其实和记者们的目的是一样的，主要是来了解冯玲的一些情况。赵女士，吴婷婷应该提前跟您打过招呼了吧？"

"说了，说了。婷婷这个孩子，不光长得漂亮，心也好。自从冯玲出事以后啊，婷婷就一直惦记着冯玲的孩子小米，三天两头拎着玩具和食品来看他，现在孩子还经常念叨他的漂亮警察阿姨呢。"赵女士一脸的感激之情，"徐警官，您有什么要问的就问吧，我一定知无不言。"

徐环点头称是："赵女士，您也别叫我徐警官了，实话跟您说吧，我虽然之前是冯玲这个案子的专案组成员，但我其实并不是警察。这次来了解情况呢，纯属我个人行为，与公安局无关。"

赵女士似懂非懂地点点头："行，那你也别女士女士的叫了，听着怪别扭，你叫我大姐就行了。"

"好，赵大姐，那我就不绕圈子了。您跟冯玲是表姐妹，关系应该不错吧？"徐环开门见山地问道。

"关系还行。小时候，我们两家住在一个大院里。我跟她年龄相仿，性格也相投，经常在一块玩。不过上初中之后，她们家就搬走了。冯玲的父亲很有能力，当上了领导，家境也慢慢好了起来，我们两个也就慢慢疏远了。后来我俩考上了不同的大学，联系就更少了，不过逢年过节的时候，该走动还是走动。总体来说，还算是比较近的亲戚。"

"嗯。您觉得，冯玲这个人性格怎么样？"徐环把茶杯捧在手里，暖一下自己冰凉的手。

"性格嘛，怎么说呢，以前她跟我一样，都属于那种很内向的性格，只愿意自己玩。上了初中之后，女大十八变，她一下子变得很漂亮，很多男生都喜欢跟她一块玩。不过她还是愿意自己待着，对那些献殷勤的男生，基本上都是爱搭不理的。"赵女士拿起水果刀，开始给苹果削皮，"不过……自从她留学回来之后，我觉得她的性格变了很多，可以说，跟换了一个人似的。"

"怎么个变法？您仔细说说。"徐环追问道。

“怎么说呢？自从她留学回来后，性格就变得很厉害。”赵女士在脑海里努力搜寻着合适的词汇来形容冯玲的性格，“或者说很强势。举个例子吧，如果以前有人欺负她，她肯定会忍下来。可后来呢，她绝对不会就这么算了，肯定会使用一切手段出了这口气。还有……对了，我感觉特别惊讶的一点就是，从美国回来之后，她的记忆力变得特别特别好。”赵女士把削好的苹果递给了徐环。

“记忆力？”徐环感到有些意外。他接过苹果，轻轻咬了一口。苹果有些生，吃起来有些发硬。

“对，是记忆力。记得有一次我老公给我打电话，他让我记个电话号码。我让冯玲在一旁帮我记到一张纸上，过了几个小时，那张纸我找不到了，正着急呢，没想到她说她记在脑子里了。我按照她说的号码一拨，竟然没错。你想啊，都过了几个小时了，她还能记得那么清楚，这记忆力不是一般的好啊！”

“几个小时，有这么夸张？”徐环有些不太相信。

“我一点也没夸张，而且不止这一次，像车牌啊、路牌啊什么的，她都记得特别清楚。”赵女士若有所思地说，“除了记忆力，她的观察力好像也强了很多，许多一般人不会注意到的细节，她都观察得很仔细。令我印象最深的一次就是，有一次我俩在街上碰到了电视台的记者随机采访路人，恰好采访了我俩，而且是现场直播。采访完毕后，我都紧张得不行了，她竟然很平静地对我说，这个女记者穿一身奢侈品，戒指戴在小拇指上，还是单身，绝对不正常。她说完之后我觉得很惊讶。”

“嗯，这种观察力，的确超乎常人。”徐环像是自言自语。

“唉，总之，我觉得她变得神神叨叨的，整个人也特别敏感。”赵女士下完了结论，端起茶杯喝了一大口茶。

“这个变化确实有些奇怪。”苹果味道不好，徐环不想再吃了，可是碍于礼貌，他还是拿在手里，“赵大姐，还有没有别的？”

赵女士仔细想了想：“还有就是，她好像变得有些心狠了。以前她特别有爱心，对小动物、小朋友什么的非常喜爱，路上有乞讨的老人她也会给钱。但是后来，她的心肠似乎变得特别硬。不说别的，就拿她自己的孩子来说吧，她对周小米特别嫌弃，漠不关心就算了，还打打骂骂。唉，这孩子都被她打怕了，有些自闭。”说到这里，赵女士似乎想起了什么，又似乎有些顾忌。

徐环看她欲言又止的样子，心里明白了八分，赶紧小声说："大姐，您有什么要说的尽管说，我绝对保密。"

赵女士看了看四周，神秘兮兮地对徐环说："刚才说到孩子，我有件事情要对你说一下，你可千万别对外面说。"

徐环一听这话，赶紧打包票："放心，绝对保密，您说吧，什么事？"

"小米这孩子，恐怕不是她跟周远亲生的。"

"啊？不是亲生的，您为什么这么说？"

赵女士解释道："你仔细看看就会发现，这孩子长得跟冯玲两口子一点也不像。我记得他俩准备要孩子的时候，冯玲对我们说她要出国去生，因此从怀孕开始我就没见过她，后来等他们回国，我见孩子第一面的时候，孩子都半岁了。有时候聊起天来，我问她怀孕的那些事情，她支支吾吾的，根本不像怀过孕生过孩子。所以我推测啊，这孩子八成是领养的。要不然哪有这么对待亲生孩子的，有时候连我都看不下去。"

"是吗？可是我记得冯玲说过，他俩装修完房子之后，为了孩子的健康，每天都开窗透气。我觉得从这个小举动来看，他们对孩子还是很关心的。"徐环对赵女士的说法有些不太认同。

"他们是这样对你说的？"赵大姐瞪大眼睛问道，"切，脸皮可真够厚的。你别听他们瞎说，开窗透气是为了他们自己吧！要真是为了孩子好，房子住得好好的，干吗要重新装修？真是的。"

徐环点了点头，顺手把咬了几口的苹果放在茶几上："您说得有道理。对了赵大姐，您知不知道冯玲在美国的时候，在哪个学校留学？学的什么专业？"

"这个我还真不太清楚。她倒是跟我说过一次，可是外国那些啰啰唆唆的名字，我根本记不住。好像是叫什么尼和什么亚的。"赵女士有些为难，略带歉意地说。

"宾夕法尼亚，加利福尼亚，还是弗吉尼亚？"徐环忍不住提示道。

赵女士看着天花板，努力回想了一阵子，最终还是失败了："不好意思，真的想不起来了。她很少跟我提起她在美国的经历，倒是经常对我发牢骚说国内怎么怎么不好，比起美国差远了之类的。这话我就不愿听。有一次我听不下去了，直接问她，美国这么好，你干脆待在那里好了，还回国做什么。谁知她脸色一沉，冷冷地说，要不是非让她回来，她才不回来呢。"

“非让她回来？谁非让她回来？她的父母吗？”

“我也这么问她，但是她好像是说漏了嘴，闭口不再提这事了。我觉得应该不是她父母，她父母本来就打算移民美国，让冯玲出去，就是打前站，为全家移民做准备。既然已经打算出去了，为什么还让她回来呢？”

“难道是为了周远？”

“谁知道呢，她没说，我也只是瞎猜。对了，你等我一下，我拿个东西给你。”

一会儿，赵女士从卧室里出来，手里多了一本老式影集。赵女士打开影集，从里面抽出几张照片递给徐环：“这里面有几张冯玲的旧照片，不知道对你有没有帮助。”

徐环接过照片，仔细翻看了一遍。这些照片基本上都是赵女士与冯玲年轻时候的照片，有生活照，也有艺术照，都十分普通，并没有什么特别的地方。不过，翻到后来，有两张照片引起了徐环的注意。

其中一张是冯玲的近身照。背景是一堵比较老旧的墙壁，冯玲穿了一身白色连衣裙，散发出十足的活力。另一张照片则是完全不同的风格。照片里的冯玲身着正装，双手交叉放在身前，礼仪性地微笑着，看上去成熟了很多。她身边还站着四五个外国人，有黑人也有白人，穿着都很正式。从他们的表情来看，可能是正在出席某种较为正式的活动。

两张照片交替着看了许久，徐环轻轻叹了口气。这两张照片都很普通，没什么问题，但徐环还是觉得有些地方不太对劲。

“这两张照片，都是冯玲在美国留学的时候拍的。”赵女士凑过来解释道，“她回国之后送给我作留念的，多少年都没看过了，差点忘了。”

徐环盯着照片，完全沉浸在自己的思绪里，过了几分钟，才抬起头，脸上带着一丝兴奋：“赵女士，这些照片很有价值，能让我带走吗？放心，我会妥善保管，几天后一定完璧归赵。”

赵女士犹豫了一下，点了点头：“好吧，但请一定保存好并还给我，毕竟这是她留给我为数不多的照片。”

“嗯。”徐环小心翼翼地把照片放到大衣内衬的口袋里，继续问道，“大姐，您对冯玲的丈夫周远，有什么看法吗？”

“我跟他接触不多，怎么说呢，这个人有点傲，对人很冷淡，还有些势利。反正我不是很喜欢。”

“据说周远跟冯玲的关系很紧张，是真的吗？”

“对，他们的关系确实不好。不过，虽然我不喜欢周远，但实事求是地说，周远跟冯玲在一起其实挺可怜的。”

徐环脸上掠过一丝惊讶：“您是说周远可怜？难道可怜的不应该是冯玲吗？我可是听说，冯玲多年来一直忍受着周远的家庭暴力啊。”

“呵呵，不止是你，认识他们的人都这样以为。冯玲的高明之处恰恰在此，她就是有这种将黑演绎成白的能力。可实际情况跟你们认为的恰恰相反，这么多年来忍受家庭暴力的，并不是冯玲，而是周远。”

看到徐环惊讶地张开了嘴，赵女士不由得笑了笑：“冯玲是个控制欲很强的女人，他们结婚以后，周远基本上对冯玲是言听计从，即便如此，周远还经常遭受冯玲的打骂。”

徐环摇摇头，难以置信地说：“原来是这样，真是出乎我的意料。”

“不仅如此，”赵女士有些犹豫地说，“有些话，我不知道该不该对你说。”

“您有什么话尽管说，我一定保密。”

“冯玲已经去世了，其实这样议论她，对她不太尊重，不过这些事应该告诉你们，毕竟你们办理她的案子，有权知道这些。”赵女士端起茶杯喝了口水，想了一会儿才开口道，“怎么说呢，跟周远结婚后，冯玲在那方面似乎有些不太检点。”

“您指的哪方面？”徐环追问道。

“冯玲结婚后，经常跟陌生男子联系，有时候深夜打电话，有时候趁周远不在家，在家里见面。徐警官，你说说看，一个已婚妇女，偷偷摸摸搞这些东西，是不是很让人瞧不起？”说完，赵女士的脸变得通红，似乎羞于谈论这件事情。

“我一开始根本不相信，冯玲以前是多么传统、多么保守的女人啊。不过后来一想，肯定是在美国让那些腐朽的资本主义思想给影响了。你说在国内多好，好好的姑娘都学坏了。”赵女士一脸的痛惜之情，“其实我侧面跟她提过这些事情，想让她悬崖勒马，别做出伤风败俗的事来。她却对我发了一通脾气，说我不懂装懂，让我别管她。唉，打那之后啊，我就不敢管了。”

徐环皱了皱眉头：“这种私密的事，您是怎么知道的？有证据吗？”

赵女士摇摇头：“我没有证据。”

徐环笑了笑："大姐，没有证据，您怎么能说这事是真的呢？道听途说不足为据啊。"

"我的确不是亲眼所见，而是听别人说的。"赵女士脸上浮现出一丝神秘，"但这个人的话非常可信。因为冯玲在做这些事情的时候，这个人就在她身边，把一切全看在了眼里。"

"啊？有人在监视她？"徐环心里一惊。

"当然不是周远，是一个冯玲永远也想不到的人。"赵女士脸上露出一丝笑容。

"是谁？"徐环看着对方脸上淡淡的笑容，心中诧异到了极点。

赵女士还没来得及回答，一阵急促的敲门声就响了起来。她抬头看了眼墙上的钟，神秘地说："这个人就在门外，我去开门。"

徐环看着她去开门的背影，不由得喉咙一紧，原本放松的双手也紧紧攥成了拳头。

随着厚重的防盗门发出一阵刺耳的转动声，一个矮小的身影闪了进来。小男孩也就十岁左右的样子，身材瘦小，梳着西瓜太郎头，白净的脸上有一双大大的眼睛。单论相貌，这是个长得很可爱的男孩，可他的表情却十分木然，眼神里透着与年纪不相符的警惕和冷漠。

徐环略一迟疑，才想起来这个不怎么讨人喜欢的小男孩。

"徐警官，这就是冯玲的孩子，周小米。"赵女士给徐环介绍完，又俯身柔声对周小米说，"小米，这位是警察叔叔，快问叔叔好。"

周小米黑着脸，瞟了徐环一眼，冷冷地说："叔叔不好，我不喜欢警察叔叔。"

"这孩子，真没礼貌。"赵女士轻轻摸了摸周小米的头，嗔怪道，"徐警官，你可别见怪啊！"

徐环笑着摆了摆手："哪能，您可千万别这么说，孩子认生很正常。再说，谁让我长得这么凶神恶煞呢。"

说话间，门口又走进来一个年轻的女孩。她扎着马尾辫，身穿白色羽绒服、黑色打底裤和一件格子短裙，整个人看上去青春靓丽。

"吴婷婷！"徐环略显惊讶地叫道，"你怎么来了？"

吴婷婷笑了笑，叫了声徐哥，红着脸说道："小米的玩具都在以前的家里，现在案子虽然结了，但案发现场还没来得及解封，玩具也拿不出来。

我刚才带小米出去，就是去商场买玩具了。另外，我知道你来找赵大姐了解情况，顺便过来看看。”

“阿姨，你别跟这个警察叔叔说话了。”周小米走到吴婷婷身边，拉住她的手，“咱们还是去玩玩具吧。”

“可是我们刚刚不都说好了吗，现在已经到写作业的时间了，该去写作业了。”吴婷婷弯下腰，轻轻摸着周小米的头说，“明天阿姨再陪你玩好不好？”

这时，赵女士拉住周小米的手说：“小米你看，都已经这么晚了，再不写作业，明天就要挨老师骂了，而且警察叔叔和阿姨也该回家了，对不对？”

周小米恋恋不舍地回头看了眼吴婷婷，随即被赵女士拉到了里屋的卧室。

徐环看了眼吴婷婷，半调侃地说道：“行啊婷婷，这才几天工夫，你就成了孩子王了。”

吴婷婷摇了摇头，脸上掠过一丝伤感：“唉，小米这孩子挺可怜的，一夜之间父母双亡。徐哥，不瞒你说，我最早接触小米是因为案子的事情。现在回想起来，那时的想法真挺可笑的。”

“其实也没什么，当时那种情况，别墅里的人都有作案嫌疑，对小米进行调查，也可以理解。”

“徐哥，你就别安慰我了。”吴婷婷苦笑着说，“小米这孩子不爱笑，乍一看对人很冷淡，甚至不太讨喜，可跟他接触久了就会发现，他是个很善良的孩子。我与他几天不见，还挺惦记的。其实，之前于队长他们说得对，这样一个小男孩，怎么可能有作案嫌疑呢？”

徐环点了点头：“嗯，小米的确不具备作案嫌疑，这一点毋庸置疑。可是还有一点你别忘了，案发时，小米可是在别墅里。”

吴婷婷一怔，眉头微蹙，说道：“徐哥，你的意思是？小米他……”

“刚才赵女士告诉我，冯玲平时有些隐秘的活动，其实都被其他人看在眼里，只不过冯玲没有察觉。我觉得她指的应该就是小米。”徐环解释道，“既然冯玲平时对他没有戒备，那案发时可能也不会刻意回避他。所以说，小米极有可能看到了一些案发时的状况。”

“对啊！”吴婷婷用力一捶拳头，脸上泛起了兴奋之色，“很有可能。不过，就算是小米知道一些情况，也没什么用。”

“为什么？”徐环不解地问。

“他的心理状况很不乐观，我对他做过几次心理疏导，作用不明显。现在就连提父母的名字他都很激动，更不用说让他回忆当天晚上的详细情形了。”

“这种情况，确实有点棘手。不过，他的情绪越是激动，就越说明那天晚上他看到了什么。当然，不能心急，等孩子恢复一段时间再问吧。”徐环话锋一转，“对了，案发当天晚上，你还记不记得，冯玲和周小米被安排离开现场的时候，有没有从家里带走什么东西？”

吴婷婷略一沉吟，十分确定地答道：“没有。马千里曾经说过，冯玲和小米被带走的时候被仔细检查过。冯玲连换洗衣服都没带，而小米好像只带了两样玩具。徐哥，怎么想起问这个了？”

“我推测，那个真笔记本应该落到了冯玲手里。”徐环解释道，“她在离开案发现场时，很有可能会想方设法带走。”

“应该不会吧，那个笔记本跟个大盒子似的，不可能藏在身上带出去的。”

“没那么简单。”徐环轻轻摇了摇头，“笔记本带出去确实不容易，可要带出去几页纸并不难吧？冯玲完全可以撕掉那几页纸，藏在身上，悄无声息地带出案发现场。”

吴婷婷轻轻叹了口气，沮丧地说：“唉，要是这样考虑的话，就算是搜身，也不一定能搜到。”

徐环点了点头：“没错。也许调查结果已经被冯玲带出去了，只是我们不知道她是以何种形式带出去的。更重要的是，她死后，这个调查结果也不知去向。”

这时，赵女士从里面房间走了出来：“好了，可算是把小米哄着写作业了。哎，你们二位别站着呀，来，赶紧坐。”

徐环坐在沙发上，端起茶杯喝了口茶，问道：“赵大姐，小米还有没有其他亲戚？是不是以后他就由您来抚养了？”

赵女士微微叹了口气：“嗯。周远和冯玲的父母都已经去世了，跟他们关系最近的亲戚也就是我了。不怕你们笑话，我老公死得早，也没给我留下一儿半女的，我现在是孤家寡人一个，把小米给我抚养，我求之不得。你们就放心吧，我保证比冯玲疼他。”

“太好了，小米由您来抚养，我就放心了。”吴婷婷面露欣喜之色。

徐环也点了点头：“赵大姐绝对是合适人选。不过，小米现在的心理状况有点让人担忧。赵大姐，对小米这样的孩子只有好吃好穿还远远不够，要尽快让他恢复正常的心理状况。”

赵女士脸上也露出一丝愁容：“唉，我知道。只是，父母接连去世，这对年龄这么小的小孩来说，实在是太残酷了。”她突然话锋一转，略显突兀地问道，“徐警官，冯玲的死，真的是交通意外吗？我总觉得她的死没那么简单。”

“这件事情，官方既然确定了，应该就是如此。”徐环谨慎地回答道，“而且，确实没有其他证据证明这是一起蓄意谋杀案。我今天来找你了解冯玲的情况，其实就是丰富一下案件的背景资料，没有别的意思，千万别多想。”

“嗯，我明白。”赵女士若有所思地点了点头，“对了，徐警官，还有一件事情麻烦问问你，冯玲遇害之后，她的随身遗物是不是还在海西区公安局啊，现在能不能还给我们？”

徐环放下茶杯，抬头看了赵女士一眼，答道：“当然，您现在是她唯一的亲属，她的遗物自然会交由您来保管。不过，我现在不是专案组的人了，一切还得以警方的答复为准。具体怎么还，您还是去问问刑警队吧。可能还得办理一些手续。”

赵女士点点头，不再说话了。

徐环会意，起身说道：“赵大姐，今天给您添麻烦了，时间不早了，我们就不打扰了，您早点休息。”

“哪里话。”赵女士起身，把徐环二人送出了门口。

跟赵女士告别后，二人顺着幽暗的过道走出了楼洞。徐环问：“婷婷，你对这位赵女士怎么看？”

“赵女士就是个普通的家庭主妇吧。于队长调查过她，她在一家超市当会计，工作平平淡淡，生活也波澜不惊。”

徐环轻轻笑了笑：“没错，无论是从装扮还是谈吐上，赵女士看上去都像是一个普通的家庭主妇。可依我看，这个人没那么简单，她的情商和智商都很高，是个挺聪明的人。”

吴婷婷惊讶道：“聪明？有吗？”

“刚才我同她聊了很多冯玲的事情，”徐环紧了紧衣领，以抵御凛冽的寒风，“从她对冯玲的判断来看，这个中年妇女的观察力绝对超乎常人。赵女士对冯玲的评价，非常理性，都是推理分析而来，而不是道听途说。”徐环搓了搓手，继续说道，“还有一点，刚才她刻意问起遗物的事情，你不觉得有些不对劲吗？”

“家属要回死者的遗物，不是挺正常的吗？”

“没那么简单。”徐环微微摇了摇头，“赵女士这个问题倒是提醒了我，冯玲的遗物，会不会有什么问题。”

“钟萧他们对冯玲的那些遗物检查过了，没有发现什么问题呀。”

“刚才我们推测，周远的调查结果可能被冯玲带出了案发现场。你回想一下，从冯玲离开罪案现场到她被撞死，除了分局，她只去过一个地方，对不对？”徐环边搓手边解释道。

“没错，就是刚刚咱们去过的赵女士家。”吴婷婷顺着徐环的思路分析道，“你的意思是……”

“周远的调查结果只可能在这两个地方，不会有其他可能。”

吴婷婷皱起眉头：“照这样分析的话，为什么直到现在我们都没有发现呢？”

“原因很简单。”徐环继续分析道，“调查结果是一些信息，这些信息一定会储存在一定的介质上。而这个介质，一定很隐蔽，很不起眼，所以直到现在我们也没有发现。”

吴婷婷点点头，表示认可。

“杀死冯玲的凶手很有可能是冲着调查结果去的。但是从监控录像上看，冯玲被撞死后，并没有人从她身上取走什么东西。因此，信息极有可能隐藏在冯玲的那些遗物中。而赵女士刚才恰恰问起冯玲遗物的情况，难道这仅仅是巧合吗？”

“徐哥，你的意思是，赵女士有作案嫌疑？”

“不好说，我现在没有任何证据。”徐环轻轻叹了口气，“但我可以确定赵女士不是普通的家庭妇女。所以，冯玲的遗物一定不能交还给赵女士，要想办法拖着，做进一步的检查。”

吴婷婷点了点头：“嗯，我一定转告于队长。”

徐环沉思片刻，岔开了话题问道：“对了婷婷，这段时间休养得怎么样了，什么时候回来上班啊？”

“快了，再过几天就去。”吴婷婷有些无奈地答道，“其实我早就没事了，只是于队长非得让我休息。唉，我在家都快闲出病来了。”说话间，二人走到了停在院门口路边的一辆红色小汽车旁。

吴婷婷掏出车钥匙，打开车门：“徐哥，这么冷的天，我送你回家吧。”

“那就麻烦你了。”寒冷让徐环放弃了客套，他搓了搓冻得发麻的耳朵，拉开车门坐上了车。

看吴婷婷熟练地点火挂挡，徐环不禁笑了笑：“原来你会开车啊，那天你对林舒说你不会开车，我还以为你说的是真话呢。”

“我平时还真不太会撒谎，经历了这一次我才明白，在生命攸关的时候，撒谎也会成为一种本能。”吴婷婷不无得意地说道，“我在警校上学的时候，驾驶、射击、散打这些实用课程全是名列前茅。可惜就是脑子太笨了。徐哥，今天你随便同赵女士一聊，就看出了问题，而我都跟她说过那么多次话了，也没看出个子丑寅卯来。唉，这就是差距啊！”

“嗨，这没什么，只是你没往那方面想而已。”徐环安慰她道，“说实话，推理能力就像人的肌肉，经常用它，它就会变得强壮，如果长期不用，它就会退化。所以，有空的话，经常刻意练习一下，绝对会有意想不到的效果。”

吴婷婷若有所思地点点头，用力打了把方向盘，车子随之拐出了居民区，驶到了宽阔的大路上。

“对了婷婷，麻烦你把我送到 Miracle 会所吧，正好顺路。”

吴婷婷有些意外，低声嘟囔了一句：“这么晚了，你还不回家啊？”

“嗯，我去那儿休息休息。”徐环边揉额头，边不经意地答道。

“哦，知道了。”吴婷婷有些沮丧，她用力踩了脚油门，车子飞快地驶出主干道，向会所开去。

第二十一章　溪山监狱

Miracle 会所对麾下的员工非常慷慨，每位私人管家都拥有一个按照自己的喜好装修的休息室。Elly 作为会所里最优秀的管家，她的休息室规格自然是最高的。窗外的夜色渐深，Elly 正窝在沙发里，百无聊赖地刷着手机。这时，她左手戴着的黑色手环震动起来。

她打了一个激灵，抬起手腕查看手环屏幕上的显示。Elly 没料到徐环会来，来不及细想，她匆忙起身，用最快的速度换好制服，然后到卫生间整理好头发和妆容，接着出门跑向徐环的房间。

当她推开房门时，徐环正解大衣的扣子。看到 Elly 进来，他伸手示意 Elly 帮他把大衣挂起来，冷冷地说道："怎么这副表情，不欢迎我？"

Elly 赶紧上前接过大衣，吞吞吐吐地说道："不是不是，徐总，怎么可能不欢迎呢？只是您来得太突然了，我没想到。"Elly 把大衣挂到衣柜里，回头瞟了眼徐环，小心翼翼地问道，"徐总，您原谅我了？"

徐环脸色平静地坐在沙发里，伸了个大大的懒腰："再给你一次机会吧，珍不珍惜就看你了。"

Elly 赶紧上前一步："徐总，您放心，我不会再让您失望了。要是换了别人，肯定把我投诉了，您真是宰相肚里能撑船。"

"先别急着谢我，我之所以没有投诉你，并不是因为我有多大度，其实只是为了我自己考虑。"徐环把腿搭在茶几上，眼睛看着天花板，"你一时贪图金钱，被楚琳利用，其实也可以理解，毕竟人为财死，鸟为食亡，谁也不会跟钱过不去。更何况，有了这次教训，你会引以为戒，以后做这种傻事的概率也不是很大。"他扭头看了眼 Elly，"如果我换个私人管家，忠诚度到底如何也很难讲。根据经济学的成本原理，留下你还是比较划算的。所以呢，你也不用谢我，我只是两害相权取其轻而已。”

Elly脸上掠过一丝尴尬。徐环的话让她心里有些不舒服，但她还是勉强笑了笑，伸出手挽住徐环的胳膊：“不管您是出于什么考虑，这份恩情，我会牢牢记在心里的！”

“嗨,屁大个事情,你别搞得这么上纲上线的。”徐环向旁边挪了挪身子，轻轻挣开了Elly的手，“行了，这件事情过去了，以后不要再提了。”

“那……楚琳呢，”Elly好奇地问道，“您也原谅楚琳了吗？”

徐环脸色一暗，语气中透露出不耐烦：“她跟你不一样。不都说了不提这事了吗？对了，那个泰国按摩师现在有没有时间？给我安排个SPA，今天跑了一天，累死了。”

“好，我马上去安排。”Elly站起身来，“徐总，您累成这样，是不是还在帮公安局查案子啊？还没抓到凶手吗？”

徐环扭头盯着Elly看了一会儿，冷冷地说：“Elly，我觉得你对我关心得有点过了。没错，咱们不仅是服务与被服务的关系，还是朋友。但既然是朋友，就要保持足够的距离，那样对你对我，都好。”他疲惫地摆了摆手，“去安排SPA吧。记住，我的事情，以后你少打听。”

Elly的脸色有些发白，她微微点了点头，退出了徐环的房间。掩上房门后，Elly的脸顿时黑了下来。看来，徐环已经有所防备了。这也难怪，她故意设套暴露自己跟踪他的行踪，并成功把脏水泼向了楚琳，自己好乘虚而入，同徐环建立更加亲密的关系。这一招的效果立竿见影，但副作用也显而易见。

不过，留得青山在，不怕没柴烧。想到这儿，Elly原本僵硬的脸上浮现出一丝笑意。

“哎哟，姐，遇上啥好事了啊，乐成这样？”

Elly被这突如其来的大嗓门吓了一跳，抬头一看，竟然是虎子，正吊儿郎当地站在自己面前。

“你小声点，”Elly瞪了虎子一眼，压低声音道，“你怎么到这儿来了？不是嘱咐过你别跑到会所来找我吗？把烟掐了，这儿不让抽烟。”

“哎呀姐，你可真厉害，不愧是这儿的大姐大。”虎子把半截烟扔到脚下的地毯上使劲踩了踩，但他并没有回答Elly的问题，而是眉飞色舞地说，“门口那些保安本来不让我进，切，狗眼看人低。结果我一提你的名，姐，你猜怎么着，这帮小崽子立马给我让路了。”

“行了行了，赶紧说，有什么事？”Elly皱着眉头说道。

虎子脸色一正，转头四处张望了一下，压低嗓门道：“姐，好消息。你不是让我找那个人吗？嘿嘿，找到了。我让两个弟兄跟他乘飞机过来，凌晨一点在祁东机场落地。”

“这么快！”这个消息确实出乎Elly的意料，“不过一定要注意保密，千万不要让别人发现了。他的住处找好了吗？”

“姐，放心吧，我都安排好了。嗨，这些小事你就别操心了！”虎子拍了拍胸脯，一脸的自信。

Elly不安地在走廊里踱着步子。虎子还真是能干，这才几天工夫，就找到了这个重要人物。不过，这一切似乎太顺利了，反而让Elly感到一丝不安。

她突然想起另外一件事情，低声问虎子：“徐环奶妈的后事处理完了吗？”

虎子点点头：“办完了。按照你的吩咐，我给她们带去了十万块钱，除去给老太太办后事花了三万，剩下的钱都交给她女儿了。”他感慨地叹了口气，“姐你可真够仗义的，只不过是半面之缘，你就给她们十万，真是太敞亮了。”

想起死在自己怀中的老太太，Elly的脸色略有些暗淡：“唉，如果不是老太太临死前拼了命地给我提示，我不可能想到那个人的存在。而且，如果不是我拿徐环的事情刺激她，她也不会以那种方式死去，所以，我掏这个钱给老太太送终，也是应该的。”

虎子默默点了点头。

Elly拍了拍虎子肩膀：“行了，别伤感了，都过去了。”她低头看了看手表，已经夜里十点多了，“不早了，你准备准备，去机场接机吧。记住，一切要以稳字为先，千万要低调行事，不要节外生枝。”

虎子使劲点了点头，转身离去。Elly看着虎子远去的身影，心中一阵激动。

“这个人是谁啊？”一个冷冷的声音突然在身后响起。

Elly被吓了一跳，禁不住啊了一声。她惊魂未定地回头一看，原来是徐环。

徐环不知何时出了房间，站在她的身后：“这小伙子看起来挺面熟，他是谁啊？”

Elly迅速恢复了常态，笑容可掬地答道：“徐总，您怎么悄无声息地就溜到我身后了呀，吓我一跳。刚才那个人是我弟弟，唉，臭小子整天不学无术，跟别人瞎混，这不身上没钱了，来问我借钱。”

徐环点点头：“真没听说你还有个弟弟。哎，年轻人贪玩正常，只要让他别沾赌、毒就行。对了，SPA还没准备好吗？”

Elly呀了一声，重重拍了下自己的脑袋：“光顾跟这小子说话，忘了您的吩咐了，真对不起，对不起，我马上去安排。”

徐环点点头，意味深长地看了Elly一眼，转身进了房间。

楚琳家位于老城区的高档别墅区里，住户稀少，十分幽静。此时，楚琳身穿睡衣睡裤，双眼红肿，头发散乱。她抱着自己的双肩窝在沙发里，楚楚可怜。

“小琳，我真是不明白了，就徐环那个小白脸，到底哪儿好？你对他怎么就这么死心塌地？”楚云脸色发红，神情激动地冲楚琳叫道，“徐环这小子，自从我第一次见他，就觉得他不是什么好鸟。不说别的，就拿那起绑架案来说吧，她姐姐被人弄死了，可是这事能怪谁？你又不是故意要害她，这小子竟然把怨气都撒在了你头上。妈的，每次一想到这事我就想骂他，这么薄情寡义的男人，值得你喜欢吗？”

“哎呀，哥！”楚琳哭丧着脸大叫道，“能不能不提那件倒霉事了，你还嫌我不够烦吗？”

“好好，”楚云无奈地摇了摇头，“不说就不说。可你能不能别这么萎靡不振啊？”

“哥，我也不知道他哪儿好，可我就是喜欢他，就是控制不了我的感情。”

“你们女人啊，我真搞不懂。天底下好男人多得是，干吗非要在一棵树上吊死！这样，改天我给你介绍一个，保证比徐环强百倍。”

“不要！”楚琳噘起嘴嚷道，“我只爱徐环，别的男人我一概不考虑！”

楚云气呼呼地摇摇头：“傻妹妹，人家可是连理都不理你了，你还自作多情，非他不嫁，贱不贱？”他掏出手帕擦了擦脸上的汗珠，口气严厉起来，“再说了，就算没这档子事，你们两个就能走到一起吗？你也太天真了。”

楚琳擦了擦红肿的双眼，眼神里带着惊愕：“什么意思？”

楚云给自己倒了一杯水，一饮而尽，定了定神说道：“我告诉你，只要你楚琳还是大良集团的掌门人，那咱们楚家就不可能让你们俩走到一起。”

楚琳的脸扭曲起来，咬着牙问：“凭什么？”

“这不明摆着吗？你是大良集团的总裁，楚家的千金，他是远景集团的高管，徐家的独苗。咱们本来就跟他们是死对头，如果你跟徐环结婚，成了徐家的媳妇，那咱们大良以后到底是姓楚还是姓徐啊？这徐家赚了个人不说，还捎带着把大良集团给吞了，这叫不战而屈人之兵。天底下，哪有这么便宜的事？”

楚琳本来就对公司的事情有情绪，听楚云这么一说，她再也按捺不住心中的委屈，双眼一瞪，指着楚云道：“本来我就不想当什么总裁，都是你跟爸爸非逼我当。行，当就当吧，当了之后你们又对我指手画脚，嫌这嫌那。现在倒好，连自由恋爱都不行。”她从沙发上站起来，情绪十分激动，“告诉你，我不伺候了！这总裁，谁爱当谁当！”

楚云脸色一青，毫不示弱地反击道：“这总裁是爸爸提名，董事会任命的，你说不干就不干了？小琳啊，你都多大了，怎么还这么任性？爸爸要知道你这样，肯定要教训你！”

“没错，对爸爸和你来说，董事会、股东、客户、员工，他们的意见都很重要，唯独我的想法不重要，是吧？可我是他的亲女儿，你的亲妹妹啊，我想得到你们最起码的尊重，而不只是一个工具！”楚琳越说越气，“你以为我不知道吗？老爸让我当这个总裁，就是个挡箭牌，好事都是他的，坏事都是我的，集团真要出了什么事情，我就是替罪羊。而你呢，整天不知道忙什么破事，神神叨叨的，我在集团里受了气你不管，让你帮忙你也没空。有时候我真怀疑，我楚琳到底是不是他楚天舒亲生的？到底是不是你楚云的亲妹妹？”

面对楚琳激烈的反应，楚云有些发愣，他想说点什么，可是又不知道是该劝慰还是该驳斥。他轻轻摇了摇头，转身坐到沙发上，一语不发。

楚琳瞪了哥哥一眼，气呼呼地点起一根烟。她打开窗户，让冷风涌了进来，随即转头看向楚云：“哥，我要出国，旅游散心。”

楚云一怔，脸上露出为难的神情：“旅游不是不可以，只是，你一出国，至少半个月吧，公司怎么办？”

楚琳白了他一眼，抿着嘴说：“开什么玩笑？这次出去，至少要半年。我要远离祁东这个伤心地。”她抓了抓头发，一脸的烦躁，“至于公司那些破事，不是还有你吗？再不行，还有爸爸呀，他不是舍不得放权给我吗？那就让他亲自来吧，反正我是不管了。”

“小琳，你怎么能这么想呢？”楚云紧皱眉头，神情严肃，“爸爸再能干，但年纪摆在这儿，公司的担子迟早要由你来挑。”

“由我来挑？为什么不是你？别忘了你才是楚家的长子，就凭爸爸重男轻女的封建思想，以后大良集团的担子，肯定由你来挑！”

楚云叹了口气：“我……我没法挑这个担子。”

楚琳快步走到楚云身边，紧紧抓住他的胳膊：“我做总裁也可以，但你必须告诉我，你为什么要辞去总裁的职务？你到底有什么事情瞒着我？”

楚云挣开楚琳的手，不耐烦地说：“哎呀，都跟你说过多少次了，我有难言之隐，你别再问了行不行。”

楚琳脸色一凛：“难道连我这个亲妹妹都不能说？”

“不能说，亲妹妹也不行。要是能说我早就说了。你别问了，再问我就生气了。”

楚琳心中的失望情绪达到了顶点，大声嚷道：“好，你不认我这个妹妹是吧，那我也没你这个哥哥。”她抓住楚云的手，使劲往门口拉，“我一会儿就赶飞机出国，请你赶紧离开我家！”

楚云烦躁地挣开楚琳的手，大声喊道：“你别闹，我跟你说正事呢！”

楚琳把大门打开，使劲往外推他：“谁跟你闹啊，告诉你，咱俩之间，以后就没什么正事！你赶紧走，否则我报警了。”

楚云也爆发了：“走就走！楚琳，有本事你一辈子也不认我这个哥哥！”说完，他狠狠瞪了楚琳一眼，气呼呼地摔门而去。

看着哥哥走出自己的别墅，跳上停在门口的豪华轿车绝尘而去，楚琳深深叹了一口气。她抬手看了看手表，不早了，该收拾行李准备出发了。

三个小时后，当楚琳出现在祁东市机场的时候，就又变成了一个风姿绰约、装扮精致的美女。楚琳拉着限量款行李箱，径直走到位于候机楼二层的高级 VIP 候机室。门口的工作人员看到楚琳，热情地微微躬身致意：“楚总您好，请进。”

楚琳微微一笑，把行李箱递给对方，优雅地走进了候机室。不过，刚跨入门口，她就微微皱起了眉头。

祁东机场的高级 VIP 候机室，一向以安静和私密著称。而今天的候机室却俨然一个嘈杂的酒吧，人满为患。几个欧美人红着脸在大声嬉闹，一看就是喝大了。

楚琳紧锁眉头，问身边的迎宾小姐："怎么回事？怎么搞得跟夜店似的。"

此时，有几个欧美男人注意到了在门口站着的楚琳，一边坏笑着，一边大声议论着这位美女。楚琳听得两眼冒火，狠狠瞪了他们一眼，转身走出了候机室。

迎宾小姐赶紧追上去道歉："楚总，这儿确实有点乱，要不我带您去普通 VIP 候机室吧？那儿虽然人多一些，但比这里安静。"

"不必了，我先在大厅逛逛吧，"楚琳摇摇头，"一会儿可以登机的时候你通知我。"

祁东机场的航站楼一共有三层，一层和二层是国际国内出发，负一层是到达。好在一层候机大厅有许多商店，可以打发登机前的无聊时间。

楚琳漫无目的地在大厅里闲逛着，心里盘算着行程。她看了眼手表，指针已经接近零点。她走进一家意大利冰淇淋店，决定抓紧最后的时间吃个平日不敢碰的冰淇淋。

楚琳拿着冰淇淋，站在大厅一角贪婪地吮吸着。这时，从出口中涌出一股人流，门口接机的人群随即骚动起来，他们踮着脚，急切地寻找自己的目标。

吃掉最后一点蛋卷，楚琳意犹未尽地吧唧了一下嘴。时间不早了，该去登机了。她抓起拉杆箱，最后瞥了人群一眼。只不过，回眸之间，她似乎瞥见了一张熟悉的脸，心中不由得一颤。

她揉了揉眼睛，再次看去，可涌动的人流卷走了她的目标。楚琳赶紧追向出口，目标似乎觉察到有人在追他，回头看了一眼。一时间，楚琳愣在原地，脑子里一片空白。

等楚琳反应过来的时候，对方已经不见了踪影。

这时，机场工作人员打来了电话："楚总，您的航班已经开始登机了，请您尽快到高级 VIP 候机室，我们将为您办理登机手续。"

楚琳重重叹了口气:“不好意思,临时有急事,旅程取消。”她掏出登机牌,狠狠地撕掉。随即快步走向出租车停靠点,坐上一辆出租车绝尘而去。

“师傅,越快越好!”楚琳心急如焚,不停地催促。出租车开得飞快,从机场赶到观海园小区门口时,仅仅用了半个多小时。

楚琳匆匆付了车费,跳下车来对小区保安道:“我有急事找你们小区的一个业主,麻烦你让我进去吧。”

保安打量了一下楚琳,摇了摇头:“不好意思小姐,我们是封闭小区,没经过业主允许,访客是不能进去的。尤其是我们小区前些天还发生了命案,现在管理得更严了。这会儿你要是想进去,只能电话联系业主出来接你。”

楚琳深吸一口气,掏出手机拨打着徐环的电话。

“对不起,您拨打的电话暂时无法接听,请稍后再拨。”听到这个,楚琳心头不禁一凉。来不及多想,她再次拨出了徐环的号码,可依旧打不通。

楚琳急得眼泪在眼眶里直打转。她看了看保安,从包里掏出几张百元大钞递过去,讨好地说道:“大哥,他的电话我打不通,我真的有特别特别急的事找他,麻烦你行个方便吧。”

保安摆摆手:“小姐,不是我不通情达理,你看,小区门口有好几个监控,我要是放你进去,明天我就得收拾行李走人。我找这么个工作不容易,你就别难为我了。”

楚琳缓缓收回握着钱的手,一脸的愤恨和无奈。一阵寒风吹过,楚琳才意识到自己穿得太少。她紧了紧衣领,再次拨了徐环的电话。

她不知道的是,拿着手机的人并不是徐环,而是Elly。Elly冷冷地看着手机屏幕,脸上掠过一丝轻蔑的冷笑,按下了拒接键。

清晨七点的祁东市,天际已微微发白,地平线远端的云团,泛起淡淡的金色。天空的另一端,一轮明月却依旧挂在深蓝色的天空中,似乎留恋夜色的美好,迟迟不愿离去。

数辆大货车之间,一辆黑色豪华轿车在穿梭,司机不耐烦地鸣着喇叭,将它们一一甩在了身后。楚云歪斜着身子坐在驾驶座上,从他疲惫的神情和重重的黑眼圈来看,这一定是个有丰富夜生活的人。

“好好开车,别犯困。”一个严厉的声音从他身后传来。

楚云不由得打了个哆嗦，正正身子。

车子宽大的后排座位上，坐着一个身穿黑色大衣的男人。即便是在车内，他仍然戴着一顶老式鸭舌帽，将半张脸隐藏在阴影之中。此外，他还戴着墨镜，衣领高高竖起，外人根本看不清他的真实面目。

“大哥，这不能怪我，这才几点啊，您就把我从被窝里拽起来。”楚云苦着脸，忍不住又打了个哈欠，“昨晚上我被一对双胞胎姐妹折腾到两点，能不困吗？”

“再这样下去，你迟早毁在女人手里。你以为我想带你？哼，但凡有别的办法，我绝对不会找你，这也是迫不得已。不过这个险，必须得冒。”

楚云一阵不满，心里暗暗骂了一句，点上一根烟：“大哥，好端端的，您怎么突然想起来要去监狱那个鬼地方呢？”

黑衣男人沉默片刻，声音低沉地问道：“周远对我们的调查，你怎么看？”

这个问题出乎楚云的意料，他不由得一愣，有些疑惑地答道：“您之前不是说过，他的调查只是触及了皮毛而已吗？既然是皮毛，我们还担心什么？”

“我之前的确是这样认为的，可现在看来，可能有些过于乐观了。”

楚云脸色一变，伸手把抽了几口的烟扔到窗外：“过于乐观？您的意思是周远已经查到实际内容了？”

“现在还不能确定。不过，我十分怀疑，周远其实已经触及了我们的核心机密。”

“怎么可能？我看是您多虑了吧，”楚云不以为然地说道，“那个调查结果，下落不明已经很多天了，到现在一点动静也没有。要是他真查出了什么实质性的内容，咱们还能好好坐在这里？”

“怕就怕在没有一点动静上，要是多少有点反应，我反而会心安一点，就怕这是暴风雨之前的片刻宁静啊。”黑衣男人叹了口气，“前些天，我认为周远的调查没有什么威慑性，是因为我对他进行了跟踪和监视。我自认为他的调查行动，一直在我的掌控之中。可百密难免一疏，我现在担心的，是他的妻子冯玲。”

“冯玲不是死了吗？”楚云大嘴一咧，“人都死了，还有什么好担心的？”

“我担心的是，冯玲在周远被杀一案中的反常举动。”黑衣男人对于楚云的反应有点愠怒，但没有发作，压低声音问道，“想想看，如果周远的调查结果仅仅是皮毛，那么冯玲为什么要煞费苦心地摆林舒一道，将周远的调查结果据为己有？”

楚云瞪大了眼睛，惊讶道：“难道冯玲是为了截取调查结果？”

“嗯，没错。不仅如此，冯玲的死，同样让人费解。凶手为什么要选择在公安局门口杀掉冯玲？”

“经您这么一说，这事确实有点奇怪。”楚云皱着眉头说，“凶手这么做，难道是他赶时间？必须要在冯玲去做某件事情之前将她杀死？”

“就是这样！”黑衣男人重重地拍了一下驾驶座的椅背，把楚云吓了一跳，“凶手之所以要在公安局门口杀死冯玲，并不是他想那么做，而是他必须那么做，他必须要赶在冯玲走出公安局去下一个地点之前除掉她。”

“可凶手，为什么这么着急呢？”

“设身处地地想一下，假设你是冯玲，你的丈夫前一天晚上被人杀了，而你手里握着他的调查结果，你最急切的是干什么？”

楚云略一沉吟，试探着答道：“如果我是冯玲，我会先将调查结果妥善处理好，要么把它藏起来，要么把它转交给别人。”

“没错，凶手就是要赶在冯玲将调查结果处理好之前，杀死冯玲，从而截取调查结果。”黑衣男人声音虽低，但是语气却斩钉截铁。

楚云双眼盯着前方，默默点了点头。

“如果前面的推理正确的话，那就能得出一个结论，周远的调查结果已经触及了我们秘密的核心。”黑衣男人叹了口气，言语间充满了担忧。

“周远这家伙到底查到了什么程度？”楚云龇牙咧嘴地说道，“如果调查结果落到了我们的对手那里，我们就完了。”

“所以，我们必须搞清楚周远调查我们的最终目的是什么。他是想威胁我，还是想扳倒我？我现在担心的是，他是不是在调查十三年前的那件事情。这件事情的真相如果让周远查到了，那我们就真的完了。”

“嗨，大哥，那件案子的真相，早就石沉大海了，根本查不到。”

“没错，”黑衣男人忧心忡忡地说道，“可这世界上，还是有几个人知情的。我这么着急去溪山监狱，就是要去确认一下这个问题。”

楚云从后视镜瞄了一眼黑衣男人，但他的脸隐藏在阴影中，看不见表情：“您的意思是，去找那个……”

“没错，我们就是去找你的堂弟，楚楠。”黑衣男人轻轻说道，唯独把“楚楠”两个字说咬得很重。

“大哥，我看还是叫他残废更贴切一些吧。”楚云轻蔑地说道。

“‘9·19’绑架案的真相，知道的不超过五个人。你，我，你父亲，徐环的父亲，这四个人，绝对不会泄密。所以，如果有人泄露出去的话，最有可能的就是楚楠。我就是要去确认一下，他到底有没有泄密。”

“这好说。残废在第七监区服刑，那个监区的监区长叫杨锦，他小舅子开的公司给大良集团供货，一直靠我发财，我们找他就行了。而且，我早跟杨锦打过招呼了，让他盯紧楚楠，有什么风吹草动就告诉我。可这些年，他一直没有消息，这足以说明，楚楠那边应该没出什么问题。”

“这个杨锦，靠谱吗？”

“应该还行，是个场面人。”楚云的话透着不确定，“不过毕竟好些年没联系了。”

黑衣男人摇了摇头：“十几年啊，这种靠利益关系拉拢的人，不经常敲打着点，他能给你上心吗？”

楚云轻轻点了点头：“残废，快出狱了吧？”

“嗯，判了十五年，现在已经是第十三个年头了。”

“要不是我嘱咐杨锦严格控制他的减刑，恐怕他早就出来了。说实话，真不想见他。”楚云哼了一声。

“楚云，成大事者，不能意气用事。”黑衣男人有些恨铁不成钢地说，“我曾经不止一次让你去探视一下楚楠，好掩人耳目，可你就是不听，十几年愣是一次也没探视过他。”

楚云恨恨地踩下油门，汽车如利剑一般蹿了出去。

溪山监狱位于祁东市行政区域最北端，再北行几公里就出了祁东市的地界。溪山监狱其实名不副实，因为附近既没有青山，也没有溪水，方圆几公里之内都是旷野。

由于与监狱第七监区的监区长杨锦熟识，楚云二人很顺利地通过了层层门禁，来到了位于办公楼三层的第七监区监区长办公室。

办公桌后面，坐着个精干的中年男人。一头板寸和一只鹰钩鼻将他的脸庞勾勒得有些凶狠。可能由于长期与犯人打交道，他的身上散发出一种逼人的煞气。

“杨锦兄，冒昧来访，多多包涵啊。”楚云笑着走到办公桌旁。

“哎哟，楚总，”杨锦赶紧把手伸了过去，“今儿怎么有空到我这穷乡僻壤来了？”

“杨老兄，你这话说的。怎么，不欢迎我来？”楚云伸出手同他握了握。

“哪能啊，楚总能屈尊来我这儿，那是给我杨某面子。”边说，杨锦边掏出一支烟递给楚云。这时，他注意到楚云身后的黑衣男人，问道，“这位是？”

楚云接过烟：“哦，这是我一远房大哥，他有点青光眼，怕光，所以到哪儿都得戴着墨镜，你别介意。”

“理解，理解。”杨锦扫了黑衣男人一眼，若无其事地笑道。

“不瞒杨兄，今天贸然来访，主要是我这位大哥有事相求。”

“嗨，有什么我能帮得上忙的，尽管说。”杨锦把他们让到沙发旁，“来，坐坐坐，我给你们沏壶好茶。”

黑衣男人把帽檐往下压了压，一语不发。

杨锦沏上功夫茶，试探着问道：“楚总，不知你这位大哥找我，有何贵干？”

“杨兄，现在流行抽这个，南美原产，人称黑寡妇，特别带劲。”楚云掐掉手里的烟，然后掏出一盒纯黑色的香烟递给了杨锦，不经意地问道，“其实也没什么事，我那个堂哥不是在你的监区吗，不知最近他怎么样啊？”

“楚楠吧。”杨锦接过烟含在了嘴里，“他最近挺正常的啊。”

“行，那我就不绕圈子了。我问你，前些天有没有什么人来探视他？”

杨锦皱着眉头道：“说起来，你这个堂哥在外面的人缘还真不怎么样，他在我这儿待了十几年了，来探视他的人屈指可数，最近就更没有了。再说了，他要是真有什么不正常的举动，我肯定跟你说了。”

听到杨锦这么说，楚云暗地里松了口气，微微侧脸看了看黑衣男人。

“真的没人探视？”黑衣男人问道，声音有些沙哑。

“哎呀，你就放心吧，”杨锦大大咧咧地说，“我这个监区长虽然不是什么大官，但这点状况我还是掌握的。我敢保证，近期绝对没人探视过他。”

“除了探视，他最近有没有接触到其他人的机会？”

“其他人应该也没有吧。楚楠自从进了监狱，就变成了闷葫芦，连同一监室的室友都不怎么说话，接触外人就更不可能了。”

黑衣男人点了点头，神情也随之放松下来。

楚云笑了笑："我就说嘛，杨兄办事让人放心。对了，我车上还有两箱黑寡妇，待会儿你让司机搬你车上。"

"等等……你刚才说，与外界接触？"

"怎么了？"黑衣男人见状，站起身来，"你想到什么了？"

"一个多月前，楚楠确实接触过外人。"杨锦叼着烟，含含糊糊地说道。

"你详细说，他都接触过什么外人？"黑衣男人的声音有些颤抖。

杨锦吐了一口烟："一个多月前，我们接到了祁东市司法局的通知，说祁东大学的一个课题组要来我们这做课题研究，让我们做好接待工作。"

"这与楚楠有什么关系？"楚云奇怪地问。

"楚总你有所不知，这个课题组研究的课题好像是叫……叫什么来着，名字挺拗口的。噢对，叫什么'暴力犯罪中罪犯的心理和生理创伤剖析'。他们来我们监狱的目的，就是要零距离接触罪犯，获取第一手资料。"

"这帮课题组的人，接触的罪犯就是楚楠？"黑衣男人阴沉地说道。

"这世上的事啊，有时候就是那么巧。"杨锦苦笑着，"课题组对犯人名单进行了筛选，他们选中了十个人，其中就有楚楠。"

"筛选了十个人，看来不是冲着楚楠来的。"楚云看向黑衣男人。

黑衣男人没有理会楚云，而是继续问杨锦："具体怎么个接触法？"

"他们称要跟犯人同吃同住一周，做到感同身受。"杨锦说道，"不过也没那么夸张，基本上就是在监舍里同他们谈谈心什么的。"

"那你还记得楚楠都接触了课题组的哪些人？"黑衣男人冷冷地问。

"课题组有十个人，具体说来，与楚楠接触的是带头的那个课题组组长，据说级别还挺高，好像是个教授。"

黑衣男人看了楚云一眼，轻轻叹了口气："课题组组长直接接触楚楠，恐怕不是巧合，而是直接冲他来的啊。"

"不会吧。"

"没那么简单，"黑衣男人摇了摇头，"这个课题组早不来晚不来，偏偏在一个月前冒出来，你难道不觉得有些突兀吗？"

楚云耸了耸肩，对杨锦说："要弄清楚这件事情也不难。杨兄，你能不能安排我们探视一下楚楠？"

杨锦脸上露出为难的神色："楚总，不是我不帮你，而是最近确实不好办。按规定，只能是犯人的直系亲属和配偶才能探视。”

楚云脸上露出一丝不悦：“要是按规定来，还用得着麻烦杨兄你吗？你是监区长，这点事情应该难不倒你吧。”

杨锦皱起眉，苦着脸说：“嗨，楚总，这事要放到平时还行。可不巧的是，上个月，有个犯人在和家属会见的时候出了乱子，惊动了省司法厅，所以最近的管理特别严格。”

楚云脸色一沉，站起身来就想发作。

这时，黑衣男人摆摆手，冲着杨锦问道：“你还记不记得那个祁东大学课题组的组长叫什么名字吗？”

杨锦挠了挠头皮，有些不确定地说：“好像叫……温华。”

“温华？”黑衣男人用手托住下巴，若有所思地嘟囔着，“这个名字，怎么听着这么耳熟呢？”

过了一会儿，黑衣男人突然抬起头，冲着楚云说道：“走，回去。”

黑衣男人冲杨锦点了点头，转身快步走出了办公室。楚云被他突如其来的行为搞得一头雾水，他同杨锦握了一下手，匆忙说道：“多谢了杨兄，改天我约你喝酒。”说罢，急忙转身追了出去。

杨锦有些发蒙，双眼盯着门口，许久，他拍了拍自己的脑袋，走到办公桌前拿起电话：“小刘吗？你马上到我这儿来一下。”

不到半分钟，一个小伙子推门走了进来。他穿着白衬衣，头发梳得一丝不苟：“头儿，您找我？”

“小刘，刚才来找我的那两个人，监控都拍下来了吧？”杨锦问道。

“拍下来了，一进咱们溪山监狱的大门，他就是打个喷嚏也逃不过咱们的眼睛。”

“打喷嚏什么的我不管，”杨锦命令道，“你用计算机分析下刚才那个戴墨镜男人的脸部特征，最好能识别出他的身份，明白了吗？”

“头儿，他不就是个乡下老头吗？”小刘不解地问。

杨锦脸上露出一丝阴笑：“哼，什么乡下老头，这家伙虽然穿得很寒碜，可一看就是个狠角色。我杨锦干这一行这么多年，会看不出来那个男人在伪装？还他妈青光眼，骗谁呢！”

“头儿，我马上去！”小刘冲杨锦敬了个礼，转身离去。

第二十二章　计划失败

祁东市公安局大楼的第十七层是局领导办公室所在的楼层，不知道是不是心理原因，一踏上这层楼的地板，吴婷婷就觉得精神高度紧张。她蹑手蹑脚地走到最西侧那间办公室，轻轻敲了敲门。

“请进！”高局长的声音充满了威严。

吴婷婷推门进去，高局长有些惊讶：“婷婷，你怎么来了？”他站起身来，“不是嘱咐过你，没事别到我办公室来吗？咱们的关系，目前还得保密啊，倒不是因为别的，就怕有别有用心的人说三道四。”

“舅舅……不，高局，”虽然是自己的亲舅舅，可从小就对她很严厉，再加上这种场合，吴婷婷难免有些拘谨，“那个……您不忙吧？”

“忙我也不能赶你走啊，呵呵。别站着，来，坐下说。”见吴婷婷扭扭捏捏的样子，高局长脸上浮现出一丝怜爱的笑意，“怎么样，伤好利索了吗？”

吴婷婷坐到办公桌对面的椅子上，笑了笑，爽声说道：“舅舅，我根本就没伤。您别忘了，是我一脚把林舒给踢倒的，当然，也多亏徐环吸引了他的注意力。要说伤，他伤得才重呢，我其实一点儿事也没有。”

高局长笑着点了点头：“没事就好。以后啊，自己要小心点，一切以安全为重。你父母远在国外，顾不上你。他们把你交给我这个舅舅来照顾，我可是如履薄冰啊，你要是有点什么差池，我跟他们可没法交代。”

“知道了舅舅，”吴婷婷有些不好意思地笑了笑，“您就放心吧，就凭我这身手，有几个人能欺负的了我呀！”

高局长脸色一正，语重心长地说：“婷婷啊，你刚从校园踏入社会，看问题还是有些简单。你记住，真正的危险，从来都是伪装成糖衣炮弹的。”他轻轻敲了敲桌子，“有道是明枪易躲，暗箭难防啊。我倒是不担心有人欺负你，我就怕你会被别人蒙蔽或者利用啊。”

“好啦好啦，知道了舅舅，看您说的，”吴婷婷略有些不服，“我又不是三岁小孩了，还能被别人骗了不成？”

高局长苦笑着摇了摇头：“罢了罢了，再说你又该烦了。今天为什么事来找我？公事还是私事？”

吴婷婷抿着嘴，慢吞吞地说：“说公也不公，说私也不私，其实就想麻烦您在这表上签个字。”

高局长端起茶杯喝了一口：“什么表还需要我签字？给我看看。”

吴婷婷弯起眼睛，装出一副若无其事的样子，把那张涉密案卷查阅申请表递给了高局长：“舅舅，就是一张申请表。调取涉密卷宗，都得经过您签字嘛不是。”

听到“涉密”两个字，高局长微微皱了皱眉，接过申请表。他在公安系统浸淫多年，早练就了喜怒不形于色的本领。但吴婷婷还是敏锐地察觉到，高局长在扫了一眼申请表后，双眼微微眯起，喉结也有细微的颤动。

“婷婷，我问你，你为什么要借阅这个案子的卷宗？”高局长用手指敲了敲桌面，带着一种让人肃然起敬的严厉。

“也没什么，就是听说这件案子案情复杂，我想借出来学习一下。”吴婷婷低着头，不敢直视高局长的眼睛，尽量装出很轻松的样子。

高局长没有说话。吴婷婷抬头偷偷瞄了他一眼，正好对上了舅舅犀利的目光，吓得她匆忙把眼神移到了别处。

“婷婷，我太了解你了。你说真话的时候，从来都是看着对方眼睛的。”高局长淡淡地说道，“所以，我觉得你现在在撒谎。”

吴婷婷心里一惊，把头埋得更低了。

“你再说一遍，为什么要借阅这个案子的卷宗？”高局长提高了嗓音，语气中又多了几分威严，“我干脆这样问吧，是谁指使你来的？说实话。”

“没有没有，没有人指使我。舅舅，我就是听他们说起这件案子，一时好奇，想借来研究研究，您不同意就算了。”

“婷婷啊，希望你的业务水平不像你的撒谎水平这么低劣。”他站起身来，轻轻把案卷借阅申请表撕成碎片，扔进了垃圾筒，“婷婷，实话跟你说吧，你想了解的这件案子，是祁东市历史上最复杂、最危险、水最深的案子，没有之一。这件案子隐藏的秘密，到现在都没有完全弄清楚。不过你要明白，并不是所有的秘密都能被打探的，很多时候，秘密之所以被称为秘密，就是因为它极度危险。就算别人主动告诉你你都不要听，更别说主动打探了。”

吴婷婷低着头，心里暗暗叫苦。

“婷婷，你舅舅一辈子未婚，也没有子女，对我来说，你就跟我的亲女儿一样。我可不希望你卷入这些事情当中，明白吗？我知道是有人撺掇你来找我的，具体是谁，你不说我也能猜个八九不离十。告诉你，从现在开始，安安稳稳做你的本职工作。这是命令！”高局长板着脸训道。

“可是，舅舅……”

“没有可是。在祁东市公安局，绝密案件的案情只有廖局长和我才能知悉，其余人不可能！这是规矩，也是纪律，你以为这是儿戏吗？”

吴婷婷还是第一次见舅舅这样生气，小心翼翼地点点头：“好吧舅舅，我听您的，以后不再掺和这件事情了。”

“这就对了。”高局长点了点头，语气缓和下来，“婷婷啊，你要记住，舅舅这么做，绝对是为了你好。好了，还有别的事情吗？”

“没有了。舅舅您忙着，我先走了。”吴婷婷逃也似的向门口跑去。

“等等！”高局长的声音在她背后响起。

吴婷婷心里一惊，心惊胆战地回头：“舅舅，您还有什么事吗？”

“婷婷啊，你也不小了，也有了稳定的工作，是时候谈个男朋友了。”高局长拿起身边的一个笔记本，翻了几页说道，“舅舅替你看了一个，小伙子刚从美国读书回来，生物工程专业的博士，优秀得很。你们这个周末见见。”

“啊？不用了吧舅舅，我又不着急。”

“你是不着急，可我着急，”高局长眼睛一瞪，“你爸妈也着急，整天催我给你介绍对象。你倒好，整天跟没事人一样。你们这些年轻人啊，就是太散漫自由了。好了，快去忙吧。”

吴婷婷像得到了特赦令一般，赶紧逃离了副局长办公室。她从十七楼一路跑到了七楼自己的办公室，一把推开门冲了进去。

“怎么样？高局签了吗？”吴婷婷刚回办公室，早就候在那儿的卫毅平急切地问。

“签你个脑袋啊！”吴婷婷白了卫毅平一眼，“都是你这个狗头军师出的馊主意。”

“难道打亲情牌不好用？”卫毅平殷勤地做出要搀扶吴婷婷的样子，一脸无辜。

吴婷婷推开卫毅平的手，板着脸说："让开让开，高局不仅不签，还把我狠狠训了一顿。我说，你以后能不能别把我当枪使。"

"那你……你没把我供出来吧？"卫毅平压低声音问。

"切，就知道自保。告诉你，姐姐我多重义气，才不会做叛徒呢。"吴婷婷坐到办公椅上，瞟了卫毅平一眼，"要是换了你，肯定早就把我卖了吧！"

卫毅平坏坏地一笑，转到吴婷婷身后，伸出手给她捏起肩膀来："哪能呢，我卫毅平可是出了名的讲义气，人称祁东市公安局的乔峰。"

"切，就你这样的还乔峰。"吴婷婷一把打开他的手，不屑地说，"少借机占我便宜。告诉你，这事我不干了，你还是想别的法子吧。"

"哎哟姐姐，别介呀！你不出马，这事更没谱了。"

"不是我不帮你，我这不都试了吗？可高局他不吃这套啊。他还特意嘱咐我，千万不要与这件案子扯上关系，否则会很危险。"

"女侠，女侠，我又想到一个主意。"

"你又有什么馊主意？"吴婷婷斜眼看着他，警惕地问，"咱们丑话说前头，这次你自己身先士卒吧，我可不给你当枪使了。"

"看你说的什么话，什么当枪使，你把我们庄严神圣的合作说成什么了？"卫毅平轻轻把手搭在吴婷婷的肩膀上，摆出一副大义凛然的样子，"革命工作只有分工不同，不分高低贵贱。小同志，你不要有情绪嘛。"

"你能不能有点正经话？快说，又有什么馊主意？"

卫毅平又拿出一份空白的案卷借阅申请表，拍到吴婷婷面前："高局不签，咱们替他签上怎么样？"

吴婷婷脸色一白，从椅子上跳起来，指着卫毅平道："你疯了！伪造领导签字，你知道这是什么行为吗？"

"姑奶奶，你小声点行不行？你先别着急，听我给你分析分析。"

"打住，这事没得商量，我绝对不同意你这样做。"

卫毅平眼珠子转动着，把吴婷婷拉到椅子上："我跟你说，咱们这么做，不叫伪造，而是先斩后奏。咱们要是真查出真相来，再跟高局道歉说明情况，我想他肯定不会怪罪咱们，反而会嘉奖咱们有为局里分忧的意识。"

"先斩后奏？我看高局知道了，会把咱俩先揍后斩吧！"

"哎呀，你怎么这么胆小怕事呢？古往今来，凡成大事者都不拘于陈规，大胆行事，要都像你这样瞻前顾后的，怎么可能成功？再说了，咱们把卷宗借出来，几个小时就可以看完，看完立马还回去，我再想办法把借阅记录删掉，这样做神不知鬼不觉的，咱们不但把事办了，高局还不知道。”

吴婷婷叹了口气，对卫毅平摆了摆手：“行吧，你有这本事你就去弄吧，我不拦你了。但这事跟我没关系，高局要是把你活捉了，你可别把脏水往我头上泼。”

卫毅平嬉皮笑脸地说：“嘿嘿，看来咱们又达成统一战线了。不过这字，还得由你来签。”

“什么？”吴婷婷抬头看着卫毅平，气鼓鼓地嚷道，“你想什么呢？告诉你，没门，我绝对不干！”

“哎呀，你别激动，少安勿躁，少安勿躁。这事啊，没你还真干不成。我仔细研究过你的字迹，咱们局里也就你跟高局的字迹有点像，要不怎么是亲戚呢。你来签这个字，咱们还有可能瞒过档案室那两个大姐，要是换别人，肯定不行。”他把脸凑到吴婷婷的耳边，神秘兮兮地说，“另外，咱们借出这个卷宗，也不是完全为了我，也是为了你的梦中情人啊。”

“什么梦中情人，你胡说什么呢！”吴婷婷又羞又怒地喊道。

“你想啊，八年前的枪杀人质案，是徐环的滑铁卢，你就不想知道案件的一些细节和隐情？他可是你的男神啊，你难道不想为他做些什么吗？”

提到徐环，吴婷婷的心不禁怦怦跳起来，双颊也变得红扑扑的，可是要模仿高局长的签字……吴婷婷双手捂住脸，做着剧烈的思想斗争。

“模仿一个签名，拯救两个人的正义，吴婷婷，你好好考虑考虑吧。”

这句话彻底摧毁了吴婷婷的心理防线，她腾地从座位上站起来，冲卫毅平喊道：“拿笔来，要钢笔！”

半个小时后，当她手拿伪造高局长签字的案卷借阅申请表来到档案室门口时，她仍然有种恍惚的感觉。

档案室的大厅并不宽敞，整个房间有些憋闷。吴婷婷走到借阅处宽大的工作台旁，发现两个管档案的大姐都在。

“孙姐，韩姐，打扰了，我来借个卷。”吴婷婷轻轻敲了敲工作台的台面，十分客气地说道。

“噢，稍等。”体型稍胖、年龄稍大的韩大姐瞟了吴婷婷一眼，“把借阅单给我。”

吴婷婷暗暗呼了口气，把紧紧攥着的借阅单递了出去。

“哟，小吴也在啊。”背后突然传来一个浑厚的嗓音，吓了吴婷婷一跳，她下意识地把握着借阅单的手缩了回来。

“于队，您怎么来了？”吴婷婷转脸一看，来人竟然是于东青。

于东青走到工作台旁，眼神似乎有些异样：“到这儿来还能干什么，当然是借卷宗了，难道你不是？”他走到吴婷婷身边，打量了她几眼，问道，“伤怎么样了，需不需要再休息两天？”

“哎呀于队，千万别让我再休息了，我都在家里憋坏了。对了于队，您怎么还亲自来借卷啊，这种跑腿的事情让我来不就得了。”

于东青似乎有些心事，心不在焉地答道：“哦，没事，大家都很忙，能自己干的，我尽量自己干。”他指了指工作台，“你办完了吗？”

“哦，我不急，您先来。”吴婷婷赶紧摆手，把于东青让到了前面。

于东青点了点头，把借阅单递给了韩大姐。

韩大姐跟于东青打了个招呼，接过借阅单：“哟，还是个绝密卷呢。于队，您得多等会儿，这绝密卷都锁在B区了……”说完，韩大姐扭动着丰满的腰肢，走进了案卷存放区。

绝密卷宗？该不会是……吴婷婷原本悬着的心提到了嗓子眼。

“婷婷，你要借哪个案件的卷宗啊？最近你那里应该没什么案子吧。”

吴婷婷一时有些语塞，支支吾吾地答道：“那个……我调个以前的一桩杀人案卷宗，学习一下。”她抬头看了眼于东青，于队长的眼神已经由异样变为了狐疑。

好在这时，韩大姐及时出现了，手里拎着一大捆用棕色牛皮纸包着的卷宗：“于队长，来，你要的卷宗，帮忙接一下。这么厚，还这么沉，一看就是大案子。”

吴婷婷注意到于东青眼神发亮，下巴微微颤动。

“谢谢韩大姐。”于东青接过那一大捆卷宗，向吴婷婷微微点了点头，然后快步走出档案室。

看着于东青匆匆离去的背影，吴婷婷心中生疑。她走到韩大姐面前，装作不经意地说：“于队长怕是又碰上大案子喽。对了，韩姐，于队长借的什么卷宗啊，怎么有那么多本？这得是多大的案子啊。”

韩大姐拿起水杯喝了口水，把于东青的案卷借阅单给吴婷婷看：“呐，就这案子，你自己看吧。”

吴婷婷拿过一看，不由得心里一沉，借阅单上赫然写着：档案号：GX23212004654。更令吴婷婷咂舌的是，分管领导审批栏里，一个用黑色中性笔签的名字，龙飞凤舞地落在那里，吴婷婷一眼就看出这个签字是假的。

于东青拎着又重又厚的一摞卷宗，快步走出祁东市公安局的办公大楼，向自己的越野警车走去。伪造高局长签字，并不是个好主意。当徐环提出这一方案的时候，于东青极为抗拒，不过，他也实在想不出别的好办法。他了解高局长软硬不吃、油盐不进的性格，想通过正常程序让他签字，绝对不可能。

于东青明白，案卷虽然借出来了，但要赶紧看完然后归还，否则夜长梦多。他现在要做的，就是尽快把卷宗复制一份，然后把原本归还。

边想边打开车门，于东青把沉甸甸的卷宗扔到车上。局里人多眼杂，他决定回家复制这套卷宗。他重重踩下油门，越野警车呼啸着冲出市局的大门。车子飞快驶过两个路口，这时，手机突然响了。他扫了眼屏幕，心里不由得一凉。

于东青摁下接听键，尽量让自己的声音听起来平静一些：“高局，您好。”

“东青啊，你在局里吗？”

“高局，我在局门口呢，马上就回办公室，您有什么指示？”

“有个事情你帮我办一下。”高局长顿了顿，似乎有些犹豫，“你回来后，马上去档案室一趟，告诉管档案的那两位女同志，要严格执行局里的案卷借阅规定。尤其要重申一下，绝密案件的卷宗，除非廖局长和我亲自出面调取，否则禁止任何人查阅。记住，要马上。”

高局长的话让于东青打了个寒战。

“东青，你听到没有？”

“高局，我听到了，我马上去办。”于东青连忙答道。

高局长在电话那端沉默了一下，随即改口说：“算了，还是我亲自去说吧，这事还是我自己办放心。你不用管了，忙你的吧。”说罢，高局长挂了电话。

于东青愣了一下，赶紧调转车头，飞也似的往回赶。幸好开出来的并不远，几分钟后，于东青就开回了市局大院。车还没停稳，他就拎上卷宗，几个箭步冲进了大楼。

当于东青喘着粗气推开档案室厚重的铁门时，他只感到双腿发软，头晕眼花。还好，档案室的借阅台前，一个人也没有。他赶紧把卷宗拎到工作台上，上气不接下气地说道："韩姐，不好意思，麻烦你把这套卷宗入库，快！"

韩大姐一愣，用奇怪的眼神看了眼于东青，但还是照做了。看着韩大姐把卷宗拎进档案库，于东青松了口气。

"咦，东青，你也过来了。"于东青一个激灵，转身一看，高局长已经站在了门口。

"噢，是啊，您刚才打过电话之后，我就下来看看。"于东青赶紧迎上去，"这种事情您交给我就行了，哪还用您亲自跑啊。"

高局长摆了摆手："绝密卷宗，事关重大，我还是亲自过问一下才放心。"说罢，他大步走到借阅台前。

"高局，您来啦。"这时，韩大姐从里面走了出来，点头向高局长致意。

"小韩啊，最近挺忙吧。"高局长寒暄了一句，没等韩大姐回答，又问道，"那两个绝密卷宗，都在档案库里吧。"

韩大姐微微皱眉，脸上划过一丝错愕，她用异样的眼神瞟了眼于东青，不过随即恢复了常态，爽声答道："高局，它们都在档案库，您就放心吧。"

于东青松了口气。看来这个韩大姐不简单，虽然从事的工作并不起眼，但深谙多看少说、不惹麻烦的机关生存之道。

"嗯，那就好。记住，除非廖局长和我亲自来调取，否则不允许任何人调出。"说完，他背着手转身向门口走去。

只是他还没到门口，就又回来了："小韩，把那两个绝密卷宗给我调出来，我要亲自保管。"

于东青一愣，装着一副不明所以的样子问："高局，您这是……"

高局长看着于东青，轻轻摇了摇头，语重心长地说："东青，我这么做，是怕某些干警会做出傻事来啊！"说罢，他拎起卷宗，往门外走去。

于东青愣愣地盯着高局长的背影，他发现，高局长原本威武挺拔的身影，似乎有些蹒跚。

第二十三章　神秘组织

时间已经过了中午，原本应是一天中阳光最灿烂的时段，可惜天公依旧不作美，太阳被厚厚的乌云遮挡住，零星的雨滴开始落下来。一辆出租车飞速拐过路口，驶入一条小巷子里。

“哎,师傅,就在这儿靠边停吧。”于东青粗声粗气地对出租车司机说道。

此时雨势渐大。于东青歪着身子，极其别扭地走下出租车，一边伸出手臂遮在头顶挡雨，一边避开路上的水洼，向马路对面跑去。即便如此，他还是不慎踩到了些小水洼，裤脚被水溅湿了一大片

于东青有点狼狈地走进一家西餐厅，服务员把于东青引到一个雅间里。徐环正斜靠在沙发上，拿着平板电脑，双手忙乱地在屏幕上滑动着。

“怎么找这么个地方见面？”于东青在他对面坐下来。

徐环正沉浸在虚拟世界激烈的战况之中，头也不抬地说：“于大队长，请你喝杯咖啡还这么多牢骚。说吧，想喝点什么？”

于东青拿起桌上的纸巾擦了擦被雨淋湿的头发，然后抓起桌上的菜单，阴阳怪气地说：“喝点什么？你没搞错吧，好不容易来一趟，喝点什么就把我打发了？服务员，给我来一份意大利面、一份南瓜浓汤、一份黑椒牛排，嗯……再来一份奶油鲜菇吧。牛排七分熟就行。”他又看了看徐环，问道，“你要不要？”

徐环放下平板电脑，瞪着眼说：“现在是下午三点半，你这是吃的哪门子饭？午饭还是晚饭，或者说这只是你的下午茶？”

“你这话说的，这一行你又不是没干过，一年三百六十五天，咱们能有几天可以按点吃饭？今天中午我出现场了，下午两点多才回局里，一直没吃午饭，都快饿晕了。请我吃顿饭还婆婆妈妈的，你个小气鬼。”

徐环笑了笑，招手对服务员说："再来一份你们餐厅的招牌烤肉比萨，蜜汁蜗牛也来一份吧。服务员，抓紧时间上，这位先生刚从号子里出来，饥渴得很。"

女服务员捂着嘴笑了笑，快步离开了。

看着服务员拿着菜单离去，于东青伸腿踢了徐环一脚："你他妈才饥渴呢。对了，你怎么就点这几个？能够吗？"

"这些都是给你点的，你当年不是号称祁东市公安系统第一食神吗？我怕你刚才点的不够吃。"

于东青点点头，露出一脸坏笑："行，够意思！"看着徐环又拿起了平板电脑，于东青一把抢了过来，压低声音问道，"我说，你今天怎么这么沉得住气，也不问问我绝密卷宗的事情。"

徐环微微起身，一把把电脑抢了回来，然后冲着于东青轻轻哼了一声："这还用问吗，肯定没搞到啊。"

"哎，你怎么知道的？"

"你个急性子，如果真把绝密卷宗搞到手了，还用等我问你吗？"

"你既然都能猜出来，那还让我来干什么？不会真是叫我来吃饭的吧。"

徐环又打开了电脑，心不在焉地答道："我有那么无聊吗，叫你来，当然是为了案子的事。"

这时，服务员端了一盘意大利面进来，于东青迫不及待地拿起刀叉，风卷残云，眨眼工夫盘子就见了底。于东青拍拍肚子，端起水杯灌了几口，对徐环说："哎，我边吃边听，你说吧，有什么进展？"

徐环给他又倒满水，压低声音说："我查遍了冯玲所有的档案、简历，还走访了她的一些亲属、朋友，确实有些收获。不过，查到的东西越多，越觉得她神秘。"

徐环拿起平板电脑，调出了几张照片给于东青看："前两张是冯玲的档案。你看，冯玲在国内的履历非常详细，而且中规中矩，没有什么可疑之处。但是她在美国加利福尼亚州读书的四年间，记录却非常模糊。档案上只写着在美国留学，攻读语言学硕士研究生学位，至于在哪个学校上学，以及留学期间的详细状况，并没有记录。"

"你的意思是，她在美国度过的这四年很可疑？"

"经过走访，我了解到，冯玲的双亲几年前已经病故，她跟其他亲戚也比较疏远，基本上没有什么来往，只有一个表妹跟她还比较近。我对冯玲的了解，大部分都是从她这个表妹那里得来的。”

“你说的这个表妹，我们调查过。”于东青拿刀切下一大块牛肉，一口吞下去，含含糊糊地说，“她叫赵彩霞，在克尔玛连锁超市干会计。案发当天晚上，我们就是把冯玲和周小米送到了她家里。经我们调查，她应该没什么问题。”

“赵彩霞的事等会儿再说，先说冯玲。”徐环说道，“赵彩霞告诉我，冯玲在出国前，是个非常内向的女孩，但回来之后，性格就变了。当然，这也不奇怪，毕竟四年的时间也不短，又接触了那么多新鲜事物，有些变化实属正常。”

“我给你看两张照片。”徐环边说边切换了一张照片放到于东青面前，“这两张照片都是赵彩霞提供给我的。来，你先看这一张。”

于东青拿纸巾擦了擦双手，接过平板电脑。屏幕上，是那张冯玲的近身照。

“怎么样？有没有发现什么？”

于东青端详了一会儿，最终摇了摇头。

徐环指了指照片中冯玲身后的那面墙：“你仔细看看，冯玲身后的这面墙上，是不是有一个图案？”

“嗯，好像是有个奇怪的图案。镜头拉得太近了，图案没照全啊，看不太清楚。”

“没错，照片上的图案的确只是一小部分，完整的图案，在我这儿。”说着，徐环把手机递给了于东青。手机屏幕上显示的是一个盾形图案，黑色的盾形标志中央，衬托着一只黄色蝙蝠，蝙蝠下面写着一行红色的英文：Save The Soul。

“哎，这是什么图案？这么诡异。”

“你对比一下，看看照片上的图案，是不是这个图案的一部分？”

“你别说，还真是。照片上拍下来的这一部分，差不多是这个徽章的四分之一。”于东青一手拿电脑，一手拿手机仔细对比了一会儿，然后肯定地点了点头，“你可以啊，你是怎么仅凭照片里的这一小部分图案辨认出整个图案的，难道你以前见过？”

徐环端起杯子抿了口咖啡：“没错，我以前的确见过。这个徽章，是外国一个非官方组织的会徽。"

"非官方组织？难道是协会之类的吗？"

徐环解释道："差不多吧，但并不是一般的协会。具体来说，这个组织成立于'一战'之后。那时，这个国家的垄断经济开始兴盛，形成了很多大的垄断财团，中小企业的生存空间被严重挤压。在这种情况下，很多中小企业意识到，要想生存发展，必须联合起来。于是，成立了互助同盟这样一个组织，旨在加强中小企业协作，以对抗垄断财团。

"这个组织成立初期，类似于商会，只从事商业活动。但是'二战'爆发以后，性质发生了转变。五十年代，随着垄断经济和财团的进一步发展，这个组织非但没有衰弱，反而发展迅猛。我个人猜测，应该是官方为了约束和制衡一些大财团，暗地里对这个组织进行了支持。"

"这些老外也挺懂制衡之术嘛！"于东青调侃道。

"也就是在这个阶段，这个组织正式更名为 Salvation Alignment，翻译过来差不多就是拯救者阵线，我们就简称为'SA'。"

"就你那英语水平，翻译得准吗？"于东青坏笑着揶揄道。

"去你的，我英语差，你也好不到哪儿去。"徐环边说边用脚轻踹了于东青一下，"从那时起，SA 便不再满足于只从事经济活动，而是有了一定的高端诉求。于是，凭借自身原有的基础，开始大肆招募具有一技之长的人，尤其是一些特工、间谍之类的人员，以刺探经济、商业、科技情报。可以说是一个情报集散地，因此引起官方的重视。"

于东青吃完了最后一块比萨，意犹未尽地说道："类似于宋江嘛，先落草为寇，成了气候之后，再与朝廷谈条件，是吧？"

"那不一样，他们的盘子可比宋江大多了。SA 已经不再满足于只在国内活动，而是将触角伸到了全球。据我所知，它在欧洲、南美和东南亚都很活跃。不过 SA 很聪明，只采集商业、经济、科技方面的情报，严禁触碰政治、军事方面的情报。这样一来，它既可以获取大量的商业情报来牟取经济利益，同时又不触碰政府的底线。再加上它行动隐秘，总是以合法的商业行为作为伪装，因此很难抓住它的把柄。"

"确实挺聪明，深谙政商两界的生存之道啊。不过，说来说去，这个组织就是个商业间谍组织。"

"可以这么说，但这个组织的能力还远不止于此，详细的以后再跟你说。”

“嗯。这个组织的图案只不过出现在冯玲的照片上而已，跟这个案子有关系吗？”

“我怀疑，冯玲就是SA的一员，而这个案子背后，也有它的影子。”

“啊？”于东青大吃一惊，“不会吧，就凭这张照片你就能得出这个结论，也太牵强了吧？”

“单凭这张照片，确实不足为凭。”徐环低头滑动平板电脑，调出了另外一张照片，“你再看看这张照片。”

另外一张照片是冯玲与几个外国人的合影。

于东青不解地问：“我没发现不对的地方啊。”

“你没发现就对了，我也没发现。”徐环平静地答道。

“没发现你让我看这个干吗？”于东青一瞪眼，“玩我呢？”

徐环微微一笑，用手指在照片上弹了一下，慢悠悠地说：“这张照片不正常的地方，就是太他妈正常了。”

“就讨厌你故作神秘卖关子的样子，说详细点能死啊。”

徐环笑了笑：“你知道，我这个人特别注意人身上的细节，并且喜欢从这些细节上猜出一些隐私的东西。”

“我知道，你不就喜欢玩福尔摩斯那一套吗，那又怎么了？”

“经我眼睛的人，我都能或多或少地通过细节推理出一些隐私。毫不夸张地说，这么多年来，我还没遇到过一点细节都不暴露的人。”徐环指了指照片，“可是，你看照片上的这六个人，他们的表情、穿着、动作、发型、饰品，所有的一切都十分自然，没有一丁点可以供我推理的细节。”

于东青不以为然地笑道：“切，你推理不出来，就一定有问题啊，一切正常不是很好吗？”

“物极必反。过于正常，就是一种不正常。如果这张照片里的一两个人我看不出来，那还算正常，可是六个人我一个也看不出来，这就不太对了。这只能说明，他们不是普通人，而是经过培训、具有超强伪装能力的人。我猜，他们可能是特工。”

“可是，仅凭这两张像素这么低的照片，我还是不太相信冯玲是这个组织的特工。”于东青耸耸肩说。

“可是，如果结合这起案子的细节来推敲的话，冯玲是一名特工的可能性非常大。”徐环说，“据我了解，冯玲从美国回来后，性格变化很大，不仅变得大胆，而且非常干练，记忆力也超出常人。卫毅平的尸检报告里也有记录，冯玲的肌肉很发达，明显强于普通女性，像是经过长时间体质训练的人。再看看SA这个组织，它的目的是采集商业机密，而周远作为一名私家侦探，他的调查目标也是祁东市的大企业，你觉得这是偶然吗？”

“你的意思是，周远也是SA的成员？”于东青惊讶地问。

“可能性很大。我猜测，冯玲之所以放弃移民美国的机会选择回国，可能就是奉SA的命令，回到祁东市从事商业间谍活动。回来之后，单枪匹马的冯玲急需帮手，因此她在林舒和周远之间，选择了更易于掌控的周远，以夫妻的名义生活在一起，并且让周远以私家侦探的身份作掩护，开展商业间谍活动。据赵彩霞说，冯玲和周远两口子，冯玲居于绝对强势的地位。因此我推测，周远应该也是SA的成员，并且受冯玲领导。”

“他们两口子，不是冯玲处于弱势地位吗？”

“赵彩霞说，事实上恰恰相反。”

“你这么一说，好像还真有可能。”于东青若有所思地说，“我记得跟冯玲交谈的时候，她的思维敏捷，谈吐得体，很有主见，不像是只依靠丈夫的家庭主妇。”

“对。周远奉命对祁东市的大型企业进行调查，而最近一次调查的结果，就是林舒想要获取的。虽然我不知道是什么秘密，但这个秘密一定极其重要。可是有个问题我还是不懂，真正的笔记本到底去哪儿了？”

于东青摇了摇头：“唉，看来这一切的根源就是这个笔记本所记载的秘密。”

徐环喝了口水：“你说得没错。而且，既然周远和冯玲同属一个组织，那冯玲为什么要煞费苦心地和林舒勾结在一起，共同对付周远呢？如果只是为了联合干掉周远，为什么还要把林舒害了呢？”

半晌，于东青开口道：“会不会是因为这个调查结果，冯玲和周远翻脸了，所以冯玲才想除掉周远？”

“嗯，有这种可能。棘手的是，我们现在缺少证据，来把这一切信息串起来。”

“是啊，很多事情都无从查起。”于东青沮丧地叹了口气，“卷宗也让高局收起来了。这一条条路都走不通，那咱们下一步该怎么办？”

“也不是完全无路可走。我们至少还有两个突破口可以调查，第一个就是冯玲的表妹赵彩霞。”

“她有值得调查的价值吗？”于东青打了个饱嗝，含含糊糊地问道。

“根据昨天跟她的谈话来看，我觉得她不是一个普通人。”徐环盯着于东青说。

于东青身子向前一倾，“怎么讲？”

“第一，她告诉我了一些她平时留意到的冯玲身上的细节，很多细节都非常细微，一般人很难观察到。这说明她有超乎常人的观察能力。”徐环用手把玩着咖啡勺，“第二，她能与性格乖张的冯玲保持良好的关系，说明这个人的情商很高。情商和智商都超乎常人，东青，你觉得这种人会是一般人吗？所以，你能不能再派人详细地调查她一下？”

“不太可能，”于东青摇了摇头，“之前帮你调查温华，已经违反了规定。现在风声这么紧，警力也不足，你就别指望警方帮你查了。”

徐环无奈地点了点头，表示理解。

“那第二个突破口是什么？”

徐环双眼闪烁：“第二个突破口就是周远和冯玲的儿子，周小米。”

于东青惊讶道：“你怎么会怀疑周小米呢？”

“嘿嘿，我就知道你是这个反应。其实我不是怀疑周小米，而是觉得案发当晚，他在别墅里很有可能看到了一些监控里看不到的东西，只不过，他现在说不出来而已。”徐环解释道，“另外，赵彩霞怀疑周小米不是周远和冯玲的亲生儿子，经过我调查，周小米是领养的。”

于东青摸出打火机点了一根烟：“领养？这两口子为什么要领养，是不想生还是生不出来？”

“这个我就不知道了，不过干他们这一行的，风险极大，不想要孩子也正常。当然，也不排除他们只是名义上的夫妻，领养孩子只是为了掩人耳目，否则结婚那么多年不要孩子，肯定会引起周边人的猜疑。不管是什么原因，最大的受害者就是孩子。小米真可怜，周远两口子领养他之后，只是把他当成维持一家三口和谐生活表象的工具，根本没好好待他。”

“哼，祸害什么也不能祸害孩子啊，这两个人，真是太没有良心了！”于东青愤然道。

“对他们这种人来说，良心只是一个传说。”徐环的情绪也有些激动，“夫妇二人只是满足了小米基本的物质需求，对他的心理需求则毫不关心。随着年龄的增长，这孩子有了自己的意识，懂得了观察和思考。只是冯玲和周远还把小米当成不懂事的小孩，很多事情也不回避。因此，这个孩子作为被忽略的角色，在家中观察到了他们许多举动。”

看于东青又开始吞云吐雾起来，徐环皱起了眉头，敲敲桌子：“公共场合，能不能注意点，把烟掐了。”

“古人有云：飞禽四两，走兽一斤，饭后一袋烟，赛过活神仙。”于东青煞有介事地说道，“吃完饭不抽烟，跟你破案子没思路一样难受。”

“真服了你了。”徐环摇了摇头，“刚才说到哪儿了？哦，对，冯玲和周远的很多私密情况，都被小米看在眼里，而且，很多都告诉了他的小姨，赵彩霞。”

“照你这么说，周小米还真有可能看到了案发现场的一些情况。”于东青轻轻弹了弹烟灰，若有所思地说。

“所以我才说周小米是第二个突破口。”

“那咱们还等什么，”于东青把烟摁灭在烟灰缸里，“赶紧去问小米啊！”

徐环苦笑着摇摇头：“可吴婷婷说，小米长期缺乏心理管护，性格有很大的缺陷。他有些社交恐惧，不喜欢跟别人打交道。现在小米对于跟陌生人交流很排斥。”

于东青不甘心：“那能不能让赵彩霞替咱们问问？”

“也很难，这孩子现在对她也很少说话，尤其是提及他父母的事情。”徐环为难地说，“而且，这个赵彩霞本身可能就有问题，这项工作，还是别交给她为妙。”

于东青叹了口气，低头抽起了闷烟。过了一会儿，他突然一拍大腿，叫道：“有了！我有个办法，不知道可不可行。让小米接受心理医生的治疗，让他在心理医生的诱导下，把潜意识里知道的事情说出来。”

“嘿，好主意啊！”徐环冲于东青竖了竖大拇指，“每到关键时刻，你总能给我惊喜。要不，找吴婷婷给他治疗？”

“吴婷婷还不行，毕竟年轻，没经验。心理医生这一行，同其他科的大夫一样，越老越靠谱，最好找个年纪大一点的……”

于东青话刚说了一半，徐环突然站起身来，拎起包往门外跑去：“我马上就去联系心理医生，有消息我给你打电话。”

于东青苦笑，随即，他把烟掐掉，整了整外衣，准备离开。突然，他脸色一沉，大声冲门口喊道："嘿，你账还没结呢！"

下午五点，被乌云遮挡了一天的太阳，终于放弃了冲破云层的努力，灰溜溜地向地平线滑去。

随着天色变黑，厚厚的窗帘一拉，房间里的能见度就十分可怜了。

房间里的两个人闷头坐在沙发上，一语不发。其中一人嘴边的烟头很有规律地闪动着，在幽暗的房间里格外醒目。

抽烟的这人，正是楚云。他面目阴沉，坐姿僵硬，终于，他站起身指了指手腕上的表说："大哥，这都半个多小时了，您愣是一句话也没说，到底在想什么啊？"

黑衣男人微微抬起了头，轻轻叹了口气："还能想什么，当然是在想我们下一步的应对之策。"

"大哥，您仅凭杨锦的几句话就断定秘密已经泄露，会不会有些危言耸听？"

"危言耸听？你不会还以为，那个祁东大学的课题组找到楚楠，只是一个巧合吧？"

"大哥，我知道我考虑得没您周全，"楚云答道，"但您想过没有，在这个世界上，没有人比楚楠更想掩盖十三年前绑架案的真相。就算温华找到了楚楠，楚楠也绝对不会告诉他的。"

黑衣男人慢慢踱步到窗前，把窗帘掀开一道不易察觉的缝隙，问道："楚云，你知道我为什么选择这儿当藏身之处吗？"

楚云一头雾水，也走到窗边，从窗帘的缝隙里看向窗外。

"你看，楼下就是祁东市著名的联华路。这条路上，除了祁东市公安局之外，还有司法局、法院、检察院等。可以说，祁东市一半的大小消息，都出自于这条街上。"

楚云似懂非懂地点了点头："大哥，不识庐山真面目，只缘身在此山中啊。"

"没错。我之所以冒着暴露的风险选择这里作为栖身之所，正是为了获取信息的便捷。"黑衣男人右手轻轻一抖，重新把窗帘拉紧，房间陷入了比刚才更浓的黑暗之中。

“我之所以得出秘密已经泄露的判断，并不是我主观的猜测，而是基于客观的调查。”黑衣男人重新坐回沙发上，拿起水杯轻轻啜了一口。

“调查谁？”

“就是杨锦所说的温华。”

“温华有什么问题吗？”

“温华是祁东大学的符号学教授，可符号学属于传媒学，一个传媒学的教授去监狱做犯罪心理方面的课题研究，你觉得合理吗？”

楚云皱起了眉头：“现在很多教授都是跨领域人才，没准这个温华也懂犯罪心理学呢。”

“我已经得到了确切消息，市局刑警队的于东青，几天之前就对温华展开了调查。”黑衣男人的半张脸被夜灯微弱的光线照亮，单从脸型看，给人一种干练的感觉。

“什么！”楚云发出一声惊呼。

“没错。如果这个温华是个等闲之辈，于东青干吗要在百忙之中去调查他呢？但是据我所知，于东青的调查并没有结果，温华现在已经人间蒸发了，不知是死是活。可以肯定，祁东大学这个什么犯罪心理课题组根本就是个幌子，他们从一开始就是冲着楚楠去的。”

看到楚云又要发问，黑衣男人伸手制止了他，继续说：“我担心的并不是秘密会从楚楠嘴里说出来，而是温华通过对楚楠的近距离观察，可能会识破他的真实身份。”说完，黑衣男人靠倒在沙发背上。

“啊？不会吧，”楚云摇了摇头，“楚楠都变成那副鬼样子了，他不说，温华怎么能看出来呢？”

“温华这个人，既然能当上教授，说明他极其聪明。再结合他的行事风格，我觉得他同楚楠接触之后，肯定发现了什么。当然，我们的秘密到底泄露了多少，现在还不好说。”

“大哥，我还有一事不明。”

“说。”

“您怎么确定这个秘密已经到了周远手里？难道温华把秘密给了周远？”

“问得好。其实我也没有确凿的证据，只不过温华与周远被杀一案扯上关系，让我不得不怀疑罢了。现在最让我揪心的是，周远的调查结果究竟流落到了何处。”

“大哥，冯玲已经死了好几天了，可依旧没有什么动静，凶手会不会根本没有拿到调查结果啊！”

黑衣男人用手轻轻揉着额头，忧心忡忡地说：“形势不明朗，我们得做好两手准备。第一，找出杀死冯玲的凶手。这样一来，一切问题都将迎刃而解，这是上策。第二，不管凶手是谁，先找出周远的调查结果并且销毁。这是下策，但至少可以保证我们的安全。这件事情事关重大，我必须亲自动手。至于你，我有另外的任务。”他站起身来，又踱步到窗前，将窗帘拉开狭小的缝隙，扭头对楚云说，“你的任务是去调查两个人，要尽快摸清他们的底细。”

楚云有些意外，低声问：“调查谁？”

“一个是杨锦。”

“杨锦？”楚云又惊呼一声。

“我之所以对他产生怀疑，是基于咱们见面交谈时我对他的观察。你有没有注意到，我们谈话时杨锦对我的态度？杨锦从第一眼看到我，就对我产生怀疑了。”

“不会吧，杨锦的眼神，不会犀利到那种程度吧。”

“你别忘了杨锦是干什么的。他在监狱工作几十年，每天都要同形形色色的犯人打交道。这种职业，最能锻炼人察言观色的能力。”黑衣男人仍然盯着窗外，继续说道，“你想想，两个刚认识的人谈话，拘谨或者谨慎是很正常的，可是杨锦连看都不看我。”

“您的意思是，他在刻意避开您的目光？”

“没错，他在刻意掩饰对我的好奇心。可惜，他掩饰得有些过了，反而让我看出了破绽。”

“您说得确实有道理。”楚云点了点头表示认可，“可他并不一定有恶意吧。”

“所以我要你对他进行调查，摸清他的底细，重点查查他与温华之间的关系。”黑衣男人加重语气说。

“好，大哥，我尽快去查。”楚云走到茶几旁，俯身倒了一杯水，“除了杨锦，还有谁？”

黑衣男人没有搭话，而是继续看着窗外。此时，雨已经停了，公安局大楼里灯火通明。黑衣男人默默看了一会儿，才从衣服内兜里掏出一张照片，递给楚云。

这张照片的中央，是一辆红色越野车。透过车窗可以看到，驾驶座上坐着一个风姿绰约的女人。楚云定睛一看，这个女人竟然是Elly，副驾坐着的,是个穿着黑色皮衣的年轻小伙。Elly正凑在他的耳旁,向他说着什么。

“是她？”楚云抬头看向黑衣男人，“徐环在会所的私人管家。”

“没错，我之前就说过，能在Miracle会所做私人管家的女人，绝对是人精中的人精。这种女人最擅长干的，就是让你以为她被你玩弄于股掌，而实际上呢，却在暗地里算计你。”

“大哥，没那么夸张吧。”楚云轻蔑地哼了一声，“您放心大哥，照片上的这个女人，我早就安排手下进行调查了，应该很快就会有结果。”

“算了吧，等你手下那几个白痴查出结果来，黄花菜都凉了。”黑衣男人叹了口气，“这件事情你要亲自做，不要掉以轻心。你看到Elly旁边那个年轻人没有？这个人是祁东市的小混混，这些天他们经常碰面，似乎在谋划什么事情。你千万别小瞧这些混混，这种人的生存能力很强，我派去跟踪他的人竟然跟丢了。”

“小混混？ Elly怎么会跟这样的男人混在一起？确实很奇怪。”楚云盯着照片，喃喃道，“我一直以为她是一个胸大无脑的拜金女，现在看来，还真是小看她了。”

黑衣男人把茶杯放到窗台上:“你要尽快对她展开调查。记住,要尽快。”

“尽快……”楚云捏着下巴，抬头笑道，“大哥，我有一个办法，可以用最快的速度了解她的底细。”

看楚云一脸奸笑，黑衣男人会意:“据我观察，这个女人虽然混迹于风月场所，但骨子里十分清高。”

一听这话，楚云不服气地说道:“清高的女人确实有，可是得看对谁。不是我吹牛，从小到大，我还没遇到过泡不上的女人呢。嗨，您就瞧好吧。”

“好，”黑衣男人点了点头，“你用什么方法我不管，只是要尽快。不瞒你说，从周远被杀开始，整个事态的发展就开始出乎我的意料，被卷入其中的人也越来越多，谜团更是层出不穷。这件事情，已经远远超出了我们的控制范围。原本我以为我们是整个事件的幕后操纵者，可现在看来，我们也只是这一出大戏中的一个小角色而已。幕后，还有高人。”

看到黑衣男人略显颓废的神情，楚云心中暗暗叹了一口气。

“你看那是谁？”黑衣男人突然说道，语气十分急促。

楚云赶紧顺着他指的方向向窗外看去。一个微胖的身影正慢慢从公安局大楼里走出来，不慌不忙地向大门口走去。她的右臂挎着一个鼓鼓囊囊的黑色挎包，慢慢走到路边，伸手拦下了一辆出租车。

“这个人好像是冯玲的表妹。”楚云说道，“奇怪，她怎么会出现在公安局，冯玲的案子不是已经结了吗？”

“冯玲的表妹？”黑衣男人紧锁眉头，“我怎么觉得这么面熟呢，好像在哪儿见过。”

“不会吧大哥，”楚云插嘴道，“她就是个家庭妇女，您和她怎么会有交集呢？”

片刻后，黑衣男人眼神突然一凛：“难道是她？”他慢慢坐回到沙发上，自言自语地嘟囔道，“不会吧……”

接连几天的阴雨天气后，终于迎来了一个阳光灿烂的晴天。

午后的人民公园里，到处都是前来遛弯散步的市民。明媚的阳光穿过石板路上方的树枝，懒懒地洒落在 Elly 身上，让她生出一丝暖意。只是空气中还透着几分清冷，这点暖意，根本不够抵御阵阵凉风。Elly 把围巾紧了紧，从冰凉的石凳上站起来，试图找一个咖啡店喝杯热饮暖暖身子。

Elly 今天穿了一件绿色修身羽绒服和紧身牛仔裤，脚上则蹬了一双运动鞋，再加上随意扎起的马尾，看上去就像青春洋溢的大学生。

昨天，她接到了楚云的电话，对方约她到茶楼见面，说有要事相谈。但 Elly 对楚云没什么好感，尤其是他那双贼溜溜的眼睛，令人生厌。不过，自己毕竟还在为楚云做事，总不能不见。但 Elly 坚持要在人民公园见面。公园毕竟是公共场所，比起那个什么茶楼要安全得多。

这时，一声刺耳的汽车鸣笛声打断了 Elly 的思绪。一辆黑色豪华轿车缓缓停在路旁，有人从车里探出头来，大声叫道：“Elly，上车。”

Elly 抬头看了一眼，是楚云。

“Elly 小姐，十分抱歉，我有急事要马上去茶楼，就不找地方请你坐了，委屈你在车里谈。一会儿阿辉先把我送到茶楼，再让他把你送回去。”楚云咧嘴笑道。

不知为什么，Elly觉得楚云特别让她生厌，尤其是眯着眼笑的样子，很像一只虚伪的豺狼，但她仍然笑着说：“没问题楚总，在车里谈也好，省事。”

说罢，Elly坐进车里，拉上了车门。没想到这辆车的隔音如此好，关上车门之后，仿佛跟外界隔绝了，这让Elly有些紧张。

“Elly小姐这种绝世美女能赴约，是我楚云的荣幸啊。”楚云笑了笑，不经意地把手搭在Elly的手上。

“哎哟，手怎么这么凉呢？”他转身对司机喊道，“阿辉，把暖风开大点，别冻着Elly小姐。”

“没关系楚总，我不冷。不知楚总约我见面有何贵干？”

“其实也没什么要紧的事情，就是想问问你，徐环那边有没有动静。你都好久没跟我汇报了，不会是忘了吧？”

“怎么可能忘呢。”Elly冷静地说道。说话间，她把身子往车窗方向挪了挪，“不过，这件事情，确实……”

楚云追问道：“确实什么？”

车内的暖气逐渐大了起来，Elly感到有些发热。她从包里掏出一张银行卡，递给了楚云。

看到Elly手中的银行卡，楚云立刻板起脸来：“Elly，什么意思？嫌钱少？”

车内又热又闷，除了一股淡淡的香水味之外，还掺杂着一种新车所独有的气味。Elly撇了撇嘴：“楚总，我跟踪徐环时，被他发现了。您交给我的任务完不成，我自然要把钱退给您。”

楚云哈哈大笑，接过银行卡，重新塞回Elly的手中：“我的Elly呀，你怎么这么实在呢。”楚云随手脱下了西装，松了松领带，“我楚云花出去的钱，从来不往回收。这钱，给了你就是你的，哪有要回来的道理？”

车内的空气太污浊，Elly感到头有些发涨，她强打精神：“楚总，无功不受禄，这钱我要是收了，心里会不安的。”

楚云眯起眼笑着：“Elly小姐要是实在觉得不安，可以补偿一下我嘛。”

听到楚云的话，Elly心里有些别扭：“楚总别开玩笑了，搞不到有价值的情报，我怎么补偿你？”

“Elly小姐，你完全可以用你自己来补偿我嘛！”

Elly 的头晕越发厉害，身子也变得轻飘飘的。楚云的话，听起来似乎带着回音。她扭头看向窗外，车子早已开出了人民公园，现在不知道要开去哪儿。

Elly 心中一慌："楚总，我有点不舒服，想下车。"

楚云把身子靠过来，把手放到 Elly 的大腿上："那不行，外面很冷，现在下车会着凉的。你穿得太多,可以脱一点嘛。"话音刚落,楚云双手一用力，把 Elly 身上的羽绒服拽了下来。

Elly 惊呼一声，抱着双臂缩到车座上，朝楚云喊道："你要干什么！"

"嘿嘿，Elly 小姐还没明白我的心意吗？你难道不知道，我仰慕你已经很久了吗？"楚云伸手搂住了 Elly 的肩膀。

Elly 一阵恶心，她把楚云的手甩开，大嚷道："楚总，请你自重！"

楚云根本不理睬 Elly 的反应，他又凑上前去，一只手搂住 Elly 的腰，另一只手在她身上乱摸。

Elly 心急如焚，她本想挣脱出来，无奈脑子发沉，浑身燥热，软绵绵的使不上一点劲。她挣扎着去开车门，可车门纹丝不动。她的心一沉，一股绝望如潮水般将她淹没。

"Elly，你就别费劲了。你这种女人我见得多了，不就是嫌钱少吗？"楚云低头从包里又掏出一张卡，狠狠扔在 Elly 的身上，"这卡里是二百万，加上刚才那张卡里的三百万,一共五百万。你别不识好歹，很多明星都没这个价。怎么样？我不愿意霸王硬上弓，你给个准话。五百万换一夜风流，干不干？"

Elly 的头似乎随时要炸开，身体里却涌动着一股热流，一股生理本能正逐渐蚕食她的理智。她用尽最后一点理智和力气说道："我 Elly 什么都卖，就是不卖身！"

楚云呆呆地看着她，不过随即冷笑一声，摘掉了领带："既然 Elly 小姐不愿意享受，那就选择忍受吧！"说罢，他脸色狰狞地扑过去，把毫无挣扎之力的 Elly 压在了身下。

Elly 感觉自己正不断地向深不见底的深渊下落。她在失去意识之前看到的最后一幕，是楚云那张豺狼般的脸。

第二十四章　周小米

阳光透过窗户洒落在地板上，将房间晒得暖意十足。

徐环舒服地躺坐在柔软的沙发座椅里，慵懒地打了个哈欠，感叹道："这心理诊所的座椅就是舒服，比我办公室的舒服多了，一会儿我得问问心理医生这座椅从哪儿买的，过两天让我秘书按照这个标准给我也置办一套。"

于东青没有接徐环的话茬。他在一旁满腹心事地踱来踱去，时不时地叹一口气。

徐环闭着眼睛，懒懒地说："于队长，你叹什么气啊，少安勿躁，还是坐下等吧。不坐你可吃大亏了，这座椅简直了，舒服得不像话。"

于东青哼了一声，停下脚步，把脸凑到徐环面前说："废话，你知道这座椅多少钱吗？"

徐环睁开眼睛，茫然地摇了摇头。

于东青伸出三根手指，在徐环面前夸张地摇了摇。

"三万？"

"哼，"于东青不屑地扫了他一眼，"加个零！"

"零点三万？"

"去你的，"于东青拍了徐环的脑袋一把，"什么零点三万，三十万！这也不是你想买就能买到的，得定做。"

"这么贵！"

"那可不？你坐的哪是座椅啊，简直就是一堆人民币。我要是坐在这么一堆钱上，屁股肯定也舒服。"于东青不屑地说。

"注意你的措辞，于东青同志，你是人民警察，怎么能这么拜金呢？"徐环拍了拍座椅，不解地问道，"可是这心理诊所里面，配这么豪华的座椅干什么，有这个必要吗？”

于东青拍了拍徐环的肩膀：“这你就不懂了吧。告诉你，判断一个心理诊所的水平，先不用看心理咨询师的水平，单看这个座椅就能判断个八九不离十。”

徐环不屑地撇撇嘴：“你他妈瞎说吧，哪跟哪啊。”

于东青一瞪眼：“真的！说你不懂还不服。这心理治疗，最关键的一步就是让患者完完全全打开心门。怎么才能打开心门？那就得让患者有安全感，这就凸显出座椅的价值了。一般来说，越舒服的座椅就越有安全感，尤其是那些需要催眠治疗的患者，座椅越舒服，进入催眠状态的速度就越快，效果就越好。”

徐环半信半疑地从座椅上站起来，伸了个大大的懒腰：“得，我还是不要这种座椅了。万一哪天在办公室被别人催眠了，那可就麻烦了。”

徐环的话逗得于东青直乐：“就你这样的还用催吗，头一沾枕头就能睡着。”

这时，坐在一旁的赵彩霞忧心忡忡地问道：“警官们，他们都进去三个小时了，怎么还不出来呢？不会出什么问题吧？”

徐环走到诊疗室门口，往里瞅了一眼。诊疗室是完全封闭的，在外面根本看不到里面的情形。他又慢慢坐回座椅上：“赵大姐，您就别瞎操心了，这心理治疗又不是动手术，能出什么问题啊。您就放心坐在椅子上等吧。”

“唉，我能不担心嘛，你们有所不知，小米这孩子看上去文文弱弱的，其实犟得很，他不想说的话，谁问都没用。就怕催眠问不出来，反而对他的心理产生什么影响。”

于东青安慰赵彩霞道：“您的担心纯属多余，我们找的这位心理医生叫常江，是吴婷婷的大学老师，也是祁东市最有名气的一位。他的催眠诊疗水平在全国是排得上号的，您就放心吧。”

“那个心理医生四十岁不到吧，那么年轻，能行吗？”

“当然没问题。”徐环安慰她道，“你看于队长，”他朝于东青努了努嘴，“祁东市历史上最年轻的刑警队队长，论工作业绩不输前辈们。”

话音刚落，诊疗室的门被推开了。众人赶紧凑了过去。出乎意料的是，从诊疗室里走出来的只有常江。

“常老师，辛苦啦！”于东青赶紧迎了上去，握住常江的手，“怎么样，小米他……”

常江戴了一副金丝边眼睛，头发梳得一丝不苟，十分儒雅：“哪里哪里，于队长客气了。你们放心，小米状态还不错。不瞒你们说，小家伙可真不简单，我治疗过的像他这么大的小朋友也不少，可还是第一次遇到他这样的。”

“常老师，您这话什么意思？”赵彩霞皱着眉头问道。

常江神色有些疲惫，他擦了擦头上的汗，笑笑说：“你别紧张，我之所以这么说，是因为小米……怎么说呢，是难得一见的天才少年！”

“什么？”于东青有些意外。

“在心理治疗过程中，我给他做了一些专业测试，测试结果证明，小米的智商非常高。”

“小米这孩子是挺聪明的，尤其是数学成绩非常好。”赵彩霞点了点头，“不过也挺奇怪的，虽然他很聪明，但生活中却有些木讷，甚至有些自闭。”

常江走到茶几旁，给自己到了一杯绿茶：“这种性格在社会上其实大有人在。不过最令我惊讶的并不是小米的智商，而是他的记忆力。”

“记忆力？”

“嗯，小米的记忆力，远远超出常人。简单地说，小米具有过目不忘的能力。”

于东青问道：“他还是个小孩啊，有这么厉害？”

“常老师说得没错。”赵彩霞解释道，“小米的记忆力确实非常好，很多需要背诵的课文，他基本上看一遍就能背下来。”

“不过很可惜，据我观察，虽然小米的记忆力和智商水平很高，可是在其他方面却滞后于同龄人，尤其是他的心智，非常不成熟。他的社会阅历和心理年龄，实际上也就六岁左右。”常江叹了口气，“这应该与他的家庭环境有关系，与外界的交流太少，自我封闭的时间太多，导致他的内心十分封闭，不愿意与别人沟通交流。”

赵彩霞焦急地问：“您的心理治疗能起作用吗？”

“有一定的作用，不过最关键的还是父母的教育，而且要多接触社会，慢慢地解除自我封闭。就今天的治疗来说，总体效果还是不错的，只是过程比较曲折。不瞒你们说，我做心理干预十多年了，从来没有见过心理这么封闭的孩子。在整个心理治疗过程中，他出现了好几次强烈的排斥反应。

好在你们及时把他送来治疗，哪怕再晚半年，我相信水平再高的心理医生也难以治好他了。”

于东青庆幸地说：“那就好，那就好。多亏常老师了，您不愧是祁东市最好的心理医生。”

常江端起杯子喝了口水，摆摆手：“也不能太乐观。要让这孩子完全康复，仅凭一次心理治疗远远不够。我已经列好了详细的治疗方案，交给吴婷婷了，请你们一定严格按照方案来配合。”

于东青连忙点头。

赵彩霞着急地探头往诊疗室里面看，问道：“既然都做完了，那小米怎么还不出来呢？”

“我把小米催眠之后，吴婷婷要问一些案件方面的问题。既然是你们刑警队的案子，我不方便在场，就先出来了。你们放心，吴婷婷是我的得意门生，接下来的事情交给她肯定没问题。”

“也就是说，小米没什么事了是吧？”赵彩霞仍然不放心地问道。

“肯定没问题。”常江整了整自己的衣角，十分客气地说，“要是没别的事情，我先去休息了，你们在这儿聊。”

于东青再次跟常江握了握手：“好的，辛苦了，您好好休息。还有，记得为孩子的心理治疗保密，谢谢！”

常江走后，赵彩霞总算安心了许多，她坐回茶几旁，慢慢品起了茶。

徐环坐在一旁的椅子上，盯着天花板上的吸顶灯出神。于东青凑过去，不解地问道：“你他妈哪根筋又抽了？人家常老师出来你也不打个招呼，摆什么谱啊！”

“哦，没事。”徐环这才从自己的思绪中跳出来，“刚才突然想起了点别的事……”

徐环话还没说完，诊疗室的门再次被打开了，这次出来的正是吴婷婷和周小米。

赵彩霞看到周小米，赶紧跑过去抱住了他，急切地问道：“小米，你还好吧？”

小米脸色发红，额头上汗津津的，双眼有些呆滞。见小米没有回应，赵彩霞更加焦急：“说话啊小米，怎么了这是？”

“赵大姐，您别担心，小米没事，只是还没完全从深度催眠的状态中清醒过来。”吴婷婷摸着周小米的头解释道，“休息一会儿就会好的。”

于东青端了一杯水递给吴婷婷：“别急婷婷，先喝口水，休息会儿。”

吴婷婷接过杯子一口气喝下，刚想说话，却扫了一眼赵彩霞，欲言又止。赵彩霞知趣地抱起小米，走出门外。

徐环迫不及待地凑上去问道：“怎么样？都问出来了吗？”

吴婷婷看着徐环，轻轻点了点头，随即又摇了摇头。

“怎么了？”吴婷婷的反应让徐环和于东青莫名其妙。

吴婷婷涨红了脸，无奈地说：“嗨，一言难尽，我还是从头开始说吧。”

徐环和于东青对视一眼，在茶几旁坐了下来。

“你们有所不知，小米的自闭倾向十分严重，比我们看上去要严重得多。他心理封闭、心理排斥的程度也大大出乎常老师和我的意料。因此，治疗开始阶段，小米非常不配合，多亏常老师经验丰富，最终诱导小米进入了催眠状态。不过，即便如此，小米的潜意识里还是具备很强的排斥意念，以至于心理介入一直起不到效果。”

“那你们是怎么处理的？”徐环问。

“没有什么好办法，只能循序渐进地引导。”吴婷婷解释道，“我一开始也不知道该怎么办好，不过后来想到，小米喜欢玩电子游戏，也喜欢玩益智类的玩具。于是常老师和我从游戏的话题切入，跟他聊了好长时间才慢慢减弱了他的排斥心理，取得了初步的进展。”

徐环拍了一下手，对于东青说：“看来你们让婷婷陪着小米的决定是正确的。”然后转头夸赞吴婷婷，“这次多亏了你，除了赵彩霞，也就只有你才对小米如此了解。”

吴婷婷不好意思地笑笑：“小米配合之后，接下来的进展就顺利多了。常老师对他进行了深入的心理干预，这些与案子无关，就不跟你们详细说了。常老师的工作做完之后，我才把我们想问的问题问了小米。结果还不错，很多问题小米都给了很清晰的答案。我先大体说一下，详细的过程我都录音了，你们回去可以仔细听一遍。”

于东青和徐环兴奋地点点头，满脸期待。

“常老师的心理治疗结束之后，小米进入了一个非常稳定的心理状态，也是我询问的最佳时机。我问小米的第一个问题是：爸爸和妈妈之间的关系怎么样？小米听到这个问题之后，竟然哆嗦了一下，沉默了好久，才终于开口。”

吴婷婷端起水杯又喝了一口水：“小米的原话是这样说的：妈妈老是欺负爸爸，经常骂爸爸，有时候还打爸爸，爸爸很可怜。我继续问小米，你妈妈为什么要打爸爸？小米有些语无伦次，大体意思是妈妈瞧不起爸爸，嫌爸爸工作做得不好，交给的任务没有完成。

“我又追问，爸爸妈妈是做什么工作的。小米又想了很长时间，说自己也不清楚爸爸妈妈做什么工作，他们好像每天都有很多事情要忙。爸爸经常早出晚归，妈妈很少出门，主要是在家里指挥爸爸。”

徐环跟于东青对视了一眼，点点头说：“这一点倒是和赵彩霞提供给我们的信息差不多。”

于东青掏出一根烟，刚想点上，又想起现在身在诊所，于是又把烟塞了回去，对吴婷婷说：“你继续讲。”

“接下来我又问了很多关于冯玲和周远的问题，但是小米回答得都很含糊，可能确实不太清楚。想想也正常，毕竟他还是一个不到十岁的孩子，社会阅历又比同龄人少，很多事情即使看到了也理解不了。”吴婷婷说。

“对了婷婷，你有没有问小米，案发当天晚上，别墅里究竟发生了什么？”

“嗯，这正是我要讲的。在那之前，我先问小米，最近一段时间，爸爸妈妈在忙什么。小米这次没有考虑太长时间，他告诉我，爸爸妈妈说过，他们最近正在查一个‘丑叔叔’的事情。”

“丑叔叔？”于东青和徐环异口同声地问道。

“是啊，小米是这么说的。我想问得更清楚一些，但是小米只知道这些。”吴婷婷无奈地说。

徐环蹙着眉头问：“这百家姓里面，好像没有丑姓吧。难道这是某个人的绰号？”

“绰号的可能性比较大。”于东青边说边拿起手机，拨通了钟萧的电话，“喂，钟萧，你马上去查一查，祁东市有没有什么人被称作丑叔、丑哥或者丑爷之类的，只要名字或者外号带个丑字，你马上告诉我。对对对，美丑的丑，尽快。”于东青放下电话，示意吴婷婷继续说。

“小米还说，妈妈好像一直在问爸爸丑叔叔的事情，可是爸爸不告诉妈妈，说丑叔叔的事情直接向上面汇报，不让妈妈干涉。妈妈非常生气，又对爸爸大喊大叫，可是爸爸这次很坚持，没有向妈妈低头。爸爸曾经问过我，如果妈妈有一天不在了，我会不会伤心，我告诉爸爸，我不喜欢妈妈，只要爸爸陪我就行。”

于东青很不解，看了徐环一眼，却正对上徐环迷惑的目光。

吴婷婷继续说道：“接下来我的问题是，案发那天晚上在他们家里究竟发生了什么。小米的情绪有些激动，身子发抖。我很紧张，看小米反应过于激烈，我刚想终止催眠，小米就吞吞吐吐说了。

“案发当晚，他们一家三口去参加了小米的汇报演出。演出结束后，在回家的车上，冯玲和周远当着小米的面，说晚上有一个行动，希望一切顺利。他们到家门口后，周远先进了屋，小米不愿意跟他妈妈待在一起，下了车进屋去找他爸爸。

“小米进屋之后，直接上了二楼去找他爸爸。不过房间里太黑，他有点害怕，只能慢慢爬上楼梯。二楼灯光很暗，也没有声音，小米心里打鼓，于是蹑手蹑脚探出头去。刚探出头去，就看到他爸爸挥舞着一把刀朝他刺来。

“根据小米的回忆，周远看到自己差点刺死小米，脸色惨白，表情非常惊恐。小米也被这一下吓得够呛，扑在周远怀里一动不动。周远把他抱到卧室的床上，盖上被子，叮嘱他赶紧睡觉，不管听到什么动静，千万不要走出卧室门。

“之后小米就一直窝在被窝里。但是他睡不着，之后他又听到了一声枪响，心里非常害怕，待在床上一动也不敢动。又过了一会儿，他突然听到门外有说话的声音，距离他很近，似乎就隔着一道门。他越来越害怕，不敢一个人待着。于是就溜下床，轻轻拉开门准备去找他爸爸。

“幸好小米没有直接走出去，而是把门打开一道缝，悄悄探出头去看。这一看，把他吓得差点尖叫起来，因为他看到他爸爸被一个陌生叔叔摁在地下，使劲拧他的胳膊，并反复问他说不说。”

“小米看到的场景，应该是林舒将周远打倒在地，威胁他说出笔记本藏在哪儿的情形。”于东青插话道，“小米可真够危险的，如果让林舒发现他目击了作案过程，按林舒的秉性，很可能将小米也灭口。”

“没错，不过也多亏小米看了这一眼。因为接下来看到的，是让所有人都意想不到的情形。”吴婷婷道。

她刚要接着说，却听到徐环用手指敲了敲茶几：“小米应该是看到冯玲了吧。”

“嘿，徐哥，你真是神了。”吴婷婷一脸惊讶加羡慕的表情，“你怎么知道小米看到的是冯玲？”

徐环笑了笑：“案发当晚，冯玲绝对是个关键人物，不管是周远还是林舒，都被她算计了，所以她那天晚上一定做了一些我们意想不到的事情。”

“徐哥，我算是服了你了。我接着刚才的往下说。小米看到林舒在殴打周远，心中害怕，不敢继续看下去，于是他捂住眼睛，蜷缩在了门后。过了一会儿，当他睁开眼睛再次看向门外时，发现周远已经倒在血泊中，林舒则蹲在周远旁边，应该是在处理尸体的一些痕迹。就在这时，他突然发现在林舒背后的阴影里，冯玲从二楼书房里蹑手蹑脚地走了出来，手里还拿着一个黑色笔记本。趁林舒不注意，悄无声息地走下了楼梯。”

“冯玲手里拿着一个黑色笔记本！”徐环满脸惊讶。

“对。当然，小米在讲述这段经历的时候没说是笔记本，而是说他妈妈好像拿了一本书。我猜测，周远和林舒打斗时，冯玲根本没在楼下，而是趁他们不注意，悄悄潜入了二楼，并且一直隐藏在一旁。当林舒逼迫周远说出藏笔记本的地点时，一旁的冯玲肯定也听到了。接下来，趁林舒杀死周远，无暇顾及周围情况的空当，冯玲迅速潜入书房，用早就准备好的假笔记本将真笔记本掉了包，然后再神不知鬼不觉地溜出书房。小米看到的情形，应该就是冯玲掉包之后，溜出书房的情形。”

徐环点点头：“推理得合情合理，冯玲这个女人，果然是心机叵测。”

吴婷婷继续讲述道：“眼前发生的事情就像是一场噩梦，让小米既害怕又难过。很多场景和画面他根本理解不了，他头脑一片空白，只是机械地爬回床上，钻到被窝里，一动也不敢动。”

“那接下来呢？接下来的事情小米看到了吗？”于东青忙不迭地问。

“小米接下来的反应很奇怪，大大出乎我的意料。”

“什么意思？”于东青和徐环立马紧张起来，“难道出什么差错了？”

吴婷婷讲得口干舌燥，她做了个稍等的手势，喝了一大杯水，定了定神说道：“小米的情绪又激动起来，反应异常激烈。根据我的经验，小米的心理又出现了严重的封闭。”

“怎么会这样呢？不是已经做完心理疏导了吗？”

“没错，这也正是我感到奇怪的地方。按理说，经过常老师的疏导和我的引导，小米的心理围墙已经被推倒了，没想到又出现了一堵心理围墙。

也就是说，小米的心理世界中，竟然构筑了两道屏障，这在心理治疗的实践中是极其罕见的。”

“你的意思是，小米的这种心理现象很不正常？”

“也不能完全这么说。小米的这种心理状况虽然很罕见，但还是可以解释的。据我判断，小米应该是启动了心理应急机制。通俗地讲，就是人的大脑对于那些给心理造成极端破坏的记忆，进行选择性地遗忘。小米应该就是这种情况。”

“有道理。”于东青点了点头，“小米亲眼目睹父亲惨死在别人手下，这给他的心灵带来了极其严重的冲击。”

“不对啊，”徐环打断了于东青，“按照你的说法，小米选择性遗忘的应当是周远被杀的那段记忆。可事实上却不是这样。”

“徐哥说得没错。因此，小米不告诉我接下来发生了什么，恰恰说明接下来的经历给他带来了巨大的恐惧。”

“还有什么经历比亲眼目睹父亲被杀更恐怖？”

吴婷婷无奈地耸了耸肩：“我也不知道。因为小米的反应非常激烈，我担心继续下去会对他的身体产生一些不可逆的影响，所以就中断了询问，把他叫醒了。接下来究竟发生了什么，恐怕我们很难从小米口中问出来了。”

听吴婷婷这么说，徐环和于东青难掩失望神色。

三个人沉默了一会儿，于东青说道：“好了，大家别垂头丧气的了。其实婷婷今天做得不错，小米也很给力，给我们提供了很多有价值的信息，总之收获很大。”他伸手拍了拍徐环的肩膀，“徐环，对小米的叙述你有什么想法？”

徐环躺在椅子里，双眼直直盯着天花板，良久，他才若有所思地说：“通过小米的叙述，我们可以明确这么几点：第一，周远最近在调查什么丑叔叔，所以几乎可以肯定，笔记本上的那个秘密一定与丑叔叔有关。第二，虽然冯玲是周远的上级，可是对丑叔叔的调查，周远绕开冯玲，直接对上级负责，因此冯玲对于调查结果并不知情，但是十分感兴趣。第三，凶杀案的幕后总导演是冯玲。第四，真的笔记本被冯玲取走了。”

于东青点点头：“我基本同意你的看法。不过，我不明白的是，如果冯玲的主要目标是为了拿到笔记本，那她完全没有必要大费周章地策划如此复杂的一个局啊！”

徐环在窗边踱了几步，思索片刻说道："对冯玲来说，她的最终目的的确是获取笔记本上的机密。但是除此之外，她应该还有一个目的，就是除掉周远。"

吴婷婷问："冯玲为什么要杀死周远？她有动机吗？"

"这就要从周远和冯玲的关系说起了。在他们二人中，冯玲是上级，处于绝对强势地位。常规情况下，二人的任务应该由冯玲主持完成，可是这次，上面却绕开冯玲，直接把任务交给了周远。这说明什么呢？"

吴婷婷一拍茶几，大声说道："说明冯玲已经失去了上面对她的信任！"

"恐怕……不止是失去组织信任那么简单。"徐环若有所思地说，"依我看，组织早就对冯玲起了杀心。"

"为什么这么说？"

"周远问过小米，如果妈妈不在了他会不会伤心。我觉得那个时候周远就起了杀心，他担心小米的感受，才事先询问小米的意见。而小米的回答，更加坚定了周远杀死冯玲的决心。"

吴婷婷赞同道："你这么一说，还真是这样。"

"嗯。"徐环说，"可周远是个没有主见的人，又是冯玲的下级，他能下定决心杀冯玲，肯定不是他自己的主意，而是 SA 的指示。看来，冯玲得罪了 SA 的高层。你们想，是什么原因能让一个组织对自己的成员痛下杀手？"

"背叛。"于东青若有所思地说道。

"我也是这么想的。我推测，周远虽与冯玲长期搭档，但是二人之间的关系并不融洽。冯玲过于强势，周远肯定对她心有不满。因此，当他了解到冯玲有了背叛组织的举动之后，一定迫不及待地举报给了上级，这才有了组织清理门户的举动。而冯玲也一定觉察到了周远对她的异心，因此怀恨在心，欲杀之而后快。也就是说，两个人表面上还是上下级关系，可实际上，早恨对方恨得牙痒痒了。虽然两个人都希望对方死，可没有下手的好机会。而恰恰就在此时，冯玲告诉了他林舒的计划。"

"原来周远也有自己的小算盘。"

"没错，得知林舒的计划后，周远认为这是一个将计就计的好机会。他提前在别墅里设伏，先以正当防卫的名义杀死林舒，然后再杀死冯玲，并且将冯玲的死伪装成林舒所杀的假象。这样，他既不会引起警方的怀疑，又出色地完成了除掉冯玲的任务。”

“哼，这个周远也不是什么省油的灯啊！”于东青感慨道。

“是啊，可惜，他的对手比他更不省油。”徐环叹了口气，“在这起案子中，三个人各怀鬼胎，每个人都想把其他二人当成棋子。其中，冯玲的手段最为高明。冯玲是一名职业间谍，林舒的旧情复燃那点把戏，自然瞒不过她的眼睛。于是她将计就计，配合林舒将戏演了下去。当然，她绝不会甘做林舒的棋子，而是提前将林舒的计划告诉了周远，还把林舒枪里的子弹提前退了出来。”

“可是说不通啊，如果冯玲想除掉周远，为什么事先把林舒枪里的子弹退了出来？”于东青不解地问道。

“东青，你有没有想过，如果冯玲不把林舒的子弹退出来，会发生什么事情？”徐环反问道。

于东青一怔：“会发生什么？”

“冯玲之所以这么做，就是想让他们二人两败俱伤。如果冯玲不把子弹退出来，林舒会轻易将周远打死。在这种情况下，林舒手里有枪，冯玲就处于绝对的劣势，她将失去对局面的控制权。如果她掉包笔记本时不慎被林舒发现，那她会非常被动。”徐环分析道，“所以冯玲耍了个心眼，将林舒的子弹退了出来。这样，林舒与周远遇上后，势必会发生激烈的打斗。林舒与周远实力相当，肉搏的话，不管谁赢，都会付出惨烈的代价。如果林舒赢，那他手中没枪，冯玲依然能控制局面。如果周远赢，那就更好办了，冯玲同样可以轻易杀死周远，并且可以将现场布置成两人争斗而死的假象。不管是哪种情况，冯玲都能掌握控制权，确保自己拿到笔记本并且全身而退，这就是冯玲打的如意算盘。”

三个人互相利用，互相算计，算计来算计去，一个把自己算进了大牢，另外两个把自己算进了棺材。计中计，局中局，机关算尽，到头来竹篮打水一场空。

“经过这么一分析，我们基本明白了案发当晚别墅里究竟发生了什么。可是，未解之谜还是很多，冯玲究竟是被谁杀死的？更重要的是，调查结果到底去哪儿了？是还在冯玲手里，还是已经落到了别的地方？”徐环叹了一口气：“尤其是小米不肯说的那段经历，到底隐藏了什么细节呢？”

徐环用手使劲擦了擦自己的脸：“至于杀死冯玲的凶手，我觉得很有可能还是SA。至于调查结果的去向，确实不太明朗。不过，我们可以根据现有的信息推理一下。当天晚上，冯玲用伪造的笔记本同真笔记本掉了包，那冯玲是如何处置这个笔记本的？”

“冯玲在离开别墅的时候，并没有搜出什么可疑的东西，”于东青回忆着当时的情形，“由此可见，那个真正的笔记本，冯玲并没有带出去，她应该藏在了别墅里。只是我们至今也没有找到。”

“这么大的别墅，我们找不着也很正常。如此有价值的秘密，冯玲既然费尽心机地抢到了手，就绝对不会让它有暴露的风险。但是她肯定用其他方式，将秘密带了出去。”

“你的意思是，”于东青想了想说，“冯玲跟林舒的做法一样，将那几页纸撕下来，藏在身上带出了现场？”

徐环轻轻摇了摇头：“从冯玲心思缜密和头脑冷静来看，我觉得她不会这样做。”

“徐哥，那冯玲会怎么做？”

徐环摊了摊手：“我也不知道。”随即他看向于东青，“冯玲在离开别墅的时候，都带了什么东西？”

“马千里告诉我，冯玲只带了一个包，包里的东西都检查过了，没什么问题。”

“其实冯玲不止带了一个包。”吴婷婷突然插嘴道，“她还带了一个人。”

“小米！”徐环脱口而出。

“没错，对于一个小孩的检查，肯定不会那么严格。”吴婷婷眼神发光，“冯玲会不会利用小米带出秘密呢？”

徐环眼睛一亮：“好思路！”但随即又皱起了眉头，“可是小米能带什么呢？”

“他除了两件玩具，别的什么也没带。”吴婷婷脸上又布满了愁容。

“玩具？小米带了什么玩具？”

吴婷婷略一沉吟：“一个魔方，还有一个好像是……对，是一个具有复读功能的玩具话筒。”

“魔方……玩具话筒……”徐环站起身来，在房间里踱着步子。

“婷婷，你比较了解小米。你想想，小米平时都喜欢玩什么玩具？”

“他比较喜欢那些益智类的玩具，棋类的，解谜类的，还有就是电子游戏。”

徐环边踱步边嘟囔着，突然，他脸色一变，大声说道：“话筒！那个什么复读话筒有问题！”

于东青和吴婷婷没有跟上徐环的思路，一时有些发愣。

“你们想，案发当晚小米受了惊吓，带玩具是为了安抚他的情绪，自然要带他喜欢的。”徐环脸上泛起一丝兴奋，“而小米喜欢益智类的玩具，两样玩具中，魔方属于益智类的；可复读话筒呢，你们不觉得小米带复读话筒不太合理吗？”

“没错，这种复读话筒虽然采用了玩具的外观，可严格说起来根本不是玩具，而是一种学习机。”

“对，在那种情况下，小米怎么可能带一个学习机呢？”徐环眼神闪烁，“答案只有一个，这个话筒不是小米要带的，而是冯玲让他带的。冯玲为什么要带这么一样东西，我想答案很清楚，这个话筒，就是储存秘密的载体。”

“我推测，冯玲可能将那个秘密用复读机录了下来。这个复读机看上去只是一个玩具，不会引起别人的注意，是个很有效的伪装。”徐环兴奋地搓着手踱了两步，突然停下来，“婷婷，这个复读话筒现在在什么地方？”

“好像还在赵彩霞的家里。”吴婷婷答道。

“赵彩霞？事不宜迟，我们赶紧去赵彩霞家，拿到那个玩具话筒。”

于东青和吴婷婷站起身来就走。三人刚刚走到门口，徐环突然停下脚步，对吴婷婷说：“婷婷，我跟于队长去就行了，人多了目标太大，容易引起别人怀疑。我有另外的任务交给你。”

吴婷婷看了于东青一眼，然后点点头：“好，什么任务？”

“第一个任务，尽量查一查隐藏在海西区分局内部，为杀死冯玲的凶手提供信息的内鬼。当然，这个难度比较大，你们尽力寻找线索就行。”

“第二个呢？”

“我们现在缺少一个关键点，也许整个案件的链条，就差这一个环节。如果我们能弄明白这个问题，那么一切谜团都会迎刃而解。”

吴婷婷瞪着眼睛问：“你指什么？”

“就是刚刚咱们提到的那个人，丑叔叔。”

第二十五章　虚惊一场

Elly 不知道自己身在何处，只是慢慢地在黑暗中摸索着前行。她看不到任何东西，更分辨不出方向，甚至不记得自己为什么来到这里。她只知道自己要走，不停地走下去。

突然，前方影影绰绰浮现出一个瘦小的轮廓。随着距离的拉近，瘦小身影的面容也逐渐在黑暗中浮现出来。

这是一个瘦小的小女孩，穿着一身破旧的白色连衣裙，双脚赤裸，两只大眼睛里透着与年龄不符的怀疑神色。Elly 心中一惊，身子也随之一颤。这个面黄肌瘦、表情漠然的女孩，就是十几岁时的自己啊。那时的自己，竟然如此可怜。

Elly 慢慢走到小女孩的面前，伸出手去想摸她的脸。可小女孩竟毫无征兆地露出一抹微笑，一动不动地盯着 Elly。女孩的眼神诡异、缥缈，又似乎不是在看自己。果然，身后的黑暗深处，有一个身影正由远及近向她们走来。

看清那张怪脸时，Elly 的心一下子提到了嗓子眼，曾经的恐怖记忆潮水般袭来，她不由得后退一步，跌坐在了地上。可是怪人径直走向了小女孩，脸上扭曲的五官狰狞而可怖。眼看他就要抱住十几年前的自己，Elly 心急如焚，大声喊道："当心，快跑啊！"

这一声喊叫在死寂中显得格外惊心动魄，怪人猛地转过头，两只变形的眼睛死死盯着 Elly。Elly 大惊失色，她想跑，可是却浑身僵硬，动弹不得。怪人走到 Elly 身边，像是欣赏猎物一般，饶有兴趣地看着她。

Elly 顺着他的目光低头一看，发现自己竟然浑身赤裸！她赶紧蜷缩四肢，抱住自己的躯体。可是小腹处的符号却怎么遮也遮不住。当她又急又羞，不知如何是好的时候，突然听到了一声嘿嘿的阴笑。Elly 抬头一看，浑身冰凉，似乎坠入了冰窖。对面分明就是楚云那张豺狼般的脸啊！Elly 心中充满了绝望，喃喃地说道："滚！滚开！"

楚云嘿嘿笑着，然后如同野兽一般向 Elly 扑去……

"啊！"Elly 一声惨叫，猛地惊醒过来。一时间，她有些恍惚，不知身在何处。她茫然地坐起身，发现自己正坐在舒适整洁的床上，原来这是自己的家啊。

"Elly 姐，你醒了啊！"就在 Elly 纳闷的时候，一个熟悉的声音从门外传来。Elly 转头一看，原来是虎子。虎子手里端着一碗热气腾腾的汤，一脸欣喜，"可吓死我了姐，你都昏睡了十几个小时了。"

"我睡了这么久？"Elly 用手捋了捋杂乱的头发，"这期间都发生了什么？我记得昏迷前，我好像……我好像在楚云的车上。"

"可不是嘛。楚云这孙子是出了名的花花公子，哼，我早就觉得他对你不怀好意。幸亏这次有我在，否则，就让那个兔崽子得逞了。"虎子撇着嘴，一副后怕的样子，"姐，现在没事了。我狠狠教训了一下楚云，他以后肯定不敢招惹你了。"说罢，他把汤端到 Elly 面前。

Elly 摆了摆手，轻轻推开了虎子的手："当时我被锁在楚云的车里，而且车开得非常快，你是怎么把我救下来的？"

虎子脸上浮现出一丝得意，拍了拍胸脯说道："姐，我手底下的兄弟，虽然都很不起眼，但个个身怀绝技。嘿嘿，别忘了我有大宽和东仔这两个最会碰瓷的兄弟。你上了楚云的车后，我就让大宽和东仔骑摩托车跟着他。后来我发现情况不太对，就让他们把车拦下来。嘿，这事对他们来说太简单了，我就不跟你细说了。"

Elly 点了点头，轻声说："谢谢了虎子，把你卷进来，我心里挺过意不去的。"

"姐，你救过我的命，我为你做这点事算什么呀。这事还不算完，不能就这么便宜了楚云，我非得教训教训他不可。仗着有几个臭钱就到处祸害女人。"虎子双目圆睁，咬牙切齿地说道。

Elly 的头还是有些发胀，她冲虎子摆了摆手："虎子，听我的，这件事情到此为止。最近一定要注意安全，小心他报复。"

"他楚家虽在祁东经营多年，可我虎子也不是新来的，谁怕谁啊！"虎子愤愤地说道。

“总之，小心总是没错的。”

她轻轻叹了口气，眉头紧锁地看向窗外。窗外阳光明媚，给人一种盛夏的错觉，与 Elly 内心的阴郁形成了鲜明的对比。

楚云虽然可恶，可得罪了他，并不是一件好事。想到这儿，Elly 转头问虎子：“对了，你接来的那个人怎么样了？安置妥当了吗？”

“放心，我把他安排在我弟弟的小作坊里，那儿绝对安全。只是……”虎子脸上露出一丝难色，“这家伙呆了吧唧的，整天不跟人说话，我们都不知道他脑子里在想什么。”

“那更得盯好他了，绝对不能让他跑了。他对我太重要了，有了他，我就有了最重要的筹码。”

“那下一步咱们怎么办？总不能一直养着他吃干饭吧。”虎子问道。

“我还没想好。我本来是想用他跟楚云谈合作的，只是没想到楚云心怀鬼胎。既然已经撕破了脸，指望他肯定是不行了。说实话，接下来该怎么办，我也没底。”

“好不容易找到他，却没法用，真是个烫手山芋。”虎子耷拉着脸，一脸的愁容。

Elly 看着窗外的景致，脑海里思绪联翩。

“姐，先别想了，汤都快凉了，喝点吧。”虎子催促道。

突然，随着窗外松树被一阵大风吹动，Elly 的脑海里也像是刮起了一阵清风，吹散了她混沌的思维。她顾不上身体的不适，一下子跳下床：“虎子，走！”

虎子端着碗，一脸茫然：“去哪儿？”

Elly 一字一顿地说：“远景集团！”

Elly 现在所在的办公室位于远景集团总部大楼的顶层，宽敞明亮，视野极佳。整个房间布置得古色古香，除了成套的红木办公家具以外，墙上还挂着多幅名人字画，其中一幅苍劲有力的“高瞻远瞩”挂于办公桌后上方，格外引人注目。

透过宽大的落地窗，整个远景集团尽收眼底。员工们在数幢厂房和园区之间忙碌地穿梭着，一派繁忙景象。园区外就是湛蓝的大海，波光粼粼，令人心旷神怡。

Elly 无心欣赏窗外的美景，她把注意力全都集中在了眼前这个男人身上。他头发稀疏，神情冷漠，难掩眉宇之间的老态。从他并不起眼的外观和极其普通的衣着来看，一般人很难将他和远景集团总裁的身份联系起来。

“我徐跃武担任远景集团总裁也有些年头了，一向注重影响。这么多年，我还从来没有在办公室与女性独处过。今天破这个例，希望你别让我失望。”他盯着 Elly，眼神里闪烁着狐疑和防备，“我说话不喜欢拐弯抹角，咱们开门见山地谈吧。你说你给我带来一份意想不到的大礼，是什么？”

Elly 并没有直接回答徐跃武的问题，而是莞尔一笑：“徐总，我好歹也是您的客人，您也不给我倒一杯茶？远景集团总裁的待客之道，总不至于如此寒酸吧。”

徐跃武犹豫了一下，拿起茶壶，神色僵硬地给 Elly 倒了一杯茶。

Elly 轻轻啜了一口，这才慢条斯理地说：“徐总，听说您哥哥，也就是远景集团的董事长徐跃升出国旅行了。这段时间他不在，我想您一定觉得……很自由吧。”

“小姐，我很忙，如果你今天来是为了闲聊，恕我不能奉陪。”说罢，他站起身，摆出一副送客的姿态。

Elly 耸了耸肩站起身：“徐总，我今天的确是带了一份大礼，诚心诚意来见您的，如果您不想要，那我只好把它送给别人了。”

“等等。”徐跃武指了指办公桌前的座椅，“别急，请坐下详细谈。”

Elly 微微一笑，款款走回办公桌旁：“我就知道，像徐总这么高瞻远瞩的精英，怎么可能拒绝送上门来的大礼呢？”

“恭维的话少说两句吧。”徐跃武依旧一副冷漠的表情，“现在你可以畅所欲言了，不过只给你一刻钟的时间，希望你少绕圈子，直奔主题。”

Elly 不慌不忙地掏出精美的打火机，点上烟轻轻吸了一口。

“已经过了一分钟了。”徐跃武看了看表，提醒道。

“徐总，远景集团是祁东市最大的企业，以集团的实力，说撑起了祁东市经济的半边天也不为过。只是这些年，远景似乎有些驻足不前。我听说，现在整个企业虽然表面繁荣风光，但内部却矛盾重重，发展前景并不如想象的那么乐观。徐总，我说得没错吧？”

“远景的发展肯定会遇到矛盾与不顺，只是小姐，你似乎操心太多了吧。”

“只是，凡事都有主要矛盾。至于最重要的原因，我想您应该比我清楚。”

徐跃武紧盯着Elly，没有说话。

“您虽然心里清楚，但不好说出口。好，那我替您说出来吧。”Elly微微笑了笑，言语间充满了自信，“最重要的原因，就是您的哥哥徐跃升。徐总，您虽然名义上是公司的总裁，可在公司的重大决策上，您说了并不算吧。”

Elly轻轻吐出一口烟圈：“您哥哥徐跃升，虽然表面上让权与您，但实际上却垂帘听政，手段实在是高明。徐总，您可是跟他一起打下的江山啊，理应跟他共享创业成果，可事实上呢？唉，我都为您感到不平啊！”

徐跃武板着脸看着Elly，不屑地哼了一声：“小姐，原来你是来挑拨我们兄弟俩的关系的。离间计对我不好用，我希望你注意自己的措辞。”

“好吧，那我直说重点了。其实你们俩最重要的分歧，在于企业继承人的选择上。”

徐跃武的脸颊微微抽动了一下，没有搭话。

“谁都知道，您和您哥哥都是独子，企业今后的掌舵者，肯定是在徐环和您儿子徐冰之间产生。”

徐跃武的脸沉了下来：“长子继承，这是几千年来老祖宗定的规矩。远景集团以后自然是由徐环接手，这个我很清楚，不需要你来提醒我。”

Elly捋了捋自己的刘海，问道：“如果我的消息没错的话，贵公子徐冰也在远景集团上班吧。”

“没错，这又怎样？”

“据说，贵公子大学毕业后，徐总您把他安排到了最苦最累的销售公司去工作，从基层销售员干起。同时，您任命徐环担任最舒适、最有油水可捞的分管采购部的副总。哈哈，您这个安排，真是煞费苦心哪！”

“小姐，你说话最好不要拐弯抹角。我的忍耐，是有限度的。”徐跃武黑着脸，明显有些恼怒。

“好，那我就直说了。您这么安排，表面上是照顾徐环，实际上则是消磨其心志，让他在舒适中迷失自己。”Elly直直盯着徐跃武的脸，语气强硬，“至于您的儿子徐冰，看上去您是把他送去吃苦，实际上是通过销售公司这个最锻炼人的平台，来磨炼他的意志和能力，增加他的阅历和业绩，这就是他以后在集团里竞争的筹码。”

“胡说！”徐跃武一拍桌子，怒道，“你从哪儿听来的这些疯言疯语！”

“我是不是胡说，徐总您最清楚。”Elly 收起了笑，正色道，“您这么安排，我很难相信您没有别的想法啊。”

徐跃武沉着脸，一语不发。许久，他突然一拍手，靠在椅背上哈哈大笑起来。Elly 看着疯癫般大笑的徐跃武，脸上掠过一丝笑意。她知道，眼前的这位老总，终于被自己说动了。

“你行，我佩服你！”笑毕，徐跃武站起身来，脸上充满了杀气，“请你告诉我，你是敌，还是友？”

Elly 踱步到宽大的落地窗旁，看着窗外的美景，莞尔一笑：“徐总，我说过今天要送您一份大礼，您说我是敌还是友呢？”

“那现在能不能告诉我，你所说的大礼，究竟是什么？”

Elly 看了眼徐跃武，用手指了指窗外繁忙的厂区：“我送您的礼物，是整个远景集团！”

坐在副驾的徐环一脸焦急，转头再次催促于东青：“东青，再快点！”

“都开成这样了，还他妈怎么快？总不能逼我飞起来吧！”

“我这不是着急嘛，”徐环心急如焚地说，“要是那个玩具话筒在别人手里，我也不至于急成这样。可这东西偏偏在赵彩霞那儿！”

“嗨，我知道你一直怀疑赵彩霞。”于东青一边熟练地驾车，一边不以为然地回答道，“就算她有问题，也不见得就能发现玩具话筒的猫腻吧？”

说话间，车子来到了赵彩霞所在的小区门口。于东青正准备拐入院内，徐环突然冲他摆了摆手：“慢着，停一下。”

于东青一个急刹车：“怎么了？一惊一乍的。”

“给我二百块钱。”徐环指了指路边的一个便利店，“我去买点营养品。”

“买营养品干什么？”

“当然是带给小米了，虽然咱们是冲着那个玩具话筒来的，可总不能太明显吧。赵彩霞是个聪明人，我们必须伪装一下。”

“你一个上市公司老总，就知道问我要钱。”于东青无奈地摇摇头，从裤兜里掏出两张百元大钞，“真是为富不仁。”

“这不都是为了给你办案嘛，铁公鸡。”徐环嘟囔着接过二百块钱，跳下车子，跑进了路边的便利店。

几分钟后，两个人拎着营养品，敲响了赵彩霞家的门。可是敲了好一会儿，却不见有人开门。

“里面没动静，不会是不在家吧？”

“不会吧，小米刚接受完催眠，他们应该回家休息才对，不可能去其他地方。”

“于队长，徐警官！”话音未落，身后突然传来了赵彩霞的声音。赵彩霞拉着周小米的手，有些狐疑地看着他们俩，“你们不是在心理诊所吗？”

于东青冲赵彩霞笑了笑：“我们不放心小米，这不，带了点东西来看看他。你们怎么才回来啊？”

“我们离开心理诊所后，倒了两路公交车才回来，没想到你们这么快就来看小米。”说罢，她赶紧掏出钥匙打开门，“来来，赶紧屋里坐。”

进屋后，赵彩霞把于东青和徐环让到沙发上，然后抱起小米走进了卧室。从小米呆滞的表情来看，他应该还没有从催眠的状态中完全清醒过来。

于东青用最快的速度环视了一圈房间，这时，徐环碰了碰他的胳膊肘，指了指沙发一侧的墙角处。沙发旁的角落里，散乱地摆放着一堆玩具，里面一个黄色的玩具话筒格外醒目。徐环走到那堆玩具前，将话筒捡了起来。

玩具话筒并不大，做工也不算精良，却很有重量，有点出乎徐环意料。

于东青凑了过来，低声问道：“你确定是这个话筒？”

“不是这个，还能是哪个？”徐环用手掂了掂话筒，轻轻哼了一声，“只不过，这个东西看上去像玩具，实际上根本不是。”

“不是玩具？”

“你拿着试试，看看什么感觉。”

于东青接过话筒，学着徐环的样子在手里掂了掂，随即奇怪地说：“这玩意看上去很轻，怎么拿起来这么重呢？”

“这就是问题所在。”徐环从于东青手里取回玩具，坐到沙发上，“玩具都是按照小孩的手力来设计的，一般都是越轻越好。可这个话筒，连我们成年人拿在手里都觉得有些重，何况小米这个年龄的孩子呢？你看，一般的玩具表面都有品牌的标识，可这个话筒却光秃秃的，什么也没有。”

“那也不一定，”于东青将信将疑地说，“没准这个话筒就是山寨的呢。”

“你觉得以冯玲和周远的消费水平，会给小米买山寨货吗？”徐环没好气地瞪了于东青一眼，“从小米吃穿用的档次来看，至少在物质方面，他俩并没有亏待小米。所以这个东西肯定不是小米的玩具。"

"不是小米用的，"于东青脸色一变，"难道是冯玲用的？"

"没错。"他扬了扬手中的话筒，声音压得极低，"特工用具大部分会经过巧妙的伪装，以掩饰它的真实用途。我猜这个话筒是一个可以录音的间谍工具。"

"这么说来，这个话筒里面肯定隐藏着周远的调查结果，"于东青脸上掠过一丝兴奋，"否则冯玲不会费尽心思地把它带出案发现场。"

没等徐环回应，赵彩霞端着两个杯子走回了客厅，客气地说道："不知道你们来，也没什么好招待的。来，喝点茶。"

徐环见状，赶紧把话筒塞到了兜里，接过茶杯："您别客气，我们就是来看看小米，一会儿就走。对了赵大姐，小米怎么样了？"

"还是不说话，整个人迷迷瞪瞪的。不过人家医生都说没事，我也就不瞎操心了，没准睡一觉就好了。"说完，赵彩霞端起茶杯啜了一口，小心翼翼地开口道，"两位警官，你们来除了看望小米，是不是还有别的事情啊？"

徐环稍稍犹豫了一下，说道："赵大姐，今天我们来主要是为了看望小米，不过，还想顺便向你了解一些情况。"

"你问吧，我一定知无不言。"

"赵大姐，周远被杀死的那天夜里，冯玲带着小米临时住到了你家里。她来到你家之后，有没有奇怪的举动？"

赵彩霞端着茶杯，努力回想当天晚上的情形："好像没什么奇怪的举动。本来我想安慰安慰她，可是看她心事重重的样子，对我也爱答不理的，我就没再跟她说话。后来她带着小米进了卧室，直到第二天一早出门，我都没跟她说过话。"

这时，徐环从口袋中掏出那个玩具话筒，在赵彩霞面前晃了晃，说道："赵大姐，这个东西，是小米的玩具吧？"

赵彩霞脸上掠过一丝惊讶，不过随即就恢复了平静："对啊，这是小米从家里带来的玩具。这个玩具，有什么问题吗？"

"我们打算把这个带回去，仔细检查一下。"徐环已经做好了应对赵彩霞质疑的准备，可没想到的是，对方竟痛快地答应了。他有些不知所措。

见徐环有些发蒙，于东青适时地说道："赵大姐，多谢你的配合。"说罢，他对徐环使了个眼色，“那咱们走吧？别打扰小米休息了。”

“哦，好。”徐环把话筒塞到兜里，匆忙走出了大门。

二人跳上车，车门一关，于东青就用拳头捶了下车窗，懊恼地说：“妈的，咱俩刚才的表演也太拙劣了，恐怕人家正在偷着笑咱俩呢。”

徐环苦笑着说：“这个赵彩霞不按常理出牌，搞得我措手不及。我们应该尽快搞清楚她的真实身份。”

“这个以后再说。”于东青把车门反锁上，催促徐环道，“快快快，赶紧把那个话筒打开，看看里面到底记录了些什么。”

“好。”徐环点点头，从口袋里掏出那个黄色的玩具话筒。于东青迫不及待地凑到徐环身边，两个人仔细研究起来。

“先打开开关，”于东青指点着徐环，“再按那个播放键。”

徐环按照于东青说的步骤小心翼翼地操作着。果然，他按下播放键以后，麦克风里传出了冯玲的声音。

“My name is Feng Ling.What I am going to say next,is about a huge secret.”

于东青和徐环不由得一愣。

“我只能听懂前半句，‘我是冯玲’，后面那半句是什么意思？”徐环着急地问道。

“大体意思是，我的名字叫冯玲，接下来我所说的事情，关乎一个重大的秘密。”

听完于东青的翻译，徐环的精神为之一振，兴奋地说：“她说关乎一个重大秘密，应该就是周远的调查结果。看来我们这次走对路子了。哎，怎么说了这一句就不说了？”

于东青也有些纳闷，他伸手使劲按了一下播放键，随即话筒里又响起了一个女声：“Please repeat。”

饶是徐环的英语再差，也听懂了这一句：“请重复？重复什么？它需要我们重复一遍冯玲说过的话？”

“哎，有可能，”于东青一拍大腿，“来，试试就知道了。”

于东青硬着头皮将刚才那句英文说了一遍，可惜，话筒中的冰冷提示音再次响了起来：“Please repeat。”

“妈的，不给面子啊！”于东青一脸无奈。

“刚才说得不标准，你再来一遍。”徐环催促道。于东青叹了口气，用蹩脚的方言英语再次重复了一遍。不出所料，这次尝试依旧徒劳无功。

“怎么办？这复读机的要求太高了，恐怕得找个口语好的人来。”

“看来，冯玲很可能将自己说过的每一句话都设成了语音密码。也就是说，系统必须识别到冯玲声音的重复，才能播放下一句，这样就保证了只有冯玲本人才能获取其中的信息。”

“可是冯玲已经死了，难道这秘密就此石沉大海了？”

“哎，东青，你说它的语音识别功能精准到何种程度？如果我们找一个跟冯玲嗓音相近、英语口语很好的人来模仿，能不能蒙混过关？”

于东青一愣：“虽然看起来是个笨主意，但值得一试。可是，上哪儿找这样的人？”

“我倒是想到一个，”徐环看了看于东青，眼神复杂地说道，“楚琳。”

于东青一愣，随即脸上露出了欣喜之色：“还真是。楚琳的嗓音跟冯玲非常相像，而且她在英国留学多年，英语说得跟母语差不多；更重要的是，我们对她知根知底，不用担心她会泄密。”于东青一拍方向盘，“太好了，天无绝人之路。徐环，你赶紧给她打个电话，问问她在哪儿。我们现在就去找她！”

“我俩分……不是，我俩……”徐环含含糊糊地说道，“那个……”

“难不成又吵架了？”于东青无奈地叹气道，“说实话，楚琳脾气够好的了，也没有那些大小姐的毛病，你俩吵架，八成就是你犯浑。告诉你，别他娘的身在福中不知福。楚琳这会儿应该在公司，我们直接过去吧。一会儿见了面你先给人家道歉，我可不管你俩谁对谁错，大老爷们儿，就得有点担当。”

徐环无心跟于东青解释，只是默默地看着窗外。于东青发动汽车，驾驶车子飞驰而去，扬起了一片尘埃。

后面的居民楼里，一个微胖身影正站在窗前，死死盯着离去的警车。许久，她才冷笑一声，转身离开了窗台。回到卧室，她从一个很不起眼的鞋盒子里掏出一部手机。手机只有接听键和拒接键，没有屏幕，看上去像十几年前的老古董通信工具。

微胖身影按下拨号键，电话很快就接通了，她清了清嗓子，低声道：“我是赵彩霞，我有新情况要汇报。”